Opal
オパール文庫

オペラ座の恋人①

シヲニエッタ

JN201095

プランタン出版

Contents

※本作品の内容はすべてフィクションです。

序曲

Das Liebespaar der Oper

『ブリティッシュ・エアウェイズ0008便、ロンドン・ヒースロー空港行きをご利用のお客様に、ご搭乗の最終のご案内を申し上げます。Attention please. Passengers for British Airways flight 0008 for London Heathrow Airport...』

軽やかなチャイム音とともに、滑らかなアナウンスが二ヶ国語で流れる。柔らかな女性の声は耳に心地よすぎて、かえって肝心の内容を聞き逃しそうだ。

平日朝六時の羽田《はねだ》空港国際線ターミナルでは、黒っぽいスーツ姿のビジネスマンが足早に行きかいながら、忙しない空気をまき散らしている。お気楽そうな観光客もちらほらいるが、夏休みが終わったばかりの九月頭のド平日ということで少数派だ。ほぼ十分おきに着陸する到着便がスーツの群れをぞろぞろと吐き出し、給油して客を入れ替えてまた飛び立っていく。

そのビジネスマン達を横目で眺めながら、鳴海《なるみ》結花《ゆか》は免税店横のカフェでサンドイッチの最後の一口を一気に口の中へ入れた。マグカップの底に残っていたカフェラテをぐっと喉に流し込むと、よし、と気合いを入れて立ち上がる。

搭乗口へ向かって歩き出しながら、少なからずどきどきしている心臓の辺りを無意識に手で押さえた。

念願叶って、初めての海外旅行。

しかも、一人旅だ。これで緊張しない方がおかしい。緊張してはいたが、とても心地い い高揚感に包まれている。

何しろ、一人でのヨーロッパ旅行は結花の悲願だった。成人するまでは絶対にダメと言われ（もっともな話ではある）、二十歳の誕生日を迎える大学二年の夏休みまで待った。待っている間、長期休みはひたすら泊まり込みのリゾートバイトに明け暮れ、旅費を貯め込んだ。

手に握り締めているのは、まだ真新しい、クレジット機能付きマイレージカード。二十歳の誕生日祝いとして、ほかには何もいらないし支払いも自分でするから、と親に頼み込んで作ってもらったのだ。あの親に保証人になってもらうのはできれば避けたかったが、これぱかりは仕方ない。

やっと、やっと自分は大人になったのだ。これでもう、いつでも自分一人で好きなところへ行ける。このときを待ち望んでいた結花にとって、搭乗口の改札機を通り抜ける瞬間が、大人の世界への第一歩も同然に感じられた。美人揃いのグラウンドホステスの微笑みに、大人の世界へようこそと歓迎されているような気さえした。

ロンドンもパリもウィーンもベルリンも、いやいやロイヤル・オペラ・ハウスもパリ・オペラ座も、ウィーン国立歌劇場にベルリン・フィルだって好きに観にいけるのだ！ お金と休みさえあれば！

肩から斜めがけした大きめのメッセンジャーバッグには、航空券のほかに、オペラやコンサートのチケットが何枚も詰め込まれていた。まずはロンドンのロイヤル・オペラ・ハウスでオペラとバレエを観た後、ベルリンに飛んで三日三晩オペラ三昧。ベルリン・フィルのコンサートを挟み最後の夜はウンター・デン・リンデンの国立歌劇場でのオペラで締めくくる。本当はウィーンにも行きたかったのだが、ちょこちょこ動き回るのは時間と交通費が勿体《もったい》ないので、今回はロンドンとベルリンに絞った。

これまでの短い人生、常に自分にとって最高の慰めであったクラシック音楽を、ついに現地で生で聴けるのだ。趣味が高尚すぎるといって同級生達にはなかなか理解されなかったが、結花にしてみれば、彼女達が韓流アイドルにハマるのも、自分がクラシックにハマるのも、そう大して違わない。

イケメン揃いのアイドルグループより、ウィーン少年合唱団をこよなく愛していたっていいじゃない。MステよりもN響アワーを観る方が楽しいっていうのは、我ながら真っ当な趣味だと思う。

ああ、できればカラヤン様がご存命のうちに大人になりたかった。あの麗しいお顔を、斜め四十五度以外のアングルから生で観たかった。ラトルも悪くないんだけれど、圧倒的に渋さに欠ける……。渋いといえばドミンゴ様はまだ存命だけれど、三大テノールと呼ばれた全盛期の歌声を生で聴くことはもうできないし……

……ノリはそう変わらないはずだ。対象が若い男性ではなく、むしろ壮年以上の西洋人男性が多いというだけで。

別にいい。無理に理解されたいとは思わない。自分一人で自分の好きなように追求していく方が、楽しいし気楽だ。演目だって自分の好きに選べる。かつて通っていた女子高の芸術鑑賞会では、そこが唯一の不満材料だったのだから。

学費の高いお嬢様学校だけあって、中学生にまで海外劇場の引っ越し公演を貸し切りで観せてくれるのはさすがだと思う。だけど、なぜバレエというと判で押したように『白鳥(の湖)』なのだ！　いや名作だしチャイコ（フスキー）も好きだけど、でもたまにはジゼルとかコッペリアとか観させてくれてもいいのに！　そんなにチャイコが好きなら、せめて『くるみ（割り人形）』と『(眠れる森の）美女』の三点セットにしてくれればいいのだ！　三年連続で白鳥なんて、勿体なさすぎる！

結花がこうして熱く語ったところで、一〇〇％理解できる同級生は一人もいなかった。ピアノやヴァイオリンを習っている同級生はたくさんいて、クラシック音楽についてはある程度のレベルまでは会話が成り立ったが、どうも結花は〝教養〟の範囲を突き抜けてしまったようだった。突き抜けすぎて大学受験に失敗したと、本気で勘違いしている元同級生もいるらしい。そんな話を聞いて、大学では趣味についてあまり他人と話さなくなった。

——学生とは、だ。教員や教授とは、大いに盛り上がるが。

ちょっと変わった子、と一部で呼ばれているが、別に気にならない。大学生にもなって、同級生同士で仲良しグループを形成して群れたいとも思わない。運よく一人だけ、この趣味の話をできる友人もできた。それで十分。

『シートベルトをしっかりお締めになり、携帯電話の電源はお切りください。膝掛けをご入り用のお客様は、どうぞご遠慮なく客室乗務員に……』

巡回してきたCAからすかさず膝掛けを受け取ると、きょろきょろと周りを見回す。修学旅行が北海道《ほっかいどう》だったので飛行機に乗るのは二回目だが、国際線はやっぱり国内線とは違う。機内販売カタログの厚みからして、もう全然違う！

二人掛けの窓際の席を予約してあったが、運よく隣が空いていて、左右の肘掛を遠慮なく独り占めできた。うん、これは幸先がいい。

きっと何かいいことがある。一人だけど大丈夫、きっとどうにかなる。

何の根拠もなくそう信じ切って、結花は生まれて初めて祖国の大地に別れを告げた。

◆

「久世《くぜ》様、おはようございます。ご搭乗ありがとうございます」

エコノミーの乗客がようやく機内に搭乗し始めた頃、同じ機体の最前方にあるファーストクラスエリアでは、早くもウェルカムシャンパンの栓が抜かれていた。

この日のファーストの乗客は三人。全部で九席あるファーストを担当するCAが三人なので、この日は乗客一人一人に専任CAがつくという、ある意味非常に贅沢な布陣になる。CAだけではない、チーフパーサーもファーストとビジネスを行ったり来たりしている。

面倒だな、と男は溜め息をついて一九五五年のクリュッグ・クロ・デュ・メニルを断り、さっさとラップトップPCを広げると、仕事中だから近寄るなオーラを露骨に放出し始めた。

こうでもしておかないと、うるさくて仕方ないのだ——CAが。

男の社会的地位も外見も、たまたま背負って生まれただけの名前ですら、本人の意思とは無関係に彼女達を強く引きつける。左手首のブレゲに目を光らせ（彼本人にしてみれば単に、親からのもらい物か借り物でしかない）、冬なら手に持つコートのカシミアの手触りに、夏でも隙なく着こなした上等な三つ揃えのスーツに、うっとりと一方的に胸をときめかせる。

そして、本人は控えめなつもりの、熱烈なアピールが始まるのだ。目的地まで、十時間もの間。

年齢も四十手前で若すぎず老いすぎず、ファーストクラスで世界を飛び回るのに慣れている男。面倒なので不必要に女性を近寄らせまいとする態度すら、いくらでも遊べる立場なのにちっともチャラチャラしていない、ステキ！　と、期待したのとは逆の効果が出てしまう。

女は面倒だ。彼にとって女とは常に、追い求める対象ではなく、追いかけ回される相手だった。自分が異性に興味を持つ前から、やたら熱心にアプローチされ続けてきた結果、恋愛というものがまるで理解できないまま成長してしまった。物心ついたときには、理解したいとも思わなくなっていた。

なお始末が悪いのは、恋愛とは別次元のただの好奇心ですら、進んで満たしてくれる異性に事欠かない現実だ。進んで身を投げ出してくる女の身体で一通りやりたい放題し尽くすと、スイッチが切り替わったかのように関心がなくなってしまう。

自分の人生には、もはやそういう意味で女は必要ないのかもしれない。そう本気で考えるのも仕方がない、ここしばらく性欲すら感じた記憶がない。感じている暇がない、というべきか。

第一から第三まで、男性ばかり揃えた秘書達が異口同音に訴える。

別に結婚なんてしなくていいから、せめて少しは女に対する興味を取り戻してください。こんな極上の男が、愛する女の一人もなく孤独に過労死なんて、色々な意味で後味が悪すぎる。

「久世様、ご搭乗ありがとうございます。本日のお食事のメニューです、どうぞ」

熾烈《しれつ》な争いを仲裁するという名目でこの役目を奪取したチーフパーサーが、若いＣＡに負けじととっておきの笑顔でメニューを手渡してくる。だが片手で受け取る男は視線を動かしもしない。機内食などに何かしらの期待もしていない。

「食前酒は召し上がりますか？」

「いや。ガス入りのミネラルウォーターを」

「かしこまりました。すぐにお持ち致します」

自分を一度も見ない男に、それでも相手は期待の眼差しを注ぐのをやめない。その当てのない期待が、男を最も辟易《へきえき》させるのだが。

久世貴臣《たかおみ》は内心深い溜め息をつき、たまにはこうでない女と普通の会話がしたい……と、世界中の男を敵に回すに違いない悩みを脳内に垂れ流していた。

第一幕　忘れられない夜

Das Liebespaar der Oper

――初めて逢ったのは、ベルリン国立歌劇場の平土間席《パルケット》。

開演時間すれすれに駆け込んできた彼女は、既に人で埋まっている客席を見て一瞬絶望的に眉を歪めた。着席している人に立ってもらいながら九列目中央の席に辿り着くまでの間、何度も何度も、若干舌足らずなドイツ語で「すみません、ごめんなさい」と繰り返す。

その姿を横目で観察していた男にも申し訳なさそうな目を向け、Entschuldi...と言いかけたその腰の低さに、「これはどうやら日本人だな」と断定した。何やら妙に微笑ましくて、珍しいことに彼の方から声をかける。

「間に合って、よかったですね」

「え？　あ、……あ、はい！」

重ねて述べるが、ここはベルリンである。

そこで突然日本語で話しかけられた彼女は、一瞬大きな目をぱちくりとさせてまじまじと相手を見つめ、我に返ると慌てて空席に身体を滑り込ませながらちょこんと頭を下げた。顎のラインに沿うように切り揃えられたまっすぐな黒髪が、さらさらと揺れ動く。

「すみません、お騒がせしました……」

「大丈夫。よくあることだ」

異国の歌劇場のど真ん中、偶然日本人同士で隣り合わせた彼女は、まだ大学生だった。

幼くすら見えるうら若い女性が連れもなくたった一人、けれどきちんと場所に合わせてドレスアップしている。腕がうっすら透けるシフォンの袖、身体の線に沿うマーメイドラインの夜紺色《ミッドナイトブルー》のワンピース。着飾っているものの華美すぎず、かつては王侯貴族が場を満たした歌劇場の雰囲気にもしっくり溶け込んでいる。広めに開いた胸元を飾る宝石の一つもないのが残念だな、とつい思うほど。

この夜の演目は、モーツァルトの『魔笛』。全世界で数多く上演される有名な作品だけに、演出の出来、不出来や歌手のラインナップによって、公演の優劣がくっきり出やすい。

「今回の夜の女王、なかなかでしたね。あんな軽快なコロラトゥーラは久しぶりでした！」

「そうだね。今シーズンはかなり期待の持てるソプラノの一人かもしれない」

「日本では全然知られていない名前ですよね？　私、初めて聞きました」

「今のところヨーロッパ内専門みたいだね。この『魔笛』の後は、プラハで『ばらの騎士』の元帥夫人《マルシャリン》を歌うはずだ」

「『ばらの騎士』ですか。うわぁ、すっごくお色気たっぷりの元帥夫人《マルシャリン》ですね……ちょっと観てみたいかも……」

日本人同士とわかって警戒心がほどけた彼女と、幕間《パウゼ》にバーでスパークリングワインを飲み交わすと、一気に打ち解けた。

異国の地で知り合うと、同胞であるというただそれだけで親近感を抱いてしまうものだ。

ましてやここはベルリン。大型ツアーが組まれるほど人気の観光地でもなく、容貌の似た人間がいると思うと大抵中国人か韓国人。

そんな状況でずっと無意識に緊張し続けていた彼女の心を、一杯のアルコールと母国語での会話が容易くほぐしてしまったらしい。あどけなさの残る顔でくるくると表情を変え、小鳥が囀《さえず》るように早口に感情豊かに喋る。

自分に向かってこんな風に話す声を聴くのは、一体どれくらいぶりだろう。どんな女も一目で魅了するような微笑みを無自覚に浮かべ、男はたった三十分の幕間を心から楽しんだ。

「もしよかったら、この後もう少し、時間をもらえないだろうか？」

鳴り続ける万雷の拍手とともに幕が下りた後、感動の余韻に興奮して頬を染めている彼女を誘ってみた。

男にしてみれば、らしくない行動だった。誘いの言葉を口にした直後に、軽く後悔したくらいだ。

社交の場で連れ歩くパートナーに不足したことはないが、どうしても必要だというとき以外に自分から求めたことはない。後始末が面倒だからだ。

戦前から続く日本有数の複合企業体の創業一族直系で、国内外に通用する学歴を持ち、四十の声も聞かぬうちから既に系列企業の役員という地位にある男は、自分に自信のある女達にとって、常に競って奪い合う対象だった。そんな殺伐《さつばつ》とした女達に囲まれて、楽しいと思ったためしがない。

彼女らの容貌や肢体の美醜も、社会的地位も家柄も財産も、男にとっては今更魅力を感じるようなものではなかった。なのになぜ、この夜に限ってそんな気まぐれを起こす気になったのか、自分でもよくわからない。おまけに相手は大学生、まだ子供といっていいくらい年下だ。自分の年齢は彼女の倍近いのではないか。

だが、なんとなくこのまま別れを告げて二度と会わない関係になるのが惜しかった。男が誰なのかを知らないし気にしない彼女との、裏を読む必要のない自然な会話は、久しぶりに男を心から楽しませ、驚くほど和ませていた。

「なんだか話し足りなくて。どこかで何か軽く飲みながらどう?」

相手が一体どう思うか、多少思案しつつ控えめに誘ってみたが、彼女は二つ返事で飛びついてきた。

「ありがとうございます、あの、大丈夫です！　……実は、明日の朝のフライトが、すごく早い時間で。今夜は寝ないで起きているつもりだったから、話し相手ができて嬉しいです」

最初は歌劇場近くのオープンカフェで飲んでいたのだが、一時間もしないうちにラストオーダーとなってしまった。

ならば自分の宿がこの近くだから、そこで飲み直そうか。そこまで言ったらさすがに断ると思ったのだが、彼女は素直にうんと頷いてしまった。

ここまでくると、どうしたらいいのかわからないのは男の方だ。ホテルのバーも営業時間が残り少ないとわかると、今度こそ逃げるだろうと思いながら部屋に来るかと聞いたのに、そこでもこっくり頷かれてしまった。

初対面の男に対してここまで警戒しないというのも、また珍しくて興味をそそられてしまったのも事実。

——そして彼女は現在、二週間ぶりに見たバスタブの誘惑に耐えかね、たっぷりお湯を張ってくつろいでいる。

ヨーロッパのホテルはシャワーしかないのが普通で、誰もが男のように、バスタブつきのエグゼクティブスイートに泊まれるわけではない。風呂好きの日本人には辛いところだ。

……にしても、自分が誰なのかを気にしないのはいいとして、男であることも気にしていないのだろうか。

さすがにこんな状況におかれるのは初めてだ。さて、どうしたものか。そもそもどうして彼女はこんなにほいほいついてくるのか？　それより、一体どうして自分はここまで彼女を連れてきてしまったのか。

予想のつかない展開に翻弄されながら、だがしかし男は楽しくてわくわくしていた。

「――ああ、お風呂って最高ですね……！　すみません、図々しくバスローブまで使わせていただいちゃって……」

服を着て出てくるだろうと思っていたのに、バスローブを羽織っただけの姿で出てきたのを見たときには一瞬思考が止まった。

漆黒の濡れ髪からはまだ雫が滴っているし、明らかに大きすぎるバスローブの裾からはみ出た華奢なくるぶしがいっそ目に痛い。

「……大丈夫。頼めば何枚でも持ってくるから」

「よかった。……学生の貧乏旅行にはありえない贅沢です。スイートルーム万歳って感じ。ほんとにありがとうございました」

すっかり化粧も落としてしまい、温まって上気した頬が無邪気に笑う顔をいっそう幼く見せる。

「ラムがあったので、コーラで割ってみた。これなら飲めるかな」

ミニバーを漁ってでたらめに作ったラム&コークのグラスを渡し、自分は小さなグラスに琥珀色の液体を注ぐ。できればシングルモルトがよかったが、バランタインでも飲めないことはない。

「なんだかほんとに何から何まで……すみません。でも頂きます」

彼女が浴室にこもっている間に記憶を検索してみたが、やはり、未だかつて自分とこんな風に会話した女性はいなかった。遠慮しながらも開き直ったかのような言葉選びが、もの珍しくていっそ愉快に思える。

「私は構わないよ。今夜はいつもと違うことが起こって、楽しいくらいだ」

「そう言っていただけると、私も気が楽なんですけど。——あ、美味しい」

「適当に混ぜただけだ。物足りなかったら酒を足してくれ」

彼女の身支度にまだしばらくかかるだろうからと、男はグラスを持ったままソファの方へ移動し、放り投げてあったラップトップPCの電源を入れた。ウイスキーを舐めながらPCが起動するのを待っていると、彼女がことんとグラスを置いた音がする。

「……あの、もしかして……、ちょっと夜食に女子大生でも食べてみようかなとか、思ってますか……?」

いささか唐突に訊《き》かれて、ついくすりと笑ってしまった。この段階になってようやく気にするのか。

あいにくだが、相手に不自由はしていない。と、いつものようにスラスラ答えるつもりでいたのに。

「……正直に言えば、全く思わないわけじゃないが」

なぜか口から、建前とは違う言葉が転がり出てしまった。

一体どんな反応が返ってくるのか、見てみたかったせいもある。

彼女は——名前も知らない女子大生は、自分で訊いておいて更に顔を真っ赤にし、バスローブの襟をぎゅっと摑んで俯いている。別にそのために連れてきたわけじゃない、と言い足そうとする寸前、裸足の脚が動いた。

無造作にとことこ歩いてきて、ソファに座る男の膝の上に、ちょこんと横向きに乗っかってきて。

「じゃあ、あの、……召し上がれ?」

がくりと項垂《うなだ》れたのは男の方だ。まさか真正面から召し上がれと言われるとは。

まさに膳を据えられる格好となったわけだが、据え膳など初めてではない。同じことを仕かけてくる女は、今までに何人もいた。だが、そのどれとして、これほどの混乱を彼にもたらしはしなかった。

裏があるなら読めばいいが、裏表がないというならこれは一体どういうことなのか。

ほんの少し身を引いて、じっと見つめてみる。膝の上に乗ったはいいが、遠慮して体重をかけないよう微妙な位置で踏ん張っている。誘ってはみたもののどうしていいのかわからず、男の反応を待って緊張しているのが手に取るようにわかる。

——混乱はしていたが、この期《ご》に及んで怖じ気づくほど子供じゃないし、がっつくほど若造じゃない。

なので瞬時に思考回路を切り替えて、こらえきれない笑みを口元に淡く浮かべながら、あくまで品よく言ってみた。

「じゃあ、遠慮なく……頂きます」

理由はまた後で聞こう。メインディッシュを美味しく頂いてから。

真っ赤に染まったままの顔に手を伸ばして軽く引き寄せながら、いつの間にか自分が堪えがたいほど昂ぶっているのに、彼はその瞬間やっと気づいた。

——そんな誘い方をしてくるから案外物慣れているのかと思いきや、おや？　と思うほど反応が初々しい、というかぎこちない。膝の上に乗せ直そうと、腕を回して軽く抱き締めただけで、肩が震えるほどびくついて息を詰めている。

まさか初物では、と訝《いぶか》しんだのがわかったのか、彼女は浅い呼吸の合間に途切れ途切れに言った。

「……初めてでは、ないから、大丈夫。……すごく、久しぶりなだけ」

処女だと面倒だな、などと思っていたくせに、改めてそう言われると──うら若い彼女の初めてが自分でないと確信すると、それも少々面白くない。自分自身が矛盾しているのがいっそ奇妙だ。

とはいえ、初めてと言われても即信じてしまいそうなほど身を固くしている。無理はしない方がいい、と身体を離そうとすると、彼女ははあっと熱い吐息を漏らした。瞳を色っぽく潤ませながら。

「……ごめんなさい。こんな子供を相手にするほど、不自由してないですよね。ごめんなさい……」

二度も謝らなくていいのに。じっと顔を覗き込むと、涙が零れ落ちまいと必死に睫毛にしがみついている。わけもなく押し寄せる、途方もない罪悪感。なんだろう、この感覚は？

「きみが子供でないのは、見ればわかる。私は子供に欲情する趣味はない。それに、謝る必要もない。……二週間も一人ぼっちで、寂しかったんだろう？」

努めて優しく問いかけると、俯いた頭が静かにこくりと上下した。

「寂しいときに人肌を求めるという発想は、立派に大人だと思うぞ。……おいで」

手を差し出すと、迷った末に縋《すが》りついてきた。ああ、人肌が恋しかったのは自分も同じかもしれないな。

……どうせもう明日には他人同士になる身だ。一夜の出来事をなかったことにするくらい、自分にも彼女にもできるだろう。

放っておくと嗚咽《おえつ》をもらしそうな唇をさっさと塞いでしまい、男は彼女から理性を奪う作業に集中し始めた。

まだまだ感覚の未発達な彼女の快楽中枢をたっぷりじっくり刺激して、肌を合わせることで得られる快感を教え込んでいくのは、歳相応に経験豊富な男にすれば容易いこと。

自分で自分を「召し上がれ」と差し出したくせに、羞恥心を捨てきれない彼女が真っ赤な顔をどうにか隠そうと、膝の上で半裸の身体をくねらせる。バスローブの前をほどき、その素肌を指先で直《じか》に確かめると、ピンと張りつめた若々しい皮膚の下に、まだ硬さの残る肉の感触。腕は華奢だが脚にはきちんと筋肉がついていて、これまでに抱いてきたいわゆる大人の女達の身体との違いを、まざまざと感じる。

「ん、っふ……、んぅっ……！」

声を出すのも恥ずかしいらしく、さっきから懸命に唇を噛んでこらえている。だが、鼻から抜ける甘い吐息や、唇の隙間から零れ落ちる途切れがちな悲鳴の方が、よほど卑猥に男を煽るのだといつになったら自覚するだろう。

驚かさないようそっと摑んだ乳房も、小さくはないがまだ硬い。青い、というのはこういうことかとじわじわ興奮する。これをいやというほど捏《こ》ねて揉んで柔らかくほぐし、自分好みに育てたら実に愉《たの》しいのではないだろうか。

ふに、むに、と指先の力を加減して感触を楽しんでいると、真っ白な膨らみの奥で心臓が早鐘を打っているのに気づいた。ぷつんと立ち上がった紅い快楽の粒を口に食《は》みながら、脈動しているのを直に確かめる。

「っぁ、く……んんん……ッ！」

余分な脂肪の少ない、引き締まった身体。手足が長く、バランスのとれたスタイル。見た瞬間人目を引く派手な顔ではないが、男の腕に抱かれて喘ぐ表情は艶《なま》めかしい女そのもので、十二分にそそられる。今はそれほど自分の外見に頓着していないようだが、気にかけて手入れするようになればかなり化けるだろう。

素肌を撫で回しているだけでこれほど楽しいというのは、初めてかもしれない。男は少し笑って、唇の代わりに自分の手を噛み始めた彼女からその手を取り上げた。

「……歯形がついてる。やめなさい」

「う、だ、だって……ッ」

「声を、私に聞かれたくない？」

「あなたに、ていうか、……っ自分が、聞いてて……恥ずかしすぎて……っ」

言うことなすこと初々しすぎて、頬が緩み続けている自覚がある。随分とだらしない顔になっていそうだが、彼女になら、そんな顔を見られたところで何の損害も生じない。

「じゃあ、もっと恥ずかしいことをしようか」

真っ赤に染まった耳元で、くくっとこらえきれない笑い声を漏らしながら、ねっとりと耳殻を舌で嬲《なぶ》った。わざと唾液を絡ませ、柔らかな耳朶に吸い付くように舐めしゃぶりながら、粘ついた水音を耳に直接流し込む。すると彼女はその卑猥な音そのものに犯されている気分になったのか、耐えかねたようにぎゅっと全身を竦《すく》ませた。

男はそうして五感の全てを刺激しながら腕を伸ばし、男の両脚を跨《また》ぐ格好で開かれた太ももの内側を殊更ゆっくり撫で上げる。ビクンと震えてしがみついてきた背中から、腰へと指先を滑らせ、小さくまろい尻のラインを確かめると、そのまま後ろ側から躊躇なく秘裂に触れる。

中から溢れた蜜液でぬかるんだ入り口に、ぷちゅんと音を立てて指先が沈んだ。

「……ほら。まだ触ってもいなかったのに……とろとろだ。こっちの方が、よっぽどいやらしくて恥ずかしいと思わないか？」

「や、ぃやぁ……っ！」

ぐりぐりぐり、と額を男の肩に押し付けて頭を振る。顔を上げさせて宥《なだ》めるように軽いキスを繰り返しながらも、熱いぬかるみを探る手は休ませない。

「嫌ならやめる。無理強いする気はない。……どうする？　やめようか」

「う、ぁ、ん、んんっ……」

「少なくともここは、嫌がってはいないようだが。きみが嫌なら仕方ない、ここで終わりにしようか」

「や、や……じゃ、ない、です……！」

「本当に？　――もっと、してほしい？」

悪魔の囁きのような声に、彼女はがくがくと頷く。

「ほら、中に……指が、入ってしまうよ。いいの？」

がくがく。再び何度も顎が上下する。艶やかな黒髪が揺れて、男の頬をくすぐっていく。

「……続けたいなら、自分で言ってごらん」

我ながら悪趣味だなと思いながら、そんな意地悪をしてみる。だが、彼女は期待を裏切らない。

「うう、し……して、ください……もっと……！　っぅ、んうぅぅっ！」

ぎこちなくねだられた途端、我慢できずに覆い被さって唇に貪りつきながら、長い指をぐぷりと差し入れて彼女の胎内を犯していた。

――相手が違うとこうも違うのか、と、結花は混乱の極致にいた。

大学入学後に付き合った元彼とは、処女を失った一回以来、結局一度も身体を繋いでいのだ。あまりに痛かった記憶が勝って、迫られてもとてもそんな気にはなれなかったのだ。ほどなくして別れたのはそのせいかもしれないが、別れて悲しいというより、あんな行為を求められることがなくなってほっとした……というのが正直なところ。

元彼が上手かったのか下手だったのか、あるいは自分の体質の問題であれほど痛かったのか、ほかに経験のない結花には全くわからなかった。が、今は完全に理解した——相手（の力量）によるのだ、と。

座面の広いどっしりしたソファに横たわり、膝を擦り合わせて悶《もだ》えるだけでも、糊したようにぺたりと貼り付く内股の感触で、自分がどれほどはしたなく濡れているのか想像がつく。ほんとにこんなに濡れるものなんだ、と自分が一番驚いていた。

なのに、そんな有様になっても、男はまだ指で内側を探るばかりで、彼女の中に押し入ってくる気配はない。それがあまりに切なくて、もういっそ痛くてもいいから、一息にそこを埋めてしまってほしいと心の底から願うまで、ただひたすらに蜜を垂れ流させられた。

「ど……して、こんな……っ」

初めてのときとのあまりの違いに、ついそんな言葉が口から零れる。

「……こんな?」

「え、あの、ううん、違うの、あの……っひアぁっ!」

思わず出かけた赤裸々な言葉をのみ込んでしまおうとしたが、カリッと強めに乳首に歯を立てられて催促され、尖った悲鳴が漏れる。

「言ってごらん。何がこんな？」

「……あの……元彼と、その……、した、ときと、——全然違ってて……どうしてって……」

彼女がほかの男と経験があるのを知っているくせに、自分以外の男の抱き方と比べられた刹那、じりっと焦げ付くような苛立ちを感じる。これではまるで独占欲のようだ。

「どう違う？」

わかっているくせに、そこまで言わせるなんて。恨みがましく睨んでみたが、目がうるうるでは迫力など皆無だ。チリ、と胸の辺りに一瞬の痛み。再び催促するように強く肌を吸い上げられ、観念した。

「い、痛くない、し……こんなに……どろどろ、だし……」

前のときは、一応濡れはしたけれど、指を入れられただけでも中の粘膜が引き攣《つ》れる感じがして苦痛だった。もしかして自分は不感症ってやつかも、なんて悩んだ時期もあったのに……。

可哀想に、よほど下手な男だったんだな。男は結花に見えないようにひっそりと嗤《わら》った。

「確かに今は、どろどろのぐちゃぐちゃだな。……気持ちいい？」

「……ん、多分……っ」

「多分？」

「ご、ごめんなさい……よく、わかんなくて、あの……たまにくすぐったい、し、でも、それだけじゃ、なくて……」

「ここもくすぐったい？」

わざと大きく、胎内に潜り込ませた指を内側で動かす。ぶんぶんぶんと、黒髪が勢いよく左右にたなびいた。男はにやりと笑い、引き抜いた指先で蕩《とろ》けた蜜口をぐちぐちとかき回す。ぷちゅん、ぴちゃりと耳を塞ぎたくなるような卑猥な音が奏でられ、結花は再びぎゅっと目をつぶった。

「──気持ちいい？」

もう一度訊かれて、小さく頷く。それだけで済むはずがなく、蕩けた内壁を抉《えぐ》る指に無言で促されて唇を開いた。

「……き、気持ち、いい、です……っ、きゃあぁぁ!?」

よくできました、とばかりに男は唇の端を持ち上げて上機嫌に微笑む。そして、くっと身体を曲げると指で犯していた部分にためらいなく舌先をつけ、鮮やかな色に染まった粘膜をかき回しながら蜜を啜《すす》り始めた。そんなことをされるのが初めてだった結花は、あまりの光景に一気に心拍数がせり上がり、だめ、やめさせなきゃ、と無駄にじたばた暴れようとする。

「ヤッ、だめ、だめそんな、……ひ、あ、ぁぁあっ！」

あ、ありえない。こんな、こんなひとが、まさかこんな、自分の……あんなところを、口で……！

結花は本気で焦っていた。セックスの最中にこんなことをすることもある、と知ってはいたが、自分がされるのは初めて。

おまけに、相手がこれだ。自分よりもずっと年上の、普通なら自分とは接点すらない、明らかにそこらの男とはレベルの違うひと。そんなひとが自分とこんなことをしていること自体、もはや現実のものとは思えない。なのに目を開けば、更に衝撃的な光景が目に飛び込んでくる。おかしい、絶対ありえないのに！

「だめ、も、だ……め、ありえな……やめ、やめて、んく……ッ」

何度もやめてと言い募り、必死に逃げようとするのをやんわり押さえ付けながら、男はますます愉悦の笑みを深くした。こうも素直に反応してくれると、自分もやりがいがあるというものだ。

「……元彼は、女の抱き方を全く知らなかったのか？　可哀想に、そんな相手が初めてでは辛かっただろう。……痛かった？」

こんな質問は、ある意味セクハラだな。酔っ払いの助平親父のようだ。そんなことを、頭のどこかで冷静に呟きながら、それでも彼女を言葉で刺激するのが愉しくてたまらない。

「や、あの、い、痛かった、けど、でも、こんな、こ、……ッんんん——っ！」

滴り落ちる蜜を存分に味わった舌が次に標的と定めたのは、柔らかな皮膜に包まれた敏感な、敏感すぎる粒。舌先でくるりと包みを剝いだだけなのに、途端に切羽詰まった声で結花が啼《な》き始めた。

「なに、や、なに……ッ!?　あ、足の、先っぽのほう、なんか……ぞわぞわして、あ、だめ、あぁ……っ!?」

……素直な身体だ。自分の与える刺激に素晴らしく良く反応している肉体を、男は満足げに見下ろす。本当に、仕込み甲斐がある。

「抵抗しないでいい。そのままのみ込まれてしまえばいい」

「で、でも、……あ、あ、それ、だめ、も、く、くる……あぁっ、やめ、やめて！」

「やめない。大丈夫だから、ほら、逆らわないで……イきなさい」

いつの間にか二本に増えていた指が、蜜にまみれた熱い内壁を丁寧に執拗に擦り上げる。真っ赤な粒がつるりと唇にのみ込まれ、舌先でさわさわと嬲られる。たったそれだけなのに。

「あ、ッく、んぅ、……——ッ!!」

声もなく上り詰めて、結花はそのまま視界が真っ白になるのを感じた。

下肢をビクビクと痙攣させている間に、ソファの上から抱き上げられて隣室のベッドへ運ばれ、バスローブを完全に取り去られる。

男の目に生まれたままの姿を晒しながら、再び指で中を犯され舌や歯で肉芽を嬲られて、立て続けにまたイかされた。いつの間にか溢れていた涙やら涎やらで、顔もぐちゃぐちゃになっている。

もう、これ以上続けられたら身体中が溶けてしまう。軽い呼吸困難さえ起こしながら、結花はひたすらに喘がされた。どうしよう、また——くる、ああ、とける。ぐずぐずのどろどろになって、形がなくなってしまう。

そんな危機感を抱きながら、結花はまだ服さえ着たままの男に濡れた目を向けて、甘い吐息を吐き出した。

「あの、も、もう……大丈夫、だから」

「うん?」

「い……挿《い》れ、ないの?」

痛かったなんて言ったから、自分が慣れるまで待ってくれたのだろう。そう思ったのだが、男はくすりと小さく笑いながら結花の頬に唇で触れた。

「それこそ大丈夫だ。挿れなきゃいけないわけじゃない」

だが、結花はちらりと傷ついた目をして、そっと唇を噛み締める。

「……やっぱり、私なんかじゃ、……その気に、ならない……?」

ここまでしたのに、やっぱりこんなひとにとっては、自分などそれほどの価値もないのか。なんだか突然泣きたくなって、うっすら涙声になる。

けれど男ははっきりと肩を竦め、優しげな目で苦笑した。

「そうじゃない。ほら。——残念ながら、ゴムの持ち合わせがない」

あっさり率直に言った男は、そっと結花の手を取ると、己の昂ぶりへ布越しに触れさせる。

……全く同じことを元彼にされたときは、悲鳴を上げて飛び退《の》くほど嫌だったのに。今はその硬くて熱い感触に、思考停止状態でうっとりしている。

残念、と言ってくれたのが嬉しくて、どきどきしっぱなしの心臓がきゅっと竦み上がった。自分でも無意識のうちに嬉しそうに微笑み、バスローブを適当に引っかけてベッドを下りるとバスルームに走っていってすぐに戻ってくる。

「あの、さっき向こうで……見つけたの」

コンドームの小箱が、バスルームの引き出しの奥に、隠すように置かれていた。実際、需要があるのだろう——こんな超高級ホテルでも。

男は少し目を丸くしてその小箱を受け取り、だが、封を開けずに結花の顔をじっと覗き込んだ。

「これを、使ってほしい？」

それがどういう意味なのかを理解した結花が、一瞬おいて全身を朱に染める。これ以上更に卑猥で深い行為を、自分でねだっているのだと、その声に自覚させられた。

「……あの、」

「言ってくれないとわからない。——挿れてほしい？」

「っ……！」

なんてことを、なんて訊き方をするの。わからないはずないじゃない。真っ赤に潤んだ目がそう言っているが、男はこれっぽっちもこたえない。

彼女の声で、ねだられたい。思うのはただそれだけ。今にも泣きそうな顔で、声を震わせて、どれほど可愛くねだってくれるのか、楽しみでたまらない。

「指では足りなかった？　……拗《す》ねないでくれ、いじめたいわけじゃない。ちゃんと意思を確認したいだけだ」

嘘だ。一二〇％反応を楽しんでいる。

でもいい。それでも。遊びでも暇潰しでも、何でもいいから。

今自分は、このひとに……抱かれたい。抱かれてみたい。

「……ほしい、です。あの、……抱いて、挿れて、ください……」

どうせ、一夜限りの夢だ。どんなに恥ずかしい言葉を口走ったところで、夜が明ければ消えてなくなる。彼もきっと、すぐに忘れるだろう。

忘れられることを想像しながら、忘れ難い行為をねだる。

何の虚飾もごまかしもなく、素直な言葉でねだる声は、男をいたく満足させた。

「悪い子だ。大人を本気にさせると、どうなるかわかってもいないくせに」

男はパッケージをゆっくりと開きながら、今までよりもずっと酷薄に淫蕩に微笑《わら》う。

自ら身を差し出してきた、無知で可愛い獲物。少しつまみ食いをしたら、ちゃんと逃がしてあげるつもりだったのに、これでは骨までしゃぶられてしまっても文句は言えない。

名前を訊かなかったのは正解だったな、と、衣服を脱ぎ捨てながら思う。執着しようのない位置に置いておかないと、危険な気がする。

でも今は、とにかくこの瞬間を存分に楽しもう。

「欲しい？」

こくん、と大きな頷きが一度。それを見届けてから、自分の身体の上にしがみつくようにのしかかっていた彼女を、ひょいとすくい上げてベッドに押し付けた。

「じゃあ、あげよう」

自分は悪い大人だな、と内心苦笑しながら小さな膝に手をかけ、左右に押し開いて素早く身を割り込ませる。ぐ、と先端を押し当てた瞬間、彼女はびくりと硬直したが逃げようとはしない。緊張しているのはありありと窺えるが、まるで抵抗しない。

「力を抜いて――と言っても、難しいだろうな。おいで」

呼ぶと彼女が下から腕を伸ばし、男の首にしがみついた。そのまま自然に重なる唇は、熱を孕んでひたすら甘い。

「――さあ。召し上がれ」

甘くて熱い口づけで彼女を再び昂ぶらせながら、男は静かに胎内に沈み込んだ。


「……っいけない、もうこんな時間！　フライトに間に合わなくなっちゃう……！」

思いがけず充実した時間を過ごし、裸体を絡ませたままベッドに転がって余韻を楽しんでいたところへ、このセリフである。

朝まででも抱いていたいと心中思っていた男は少なからず不満を覚えたが、親が死んでも待ってくれないのが格安フライトだ。仕方ない。

「何時のフライト？」

「六時過ぎにテーゲル発の、エア・ベルリン。五時にはホテルを出ようかなって」

「ホテルはどの辺？」

「リヒテンベルク。地下鉄の駅だと、フランクフルター・アレー」

現在二人が裸で抱き合って伸びているのは、旧東側のウンター・デン・リンデン付近の、サービスもセキュリティも万全でラグジュアリーな五つ星ホテル。

更に東側のリヒテンベルクまではそう遠いわけでもないが、あの辺りは今でも多少物騒だ。こんな時間に、めかしこんだ東洋人女性などを一人で歩かせたら、どんなトラブルが寄ってくるかわかったものではない。

男はフロントに連絡して女性ドライバーのタクシーを手配すると、のろのろと億劫《おっくう》そうに身支度する彼女を背後からやんわり抱き竦め、仰《あお》のいた顔にキスを落とした。……何をこんな甘ったるいことをしているのかと、自分で自分に突っ込みながら。

「タクシーを呼んでおいたから、それに乗ってホテルへ戻って、荷物を積んでから空港へ行きなさい。荷造りは？」

「……ん、大丈夫。あとはこのぴらぴらを脱いで着替えるだけ。……ありがとう」

どのみち電車やバスが走っているような時間ではない。タクシーを使うのは予定通りだったので、素直に礼を言う。

「……日本のどこかで、また会うかもしれないな」

「かも。……見なかった振りしちゃいそう」

「それは冷たいな。ワインの一杯くらいご馳走するよ」

男はわざわざ車寄せまで見送りに出てくると、黄色いメルセデスの運転席のおばちゃんドライバーに細かく指示を出してから、手の切れそうな新札の百ユーロ紙幣を握らせた。

「万が一足りなかったら、すまないが自分で出してくれ」

「ん。ありがとう、大丈夫。……じゃあ、さよなら」

さよなら、と彼女に言われて、同じ言葉を返すのをためらった。無意識に別れのキスをしようとした自分に気づいてはっとし、そのまま無言で軽く手を振る。

名前を教えていないし、尋ねてもいない。名前などなくても、男と女で一夜を過ごせるのだ。必要のない情報は、開示しない。

だがもし、彼女の名前や連絡先を聞いていたらどうだろう。

……想像するまでもない。人並み以上に備えた財力やら権力やらを駆使して、きっとすぐさま彼女を見つけ出してしまうだろう。見つけ出したその後は、一体どうなることか。今でもまだまだ抱き足りないのに。

四時間ほど眠って一人でルームサービスの朝食を取り、荷物をまとめて空港へのタクシーに乗り込みながら、男は微《かす》かに口元を歪めた。

寝て起きても全く忘れられずに彼女のことばかり考えている、らしくない自分自身を嘲笑したのかもしれなかった。

ああは言ったが、もう会わないだろう。

互いにそう思っていたのに、別離からたった六時間後にあっさりその考えは打ち砕かれた。

ロンドン、ヒースロー空港の第五ターミナル。

オレンジ色の朝日が差し込む広大なガラス張りの空間で、彼女は必死に眠気をこらえながら免税店を歩き回っていた。椅子に座ったら五秒で眠れる自信があった。寝たら最後、絶対に飛行機に乗り損ねる確信もあった。

懸命に動き回ってはいるけれど、疲労と眠気で足元はもうふらふら。それでなくとも、深夜のあれやこれやで足腰はガタガタだ。肩にかけた手荷物をあちこちでぶつけ、ショップ巡りはもうこれくらいにしないと何か落として壊しそうだ……と思ったちょうどそのとき。

どん、と早速誰かにぶつかった。しかも結構な勢いで。うわちゃー……と内心頭を抱え、とにかく謝ろうと顔を上げた。

「え、Excuse...、えぇえっ⁉」

思わず素っ頓狂な声が上がる。

そこにいたのは、もう二度と会うこともないだろうと思っていた、一夜の思い出の相手だったのだ。

「……もしかして、同じフライトか？」

彼も明らかに驚いていた。艶めかしいほど美しい三つ揃えのスーツを完璧に着込んでマッキントッシュを腕にかけ、アタッシェケースを下げた隙のないお姿。なのに、ぽかんとして彼女を見下ろしている表情がまるでそぐわない。

……あ、すっごい美男子なのに、なんだかちょっと間抜けで可愛い顔になってる。そう思ったのは内緒だ。

「羽田行き、十三時四十五分発」

「同じです……」

二人同時に、まさかと思った。ベルリンから日本への直行便はないから、どこかで乗り換え《トランジット》する必要があるのは二人とも同じ。だが、別にこのロンドンでなくても、パリでもミラノでもアムステルダムでもウィーンでも、同じドイツ国内でさえフランクフルトとミュンヘンの二都市から、東京《とうきょう》行きの直行便が毎日飛んでいる。

それなのに、ベルリンからロンドンまでの移動手段が異なるだけで、同じ空港から同じフライトに搭乗予定とは。このロンドンからだって、東京行きの定期便など毎日五、六本は飛んでいるのに。

「朝からここで、五時間もトランジット待ちか……。席は？　エコノミーか。ちょっとチケットを見せて」

何をするんだろう、と疑問に思いながらも、疲れと眠気でぼうっとしている結花はそのまま素直にチケットを差し出す。

男は紙片を受け取ると、無造作に券面に視線を走らせた。……ユカ・ナルミ、それが彼女の名前。eチケットの控えには、鳴海結花と書かれていた。意識して脳裏にしっかりと刻み込みつつ、足元をふらつかせている彼女を伴ってファーストクラス専用カウンターへ向かう。東京行きのフライトなので、日本人のスタッフが日本語で対応していた。

「おはようございます、久世様。何かお手伝いできることはございますか?」

そして結花も、男の名前がクゼというのだとそこで知った。

「今度のフライトのファーストクラスに空きは?」

「はい。二席並びのシートでしたら、空きがございますが」

「私の席をそこへ移してくれ。それから、私のマイルで彼女のチケットをファーストにアップグレードして、隣の席へ」

「……久世様、大変申し訳ございません。マイル特典がご利用いただけるのは、ご本人様と三親等以内の……」

「姪なんだ。ここで偶然会ってね。久しぶりに会ったから、フライト中に色々話もしたい。

——マイルは十分足りるだろう」

「……、ご親戚の方でいらっしゃいますね。かしこまりました。お客様、恐れ入りますが、搭乗券とパスポートを御預かりできますでしょうか」

あれよあれよという間に、結花の席はエコノミー最後方からファーストクラスへとアップグレードされてしまった。ちょっと待って、ファーストクラスってエコノミー何回分だろう。どうしよう、それはさすがに……とあわあわしていると、男は華奢な肩に手を乗せやんわり引き寄せる。

「遠慮しなくていい。……夜食の礼だ」

カウンター内のスタッフに聞こえないよう、長身を屈めてそっと耳元に囁きを落とす。夜食と聞いて一瞬首を傾げた結花は、直後にぼっと真っ赤になった。

自分でそう言って誘っておいて、そんなに照れないでくれ。とどめに一言「ごちそうさま」と囁いた男は、盛大に緩みそうになる頬を引き締める努力をしながら、彼女をファーストクラス専用ラウンジへ連れていく。

「結花ちゃん、と、とりあえず呼んでもいいかな」

叔父と姪、としてしまった以上、名前を呼びもしないのはさすがに変だ。昨夜わざわざ訊かずにおいた名前を、男は初めて口にした。

「あ、はい。あの……できれば、ちゃんはなしで……呼び捨てにしてください」

「…………わかった。じゃあ、結花？」

自分で呼び捨てにしろと言ったくせに、呼んでやったら真っ赤になって下を向く。むしろこちらが赤面しそうだ……と、貴臣は内心嘆息した。だが、決して嫌ではない。

「な、なんだか、今更って感じですけど、恥ずかしい……ですね」

斜めがけしたバッグのショルダーベルトを両手で握り締めながら、もじもじと上目遣いに男を見上げる。恥ずかしがっているのに、ときたまちらりと嬉しそうな微笑みが見え隠れしていて、いっそ凶悪なほどの可愛らしさだった。少なくとも男の目にはそう見えた。

「確かに今更だな。……私は貴臣だ。久世、貴臣」

「えっと、じゃあ、――貴臣おじさん？」

そう呼ばれた瞬間、かなり激しい落胆と脱力を感じる。おじさん。

この子からオジサンと呼ばれてしまうのか。確かに彼女の年齢からすれば、私は立派にオジサンだろう。だが、昨夜は二人であんなことまでしたというのに、おじさん……

「……できればおじさんはやめてくれないか。貴臣さん、でいい」

「あ、す、すみません！　おじさんなんて、言われるような歳じゃないですよね……わかりました、貴臣さん」

彼女の声で名前を呼ばれるのは、なんだか不思議な心地よさと同時に、淡い熱を感じさせた。おじさんの一言で受けたダメージから瞬時に気分が回復して、いっそ上機嫌に彼女の肩に手を添え、ファーストクラスラウンジの最も奥まった席へと向かう。

「朝食を食べる時間もなかっただろう？　食べるなり飲むなりして、休むといい。腹がふくれて眠くなったら寝てしまいなさい。大丈夫、搭乗が始まったら起こしてあげるから」

もはや疲労も眠気も限界だった結花は、完全にお言葉に甘えることにした。そもそも昨夜あんなことがあった時点で、今更彼に遠慮する意味などないに等しい。

人気が少ない広々としたラウンジでふかふかのソファに座らされた途端、とろりと半自動的に瞼《まぶた》が下りてきた。空腹よりも、睡魔の方が強力だった。その後はもう記憶が虚ろ。

揺り起こされてどうにか立ち上がり、ふらふらと歩いてどうにか搭乗したらしい。感動のファーストクラス初体験だったはずなのに、席に座った瞬間の記憶がない。

機内食でどうにか立ち直ったものの、よくわからないけど美味しいものをお腹に入れたら再び強烈な睡魔に襲われ、またしても瞼が勝手に閉じる。殆《ほとん》ど言葉も出ない有様だった。

男はそれを、真横でずっと眺めていた。まるで会話にならなかったが、全く気にならない。眺めているだけで、否、彼女が横にいるというだけで、気が和んでいく。

「シャンパンはいかがなさいますか？」

食前に、不要と言われることを予想しつつ声をかけたのは、偶然にも行きのフライトで彼についたチーフパーサーだった。

「……ああ、もらおうか」

まさかそう言われるとは思わなかった、とチーフパーサーはこっそり目をみはった。おまけにうっすら微笑んでさえいる。親戚の子、という話だが、よほど親しい親族なのか。

……親戚というより、恋人の寝顔でも眺めているような顔だけれど。

「クリュッグのロゼ、ジャック・セロスのブラン・ド・ブラン、それにポル・ロジェのサー・ウィンストン・チャーチルをご用意しておりますが」

並みのワイン好きなら喜んで全種類試したくなるラインナップだが、男にとっては、どれもこれも取り立てて魅力を感じるようなものでもなかった。

だが、と国立歌劇場での幕間に飲んだ発泡酒《ゼクト》を思い出す。もしかしたら彼女は、白よりは淡いピンク色のシャンパンを見て、少しは喜ぶかもしれない。

「ロゼをもらおうか。……彼女の分も置いておいてくれ。ああ、それにガス抜きの水も」

「ガス抜きですね。かしこまりました。すぐにお持ち致します」

予想外の返答の連続だが、チーフパーサーは動じなかった。

眠っている彼女の分も料理をオーダーし、小さな突出し《アミューズ》が運ばれてくるとそっとシートを動かして起こしてやり、口元までグラスを運んで水を飲ませてやる。

未だかつて、男が他人をこれほど甲斐甲斐しく手ずから世話してやったことがあるだろうか？　あるはずがない。相手が誰であれ、男はいつも世話される立場だった。必要に迫られて女性を連れているときでも、ここまでしない。する必要などない。

食後は再び深い眠りについた結花を真横に眺めながら、男もシートをフラットにして照明を暗くした。寝足りていないのは結花だけではなく、男もまた眠気を催していた。

いつもなら、機内では寝たつもりでも疲れが全く取れていないことが殆どだ。けれどこの日は、ほんの数時間目を閉じただけなのに、随分頭がすっきりしている。

「ああ……せっかくのファーストクラスを無駄にしちゃった気がします……」

やっと寝足りたらしく、シベリア上空で目を覚ました結花が、一回目の食事の記憶がないことをしきりに悔やむ。

男の日常は彼女の非日常、こんなことがそんなに面白いのかと男は興味津々だった。

「もう一度コースで料理を出させようか？」

「え!?　い、いいですそんな！　大丈夫です足りてます！」

「さっきは希望も聞かずに洋食にしてしまったが、和食もある」

そんなになんでもかんでも甘えて我が儘放題するわけには、と断じて遠慮するつもりでいた結花だが、男は既に彼女の思考パターンや操縦方法を察知し始めていた。案の定、和食と聞いた途端に目つきが変わっている。

「お風呂に飢えていたくらいだから、和食も恋しいんじゃないかな」

「そ、その通り、なんですが……っ」

男が別にどうとも思わないことに、いちいち大仰に反応するのが面白くてたまらない。反応を自制して取り澄ました顔を繕ったりなど、彼女はまずしない。自然で豊かな表情が、実に眩しい。

「食べたいだろう？　……素直にうんと言いなさい」

——その口調は昨夜の彼を思い出させ、結花はうっすら唇を開いたまま、赤い顔でびくんと硬直した。この調子で命じられて、自分が彼に何をどう素直に口走ったのかまで、思い出させられた。

「結花？」

「……た、食べたい、です……」

なぜか泣きそうな顔になって目線をさまよわせ、羽根布団の下で足をもじもじさせている結花に今すぐかぶりつきたいのをこらえつつ、男は何食わぬ顔でＣＡを呼んで和食のコースを出させた。自分は目覚まし代わりにダブルのエスプレッソを持ってこさせてゆっくりと啜りながら、鯛の御造りに歓声を上げる姿を微笑ましく眺める。

そのままいつまで眺めていても飽きないような気がしてきて、どうにかしてこれを自分土産に持ち帰れないものかと思案し始めた。

「結花」

「は、はい！　貴臣さん、なんでしょう!?」

名前を呼ぶと、返事はいいのだが、実に呼びにくそうに男の名前を口にする。それすら愉快だった。

「メールアドレスを訊いてもいいかな」

「……はい？」

「私はしょっちゅうこうやって日本と向こうを行き来している。次の旅行の予定が決まったら、連絡してくれないか。仕事で近くにいるかもしれない」

結花は、彼が自分の連絡先を尋ねてくれたことにひどく驚いていた。

自分にまた逢いたいと、思ってくれている。信じられないけど、そういうことなんだろうか。

できたらまた逢いたいけど、絶対無理だろうから、何も訊かないでおこう。ご迷惑だろうし。そう考えていたのに。

「……でも、次っていつになるか……」

「いつかは行くだろう。行くなら大学生のうちだろうし。まだウィーンにも行っていないだろう？　パリとミラノも外せないし、ブダやプラハも悪くない。それに、オペラ好きならドレスデンとハンブルクは絶対に行っておくべきだ」

「そ……それはまあ、いつかは行くつもりですが……」

逡巡していると、やたら熱心に言葉を重ねてくる。絶対無理、きっともう相手にされない……と、最初から諦めていたのに。

「勿論、連絡をもらったからといって、必ず都合を合わせられるわけでもないが。できれば、教えておいてほしい。……私もたまには、同好の士と盛り上がりたいんだ」

そう言われて、結花も思い出した。そもそもどうしてこんなに彼と親しくなったのか。

一人旅がどれほど気楽で楽しくても、やはり感動は誰かと分かち合いたいのだ。自分が何にどれだけ感動したのか、誰かに訴えて共感してほしいのだ。その気持ちは、とても、とてもよくわかった。

「──また、お風呂借りにいっちゃいますよ？」

こそっと呟いた声に、男は笑みを深くして頷く。

「バスタブ付きの部屋を取るようにしておくよ」

わかりました、と彼女はやっと頷いていて、バッグから携帯電話を取り出した。メモするのが面倒なので、赤外線で送受信する。

──これで、彼女の電話番号も手に入れた。あとはどうにでも調べられる。着陸前、最後に二人でもう一杯ロゼシャンパンのグラスを合わせて、秘密の共有を目で約束する。

羽田空港では、さすがに誰の目があるかわからず、搭乗口から出たところですぐに親戚の振りはやめた。男は何も言わなかったが、結花も気配で何かを察したらしい。今度は別れの挨拶もせず、ちらりと視線を交わすだけで別々の方向へと歩き出した。貴臣は、送迎の車が待機する正面玄関の車寄せへ。そして結花は、モノレールの改札の方へ。再び、そして今度こそ、道は分かれた。

——いい、旅行だった。空港から遠ざかるごとに、結花の中では全てが急速に過去になっていく。

きっともう、あんなことは一生起こらない。いい思い出になる。

うん、思い出にしよう。絶対にその方がいい。連絡先を交換したけれど、こちらからメールしたりしなければ、きっと向こうからは接触してこないだろう。

結花はそう判断したが。

これで終わりにする気など、男にはもはや毛頭なかった。

第二幕への前奏曲

「――はい。今聞いてもらったのが、リヒャルト・ワーグナーの楽劇『ニュルンベルクのマイスタージンガー』の序曲です。冒頭部分がソーセージのCMで使われたので、皆さん聴いたことがあると思うんですが」

上座に座った教授が、少々古めかしいラジカセからCDを取り出した。今日のCDもきっと、日本未発売の教授一押し海外録音なのだろう。音質が少し荒れていたので、戦後か、もしかして戦中か……

「これは一九四七年のスイス・ロマンド管弦楽団の演奏です。指揮はハンス・クナッパーツブッシュ」

結花が何を思っていたのかを読んだかのように解説し、もじゃもじゃ髭の教授はちらりと笑いかけた。この教授はワーグナー狂《ワグネリアン》のオペラ好き仲間で、結花ももう何度も熱く語り合った仲なのである。

「マイスタージンガーというと、皆さんは歌のマイスター、つまりプロの歌手かなにかだと思い込みがちなんですね。鳴海さん、向こうで観てきたよね？」

「はい。ベルリン・ドイツ・オペラで」

「じゃあ知ってるね。ヒロインであるエーファのお父さんは、何の親方《マイスター》？」

「金細工屋の親方です！」

「主人公のザックスは？」

「靴屋の親方です！」

「その通り！　素晴らしい《ゼア・グート》！　いいですか皆さん、タイトルだけ見ると大抵誤解するんですが、ここに登場するのは、歌が大好きな何かの親方《マイスター》なんですよ。つまり――」

　大学での結花の専攻は、人文学部の比較文化学科である。中でも主にドイツ語圏文化を学んでいるのだが、文化の名のもとに教員個人の趣味に走った講義が多いのはきっと気のせいではない。

　この授業は、月ごとにテーマとなるドイツ・オペラについて教授が蘊蓄《うんちく》を語り、台本の一部を抜粋してドイツ語を学び、オペラのＤＶＤを観て粗筋と感想文を提出するというもの。結花にとっては、これで単位をもらっていいのかと恐縮するほど、趣味と実益が合致した内容だった。講義概要《シラバス》を見て、真っ先に受講を決めた授業だ。

　実に楽しい、毎週心待ちにしている授業なのだが、今の結花にはちょっと困った現象が起きている。

せっかく現地へ行ったのだからと、どうやら教授は講義のテーマを結花が観てきた作品に合わせてくれているらしい。今月は『マイスタージンガー』、先月は――『魔笛』だった。

『夜の女王のアリア』と呼ばれる有名な部分の歌詞を訳しながら、一人だけ動悸息切れを起こしかけていたのはまだ記憶に新しい。しかもまた教授が、授業中に色々話を振ってくるのだ。自分と好みの合う学生がいるのが本当に嬉しいらしいが、そろそろ他の学生から依怙《えこ》贔屓《ひいき》呼ばわりされるのではないかと心配でもある。

それ以上に、ああ、彼とこんな話をしたな、と思い出してしまうのが、情緒不安定の大きな要因になっていた。


「ねぇ結花、旅行で何があったの？」

昼休みの学食の賑わいも、一時を過ぎて幾分落ち着いてきた。

今日は午前の二コマしか授業のない結花は、三限が空き時間の友人と一緒に、少し時間をずらしてランチを取りにきたところだった。

大学に入学してからできた、ほぼ唯一の友人である橋本絵里《はしもとえり》は、A定食にするか和風きのこスパセットにするかで悩んでいる結花に、もう何度目かもわからない質問を投げかけた。

何しろ、後期が始まってから明らかに結花の様子がおかしい。

眉間にうっすら皺を寄せて無言で考え込んでいたかと思うと、突然がばっと頭を抱えてうーうー言い始めたりする。机に突っ伏した顔は見事に真っ赤。

そんな奇っ怪な発作がもう、一ヶ月以上も断続的に続いているのだ。親友を自負する身としては、友人の心の平穏のためにも、親友としての沽券《こけん》にかけても、何にそこまで悶えているのか聞き出さないわけにはいかない。

だが、存外に結花のガードが堅かった。

旅行の話自体は嬉しそうにあれこれ話してくれるのだが、「で、何があったの？」と訊くと、あらぬ方向へ目線を泳がせて「別になんにも……」と返して終わり。耳まで真っ赤になっているというのに。

それがなんにもないっていう顔か！　と突っ込んでも、決してそれ以上は口を割らない。今だって、聞こえなかった振りをしてC定食を注文している後ろ姿の、首が既に真っ赤だ。無理やり聞き出してくれと言っているとしか思えない。

今日という今日は、逃がさないんだから！

固く意を決して、絵里は薄情な親友を一番人気のない席に引っ張っていく。

「今日こそ喋ってもらうから！」

トレイを置いて席に着くなりふんぞり返ってそう宣言され、結花は口をもぐもぐさせせながら黙って顔を背けた。絵里がイラついたように食ってかかる。

「あんたね、訊かれたくないなら、いい加減立ち直りなさいよ。何があったか知らないけど、一ヶ月も思い出し赤面を続けられたら、こっちだって無視できないっての！」

ううう、と小さく唸《うな》り、反論しようもないご意見に黙って耐える。だが、だんまりを続けるのももう明らかに限界だった。

「黙秘権は剝奪ね。さっさと喋っちゃいなさい。何があったの？」

問いつめている最中も、見る見る顔に血の気が上る。半熟卵のオムライスを黙々と口に運ぶ手が、やたらと強くスプーンを握り締めている。また思い出して恥ずかしくなっているに違いない。

そう、これは恥じらっているのだ。それは間違いない。でも何をそこまで！

「なんか恥ずかしいことやらかしたんでしょ」

ぎゅん、と顔が物凄い勢いであさっての方を向く。どんなに熱く見つめても、壁や床は慰めてなどくれないのに。

「……ちょっと遅めの、ひと夏のアバンチュールでもしてきたとか？」

がばっと机に突っ伏そうとして、そこにC定食のトレイがあるのを忘れていた結花である。オレンジジュースが入っていたプラスチックカップにガツン！　とおでこを打ちつけ、黄色い液体と氷がトレイにぶちまけられた。

絵里はいっそ唖然としている。

大方そんなことだろうと思ってはいたが、まさかここまで動揺するなんて、まさか。

「……あんたまさか、外人にぺろっと食われてきたんじゃないでしょうね……!?」

「……外国人じゃ、ない……」

覚悟を決めたのか、うっすら赤い痕がついた額を押さえながらぽそりと言い返してくる。

まさかという愕然とした思いとともに、やっぱりと腑に落ちて、絵里はまじまじと親友を見つめた。

オレンジジュースがちゃぷちゃぷしているトレイをどうにかしようと悩んでいるのか、どう話そうかと迷っているのか、狼狽《ろうばい》した表情を見るだけでは判断が付かない。でも。

「拭くもの借りてくる。オレンジジュースおかわりでいい？」

「いいけどいいよ……！」

「遠慮しないでいいよ。代わりに洗いざらい喋ってもらうから」

にいっと笑ってさっさと席を立ち、カウンターまで小走りして新しい飲み物を買い、大量のダスターを借り受ける。

待っている間、結花は何をどこまで話そうか、必死に考えていた。

「──日本人なの？」

「……うん」

「変な奴じゃないんでしょうね。チャラ男とか」

「ベルリンには、チャラい日本人なんてそういないと思う……」

「ベルリンね。ふぅん。……で？　どんな相手なのよ。年上？　だよね？」

「うん……」

一回りどころか倍くらい年上とは言えない。言いにくい。全然そんな歳には見えないひとだったけど。

「──寝たわけ？」

核心的な一言が、ついに投げかけられる。

下を向いたままのストレートボブが、微かに縦に揺れた。

絵里はふう、と溜め息をつき、肩から力を抜く。とりあえず、一番重要なネタは摑んだ。

ふと腕時計の文字盤が目に入ったが、見なかったことにする。だめだ、これはもう四限の授業どころじゃない。

「……あんたさ、春休み明けに、『あんなことしなきゃいけないなら、もう一生男なんかいらない』って言ってたの、覚えてる？」

「……うん……」

「なのにそうなったってことは、無理やり押し倒されて喰われたってこと？」

「……ううん、違う」

「じゃ、あんたが誘ったってこと？　オトコの誘い方なんて、知ってたの？」

「誘ったわけじゃ！」

ない、と言おうとして途中で口ごもる姿に、絵里は呆れ返った。まさかほんとに自分で誘ったのか。この世間知らずな箱入りの真面目っ子が。

「……ねえ、結花？　もういいでしょ、最初から話して。まず、どこで知り合ったの？」

洗いざらい吐くまでは、絶対に逃がさない。こんな面白そうな話、聞かずになんか済ませられない。

目を爛々と光らせて四限の授業を放棄した友人に、結花はもはや逃れる術《すべ》なしと悟り、ぽつぽつと答え始めた。

「――なるほど、つまり類友か。それじゃ結花でもほいほいついていきたくなるわけだ。……でもさ、いくらなんでもホテルの部屋までついてくって……どうなのよそれ」

バカじゃないの、と言いたいのをこらえている絵里の様子に、詳細を語るのはやめた。ついていってみたら物凄く広いスイートルームで、ブースに仕切られたマッサージシャワーに大きなバスタブまであって。足だけでもいいからどうにかお湯に浸かりたいと二週間願い続けていた自分の希望を、彼は快く叶えてくれたのだ。あのときの自分は本当に、単に熱い湯船に浸かることしか考えていなかったけど。

それを今言ったら、絵里に「あんたほんとにバカじゃないの？」と睨まれるのは確実だ。

「……別に、そういうつもりでついていったんじゃないし、向こうも、そんなものを求めて連れてきたわけじゃないって……」

「なのになんで寝ちゃうような展開になるのよ。もう二度とセックスなんてしたくないって言ってたあんたが！」

「ちょ、絵里！　そんなこと、こんなとこで叫ばないでよ！」

「だってこれが叫ばずにいられる⁉」

「でも、なんでって……言われても……」

——寂しかったのだ。

あの日まではこれっぽっちも自覚していなかったが、一人の自由を満喫しているつもりで、心の裏側では話し相手すらいない寂しさに耐えかねていたのだ。二週間もの間ろくに口を利かない生活は、初めてだったから。

そこへ現れた、日本語で安心して会話のできる、会話の弾む同好の士。おまけに、間近で見ているだけでも楽しいくらいの美男子。見るからにかなり年上であることも、色々な意味で安心材料だった。

彼とお喋りするのは物凄く楽しくて、時間があっという間に過ぎていった。二週間分一気に語り尽くす勢いで、とにかくずっと喋っていた。彼もただ黙って聞いているだけでなく、結花の一人旅の珍道中レポートに楽しそうに相槌《あいづち》を打ってくれていたし、恐ろしく豊富な本場の観劇体験を語ってくれもした。

ただ楽しくて、ほかには何も考えずについていったのだ。少し酔ってもいたし。彼もそういう雰囲気を匂わせるようなことは全くなく、むしろそんな意図がないことをどう話せば伝わるだろうと、注意深く言葉を選んでくれていた気がする。

だけど、一人で熱い湯に浸かりながら、ふと気づいたのだ。このシチュエーションが、客観的にはどういうシーンに見えるのか。

彼が何を思っているかはわからないけど、この状態はやっぱりそういうことになる……のかな。

そこで「ヤバい」と、思いはしなかった。

——あの人なら、いいなと。思ってしまったのだ。初めてが、あんな人ならよかったのに、と。

ああ、そうか。そこで結花はまた一つ気づいた。初めてのやり直しがしたかったんだ、自分は。

「……やっぱ私が誘ったのかも……」

「なんで？　なに、そんなに好みのタイプの男だったの？」

再び机に突っ伏しながら、絵里の質問に対する答えを考える。

タイプというか、あれが好みにそぐわない女が果たしてどれだけいるだろう。合コンに現れたら、一人で全員お持ち帰りできるくらいのひとだ。正直、そんなひとがどうして自分なんかの相手をしてくれたのか、そっちの方が不思議なくらい。

「……まあ、なんにせよ、することとしたわけだ。ねえねえ、それでどうだったの？」

それまで眉をいからせて説教するような顔をしていた絵里が、急ににやにやし始める。同じ学部の学生でも、絵里は初等部からの内部持ち上がり組で、ということは結構なお嬢様であるはずなのに、随分と経験豊富で世慣れていて……というか、色々くだけていた。

「なんだっけ、もう元彼の名前も忘れちゃったけど。あいつのときは、もう最低最悪だったわけじゃない。それが今度は、一ヶ月経っても思い出し照れって……ねえ、そんなに？　そんなによかったの？」

「……絵里。それ、心配してるとかじゃなく、単に興味本位でしょ」

赤い顔でジト目で睨む結花。だが絵里は全く引かない。

「恋バナだって恋バナ！　いいじゃん相手の顔も知らないんだし。で？　で？　あんたまだ二回目でしょ、痛くなかったの？」

「……」

「あのさ。黙っててもいいけど、全部顔に出てるよ。なに、そんなに上手かったの？　やだちょっと、何回した？　……数えるほどしたわけ？　ぷっ。結局、あいつが下手すぎたってことか！」

声には出していないのに、絵里はずばずば言い当てていく。これでは結花に黙秘する術などない。水っぽくなったオレンジジュースを黙って啜り、ストローの先端で氷をつつき回すことしかできない。

「ちゃんとイけた？　……やだ、イかされまくったっていう顔してるよ、あんた！　っか──いっそ羨ましい！　なんなのそれ！」

自分も顔を真っ赤にして一通りわめき、そこで気が済んだのか、ふっと真顔に戻って結花に尋ねる。

「で、それっきりなの？」

「……連絡先は、一応聞いてる……」

「連絡しないの？」

「なんのために？」

「あんた、そいつが好きになっちゃったんじゃないの？」

既成事実のように言われ、結花は無意識に首を傾げていた。

彼が好きか？　好き。即断言できる、物凄く好き。

でも、その好きと、絵里が言っている好きが、なんだか同じものとは思えない。

「……違うの？」

「よく、わかんない……でも」

思い出にしようと、もう決めているのだ。羽田で別れたあのときから。彼が誰かを知ってからはなおさら。

「じゃ、連絡取らないの？」

「またヨーロッパに来るときは、連絡してくれって言われたの。多分、こっちからしなければ、向こうからは来ないんじゃないかな」

「何それ！　……結花はそれでいいの？」

「うん。あのね、なんていうか、別世界のひとって感じだったの。だから、思い出にしておくのが一番」

別世界のひと、という表現は、我ながらぴったりだった。たまたまあの夜だけ世界が重なったけど、本来は別次元を生きている人なのだ。決して交わらない相手。

思い出にすると言い切ったくせに、ひどく切ない顔でストローを齧《かじ》る結花を見て、こりゃ重症だわ……と絵里は声に出さずに嘆息した。

高校まで真面目一筋のガリ勉、地味っ子だった結花の女子力を、そこそこ見られるところまで磨いてきたのは自分だったはずなのに。顔も知らないどこかの男が、一気に結花を女子から女に変えてしまったらしい。

「まあ、それは正しいっちゃ正しいんだけど。……じゃ、まだしばらく思い出し悶えするわけ？」

「見苦しくてごめん……」

「見苦しいっていうより、おかしいからいいんだけどさ。……そっか。結花がそれでいいなら、いいんじゃない？」

「うん。いい思い出っていうか、いい経験した。……って、やだ、そういう意味じゃないから！」

「でもそういう意味でもあるよね～」

顔だの手だのをぶんぶん振り回して必死に否定している結花を、絵里は生ぬるく微笑みながらわかったわかったと宥めすかす。

わかったよ、あんたがこの夏で一気に大人の階段上りまくっちゃったってことは。

「経験ね。ひと夏のケイケン。結花ったら青春してるじゃなーい！　あーあ、あたしも行こうかなー一人旅。結花、次は一緒に行こうよ！」

「一緒に行ったら一人旅にならないじゃん……」

「それもそっかぁ。あーでも相手の顔が見たーーい！」

その気になれば見られるけど、と教える気はなかった。見せたらどんな反応が返ってくるのか、想像がつきすぎてだめだ。

自分ももう、見ないようにしているのだから。

第二幕　偶然ではない再会

Das Liebespaar der Oper

1

表面上だけでも平常心を取り戻すまで、丸二ヶ月かかった。

全ては過去になった。細かいところは忘れた。ただの思い出。と自己完結できた（つもりになれた）のは、ようやく十一月に入ってから。その十一月も半ばを過ぎると、いつまで残暑なのかわからなかった季節も、ようやく冬の気配を漂わせ始める。

なのに、思い出となったはずの結花の夏休みは、まだ終わっていなかったのだ。


結花は、ただひたすら迷っていた。

もうかれこれ二十分近くも、スマホの画面を睨みながら指先でテーブルを叩いている。

どうせなら画面をタップすればいいものを。

次の旅行の予定が決まったら、連絡してくれ。彼はそう言ってアドレスを教えてくれたけど。

それってどういう意味なのだろう。予定を知らせて、運が良ければ顔を合わせて、それで？

わからない。彼が何を考えているのかなど、さっぱり想像がつかない――なのに、自分は想像して期待してしまう。また彼に会って、一緒にオペラを観たりお茶したりお酒を飲んだり、語り明かして盛り上がって、でもって……

ゴン、と額を机に打ち付け、ぶんぶんと激しく頭を振ってから、はあああぁぁと長い長い溜め息を漏らす。もう何度目だろう。ぺたりと机にくっつけた頬は、熱でもあるのかというくらい真っ赤だ。

……あれは過去。ただの思い出。時間が経った今ではもう現実感も乏しくなってきた、一夜の夢みたいな、ただの思い出。

思い出にしようと決めたのに、今のように迷いに迷って、でもやっぱり気になって、帰国したその日の夜、彼の名前をインターネットで検索してみた。

お金持ちには違いないと思っていたけど、まさか……

まさか、ああも桁外れのセレブだとは思わなかった。雲上人《うんじょうびと》というやつだ。写真付きの記事だったから、絶対に間違いない。彼本人だ。

……ああ、これじゃあ。

はぁ、と溜め息が止まらなかった。どう考えても無理。自分のようなただの大学生など、傍《そば》に寄ることもできない。

諦めて、さっさとアドレス帳からデータを消してしまおうとしたけれど、できなかった。思い出があまりに美しすぎて、それだけは自分から奪いたくなかった。

誰にも言わず、覚えているだけなら、自分にも赦《ゆる》されるよね。そう思って、それだけで我慢しようと自分で決めたのに。

『冬休みの予定は？』

日付が十二月に変わった直後、受信したメール。

たった一言、挨拶もなければ名乗りもしない。けれど、見事なまでに用件のみの文面を見た瞬間、その短いセンテンスが彼の声で生々しく頭の中に再生された。

……すぐ耳元で聞いたあの声を、まだ覚えている。忘れられるわけなどない。普通に話している声も、……欲情して微かに息の上がった声も。

実を言えば、もう次の渡欧の予定はあらかた決まっている。冬休みは短いし、年末年始は航空券も安くならないので、次はやっぱり春休み。冬休みは、ほんの数日でもせっせとバイトして、旅費を貯めないと。

なんてことをどう返そうか、そもそも本当に返信していいのか、うんうん唸り続けても う半日。

さすがに無視するのは良くないよね、という義務感に屈した……ことにして、メールの返信ボタンを押そうとしたちょうどそのとき。

ほんの一瞬、着信音が鳴った。それとほぼ同時に、指先が画面を押していた。あっと思う間もなく、通話状態に入ったことを示すＬＥＤランプが色を変えながら明滅し始める。

結花は慌てた。電話を取る気なんてなかった、断じてなかった！　ここ図書館の中だし！

けれどタイミングの問題で、取ってしまった……一瞬の着信音は、間違えようもない。彼の分だけ、着信音の設定を変えておいたのだ。向こうから連絡なんて来ない、と確信しているくせに、でももし万が一来たら……と想像している自分が滑稽だった。

『……結花？』

名前を呼ぶ声が、スピーカー越しに聞こえてはっとする。間違いない、彼本人の声。聞こえてしまったら、もうだめだった。大急ぎでスマホを持ち上げ、深呼吸する。

「あの……もしもし……？」

『結花。今大丈夫か？』

「はい。えっとあの……お久しぶりです。メール、返信してなくてごめんなさい」

――ああよかった、ちゃんと話せてる。あんなに緊張してたのに。うん、声だけならきっと大丈夫……

『返事が来ないので、もしかしてアドレスが変わったんじゃないかと思って電話してしまった。……次の予定は決まったのか？』

「大体は。でもまだ先だから」

『今度の冬休みじゃないのか』

「だってあの、年末年始は、航空券高いし」

同じことをメールで返信するつもりでいたので、すらすらと答えられた。よし、これで言うべきことは言った。「わかった、じゃあまた」的な展開で電話が切れるのを予測して身構えたが、そのまま沈黙が流れて「あれ？」と首を傾げる。

しばしの沈黙の後、深い深い溜め息がはっきり聞こえてきた。

『……年内には会えるだろうと思って、楽しみにしていたんだが。冬休みでないとすれば、春休みか？　まだあと丸二ヶ月以上もあるじゃないか……』

おかしい。結花は耳に電話を当てたまま、無意識に息さえ殺して身を縮めた。電話の向こうの声が、どんどん低く沈み込んでいく。

……もしかして、落胆している？

ど、どう反応すればいいんだろう、この事態。なんだかおかしい。まるで、彼が私に会いたくて仕方ないと言っているように聞こえる。……嘘。ないない、そんなのありえない。

絶対ない、ありえない、と必死に打ち消す顔が既に赤い。電話を取った瞬間から騒ぎ始めていた心臓が、激しくバクバクいい出した。

『……結花、今日はもう講義は終わったんだろう。バイトも入っていないはずだな？』

「え？　は、はい、そうですけど……」

どうして彼がそんなことを知っているのだろう。不思議に思ったが、理由を訊ける雰囲気ではない。

『まだ何か用事があって残っているのか？』

「ううん、ちょっと図書館で……レポートの資料集めしてただけ」

実際のところは、必要そうな本を集めて積み上げただけで、あとはひたすらスマホの画面を睨んではうんうん唸っていました。とはとても言えない。言ってはいけない気がする。

『出てこられるか？　北門側だ』

その言葉に再び耳を疑った。北門て、まさかここの……大学の北門？

「すぐ、出られるけど、まさかそこにいるの……!?」

『待っているから早くおいで』

ぷつ、と電話は切れた。

結花は血相を変えて机の上の私物をカバンに放り込み、積み上げていた本を返却ワゴンにドンと置くと、一気に出口へ走り出した。

――バックミラー越しに見る秘書兼運転手の顔が、奇妙に歪んでいた。

「笑いたければ、笑っていいぞ」

濃紺色の国産高級車の後部座席で肘掛に片肘をつき、もう片方の手にスマホを持ってうっすらと笑みを浮かべた貴臣は、寛大にも秘書にそう告げる。

直後、運転席で置物のように微動だにせず空気に徹したつもりでいた秘書は、がばっと両手で口を押さえてから「ぶふっ……！」と空気の塊を吐き出した。どうやら気化するのに失敗して、上司の目に留まってしまったらしい。

「……専務。なんつーかその、もう、めろっめろですね！」

「そうだな。私もそう思う」

……冷たく睨まれながら黙殺されるだろうと思ったのに、あっさり肯定されてしまった。笑いの発作も凍り付かせた秘書が思わず硬直する。

しかもなんだ、この上機嫌は。ここ一ヶ月で、こんなに機嫌のいい顔をしたことがあったか？　おいおい、今にも鼻歌歌いそうだぞこの人。働きすぎで、ついにどっかおかしくなったのか。

「そんなにおかしいか？　おかしいな。まあ、たまにはいいだろう。私にも、時には娯楽と癒やしが必要だ」

「いや、そりゃ誰にだって必要だと思いますよ！　特に専務は、今朝帰国したばかりでお疲れでしょうし」

許される範囲内での軽口を叩いて秘書はどうにか体勢を立て直し、顔を引き締めて門の方へ眼差しを向けた。

これまでに画像は散々見ているが、生の本人に会うのが楽しみでならない。一体ぜんたい何をどうやって、カチコチに固く凍り付いていたこの上司をここまで柔らかく捏ねたのかと。

ほどなくして、学生らしき女の子が物凄い勢いで走ってくる。セミロングの黒髪が右に左にたなびくのを見た上司の笑みが更に深くなり、上機嫌度が一気に上がった。まだ上がる余地があったのかといっそ不気味に思いながら、秘書はさっと運転席のドアを開けて車外に出ると素早く周囲に視線を走らせ、危険の兆候がないかをチェックしてから深々と頭を下げた。

彼女はびくりとしてその場に立ち止まり、明らかに当惑した顔で上着のあわせをぎゅっと掴んでいる。

表情筋を一切動かさず、黙って後部座席のドアを開ける。上司のニヤけ顔が拝めないのは残念だが、このお嬢さんを生でじっくり見られたので今は満足だ。

「おいで、結花」

——無表情、無感動の能面ヅラとサラリーマン役員どもから陰口を叩かれている上司の、未だかつてありえなかった物凄い猫撫で声に、ぶわっと鳥肌が立ってワイシャツの形状記憶繊維を押し上げる。

全力疾走してきたのだろう、はあはあと息を荒くしている彼女はその場で逡巡していたが、だめ押しに「どうぞお乗りください」と声をかけると大人しく上司の隣におさまった。こんなところを狙われたら、たまったものではない。すぐさまドアを閉めて鋼鉄と防弾ガラスで覆い、運転席に戻って車を動かす。

「久しぶりだね。元気そうだ。……少し髪が伸びたな」

横に座った結花を、じっと見つめる。殆ど化粧もしていない顔に、戸惑いがありありと浮かんでいた。

肘掛に乗せていた腕をすいと伸ばし、揃えた指の背で頬を撫でながらさらりと黒髪を後ろへ払う。一瞬見えた耳が、ほんのり朱に染まっていた。

「はい。あの……お久しぶりです。でもあの、どうして……」

どうしてここがわかったのか。どうしてここにいるのか。どうしてここに……自分に、会いにきた？　のか。疑問があとからあとから湧いてくる。

先ほど電話で声を聴いたときから、もしかしてこれは夢なんじゃないかと半ば本気で疑っている結花であった。

「お茶に誘いにきた。サンドイッチとスコーンにケーキ付きのアフタヌーンティーでもどうだろう?」

顔を合わせてからずっと、どんな顔をしていいかわからないといった表情をしていたが、食べ物の話題にほんの少し明るくなった。

「すごい。本格的なアフタヌーンティー。……でもあの、どうしてここにいるって……わかったんですか?」

「――私が誰か、調べた?」

質問に答えず逆に問いかけると、結花は再び緊張した面持ちになって微かに頷く。

「ネットで、名前を検索してみた。……ごめんなさい。調べられるなんて、嫌ですよね」

小さく謝罪する声に、秘書はすぐさま運転席で土下座したくなった。

自分が上司に命じられて調べた手段に比べたら、ググってみるくらいかわいいものだ。

何しろこの上司ときたら。

「……このスマホ」

「これ? でも、番号とメルアドしか……」

結花が手に持ったままだったスマホをそっと持ち上げ、貴臣は指先で側面に小さくプリントされたメーカーロゴを示した。シンプルな字体《フォント》で描かれたアルファベットが四文字。

「まずは、弊社製品をご愛用いただきありがとう。……全ての筐体には、メーカーが独自に設定した識別番号《シリアルナンバー》がついている。電話番号からその番号に辿り着ければ、GPSでリアルタイムに追跡することだってできる」

ですがそれは本来メーカー側が把握可能な情報ではないし、位置情報の追跡に至っては
プライバシー丸無視の完全なる犯罪行為です、すみません！　と土下座したかったのだが、余計な差し出口を赦してくれるような上司ではない。

GPSのデータだけではない。携帯電話会社の契約情報から、個人情報をごっそり抜き出して上司に捧げたのは自分です！　しかもまだそれだけじゃありません！

「私も、調べさせてもらったよ。すまない。……だから、おあいこだ」

どこがおあいこなものか！　この上司は、こんなときのためにお前を飼っておいてよかったと、たまたま趣味であちこちの回線にお邪魔するのが得意な自分に、大学入試の成績から授業の時間割にアルバイトのシフト表、スマホの通話相手やメールの送信先まで調べさせたのだ！　メールの内容の開示だけは断った、人としてそりゃいかんだろうと！

ただし、自分が断っても、上司が本当に知りたいと思えば、命じる相手はほかにいくらでもいるのだろう。何しろ彼は。

「…CUSE《キューズ》の役員さんて……きっと、すっごくえらい人ですよね」

不安げに呟きながら、ヨーロッパへ行く前に機種変更したばかりだった、CUSE製のシャーベットピンクのスマホを見つめる。

「そっか……CUSEって、キューズじゃなくて、クゼ、なんだ。ほんとは」

「まあ、そうだね。実に安易なネーミングだが。それに私は、CUSEの役員ではなく、CUSEの子会社の役員だ。——今はまだ」

日本全国津々浦々まで知れ渡る名門企業、久世興産がCUSEに社名変更したのは、もう三十年以上も昔の話である。

日本だけでなく世界を相手に商売するために、全世界的にわかりやすい社名に、という趣旨で、一部の反対を押し切っての変更となった。その甲斐あってか、CUSEの製品は物凄い勢いで世界中に広まっていった。国内は言わずもがな。

どこの家にも何かしら一つは、大抵CUSEの家電がある。ここ十年ほど、「CUSE is CUTE」というキャッチコピーで女性受けを狙った商品シリーズを数多く出しているせいで、結花の家にはスマホ以外にも、ヘアドライヤーやMP3プレイヤーなど、色とりどりの可愛いCUSE製電気器具がいくつもある。

勿論、CUSEはただの家電メーカーにとどまらない。むしろ家電事業はCUSE全体からすれば予算の一割にも満たない。CUSEに創れないものが果たしてあるのか、というくらい、膨大な特許を抱えて多様な製品を生み出し、全地球規模で商売しているグローバル企業だ。グループ全体での総売上高は十兆円に迫り、関連企業数百社、全部合わせると数十万人の従業員を擁し、テレビをつければ毎日必ずCMを見る。

久世貴臣は、そのCUSE、旧久世興産の、創業家本家の御曹司であった。——ただし次男だが。

「まあ、知っての通り、私はCUSEの久世だ。だが、結花はそんなことは気にしないでほしい。私達は単に、旅先で偶然知り合った同好の士だ。……単に同好の士というには、少々親密な間柄だけどね」

ボンっと音がしそうな勢いで真っ赤になった結花をバックミラー越しに見て、運転席の秘書は内心「うわっちゃ〜〜」と呻いて額を叩いた。あくまで心の中でだ。

まさかとは思ったが、やっぱりもうお手付き済みかよ！　おいおい相手はまだ大学生だぞ。あんたいくつだ、歳の差どんだけあるんだ。犯罪だろうそれはうらめやましい！

「……うん、あの、気になるのは気になるんだけど……だからといって、どうしたらいいのか、よくわからない……」

心なしかしょんぼりして下を向いた結花に、頬を緩めた貴臣は柔らかな眼差しを向けた。一瞬迷ってから、肘掛に戻していた手を伸ばし、艶やかな黒髪にもう一度触れる。頭の形をなぞるように撫でると僅かにひんやりして、薄絹のように素晴らしい手触りだった。

「どうもしなくていい。今のままで。久世の名に遠慮したり、怯えたりしないでくれれば」

「うん、それは……貴臣さんは、私の中ではもう、〝貴臣さん〟だから。でも、——そっか。たまたま苗字が久世さんなんだって、思えばいい?」

思い悩んでいた彼女が出した提案は十分現実的で、貴臣にも迎合可能なラインだった。それでいい、と深く頷く。

「是非そうしてくれ。というわけで、久世の話はおしまいだ」

こんな話をするために、わざわざ役員会の会合をすっぽかして会いにきたわけではない。ようやく緊張を緩めて顔を上げた結花を、貴臣は再びじっと見つめた。

「それより、趣味の合う友達として、たまにこうして誘っても構わないかな?」

え。一体どこから捻出するんですかその時間。と、秘書が運転席からミラー越しに突っ込む。勿論貴臣は見なかった振りをした。

第一『友達』って。『少々親密すぎるお友達』って。

こんなに突っ込みどころ満載な上司は初めてで、運転に集中しなければならないのに後部座席が気になって仕方がない。

「全然いい。私は嬉しい……けど、貴臣さん、私みたいな子供を相手にして楽しい? 退屈じゃない?」

可愛い声で貴臣さん、なんて呼ばれてニタニタしている上司を見て、秘書は本気で我が目を疑った。誰こいつ。

大体、相手にするってなんの相手だ、このハイスペックの権化め! ネットの世界ではあんたみたいなのをチートって言うんだぞ、畜生！

「――ベルリンでも言ったが、忘れてしまったかな。私はきみを子供だと思ったことはないよ。子供っぽくて可愛い、とは思うけどね」

「ちょ、貴臣さんっ！」

……ぐえ、とつい喉が鳴ってしまったのは痛恨のミスだった。飛び出しかけた奇声をのみ込もうとして失敗し、更におかしな音を立ててしまったのである。運転席で竦み上がった秘書の後ろ姿を見て瞬時に赤面し、彼女は慌てて口止めを試みる。が。

「ん？　ああ、これなら気にしなくていい。……そうだね、顔を合わせる機会もまたあるだろうから、紹介しておこうか。第三秘書の野元《のもと》だ」

そこで自分に振るな！　と内心叫んだが、どうにか顔に出さずに乗り切って、平静さを装いつつミラー越しに軽く頭を下げる。

「野元と申します。後ほど名刺をお渡し致します」

「あ、鳴海、結花です。よろしくおねがいします……」

何をどうよろしくなのかわかっていない当惑顔でちょこんと頭を下げた結花に、また土下座したくなってきた。すいません、お名前どころか住所電話番号生年月日まで全て把握しております……。

「第何秘書までいるの？　あ、ただの興味なんだけど」

「今のところ、第三までだ。野元は主に護衛を兼ねた運転手と、情報収集担当だな」

はいそりゃもう色んなところにハッキングしておりますがクラッキングは致しません犯罪ですから！　と、心の中で言い訳してから、信号で停車したついでに周りを確認する。

久世の御曹司が女子大生をホテルに連れ込んだなどと万が一にもマスコミにすっぱ抜かれたら、かなり面倒なことになる。お茶しに行っただけなどという言い訳は、絶対に通用しない。あることないこと山ほど書かれて、貴臣はおろか結花まで巻き込まれて人生が破綻しかねない。まだ大学生だというのに！

「ところで貴臣さん……どこに行くの？」

普段車で都内を移動することなどまずない結花は、現在位置が把握できないでいる。窓の外の地名を見ても、さっぱりわからない。

「さて。野元、どこかあったか？」

「日比谷《ひびや》に向かっております。リンガムなら大丈夫そうです」

車は神田《かんだ》を抜け、大手町《おおてまち》に差しかかっていた。この辺りも貴臣には危険エリアだが、車内にいる限りは外からの視線を遮ることができるので問題ない。

この上司が、堂々と「女と密会するからホテルを探せ」と言い出したときには、秘書全員が耳を疑って顎を落としたものである。だが、日頃から「もうちょっと女に興味を……」と心配していた面々なので、すぐさま立ち直って場所探しに奔走した。

まず、マスコミが群れそうなイベントスケジュールが入っているホテルはだめ。マスコミが取材に訪れそうな著名人の宿泊客がいるホテルもだめ。地理的にマスコミが意味なく出没しそうな立地のホテルもだめ。おまけに上司は「まともなアフタヌーンティーが出せるホテルにしろ」と条件を付け加えた。だが、それで逆に候補は絞られた。

あとは本人ではなく秘書から電話し、コンシェルジュに十分言い含めて裏口を手配させれば、逢い引き手配、一丁上がり、だ。

「だそうだ。すまない、少し場所を選ぶ必要があってね」

「……うん、別にいいんだけど。貴臣さんが私を攫ってどうこうするとは思えないし」

いいやお嬢さん！　その人が一番危ない！　と、またしても叫びたいのを必死にこらえる。バックミラー越しにちらりと睨まれるだけで、気温が一瞬で五度くらい下がった気がした。

「攫ってしまうかもしれないよ？　私の部屋で飼っておこうかな」

「むしろすっごくいい生活させてくれそう。でも、んー、大学とバイトにはちゃんと行かせてくださいね」

さらりと流した。さすがだ。既にこの上司の扱い方を心得ている気配がする。秘書は心底感心した。

大体、この上司が誰なのかをわかっても変わらない態度で接することができるというのが、普通はありえない。

……まだ学生だからだ。と、秘書は気づいていた。社会人になって日経なんか読んで、社会の中での自分のポジションなんてものをおぼろげに掴み始めると、おそらくもうこの上司とは普通には付き合えない。

祖父は経団連の元副会長、父は内閣府の経済財政諮問会議の主要メンバー。兄は首相経験者の孫婿で、姉は英国貴族に嫁いだ称号持ち。凄すぎて笑うしかない。

馬鹿でかい屋敷で大勢の使用人に囲まれて育ち、一生かかっても使い切れないほどの個人資産を持ち、名簿には常にＶＩＰのタグが付けられて。おまけに本人も、見ての通りのスーパーハイスペックチートだ。世界が違うと尻込みするか、恐れおののいて近寄らないのが普通の男の反応。どんなことをしてでも振り向かせたい、とはた迷惑な野望を抱き始めるのが、普通の女の反応。

だがまだ大学生の、就職活動すら未経験の結花は、そんな社会の階級制度《ヒエラルキー》を全く肌で実感していない。だから、「大企業の役員で偉い人で大金持ち」と理解しても、自分の世界とはかけ離れすぎて無関係に見えるので、それほど気にしない。どう気にすればいいのかを、まだ知らない。

こういう相手じゃないと、駄目だったのか……。そりゃ、歳の差なんか気にしてられないよな。

畏れ多くも上司に同情してしまった秘書は黙ってハンドルを切ると、ホテルの地下駐車場入り口へ車を進めていった。

2

日比谷の一角、晴海《はるみ》通り沿いに建つザ・リンガムは、特徴的なアールデコ風のポストモダン建築にクラシックな内装を併せ持つ、外資系の超高級ホテルである。

大学生の結花にはとんと縁のない場所だが、英国資本の香港《ホンコン》系ホテルだけあって、ロビーラウンジで提供されるアフタヌーンティーは好事家《こうずか》達の間でも定評がある。

だが、公共の場に女連れで姿を現すわけにはいかない貴臣は、給仕をするバトラーごと、一切合財全てを客室に運ばせてしまった。

対応するコンシェルジュも心得たもので、地下駐車場奥の出入り口で出迎えた二人を別々のルートでタイミングをずらして部屋まで案内し、「どうぞ何なりとお申し付けくださいませ」と言い残すと一切の無駄口を叩かずに退出していった。

高層階特別フロアのスイートルーム。広々としたリビングルームを囲むガラス窓の外には、日比谷公園の緑と高層ビル群の絶景。うわ、うわぁ……！　と結花が遠慮も忘れて見入っている間に、三段のケーキスタンドとティーセットがワゴンで運ばれてくる。

上品なサイズにカットされた色彩鮮やかなサンドイッチ、グリュイエールチーズの香りを漂わせた温かいキッシュに、柔らかな緑色の冷製ポタージュスープ。プレーン・レーズン・ローズマリーの三種の焼きたてスコーンと、クロテッドクリームにアカシア蜜にレモンカード、ジャムも五種類。苺を飾ったピンク色のムースに、紅玉林檎を敷きつめた薄いタルト、小さくカットしたふわふわのショートケーキと、どっしりした干し無花果《ドライフイグ》と胡桃《くるみ》のパウンドケーキ。彩り華やかで美しいご馳走は、まるでお花畑か宝石箱のようだ。

「紅茶の好みがわからなかったので、いくつか持ってこさせた。色々あるから、好きなものを試すといい」

ソファに腰を下ろした貴臣が言うと、黒のスーツに蝶タイ姿のバトラーが結花に上質な厚紙のメニューを差し出してきた。どうぞお好みのものをお申し付けください、と。

「え、選べない……」

メニューにはざっと二十種類ものお茶が列記されていたが、特にお茶に詳しくない結花は名前を見てもさっぱりわからない。何がどう違うのか、想像もつかない。

Green tea って、あれ？ 要するに緑茶のこと？ Oolong って、烏龍茶のことだよね？ アフタヌーンティーって紅茶だと思ってたけど、そんなことないの？

「もしよろしければ、最初は私どものお奨めするオリジナルブレンドをお試しくださいませんか？」

メニューを凝視してうんうん唸っているのを見かねたバトラーが、そっと控えめに声をかける。すると結花はぱっと明るい笑顔を浮かべ、「お願いします！」と大きく頷いた。ただただ素直で純真なその表情を一目見ただけで、貴臣は出席するはずだった役員会の議題を全て思考の彼方に蹴り飛ばした。

「お……美味っしい……！　何これ！」

まず手始めに、小さなカップに入った冷製スープを一口すくい上げた結花が、かぷっとスプーンを咥えるなり感極まったように声を上げる。

なぜこの子は、何に対しても、こうも素直な反応を返すのか。脚を組んでソファに凭れながら観察している貴臣は、ストレスフルだったこの一週間の疲れがじわじわ癒やされていくのを感じて無言で嘆息していた。小型の卓上電熱器で湯を沸かしながら、バトラーまでもがその声を聴いて淡く微笑んでいる。

富裕層の顧客が圧倒的に多く単価の高いこのホテルでは、提供されるものはなんであれ美味しくて当たり前。そう思っている客ばかり見ていた目には、若い女性が目を輝かせて心から感動している姿が、心洗われるほど微笑ましかった。

「あの、うまく言えないんですけど、なんていうか……今まで飲んだことのあるスープとは、次元が違います……！」

「そちらはリークのポタージュですが、お口に合いましたでしょうか？」

「すっごく美味しいです！　でもあの……すみません。リークってなんですか……？」

「西洋葱です。ポワロー、ポロ葱とも呼ばれます。見た目は日本の長ネギを太くずんぐりさせたような感じなのですが、加熱すると大変甘みが出ます」

「ってことはこれ、つまり葱スープ？　うわぁ、とても葱とは思えない……！」

若くて世慣れていない割に、結花は案外物怖じしない。知らないことは正直に知らないと述べて尋ねるし、こうして見知らぬ他人と会話するのも苦ではない。初めてのヨーロッパを一人で二週間旅することができたのも、この性格故だろう。

バトラーは結花の細々とした問いかけにも、ごく丁寧に、しかも心なしか嬉しそうに対応している。彼らはこういうときのために常に完璧な知識を備えているが、披露する機会にはそれほど恵まれない。披露したところで、こんなにいちいち反応されることもそうない。「あ、そう」で終わることが殆どだ。

勿論彼も、完璧なバトラー兼ホテルマンとして振る舞い、客のプライベートには一切興味を示さないよう自らを律しているが、やはり内心気にはなる。

コンシェルジュからくれぐれもと言いくるめられたＶＩＰ、「ＣＵＳＥの久世様」と、この大変可愛らしいうら若い女性が、一体どのようなご関係なのか。今のところは全くそういう匂いは感じられないが――

「貴臣さんは、食べないの？　私多分、こんなに食べきれない……」

「残ったら、日持ちのするものは包んでもらえばいい。……私は今はお茶だけでいい。食べたいものは別にある」

——紅茶を注いでいる最中でなくて、よかった。バトラーは一瞬で噴出した妙な汗が顔に出ていないことを祈りつつ、ＶＩＰの意味深な笑顔から瞬時に目を逸らしていた。

たまたま昼食を控えめにしていたこともあり、結花は旺盛な食欲でケーキスタンドを攻略した。

紅茶は結局用意されていた五種類全てを一杯ずつ飲み、紅茶ってこんなに美味しいものだったんだと感動し、サンドウィッチ、タルト、キッシュ、ケーキと甘味・塩気の無限ループを三回くらいコンボする。

まだ温かいプレーンのスコーンを半分に割り、片方を食べたところで、ついに手が止まった。

「……ねえ、貴臣さん。訊いてもいい？　どうして、連絡くれたの……？」

美味しい、をひたすら連呼していた口が、迷いながらもついに質問を吐き出す。

いつの間にか窓の外は既に半ば以上陽が落ち、公園の緑は広大な黒い影となって、高層ビル群の放つ光を引き立てている。ふ、と表情を消した貴臣はすいと立ち上がりざま、ワゴンの脇に控えていたバトラーに軽く手を振った。するとバトラーは軽く頭を下げ、全てをその場に残したままで姿を消す。

結花は呆然と、そのやり取りを眺めていた。否、片手一本で他人を動かすことに慣れた貴臣の姿に、陶然と見惚れていた。

部屋のドアが閉まった音を確認するまで、貴臣は濃紺色の夜景を背に窓の前に立っていた。今までに見たこともないような見事な夜景より、貴臣の姿そのものが結花の目をとらえて離さない。まるで映画のワンシーンだ。主演俳優まで完璧な。

一番上まできっちりボタンを留めたシャツ、落ち着いた色調ながら何色とも表現し難い複雑な色彩のネクタイ。スーツ姿のサラリーマンが千人いても、この人の姿だけは浮き上がって見えそうな見事なライン。——でも、あのシャツの下を、自分は知っている。素肌にじかに触れたことだってある。全ては夢だったんじゃないかと思うけれど。

別世界の人。心の中で、溜め息交じりに呟いた。

自分とは決して交わらない、けれど、歌劇場の中でだけは同じ次元に存在できる、特別な人。

黙って自分を見ているのをどう思ったのか、貴臣は無表情なままで結花の顔をじっと見つめ、ぽつりと言葉を落とした。

「……どうしてか？　どうしてだろうな」

謎かけのような言葉に、結花はうっすら表情を歪める。予想していた、もしくは期待していた言葉とは違った、という落胆の表情。

その顔を見て一瞬胸の痛みを覚えた貴臣は、知らぬうちに硬直していた表情筋を緩めてほんの少し口角を上げると、ゆっくり歩いて結花の隣に腰を下ろした。ふい、と下を向いて目を逸らそうとするのを赦さず、両手で小さな顔を摑んで自分の方へ向き直らせる。

「……今更取り繕っても仕方ないな。正直に言おう。——ベルリンでのあの夜が、忘れられない。今朝はついに夢に出た」

出張先のドバイから羽田に戻ってくるフライトの、ファーストクラスのフルフラットシート。最後に本人を見たのと同じようなシチュエーションだったせいか、機内での浅い眠りに結花が出てきて、無邪気に甘く微笑みながら彼を誘っていた。

まさか自分が女の夢など見るとは思わず、狼狽ついでについ催促するメールまで送ってしまった。せっかく今まで、連絡を取るのをこらえていたというのに。

ところがだ。メールは間違いなく届いているはずなのに、半日経っても返信がない。もしかして、もう自分の誘いに応じる気はないのではないか……と嫌な想像が脳裏を走った瞬間、我慢の限界を超えていた。

「これは重症だと思って、とうとうこうして会いにきてしまった」

やんわり顎を押さえていた手が、そっと動いて唇に触れる。感触を思い起こすように、何度も何度も親指の腹で下唇のラインをなぞる。

指で触れたいわけじゃない。

指で触れられたいわけじゃない。

無意識に息を詰めてなすがままにされている結花も、じっと貴臣の顔を見つめる。冷ややかなほどの無表情なのに、目だけが熱に浮かされたように狂おしい焔《ほのお》を孕んでいる、美しい顔を。

「会って顔を見たら、それで満足するかと期待したんだが——やはり、無理だった」

続く言葉を一度のみ込み、吐き出すかどうかをためらって、
結局、口にした。

「結花を、抱きたい。今すぐにでも、私のものにしてしまいたい」

——嬉しい、と思ったのが最初。けれど、それをどう表現していいのか結花にはわからず、なんの言葉も思い浮かばない。

素直に喜んでいいのか、それはちょっと女性としてはしたないのか。そもそも彼はほんとに本気なのか。頭がぐるぐるし始めて、声も出せない。

けれど、みるみる赤く染まっていく頬や微かに震える唇、蕩けるように潤んで瞬きを繰り返す瞳が、声に出すより露骨に語っていた。一目見るだけで、貴臣にはすぐにわかった。

おいで、と囁かれた結花が、そろりとソファの上に膝をつく。遠慮がちに伸ばした手をぐいと引かれ、スーツの胸に倒れ込んだ。腰や背中に腕が回され、そのままぎゅうと抱き

締められて、結花もおずおずとだが自分で貴臣に抱きついてみる。——ああ、あのときと、同じ香りがする。

「……私は結花の倍近い歳だから、こんなおじさんの相手など、全然楽しくはないだろうが」

「ううん。気にならないし、全然そう見えない。それに、私はすごく楽しい」

互いに互いの耳元で、囁くようにして言葉を交わし合う。耳朶や首すじを撫でる吐息が、既に熱い。

「——知っての通り、いささか面倒な名前と地位を持たされているから、こうしてこそこそ隠れるような真似もしなくてはならないのだが」

「うん、隠しておいた方がいいと思う。私もちょっと……怖いし。マスコミとか」

「結花のことは、絶対に護る。……だが、結花にも、秘密にしてくれと頼まなければならない」

「……まあ、私が言っても誰も信じないと思うけど……」

「私はこんなに夢中なのにな」

文字通り夢中だ。夢に見た、夢で抱いた女が恋しくて欲しくて、データ上で追いかけ回してストーカー紛《まが》いの真似をするだけでは飽き足らず、ついに自ら攫いにいってしまうほど。

こんな事態は、文字通り生まれて初めてだ。一人の女に、これほど手をかけたことなどない。そもそも追いかけたことすらない。これまで一度も味わったことがないほどの渇望。しかも、時間が経てば経つほど、忘れるどころかどんどん執着心が強くなっていって。

このままでは、まずい。

手に入れておかないと、自分が一体何をしでかすか——自分に何がどこまでできるか、わかるからこそ恐ろしい。

だからもう、捕まえにいくしかなかった。再び自分から飛び込んでくるのを待つ余裕など、もはやない。

「結花、いいのか？」

抱き締めていた身体を少し離して視線を合わせ、本気を込めて改めて問う。

小さく首を傾げた結花が、透明な眼差しでまっすぐに貴臣を見つめ返した。

「私、一度もイヤだなんて言ってない」

「結花を抱いて、私のものにしてしまうよ」

後には引かせぬ口調で断言すれば、こくりと大きく頷いて。

「いい。私は、貴臣さんのもの。」

結花の口ではっきり言わなければ、納得しない人だと知っている。だから自分で口にした。もしこの場に首輪でもあれば、さあどうぞ繋いでくださいと自ら進んで首を差し出しただろう。

世界の違う人。自分から近寄ることなど、できるはずがない。近寄る術もない。

でも、彼の方から引き寄せてくれるのなら。

彼が、傍にいろと命じてくれるなら、……喜んで言うことを聞こう。まるごと彼に所有されよう。

「もう一度、言って」

「私は、貴臣さんのもの。」

「もう一度」

……私は、貴臣さんの、貴臣さんだけのもの。

連呼しているうちに冷静さを取り戻し、恥ずかしさが込み上げてくる。

相手の顔を正視していられず、両腕を回して首の辺りにしがみつきながら肩口に顔を埋めると、そのままがばりと抱き上げられた。

「――ベッドへ行く」

もはや有無を言わさぬ口調で宣言され、はい、と小さく返事をする。

抱き締める腕に更に力がこもり、手足が絡み合ったまま広い寝台に転がると、すぐさま唇を塞がれた。

正面からのしかかってくる男にベッドに押し付けられて激しく唇を貪られながら、ショートブーツを脱がされて床へ放り投げられる。

「……っは、ンむ、ん……ぅぅ…ッ」

唇を合わせるだけの、可愛いキスではない。ベルリンでのあの夜も、これほど激しく奥の奥まで貪られた記憶はない。息を継ぐためにほどいた唇は瞬時に大きく割られ、ざらりとしたものが我が物顔で侵入してくる。

それをどう迎えていいかわからずにただ竦んでいると、「舌を出して」と命じられる。言われた通りにそろりと伸ばしてみるが、更に「もっと」と要求され、いつどうやって息をしていいのかわからないまま呼吸困難に陥りかけた。

貴臣らしからぬ、あまりに性急な振る舞いに怯え、反射的に胸に手をついて押し返そうとすると、手首をきつく掴まれて頭上に固定される。はあはあと荒い呼吸を繰り返しながら泣きそうな顔をしている結花を、上からじっと見下ろして。

「駄目だよ、結花。もう、逃がしてあげられない。諦めて、私に喰われなさい」

先ほどの無表情が嘘のように、はっきりと淫蕩に歪んだ笑みを浮かべて宣告した。

「言いなさい。結花は誰のもの？」

掴んでいた手首をそっと放し、同じ手でゆっくりと、結花の身体から衣服を剝いでいく。

それにはまるで逆らわず、自分で袖から腕を抜き腰を浮かせ、下着まで全て奪われても結花は逃げなかった。

「誰のもの?」

「私は、貴臣さんのもの。」

「私のものなら、私の好きなようにしてしまうよ」

既に散々好き放題しているくせに、こんなのはまだまだ序の口だと言わんばかりに言い放つ。傲岸《ごうがん》な振る舞いが、だがしかし悪魔のように似合いすぎて、結花はますます強く深く魅入られていった。

「ん。して……ください。私で、いいなら」

結花の答えに満足げに頷くと、やっと自分も上着を脱いで背後に放り投げた。ウエストコートのボタンを外し、ネクタイを引き抜きながら、濃い飴色の靴を脱ぎ捨てる。いっそサスペンダーも引き千切ってしまいたいほど、面倒でもどかしい。獲物がすぐ目の前で、文字通り身を投げ出して、捕食者にかぶりつかれるのを待っているのに。

純銀のカフリンクスを引き抜いて放り投げ、己も素肌をさらけ出すと、無意識に浮かぶ高慢な笑みすら消して真摯な眼差しをひたりと注ぐ。

「——結花がいい。今は結花しか欲しくない。……九月に羽田で別れて以来、今日まで長かった」

頬に血の気を上らせた結花の手が、何かを渇望するように下から伸ばされる。男はそこに吸い寄せられるように身を伏せ、夢にまで見た女に現実で触れた。……夢で見たのとは比べものにならないほど、甘美な手触り。誘われるまま、遮るもののない素肌の上に手のひらを滑らせる。

貴臣自身、あの日別れたあの瞬間までは、まさかこんなことになると思ってもみなかった。

飢餓ゆえの性急な愛撫にも素直に敏感に応えてくれる瑞々《みずみず》しい身体を思うさま探り、こらえ切れずに中へと入り込む。相変わらず、処女のようにきつい。

……きつくて、熱くて、たまらない。拒むようにきついくせに、あとからあとから湧き出す蜜が甘い香りで男を誘う。そのままどこまででも溺れ込みそうな気がした。

「……っく、は……っあぁ、あう……ッ！」

一番奥までみっちりと満たされ、ぎりぎりまでずる……と引き抜かれてからまた一気にぐぶ、と最奥を抉られて。

彼をのみ込んだ瞬間の圧迫感がすぅっとかき消えると、あとはもう、貴臣にしがみついて啼くことしかできなかった。

だらだらとはしたないほど蜜を垂れ流す入り口で、何度も切っ先をぐちゅぐちゅと出し入れされ、ずくんずくんと奥が疼いてたまらず、いつしか自分で腰を動かすようになってしまう。

いやらしくて可愛いな、と囁く口で耳殻や耳孔をちゅぷちゅぷ音を立てて弄《もてあそ》ばれ、耳朶の弾力を確かめるように歯を立てられた瞬間、全身が竦み上がって貴臣の剛直の先端をきつく締め付けていた。

「ッや、それ、耳、っやめ…て……っ！」

あたまがへんになる、と舌足らずに叫びながら、苦痛以外の感覚に翻弄されて半泣きで喘ぐ可愛い顔を、貴臣は濡れた瞳で熱っぽく見つめる。

「——結花は本当に耳が弱い。耳だけで気持ちよくなれたら、いつでもどこでもイけるようになるな。楽しそうだ」

空恐ろしいことを言われ、結花はぶるぶるっと震えを放った。ベッドの上ではなく、外で——歌劇場の席上で、彼の指先に耳をいじくられただけで絶頂してしまう自分を、無意識に想像して。

——なんてことを考えるのかと、真っ赤な顔で更に激しく震え上がる。

「だ、だめ……っ楽しく、ないっ！　そんなの、あ、あ……ぁ、あああぁっ」

「じゃあ、どうしてほしい？」

「……み、耳じゃなく…て、もっと……貴臣さんの、で、奥まで……きて…っ！」

困った。まだ可愛がってあげる部分はたくさんあるのに。自分でこう言いなさいと教えたはずなのに、結花の口から出るとどうしてこうも強烈に淫らがましいのか。

膨れ上がる欲望に背筋をぞくぞくさせた貴臣は本気でそんなことを考えながら、ぎりぎりまで腰を引き、結花の唇を舌で犯しながら一気にぐぅっと最奥まで貫く。

「んうっ……、ぅむぅうううっ！」

「……ほら、一番奥だ。ちゃんと上手にのみ込めたな。……動いても、大丈夫そうか？」

「う、あぅ、ん、だ、大丈夫……や、いたく、ない…っ、なか、きもちいぃ……っ！」

ああ、無理だ。我慢できない。いや、よく二ヶ月半も我慢したと、自分を褒めてやりたい。

ようやく、望むものを手に入れた。欲しいものは全て自分のものとなった。もう遠慮する必要はない。欲しいだけ貪ればいい。

熟し切っていない乳房の先端でピンと張りつめている小さな尖りを、歯と舌に挟んで押し潰しながら、結花の顔を盗み見た。どことなく幼げな学生ではない、もはや完全に女の顔。

「あ、あぁ、ん、あ、あ、あ！」

貴臣が突き上げるリズムに合わせて、嬌声が迸《ほとばし》る。もはやそこには快楽の色しかない。

何かを掴もうと手がさまようが、ピンと張ったシーツは掴みどころがなくしゅっと音を立てるのみ。

縋りつくものを求めている手をそっと導き、自分で膝を掴ませる。押し寄せる快楽を受け止めるのに必死でいる結花が、掴まされた膝をぎゅっと引き寄せると、腰がくっと持ち上がって更に密着が深くなった。奥の奥まで、先端が届く。最奥を更に押し上げる。

「ああッ、奥、だめ、あ、んあっ、も、あぁぁ……っ！」

中を貫かれるだけではまだ頂点まで上れない結花が、頂点一歩手前の激しい愉悦に悲鳴を上げた。

猛りきった欲望で膣肉を容赦なく擦り立てながら、むしろ優しい手つきで蜜口の上の敏感な粒を探る。絶え間ない快楽に反応し、針でつつけば弾けそうなほど充血して張りつめている、真っ赤な宝石。

溢れ続ける甘い蜜をたっぷり指先にすくい取り、そっとその粒へ塗り込めた。

「ッ、きゃ……ぁあああああ!!」

押し寄せる快楽に短い悲鳴を上げながら、結花はぐぅっと身を固くしてその衝撃に備えた。爪先から、あのざわざわしたものが急激に押し寄せてくる。

「……た、かおみ、さ、それ、だめ、も…っあ、あ！」

「私も、もう――ああ、結花、たまらない……っ」

「んんッ、くる、きちゃ…っん、ひ、ぃ、……ッ」

更に大きく膨れ上がったもので濡れそぼった内襞を抉られ、破裂しそうな肉粒をぐりゅっと摘ままれて、熱の奔流が一気に襲いかかってきた。無我夢中で貴臣にしがみつき、疼く腹の奥を引き攣らせる。

身体の中の熱の塊が一気に膨張し、二人の口から漏れる声にならない叫びとともに、全てが弾け飛んだ。

疲れ果てた結花が脚からくたりと力を抜いて、ベッドの上で弛緩する。

はあはあと、全力疾走直後のような呼吸を繰り返しているのを見て、紅潮した頬にキスを落とした貴臣はそっと身体を離すと、水を持ってくるからと言ってドアから出た。ミニバーの中からガス抜きの水のボトルを取り出すと、自分の喉を潤すこともせずすぐさま寝室に取って返して。

——結花は完全に瞼を閉じていた。鼻先に顔を近づけると、すぅ……と安らかな寝息が貴臣の顔をくすぐっていく。

じんわりと、自覚せぬ微笑みが貴臣の秀麗な容貌に淡く浮かんだ。

結花の裸体にそっと上掛けをかけてやり、自分で水を飲みながらシャワーブースへ足を向ける。寝顔を見ていると、またその気になりそうだった。挙げ句、眠っている彼女の身体を再び押し開いて、卑猥な目覚まし時計を演じてみたくなる。それは少々可哀想だ。

熱い湯をたっぷり浴びてバスローブに袖を通し、ミニバーに収められたミニチュアボトルを眺めて少し考え、ライティングデスクの端にセットされた受話器を持ち上げてコンシエルジュデスクをコールした。

『コンシェルジュでございます。久世様、ご用を承ります』

「もう少しましな酒が欲しい。あればスプリングバンクを持ってきてくれないか」

『バーから一本お持ち致します。ほかには何か？』

何か、と言われて少し考える。時計のデジタル表示は、十九時を回ったところだった。今日は朝から結花を貪ることばかり考えていて、そういえば夕食については見事にノープランである。だが結花はまだしばらく目を覚ましそうにない……

『よろしければ、各レストランに個室もご用意できますが』

「……考えておこう。簡単なつまみだけ適当に一緒に持ってきてくれ」

『かしこまりました。しばしお待ちくださいませ』


——ふっと目を覚ますと、ベッドの中で一人だった。

今まで泊まったこともないこんな豪華な部屋で一人きりでは、不安でたまらなくなる。彼を探そうと起き上がりかけて、自分が素っ裸なのに気付いた結花は、慌ててデュベを身体に巻き付けた。

何か羽織れるものはないかと辺りを探ると、ベッド脇のチェストの引き出しに丈の長いパジャマのようなものが収められているのを発見した。袖を通してそっとドアを開け、リビングルームの方を窺う。

スーツのズボンにシャツを緩く羽織っただけのラフな姿で、貴臣がソファに凭れながら膝上のラップトップPCのキイボードを叩いていた。

中東でいくつか規模の大きい案件があり、入札《ビッド》の準備と打ち合わせのために現地へ飛んで、今朝のフライトでドバイから戻ってきた貴臣である。本当なら今日早速、午後一の役員会で出張の報告をする予定だったのだが。

口実をつけて仕事を後回しにしてまで女に会いにいくというのは、貴臣も初めてである。役員会に穴を空けたことについてはこれっぽっちも悔いはないが、週明けに同僚役員から投げつけられるに違いないイヤミに完璧に対抗するネタくらいは、しっかり仕込んでおくに限る。

というわけで、彼にしては珍しく、報告書の下書きをしていたのだ。酒を嗜《たしな》みながらではあるが。

ふと、気配を感じて顔を上げる。壁の陰から、結花がこっそり顔を出していた。

「……起こしてしまったか？」

「ううん、自然に起きちゃっただけ。……ちょっと寂しくて。お仕事中？　だよね？」

「別に構わない。こっちにおいで」

ＰＣの蓋を閉じてテーブルの上に追いやり、ようやくためらいの色を消した結花が隣に座ろうとするのを押し留め、膝の上に座らせた。

「……ごめんなさい、寝ちゃった。ちょっと昨夜寝不足で……」

「私といるのが退屈だったわけではないとわかって、ほっとしたよ」

「そんなわけない！　……あの、メールの返事、どうしようかって考えてて、眠れなくて……」

「どうして迷う？　連絡が欲しいから、アドレスを交換したのに」

貴臣は当たり前だろうという口調で言ったが、結花にはそう信じきることはできなかった。今になっても。

「だって……貴臣さんみたいな凄い人が、どうして私なんかに、興味を持つんだろうと思って」

貴臣の膝の上に横座りし、コンマ一秒で唇が重なるほどの至近距離で見つめ合って。プライベートな空間でこれほど親密に接しているのに、まだそんなことを言う。

きちんとわからせるには、まだ抱き足りないようだ。そう判断し、貴臣は両腕を持ち上げてゆるゆると華奢な身体を囲い込んだ。

「興味を持ってもおかしくない程度には、深い関係を結んだつもりでいたが」

「でも、それきりだろうな、と思って。……ホテルで別れたときには、そのつもりだったでしょ？」

「――確かに、それは否定しない。あのときは、そうだね、もう会わないだろうと思っていた」

会わないだろう、ではなく、逢わない方がいいという防衛反応だったのだが。

それでも、ヒースローで再び会ってしまったのだから、もうどうにもならない。本格的に結花が欲しくなるのも不可抗力だし、望んだ通り結花が自分のものになるのは当然の帰結だ。

「だからね、連絡なんてしたら、かえって迷惑かなって……思って」

彼の連絡先を手に入れて、連絡してこなかった相手は結花が初めてだった。どんな女も、あれこれと理由を捏ねくり回して必ずコンタクトしてくるというのに。それればかりか、貴臣の方から送ったメールに返信してこなかったのも、結花が初。

見なかった振りしちゃいそう、とあの夜呟いていたが、まさか自分が本当にそんな扱いを受けるとは夢にも思わなかった貴臣である。

「じゃあ結花は、昨日私がメールしなかったら、どうするつもりでいたんだ?」

「……、そのまま、自然消滅、するかなって……」

どんどん声が尻すぼみに小さくなっていくのは、その考えが貴臣の意にそぐわないことをわかっているからだろう。

貴臣は内心愕然としていた。自分が二ヶ月半も独りで悶々としている間、なんと本気でフェードアウトしようとしていたとは。思わず結花を抱く腕に力を込め、耳元に唇を寄せて低く囁く。

「――わかっているだろうが、結花、もう、逃げられないよ。連絡を絶って自然消滅など、絶対に許さない」

「ん。もう……いいの。っていうか、正直に言うと、今でもこの状況が信じられない。私、どうして今ここでこんなことしてるんだろう……？」

ほんの少し高い位置から貴臣を見下ろす結花の顔が、不安に翳っている。こんなに世界の違う相手と、どうして、という疑念がいつまでたっても消えない。

貴臣はあえて、その不安を一笑に付した。彼が久世貴臣であるという事実が変わらない以上、不安を完全に払拭するのは無理だとわかっているから、あえて軽く。

「結花が理由を気にする必要はない。……結花はもう私のものなんだから、私の言う通りにしていればいい」

「……貴臣さんの、言う通りって……？」

「それはおいおい教えるが――まずはキスしてもらおうかな」

むしろ楽しそうに喉の奥でくくっと笑い声を上げ、ふわっと朱く染まった頬に手を当てる。引き寄せられるままに唇を合わせた結花が、直後にぴくりとして閉じかけた瞼を見開いた。

「……ん、お酒飲んでた？」

「ああ、そうだった。すまない、不味かったか？」

「ううん。何飲んでるの？　ベルリンで飲んでたのと、同じ？」

「厳密には別物だが、ウイスキーというカテゴリーでくくれば同じだ」

唇を重ねた瞬間に強く感じたアルコールの味と香りを確かめるように、自分の唇を舐めてみる。

「……貴臣さんのキスは、ウイスキー味だね。……あのときと、同じ味……」

貴臣の口に残る酒の風味を探るように、すんと鼻をひくつかせた結花の方から舌を伸ばして、強いアルコールが香り立つ唇を舐めてみる。

その仕草に目元をあやしく歪めた貴臣は、片手をそっとテーブルに伸ばして飲みかけのグラスを取り、濃い琥珀色の液体をほんの少し舐めてから再び唇を重ねた。

強い酒精の鮮烈な香気を伴い、慣れた動きで舌が結花の口腔に滑り込んでくる。その舌にかき混ぜられた唾液を飲み込むと、ほんのり喉が熱くなった。

いつの間にか、結花はその風味を求めて、ちゅ、ぴちゃ……と音を立てて自分から貴臣の舌を舐め回していた。息継ぎのタイミングを見計らい、貴臣は何度も濃厚な酒を少しずつ舌に載せ、混ざり合った二人分の唾液で薄めていく。

「……美味しい？」

「ん……、強いけど、おいし……ほんのり、塩キャラメル？　みたいな……ちょっと甘い香り……」

淫らな口づけに酔っているのかと思えば、ちゃんと酒も味わっているらしい。なかなか良い舌を持っているようだ、と貴臣が無言で笑む。

「気に入ったか」

「ん、これ、……んっ、すき――」

ぽうっと霞がかった眼差しが、とろりと潤んでいる。体温なのかアルコールなのか、香る吐息が熱い。数あるシングルモルトの中でも最も塩気が強いとされるスプリングバンクなのに、絡み合う舌にまとわりつくとなぜか酷く甘い。蕩けるようだ。

キスの合間に風味が薄れるたびグラスを舐め、少しずつだが確実に結花の舌をアルコールに慣れさせていく。舐めるだけでなく液体をほんの少し口に含み、そのままそろりと流し込んでみると、微かに喉を上下させた結花の唇が、もっともっとねだるように貴臣の舌を柔らかく食んで吸い上げた。

ぞくり、と腰が重くなる。

「……末恐ろしいな」

思わず呟くと、瞳をぽやんとさせた結花が可愛らしく首を傾げた。たまらない。

く、とグラスを大きく傾け、多めに一口含んでおいて、再び結花の舌の上に流し込む。

予想通りに噎《む》せて咳き込み、唇の端から度数五十五％の液体が溢れ、顎から首を伝って更に下へと流れ落ちていった。強いアルコールに晒されて反応した唇の内側の粘膜が、ぽてりと膨らみながらつややかな真紅に染まる。

ふっくらしたその感触を堪能するように、貴臣は唇の内も外もところ構わずしゃぶって舐め回した。顎の先端の雫をちゅ、と吸い取り、そのまま液体が流れた跡を舌でなぞっていきながら、大きすぎて襟周りがぶかぶかしているパジャマの一番上のボタンをキッと噛んで引っ張る。

「外して」

短く命じると、結花は貴臣の肩に置いていた手を自分の胸元へもっていき、素直にボタンを外した。

襟を左右に開いてはだけると、ほの白くまろい膨らみが、はー……はー……という呼吸に合わせて緩やかに上下している。酔っているせいか、恥ずかしがって隠すそぶりもない。何ものにも——結花本人にも邪魔されず、貴臣は好き放題に柔らかな感触を堪能した。

手触りのいい綿生地の上から両手で膨らみを包み込み、手のひらで温めるようにやわやわと撫でる。開いたあわせに鼻先を埋め、双丘の間を滑り落ちていった雫の軌跡にそって舌を這わせると、谷間の中間地点できつく吸い上げる。自分以外の誰も触れないだろう場所に、くっきりと血の色が浮いた。

上からぼうっとそれを見下ろしていた結花が、無言で催促されて更にボタンを外していく。細い肩から襟が滑り落ちた。

再び口に含んだモルトを、結花の唇には流し込まずに直接肌の上に流して、指先で塗り広げる。悩ましく鎖骨の浮いたデコルテに伸ばしては舐め、吸ってはまた伸ばしながら、モルトまみれの手で乳房を持ち上げる。くふ……と、結花がくぐもった声を上げた。

「ん……っ、なんか、すぅすぅする……」

「アルコールが揮発しているんだろう。五十五%あるからな」

「酔っ払っちゃう……」

既に酔っているくせにそんなことを言い、自分にも味わわせろとばかりにキスをねだる。けれどそれを押しとどめ、貴臣はウイスキーにまみれさせた手をそっと結花の口元に押し当てた。

「あ…ふ、ん……っ、んむ…ぅ」

懸命に舌を伸ばし、促されるまま貴臣の手のひらをくすぐる。舐め回し、甘噛みし、皮膚に付着した液体をこそげるように歯を立てて滑らせると、今度は指を一本ずつ口に含み始めた。舌を這わせるだけでは飽き足らず、ぽってりした唇で挟んでちゅうっと吸い上げる。

とっくに重く硬くなっているものがびくりと震え、思わず貴臣は息を止めた。こんないやらしい生き物を、見たことがない。

グラスの中にまだ酒が残っているのをちらと確認し、舐めとる行為に没頭させながら、結花の腰を支えていた手を布越しに尻に這わせる。どこまでも滑らかで、微かな凹凸もない——なんてことだ、下着をつけていない。いっそ溜め息さえつきたくなる気分で、貴臣は膝の上の可愛い恋人を軽く睨んだ。

「結花……そんなに煽ってどうする」

「……?」

「寝かせてやれないだろう」

わざとらしい渋面《じゆうめん》を浮かべてしかつめらしく言えば、くす、と小さな笑い声を漏らした結花が、突然上機嫌に歌い始めた。

「Ma il mio miste—ro è chiu—so in me——, il nome mio nessu—n saprá! No, no, sulla tua——♪」

完全なる酔っ払いだ。おまけに日本語ですらない。

「——イタリア語ができるのか?」

プッチーニの歌劇『トゥーランドット』。原曲はイタリア語である。酔っ払いが調子はずれに歌うにしては、かなり高尚な曲だが。

「ううん、なんとなく歌えるだけー。この曲、すっごく好きだった時期があって。うふふふ」

「『誰も寝てはならぬ』、か。……今夜は寝ないで、一晩中こうしていようか？」

「お姫様ってガラじゃなーい。でも、貴臣さんは、王子様だね……」

はふ、と可愛い溜め息を吐き出した結花が、夢見るような蕩けた眼差しで笑う。話が微妙に噛みあっていないが、もはやそんなことはどうでもいい。

これは酔っぱらいだ。素面《しらふ》じゃない。そうわかっていても、そこにつけ込むのをためらうような貴臣ではない。

困った子だ、と囁いて、結花を座面の上に膝立ちさせる。丈の長いシャツ状のナイトウエアを無造作に腰までまくり上げて、何の前触れもなく中指をくちゅりと差し込んだ。思った通り、ならす必要もないほど潤って濡れそぼり、貴臣の脚の上に細く糸を垂らしている。

「キスしていただけでこれか？　……本当に、結花はいやらしい子だ」

「――んん、あ、ぁ、や……ぅっ！」

「どんどん溢れてくるな。ほら、もっと飲むといい。気に入ったんだろう？」

また酒を一口含んで唇を合わせると、ねだるように舌を差し出して擦りつけてくる。鎖骨の辺りへ酒を垂らせば、素肌をすべり落ちた液体は乳房の間から小さな臍《へそ》を経て秘肉の谷間にまで到達した。

「ッあ！　ぁ――……ぁ、あつ、い……っ」

ぎゅん、と胎内が激しく収縮して貴臣の指を締め上げた。粘膜がアルコールに反応し、かっと熱を発しながら即座にぷくっと充血する。ぐじゅぐじゅと音を立てて蜜壷をかき回せば、すぐに手首まで蜜にまみれた。

唇が、酒の流れを辿って結花の肌の上を這い回る。モルトにまみれさせた手で乳房を揉みしだき、ピンと立ち上がって震えている乳首にも酒を塗り込んでから、今度はそれを吸い尽くすように舌や歯で散々にしゃぶる。

「あ、や、だめっそれっ、ぁうッ、…んんんー……ッ！」

急き立てるように責められて、急激に上り詰めた結花は一瞬で気をやってしまうが、それでも貴臣の手は止まらない。怖いくらい敏感になっている部分を容赦なく責め、結花の全身をアルコール漬けにしていく。

「そんなとこ……吸っても、何も、でない…よぉ…っ！　も、そこ、だめ、あぁぁ…っ！」

長い指で執拗に胸を捏ねくられながら先端をきつく吸われ、半泣きでやめてと訴えながら結花は堪えることもできずに喘いだ。呼吸するだけで自分の身体の内と外から濃厚に酒精が香り、くらくらと酩酊する。恐ろしいほど気持ちいい。

淫らに蕩けた蜜洞から指を引き抜いた貴臣は、もう片方の手で己の衣服を緩め、とっくに昂ぶっていた剛直を引き出す。そのまま器用にポケットをあさり、慣れた手つきでゴムを被せて。

ウイスキー味のキスを続けながら両手で結花の腰を摑み、く、と腰を持ち上げて先端を媚肉に押し付ける。きついのになめらかな膣肉が吸い付いてきて、ぐぷりといっぱいに貴臣を頰張った。鮮烈な快感にはっとした結花が驚いて腰を浮かそうとする寸前、貴臣が勢いをつけて腰を跳ね上げながら細腰を引き寄せた。

「え？　あ？　――ッ、あう、……んいぃぃっ！」

「……っ、数年分……搾り取られそうだ」

硬く張りつめ膨れ上がった陰茎で、一気に奥まで貫かれた。抗《あらが》う間もなく、自重で勢いを増した先端が最奥を重く突き上げる。

「ぁあっ、うあ、っん、く……ぅっ」

こんな体勢で男を咥えさせられるのが初めての結花は、驚いて狼狽したまま固まっていた。痛みはないが圧迫感が凄まじく、強張っている頰に貴臣が優しく唇を押し当てる。

「……上手に食べられたな。いい子だ。根元まで、全部入ったよ。……ほら、結花の一番奥に当たってる」

軽く腰を上下に揺すると、先端がぐり、ごりゅ……と最奥を抉った。ひぃ、と喉からか細い声が漏れる。硬直したままぶるぶると太腿を震わせている結花の尻を卑猥な手つきで撫で回しながら、貴臣は再度身体を持ち上げるように誘導した。

「結花の気持ちいいところを、探してごらん。自分で中の色々なところを、こうやって」

「……、自分、で……？」

「少し腰を上げてごらん。——そう。そんな切なげな顔をしないでくれ、たまらない。抜ける寸前まで上げたら、今度は腰を落として。ゆっくり。……大丈夫、怖くなんかない。結花はもうこれを、何度も上手に食べてるだろう。ん？」

自分で、好きなように動いてごらん。甘く淫らな声と手に促され、膝に力を込めてぎこちなく腰を浮かせては沈め始める。それでなくとも、酔った頭では自分が一体何をしているのかまるで自覚できない。

だって、貴臣さんが、こうしろって。気持ちいいからって。ああ、ほんとだ、きもちいい。すごく、きもちいい……おいし、い。

「たかおみ、さ、これ、あ……深くて、苦しい……」

「苦しいだけ？」

「……ん、苦しいけど、……すごく、きもちい……ぃ」

「私も……すごくいい。——結花の中で、溶けてなくなりそうだ」

「だ、め……なくなっちゃ、だめ……っ」

腰を持ち上げながら、無意識にきゅうと中を強く引き絞る。く、と短く呻いた貴臣も、そろそろ自分が限界だとばかりに下からゆるゆると突き上げ始める。

奥の一点を狙いすまして抉ってやると、何度目かで唐突に結花が上り詰めた。自分で自分がコントロールできないらしく、気持ち良すぎて辛いと訴えて瞳から涙の粒を転がす。

痩せ我慢を諦めた貴臣は、一気に中を犯す勢いを増して激しく結花を揺さぶった。緋色に染まった唇からは艶やかな嬌声ではなく、か細く甲高い悲鳴が漏れ始めて。

何度目かもわからない絶頂。胎内で膨れ上がる熱と質量に、今度こそ結花は完全に意識を飛ばした。

3

二人でペアを組んでの研究発表、その準備と称して結花の部屋に遊びに来た絵里は、上がり込むなり前回来たときにはなかった奇妙なものを発見して、んん？　と眉をひそめた。

結花のお気に入りの雑貨が並ぶ本棚の上の一等地に、綺麗に磨かれて立ててある——洋酒の瓶。顔を近づけてまじまじラベルを見てみると、スプリングバンク、と特徴的な字体で描かれていた。マディラウッド、十一イヤーズ・オールド、シングル・モルト・スコッチ・ウイスキー、云々……と延々書かれている。

結花同様に大学生の絵里はそれほど酒に詳しいわけではないが、それでも結花に比べたらよほど知っているつもりである。その絵里でも、瓶を見て理解したのは、これがスプリングバンクという蒸留所で作られたシングルモルトウイスキーの一種だということだけ。

……女子大生の部屋に酒瓶があっても、今時別におかしくはないけど。

結花の部屋にシングルモルトってのは、かなり変じゃない？

その上、よく見ると封は既に切ってあり、中身も半分くらいまで減っている。

「ねぇ結花ー」

小さなキッチンでお茶を淹れている結花を呼び、返事を待たずに続けた。

「いつの間にモルトの味なんて覚えたのー？」

ガチャン、と割れる寸前の音がして、ぁっつ……！　と小さな悲鳴が聞こえた。

しかも紅茶？　元々コーヒー党だったよね？

そういえば、棚の上に小さな円筒形の缶が並んでいる。高級感溢れまくりの紺色の缶には、ザ・リンガムと金文字でロゴが入っていた。リンガムって確か、去年日比谷辺りにオープンした、外資系の超高級ホテルじゃなかったっけ？

むぅ。と唸り、改めて部屋を見渡す。多少広めの1Kの部屋は、学生の一人暮らしにはまるで不自由ないが、一軒家でしか暮らしたことのない絵里から見るとやはり狭い。八畳の部屋は生活空間と寝室が一緒くたになっていて、ウォークインクロゼットのドアにはハンガーにかけた洋服なんかが吊り下げられていて。

お、あのワンピース可愛い。似合いそう。オシャレに殆ど興味がない結花にしては、なかなかいい買い物したじゃん。そう思って何気なく手を伸ばすと、思わずぎょっとするほど手触りがいい。裾に幅広にあしらわれたもこもこは、フェイクファーかと思ったら多分本物だ。え？　と驚いてよく見てみれば、襟元のタグには絵里も知っているブランドのロゴ。

ふと、開いたままのクロゼットのドアから中を覗いてみたら、安っぽいプラスチックの衣装ケースの上に、ピンクベージュの上品なバッグがちょこんと置かれていた。――昨日読んでいたファッション雑誌に、全く同じものが掲載されていたような気がする。人気ブランドのクリスマス限定品だ。

思わずぎゅっと眉が寄る。おかしくないけど、おかしい。

自分の親友は、ブランドものの服だのバッグだのを欲しがるような子じゃなかった。着るものは全てお手頃価格のファストファッション、しかも買うのは専《もっぱ》ら地味で無個性な服ばかり。何度も一緒に買い物に行ったけど、ふわふわやもこもこに興味を示したことなど一度もなかった。なのに――そういえばさっき、玄関にあった茶色のハラコのローヒール、あれも雑誌で……

「絵里、お待たせ。お茶しよ」

いつの間に揃えたのか、可愛らしい小ぶりのティーセットをトレイに載せてやってきた。

お茶請けに添えられていたレモンが香るパウンドケーキを、一口齧ってむぅと唸る。濃厚な素材の風味は決して大量生産ではない。まず間違いなく、材料をケチらない一流パティスリーの味だ。

「上手に淹れられたかどうかかなり不安だけど、渋かったらごめん。砂糖いる？」

「んー、いらない。でも、なんで唐突に紅茶？　結花ってずっとコーヒーばっかりだったじゃん」

すぐさま突っ込むと、また結花が「何か黙っていることがあります」と言わんばかりに顔を赤くした。

「……この前、すっごく美味しい紅茶飲んで。ハマっちゃったの」

「だからって、一気にこんなに茶葉揃えなくても！」

「ああ、それ……もらい物、だから」

――ザ・リンガムのコンシェルジュは、明らかに底なしの財布を持つこの上客に今後もリピートしてもらうために、一体誰の機嫌を取り結ぶべきかを正確に把握していた。

貴臣に用意された着替えで全身お嬢様風に様変わりした結花に、「よろしければご自宅でお試しください」と、結花が「美味しい！」を連発していた紅茶の缶を五種類全て土産に持たせた。元々ホテル内のショップで売られているものだが、貴臣が手配したものではない。

昨日召し上がりきれなかった焼き菓子なども、お箱にお詰めしておきましたので、どうぞお持ちください。そう言っていたのに、後になって箱を開けてみたら、手を付けていなかったものは勿論、中途半端に口をつけてあったものも全て、手つかずの出来立てに交換されていた。スコーンには、保冷剤付きの小さな容器に詰めたクロテッドクリームと、ジャムの小瓶まで添えられていて。

お土産の詰まった大きな紙袋を渡されてひたすら恐縮する結花だったが、貴臣はコンシエルジュに黒っぽいカードを渡しながら「遠慮なくもらっておきなさい。おやつにでもするといい」とあっさり言い放った。スプリングバンクのボトルはお気に召していただけましたか、と質問されて、意味深な笑みを返しながら。

またどうぞ、お待ちしております。自分ではなく結花に頭を下げたのには、貴臣もいっそ感心した。内心このホテルの……というか、このコンシェルジュの評価を数ランク上げたものだ。

ホテルって、お金持ちにはこんなにサービスいいんですね。帰りの車でつい結花がそう漏らし、秘書まで笑わせてしまう。

久世家の御曹司を、そこらの単なる金持ちと同列に並べたのが、何やらツボに入ったらしかった。

「ふーん。あ、ねえ。このモルト、ちょびっとお茶に垂らしてみてもいい？」

「っだめ!!」

何の問題もなかろうと思って口にした絵里だが、予想外に強い口調で拒絶されて目をぱちくりする。

直後に「しまった」という顔をして、結花が慌ててしどろもどろに言い訳を始めた。

「あ、あの、そのボトルは、もらいものっていうか、預かってるだけなの。勝手に減らすのは……」

「――結花。あんた、金曜の夜、どこ行ってたの」

……どうしてこの親友はこうも鋭いのか、と結花はこっそり嘆息した。どうせすぐにばれるだろうと思っていたが、顔を見るなりというのはさすがに虚しい。

あの夜は、週末の予定を打ち合わせるために絵里からメールや電話をもらっていたのだが、スマホをずっと鞄に入れっぱなしで気づかなかったのだ。……何しろそれどころではなかったし。

なので、連絡が取れなかったせいで何かあったと勘ぐること自体は、全く問題ないのだが。

「またたんまりは許さないから。さっさと喋って」

「……私、そんなにわかりやすいかな……」

「うん、すっごく。――あ、美味しいじゃんこのアールグレイ。ね、ミルクか牛乳ない？」

「牛乳ならあるよ。待って」

はあ、と悩ましげな吐息を漏らしながら立ち上がって冷蔵庫のドアを開ける結花に、再び絵里がボディブローを叩き込む。

「で、このいかにも高そうな紅茶の缶だのモルトだのは、例の男の趣味なわけ？」

がく、と項垂れつつ冷蔵庫の中に頭を突っ込んで深い溜め息を漏らした。もはや頭の中を読まれているとしか思えない。

連絡もらって、ちょうどバイトも休みだったから、逢ってきた。そう端的に述べ――るだけで、済むはずがない。

「逢わせて！　あ、逢わなくていいから、見せて！　見せなさいよ、いいじゃないそれくらい！　誰も獲《と》ったりしないから！」

「……別に、獲られるとは思ってない……」

「げ。なにその自信。うっわー……ますます見ないでは済まされないよそれ！」

「――無理。忙しい、人だから。今回は、たまたま時間ができたからって……」

「そんなご多忙な方が、ちょっと時間ができたからって、わざわざあんたを呼び出してきたわけ？　ほかの用件全部放置で？」

「え。い、いや、そこまでじゃ、ないかも……」

「もー、結花！　いいからさっさと喋れってばー！」

何をどう答えても、絵里が相手だととんだ藪蛇《やぶへび》。

次いつ逢うかもわからないし、また逢うかどうかもわかんないし、まあそのうちね……。

結花はそう言い訳して、ひとまずその話題を切り上げた。絵里も、気になっていた親友の今後の行く末が少し明るいのを知って、とりあえずは安心したらしい。

——次？　次なんてわからない。

結花にできることは、とりあえずできるだけ、週末の予定は空けておくことだけ。


『——週末も面倒事に潰されがちだし、月の半分は日本にいない』

いつの間にか準備されていた女物の着替え一式を渡され、つやつやのサテンにレースの縁取りのついた上下揃いの下着を広げて、結花は真っ赤になっていた。う、だ、誰がいつどこで用意したんだろうこれ。ストッキングも、ドラッグストアなんかでは扱っていない、デパートで一足千円とかで売っているものだ。もっとするかも。

『だから、平日も、我慢できなくなって呼び出してしまうかもしれない』

こんなに素敵で完璧な人が、ほかでもない自分を欲しくて我慢できないなどと言う。一体何が起こったのだろう。結花はもうどうしていいのかわからず、真っ赤になりながら黙々とパウダールームで身支度するしかない。

『だから、次からはちゃんと、メールに返信してくれ』

『う。は、はい……。ごめんなさい……』

『謝らなくていい。無駄に悩んだ結花の時間が、勿体なかったな』

彼を思い出すことを、思い出を現実に引き戻すのを躊躇してひたすら悩んでいたのに、全部無駄だったと言い切られる。

『だから結花も、何かあったら、いつでも連絡してきなさい。——わかったね？』

『はい、貴臣さん。でもあの、時差とか……』

『……野元に言って、私のスケジュールを結花にも転送させようか？』

くすくす、と笑った貴臣が、綺麗にグロスを塗った唇にちょんとキスをして。ちょっぴりラメがついてしまった口を、結花が手を伸ばしてごしごし拭う……。

そんなことを思い出しながら、つい無意識に指先で唇に触れて溜め息をついてしまった結花を、絵里が横目で窺っていた。

あーあ。完全にできあがってる。次いつかわからないとか、絶対ウソ。いつか後をつけてでも、相手を見てやる。

世間知らずすぎるくせに妙なところで度胸があり、どこで何をしでかすかわからない結花の保護者を自任する身として、相手の人となりを確認しないわけにはいかない。何しろ遠くベルリンまで行って、あんなことをしでかしてくる結花だ。これっぽっちも信用ならない。

今は、年上に甘やかされてとろとろになっているのだろう。絵里は小さく溜め息をつく。家族からの愛情をあまり実感することなく育ってきてしまった結花は、無意識にそういう「絶対的な愛情」に飢えている。それをちゃんと理解して与えてくれる相手ならいいんだけど。

その気があるうちはどろどろに可愛がって、飽きたらあっさりポイ。なんていう展開が、一番怖い。そして、結花は知らないだろうけれど、世の中にはそういうことを平気でする男が結構たくさんいる。

絶対に、この目で相手を見てやる。

絵里は固く固く決意して、手を止めたままぽうっとし始めた結花に「おかわり！」とティーカップを突き出した。

◆

夕食の支度が調いましたと呼ばれて食堂へ入ると、両親のほかに、なぜか別棟で独立した世帯を営んでいるはずの兄一家がほぼ顔を揃えていた。大学生の甥は、さすがにもう一族打ち揃っての食事の席になど、面倒がって出てこない。

できるものならその場で回れ右するのだが、既に母が貴臣のために椅子を引いて待ち構えている。逃がしませんよ、と顔に書いてあるのがありありと窺えた。

「お揃いですね。今日は何かありましたか」

「貴臣さん、サイズは大丈夫でした？」

わざと何も気づかない振りをしたのに、それを丸ごと無視して即座に切り出してきたのは、兄嫁の和佳子《わかこ》だ。

隣で兄も意味深な笑みを浮かべているということは、先刻承知ということか。

「おかげさまで。家人に頼んだつもりでしたが、義姉さんのお手を煩わせてしまいましたか？」（訳：なぜ頼んでもいないのに、あなたがしゃしゃり出てきたんですか）

「お気になさらず。楽しかったわ。あんなに突然でなければ、もっと選びようがあったのですけれど」

「十分です。今後はご厄介おかけしないよう気をつけますよ」（訳：次はバレないようにやりますから）

「あら、遠慮なくいつでもおっしゃって。よかったら、こんなときのためにいくらか揃えておこうかしらと思ったのだけれど」

「そこまでお気遣いいただくには及びませんよ。ありがとうございます」（訳：余計なことはせずにほっといてくれ。迷惑だ）

「そう？　まあできれば、一度ご本人の寸法をきちんとお測りしてからにしたいものね」

「ねえママ、誰の？　貴おじさま、誰の話？」

高校生の姪が、憧れの叔父に熱っぽい目を向けて尋ねる。なんでもないんだよ、と言い含めているのは兄の唯臣《ただおみ》だ。

どうやら家人は全て摑んでいるらしい。情報の漏洩源《ろうえいげん》は、第二秘書か第一か。……一番やりそうなのは、やはりこの家に住み込みの第三秘書だろうな。貴臣は軽く目頭を揉んで、こっそり憂鬱な吐息を吐き出す。早々にバレるだろうことは予想していたが、まさかその日のうちとは。

「リンガムの支配人とはやり取りしたことがある。念のため、一言言っておこうか？」

兄まで真顔でそんなことを言い出し、貴臣は持ち上げかけたスープスプーンを静かに置いて姿勢を正した。

「――皆さんほかにいくらでも懸案事項がおありでしょう」

「これ以上の懸案なんて、あるわけないわ」

真面目な顔で言い切ったのは、母親だ。

堂々と溜め息をつきたいのをぐっとこらえ、四十路間際の息子（あるいは弟）の色恋沙汰をいちいち気にかける家族を軽く睨む。

「でしたらしばらく放っておいてもらえませんか」

結花が怯えて身を引こうとでもしたら、どうしてくれるのだ。今朝だって、服や下着や靴一式を渡しただけで、あんなに複雑な顔をしていたのに。そんな大袈裟なものでなくていいと言っておいたのに、なんだあの美味しそうな衣装は。あんなもの着せたら、逆に脱がしたくなって困るだろう。

多少本気を込めて睨むが、母親はまるでこたえた様子もなく平然としている。だてに久世家の当主夫人を長く務めているわけではない。

「邪魔する気なんて毛頭ありませんとも。でも、期待して見守るくらいは、私達の自由でしょう?」

「本当に、見守るだけですか」

偶然にも、この日の久世家の晩餐は、薄緑色のリークのポタージュで始まっていた。

……本当に、偶然か?

「あんな可愛い義妹がいたら、きっと楽しいでしょうね！　ね、お義母さま」

冷えかけた空気を押し流すように、兄嫁が場違いなほど明るい声でまた囀り始めた。母も一瞬で笑顔を浮かべ、何度も頷いている。

「そうね、ほんとに。ねえ貴臣、是非一度連れてらっしゃいな」

「見守るだけと、先ほどおっしゃいませんでしたか」

妻と息子の応酬を黙って見ていたご当主が、そこで初めて重々しく口を開いた。

「貴臣。わかっているだろうが、くれぐれも避妊はきちんとするように」

相手のことを気遣っての言葉では、勿論ない。父として、息子の将来を案じているわけでもない。

相続問題等々で久世家に余計な騒乱をもたらすような行為は、厳に控えろという当主としての命令だ。貴臣は、避妊しないセックスをする権利を持たない。久世家の場合、それには当主の許可がいる。

「……心得ております」

「その言葉、忘れるなよ」

なに、どういうこと、今なんて⁉ と騒ぎ立てる姪を無視してごく短く答える。

いつもならこの手の話は黙殺するか煙に巻く息子が、にこりともせず真っ当な答えを返すのを耳にして、ご当主は軽くスモークしたサーモンのミ・キュイにナイフを入れかけた手をふと止めた。

「いつかは見せてもらえるのだろうな？」

「外野が余計なお節介を焼いて、逃げ出されたりしなければ」

言いながら、貴臣の頭の中で、遠くへと逃げ去る結花が白く丈の長いドレスを後ろへたなびかせていた。——なに？

「わかった。——何か必要になったらいつでも言いなさい」

「ありがとうございます」

これが本当に親子の会話かと、結花が聞いたら怯えること間違いなしの団欒《だんらん》風景である。

久世家ではごくごく普通だが。

「絢子《あやこ》、和佳子さん。わかったね」

「……はい」

当主がああして釘を刺せば、母もさすがに大人しくなるだろう。貴臣は多少胸を撫で下ろす。

言葉少ななご当主は、次男の恋人に護衛兼監視をつけることを決めた。

そして貴臣は、ああいう答え方をすれば父がそういった保険をかけようとするだろうことを、勿論見越していた。

いっそ普通に、「恋人ができました。今のところちゃんと避妊してます」「その先を考える気があるのなら、久世家として保護対象に加えよう」と言えばいいんじゃないかと、兄の唯臣は軽く頭を振った。どうしてこういちいち裏を読む、読まれることを前提とした会話を繰り広げなければならないのか。しかも自宅の夕食の席で。

報告書を熟読したが、彼女はどう見ても、ごく庶民的な家庭で育ったごく普通のお嬢さんだ。確かに、不用意にこんな「家族風景」を見せたらドン引かれるに決まっている。それを貴臣がどうやって慣らして適応させていくのか、お手並み拝見だな。

あまり構いすぎるなよ、と一応自分も嫁に釘を刺し、生まれて初めて目にする弟の「恋する顔」をちらりと盗み見た。

幕間　一　ヒトではなく秘書

久世興産。

押しも押されもせぬ大企業、日本でも五指に入る巨大企業グループ、CUSE《キューズ》の旧社名である。

社名変更とともに姿を消したと一般には思われている久世興産だが、その社名は実は細々と永《なが》らえていた。久世家の日常を支えるスタッフが所属する会社組織として。

名目上、通いも住み込みも含めて久世邸のスタッフは全員この久世興産の社員であり、CUSEに準じたレベルの手厚い福利厚生に社会保険も完備の立派な会社員である。ただし公に採用活動はしていないし、労働組合はない、団体交渉権もない。そういったものを求める人間は、はなから採用されない。

久世邸の使用人頭は、かつては番頭や支配人などと呼ばれていた時代もある由緒正しい役職だが、今ではこの久世興産の代表取締役社長でもあった。

とはいえ、株式非公開の零細企業といえどもこまごま発生する会社運営の実務は、専門のスタッフが別のオフィスで執《と》り行っており、彼の職務内容はやはり、久世邸の使用人の取りまとめと当主一族のお世話、なのであった。

久世貴臣の第三秘書である野元は、この久世興産に初の新卒採用で入社し、社員となって二年経つ。

――大学在学中、腕試しと称して仲間と賭けをしながら侵入したＣＵＳＥのメインフレーム。潜るのに成功した、大したことなかったな、と自尊心を満足させたのも束の間、わざと泳がされた彼らはあっさり自宅を突き止められ、ネット上での各種アカウントやハンドルネームを盾に逆に脅迫された。

公にされて警察沙汰になったり、アカウントをハックされてネット上で有名人になるのが嫌なら、久世家のために働け、とこうだ。

なんだよ金持ちが馬鹿にしやがって、と反発しつつも、面倒な就職活動なしでＣＵＳＥに就職できるなら案外めっけもんじゃないか、と、しぶしぶ承諾した振りをして。

蓋を開けてみれば、ＣＵＳＥではなく久世興産の社員で、職種は御曹司の第三秘書という名目の、運転手兼情報収集要員だった。

なんだろーなー。俺、一応東大出たはずなのになー。なんだか人生間違ってるよなー。大学附属のエリートコースって、どこに行ったんだ？

御曹司様の絶対零度の眼差しとコールタール並みに粘度の高い嫌みを一身に受け、野元はひたすら頭の中でそんなことを考えていた。

不可抗力だと、声を大にして言いたい。こんなことになるなら、着替えくらい最初から用意させておけばよかったじゃないか。あんたいつもそんくらい準備いいだろう。と言い返したいが、勿論そんなことは許されない。

なので多分、これは上司の八つ当たりなのだ。着替えを必要とするシチュエーションに持っていく自信が一〇〇%を切っていて、珍しく弱気になった結果だ。

何でもできて当たり前、どうにもできないことはきっちり見極めて決して手を出さない、結果常に一〇〇%以上の成績を残してきた男の、勝算のない――とまでは言わないが、勝敗の行方が計算できない勝負。

でも、それには結局、勝ったはずだ。昼にホテルへ迎えにいったときは、いっそ他人だ、人違いだと思いたくなるくらいルンルンだったではないか。

……くそ、念願叶って欲しいものを手に入れてシアワセいっぱいのはずなのに。こんな些細な機密漏洩がそんなに気に障るのか。延々続く嫌みは右から左へ聞き流せばいいが、謝罪の姿勢で曲げたままの腰が痛い。

話は昨日、上司が彼女を連れてホテルにシケ込んだ日の夜にさかのぼる。

「貴臣様のお連れ様の、画像をお見せくださいませんか」

久世本邸の使用人頭——久世家では執事という言葉は使わない——の嶋田《しまだ》に事務的に言われ、厨房の隣の小さな食堂で賄いの夕食を食べていた野元は「は?」と目を点にしてぽかんとした。

お連れ様って、あの子のことだよな? ええと、なんでそんなことを、こんなタイミングでこの人から……今日の今日だぞ……?

「貴臣様に、着替えをお持ちするよう申しつかりました。お連れの方のサイズを存じ上げませんので」

「着替えって……あの子の分も?」

「そのような呼び方は、今後は慎むべきかと」

おそらく彼女は今後も関わることになる。使用人頭にそう暗示され、はあ、とわかったようなわかりたくないような生返事を返して。

「はあ、すいません。ええと、あのお嬢様の分もですか?」

着替えが必要な状況なのかよ畜生。などと心でヤサグレている場合ではなかった。

「全身画像一枚でいいですか?」

「もしあれば、動画もお願い致します。一方向からだけでは、なかなか判断が難しいもので」

だったら今日の車載カメラの映像ならばっちりだ。至近距離でクリアに映っているし、対象物があまり動かないのでぶれも少ない。あれをちょこちょこっと編集すれば……

「ああ、そうですね、横から見たら腹出てるかもしれないし。——いや、そんなことなかったっすよ。普通よりはちょっと細め？　か？　いやでも、今時の普通ってどんくらいだ？」

「それはこちらで判断致しますので、とにかく画像を——」

「あら、どなたの？」

使用人頭は溜め息をつきたいのをぐっとこらえた。こらえ性のない野元は馬鹿正直に「ゲッ！」と不敬な呻き声を上げていたが、それは本来使用人に許される態度ではない。今のご家族は皆様鷹揚《おうよう》でいらっしゃるからいいものの、大旦那様などに見られたら、その場でクビは間違いない。

——できれば、この方にはもう少し知らないでいてほしかった。貴臣様のためにも。

使用人頭だけではない。あからさまに顔を引き攣らせた野元だって、それくらいは考えた。

「奥様。わざわざこちらにお運びとは、何かお入り用でしょうか？」

「嶋田、今の話を詳しくお聞かせなさい」

「……奥様、それは」

「野元さん。あなた御存じなのね？」

この運転手は、出来が悪いわけではないのだが、いつもタイミングが悪い。今も、とりあえず疑問は後回しにして出すもの出しておけば、見つからずに済んだものを。

申し訳ありません貴臣様。と心中詫びて、彼は早々に諦めた。相手は当主の奥方だ、使用人に逆らう術があろうはずもない。

あわあわあのその、と狼狽しまくっている野元に「とにかく必要なものをお持ちください」と命じ、さっさと遠ざける。この場に居続けたら、不要なことまで口走るに違いない。

「貴臣様にお着替えをお持ちする算段でございまして」

「どちらへ届けるの？」

「日比谷の辺りとか」

「貴臣と、どなたの着替えが必要なの？」

「……、女性の方です。詳しくは存じ上げません」

そこへ野元が、いつも持ち歩いている小型の端末を持って走ってきた。なにもここへ持ってこなくてもよかったものを、もう遅い。

「――和佳子さん！　誰か、和佳子さんを呼んできて頂戴！」

案の定、比較的映りのいい静止画を一枚見ただけで、奥様は目の色を変えて大騒ぎし始めた。別棟の嫁まで呼びにいかせ、画像を回し見て爛々と目を輝かせている。

　どうやら自分がへまをやらかしまくったことに遅まきながら気づき、野元は真っ青になった。

「こんな若いお嬢さんの着替えを嶋田に頼むなんて。貴臣ったら水臭いわ！」

「急いで百貨店の担当者を捕まえましょう。この時間ならまだいるでしょうから」

「そうね！　嶋田、外商に連絡してみて頂戴。担当者が捕まったら、私に回しなさい」

「はい奥様」

「まあまあ、可愛らしいお嬢さんだこと！　どんなものがいいかしらね、和佳子さん？　わたくし今時の既製服の流行には、とんと疎くて」

「まあお義母様、私だってもうこんな歳ですもの。こんなお若い方だと……念のため、スタイリストを呼んで相談してみましょうか」

「ああ、そうね、きっとサイズを読むのもお上手でしょうし！　とにかくきちんと選ばないと。嶋田、貴臣はなんて？」

　ああ、そこまで言わなくてはならないのか。使用人頭はそっと嘆息し、正直に答えた。

「大袈裟なものでなくていいので――下着から服から靴まで一式、と」

　下着と聞いても顔色一つ変えない奥様はさすがだった。嫁と運転手はちらりと目を逸らしたというのに。

「……サイズは聞いていないのね？」

「はい」

「困ったものだわ。服はともかく、靴と下着が難関ね」

「お義母様、これはもう……呼ぶより出向いた方が」

ちょっとした衝撃からさっさと立ち直った嫁が、腕時計を確かめながら言い添える。目当ての百貨店では、蛍の光が流れている頃だ。

「そうね和佳子さん、その通りだわ。嶋田、車を用意なさい。担当者は捕まったの？」

「は、渋谷《しぶや》の方の外商担当者にお繋ぎしておりますが」

「これから出向くとお伝えなさい。店は閉めてくれて構いません、と」

到着するのは閉店時間後である。だが、閉店後にちょっと買い物をさせてくれと久世家から声をかけられて、拒む店などまずない。お詫びと称してお買い上げいただく予定のお品物を、必死になって選び始めるはずだ。スタッフ全員の残業代を賄った上、純利益の確保できるような商品を。

「楽しみね！　なんなら明日にでも、連れて帰ってきてくれないかしら」

それはまずない。使用人頭が心中呟く。こんな騒ぎになってしまったことを、貴臣に土下座して詫びながら。

お車のご準備が整いました、と女中が声をかけてくる。

いつでも外出できる程度の装いを欠かさない久世家のご婦人方は、あっという間に身支度を調えて颯爽と渋谷へ出かけていった。スタイリストとは現地集合である。野元はとっくに逃げ出した。

明日、なんと言って貴臣様にお詫びすべきか。それを思うとひたすら頭の痛い使用人頭であった。

それが昨日の話。そして今日に至る。

この上司は見た目こそ無表情で冷淡で酷薄で底意地が悪そうだが、部下に対して理不尽な感情をぶつけるような愚かな真似は決してしない。

はずだった。

野元にだってわかっている。ひたすら自分がタイミングの悪い奴だったのだ。もうその一言に尽きる。だが、自分は貴臣個人ではなく久世家の使用人なのだ。当主である貴仁《たかひと》様や、兄の唯臣様に「簡単なものでいいから報告書を出せ」と言われたら、拒否する権利などない。

……脅されはしたものの、結局この仕事を選んだことはさして後悔していない。元々「普通」を愛せるタイプでなかったためか、適度にスリリングな社会人ライフを楽しんでもいた。そもそも「普通」を心底愛せる人間は、東大には入ってこない。

しかし、ここ最近、一つだけ不満がある。

彼女がいないのだ。

久世家の仕事は、とにかく拘束時間が長い。おまけに彼は、名目だけでも重役秘書として、CUSEの機密文書にアクセスする資格を持ち、実際様々な書類を眺めていたりもする。

どこかの馬鹿な官僚のように美人局《ハニトラ》に引っかかって機密を漏洩したりしないよう、男友達だろうと彼女だろうとお付き合いする相手は厳密に審査され、結婚ともなればCUSEの社長印がついた許可書が必要となる。

めんどくせえ。いいよ別に彼女なんて。

そう思っていたのに、最近の上司を見ていたら、なんだか自分の人生が虚しく切なく思えてきてしまった。

この上司は、車の中を二人きりの密室と認識し始めていて、平気でお嬢ちゃんといちゃつこうとする。お嬢ちゃんはさすがに自分の目があるので頑張って逆らおうとするのだが、抱き寄せられるくらいなら仕方ないかともう諦めている。けれど勿論上司はそれではすまさない。昨日の今日だというのに、二人がちゅっとする瞬間まで見せつけられてしまった。

あーーくそーーーー！　なんなんだこいつら！

運転席で絶叫したくなるのをこらえる身にもなってくれ。いっそリムジンだ、リムジン使えばいいんだ。あれならキャビンの中を見ないで済む。

リムジンなら久世邸の車庫の隅に今でも鎮座しているが、車体が馬鹿でかくて使い勝手がよくないため、滅多に使われることはない。第一、結構真面目に人目を忍んでいるこの上司が、そんな目立つ真似を赦すはずがない。お嬢ちゃんがリクエストすれば別だろうが。

そういうことは、自分のいないところでやってください。と言いたいところだが、上司は今日、ちゅっとやらかしてくれた直後、顔を可愛く真っ赤にした彼女にこんなことを言った。

「気にしないでいい。あれはヒトではない、秘書だ」

……………。

秘書は人ではないと言い切る姿に、野元はもはや何も言えなくなってしまった。

そっかーそういう扱いかーそうだよなー。奴隷って言われなかっただけましかー。弱み握られてる分、実際は奴隷以下かもなー。ああ、視界が滲んで前が見えない。事故るかも。

今日の上司は、明らかに体調がいい。顔色がよくなってお肌はツヤツヤ、ストレス性の症状が全て緩和され、仕事漬けの生活をちょっとサボって運動に励んだ（……どんな？）せいか、すこぶる調子がいい。いっそ今から出社して、溜まっている書類を全部決裁しちゃってくださいと提案したい。きっとあっという間に終わるだろう。

あーあ……俺にもないかな、運命の出会い。いいよ、ベルリンでもパリでも真冬のモスクワでもどこでも行くよ。まだ見ぬきみのためならば！

考えれば考えるほど、滑稽で虚しくて泣きたくなる。世の中の不公平さは身に染みてわかっていて、そうはいっても東大（電子情報系A）に入った時点で、自分は不公平の中でもましな方に傾いた人生を送れるはず、とたかをくくっていたのだが。

不公平の頂点というのは、もう本当に笑っちゃうくらい凄いのだ。不公平の権化のようなこの上司を見ていると、公平なんていう言葉そのものが憎らしくなってくる。いや、もう慣れた。憎らしいなんて思わない、そういうものだと割り切るだけで。ああ。

あーー、彼女ほしーー。美人じゃなくていいし、胸もでかくなくていい。普通でいいから、素直で優しい子。あ、まあツンデレでもいいよ、嫌いじゃないし。色々頑張る。マジ、どこに落ちてるんだああいう子。もう一人くらいどっかに落ちてて、自分に拾われてくれないだろうか。上司のような贅沢三昧はさせてやれないけれど、一生懸命可愛がるのに。

今日も虚しい妄想ばかりが、ヒトではない秘書の脳裏を埋め尽くして満場の涙を誘うのであった。

第三幕への前奏曲

クリスマスを直前に控えた週末、丸《まる》の内《うち》から日比谷にかけての華やいだ空気も遠い眼下。イルミネーションに彩られる下界の喧騒から遠く離れた、遥か高く天に近い静謐《せいひつ》な場所。滞在するのは三度目のそこは、男にとって既に使い勝手のいい隠れ家と化していた。

顔馴染みのコンシェルジュの柔和な笑顔に迎えられると、部屋では毎回同じバトラーが、緊張している結花を薫り高い紅茶とさりげない蘊蓄でもてなす。ミニバーの中には男が好む酒やつまみ、水の銘柄までもが完璧に整えられていて。結花のための菓子類まで手抜かりなく、頼んでもいない生花まであちこちに飾ってある。

……見聞きしているこちらが恥じ入るくらいの熱愛ぶりです、というバトラーの報告をコンシェルジュが聞いているとは思わず、貴臣は回を重ねるごとに客の好みを更に細かく把握していく優秀なホテルマン達のことを考えた。ここが欧米なら、たっぷりチップをはずんでやるのだが。

生まれてこの方一度も経済的な困窮を味わったことのない男は、余っている金は有意義に使って社会の経済活動に貢献すべし、とも教えられていた。今のところ、これ以上に有意義な金の使い道はちょっと思いつかない。

また十日間ほど日本を離れていた男は、土曜の朝のフライトで帰国するとそのまま結花を迎えにいき、そうしてこの隠れ家に閉じこもった。

お土産だ、と手渡された白く細長い小箱を開けると、中にはシンプルな透明の香水瓶。もしかしたら結花はあまり香水が好きじゃないかもしれないが、と前置きして。

「ヒースローを歩いていたら、なんだか美味しそうないい匂いがして、見てみたら香水だった」

「美味しそう？　香水が？」

「少しつけてごらん」

瓶の蓋を取って匂いを嗅ぎ、特におかしな匂いでないことを確認すると、手首の内側にそっと一吹きした。

「――あ」

美味しそう。これは確かに、とても美味しそうな香りだ。

物凄く甘くて美味しそうな……もいだばかりの、葉がついた桃の香り。ジョーマローン、ネクタリンブロッサム＆ハニー、とラベルに小さく書かれている。桃の花と蜂蜜。想像するだけで物凄く美味しそうだ。

「すごい、桃の香り……！」

「そう思うだろう。——嫌いな匂いではなかったか？」

「ううん、すっごくいい香り！　貴臣さん、ありがとう！」

結花はさほど香水を好んでつける方ではなかった（……というより興味がない）が、これなら毎日つけてもいいと思った。

ぱぁぁっと顔を輝かせて嬉しがる結花に、けれど男はほの暗い微笑みを向ける。

「……こんなに美味しそうな匂いをさせた結花は、きっとたまらなく美味しいのだろうと思ってね」

え、と笑い顔を一瞬硬直させた結花からやんわりと瓶を取り上げ、アトマイザーをプッシュする。厚手のタイツに包まれたままの足首と、そしてひらりとフレアがはためくスカートをちょっぴり持ち上げて膝の内側に。——スプレーした香水を塗り広げるように、指先が敏感な膝周りからそろそろと奥へ這わされていく。

「一応世間はクリスマスだし、シャンパンも用意させておいたんだが」

女の方から無言でねだられたことはあっても、自分からそんなものを用意したのは初めてである。貴臣は部屋の隅のワゴンに置かれた銀のバケットの中の瓶——女性が好きそうな瓶なので選んだペリエ・ジュエのベル・エポック——にちらと目を向けてから、結花に視線を戻す。

想像した通り、身体中から甘い果物の香りを漂わせた結花は、貴臣の食欲をこれ以上なく刺激した。邪魔な皮をつるりと剝いて実だけにしたら、もっとそそられるだろう。彼に食べられるためだけに実る、甘い果実だ。

「できれば、食前酒より先に、結花を食べたい」

「……それ、食前酒じゃ、ない……」

「じゃあ食中酒にしようか？　――この前のスプリングバンクのように」

耳元で囁かれた結花が、物凄い勢いでぶわっと真っ赤になる。その夜の痴態を思い出して、いたたまれずにきつく目をつぶって。

炭酸だから、もしかするとモルトよりも刺激的かもしれないな。くくっと笑いながらそんなことを言う男を、恨みがましく睨んではみたけれど。

でも結局、男の思い通りに、美味しく食べられてしまうのであった。

――ウサギは寂しいと死んでしまうというが、私はウサギを飼っている気分だ。

貴臣は、半月ぶりでの激しい情事にぐったりと仰臥《ぎょうが》している結花の髪をゆっくり撫でながら、そんなことを言った。

結花は私に、ただ一夜の慰めしか求めない。他には何の打算も媚もない。ただ寂しいと甘えてくる、可愛い愛玩動物だな。ウサギにしては、良い声で啼くが。

貴臣も、既に気づいていた。結花の何がこれほど自分を引き付けるのか。

これは、無欲な想いだ。

愛した分愛し返してほしいとか、あわよくば結婚してほしいとか、そういった一方通行な欲を一切含まない、純然たる好意。与えられる以上のものを自分からは決して求めてこない、身勝手な期待を抱くことのない、本当に純粋な想い。

一夜の慰め以外のものを、求められない。それがこれほど安らぐ関係とは。

何のリターンも期待されず、ただ純粋な好意だけを向けられるというのは、初めてだったから。それがあまりに心地よくて、驚いた。

抱く回数を重ねても、特別な相手として逢瀬を繰り返しても、その好意の純度は変わらなかった。これまで会ったどんな女も、二回目以降は明らかに彼に何かを期待するのに。二回目があったことすら稀だが。

決して変わらない、濁らず透明なままの純粋な好意を感じると、絶対に手放したくなくなった。

あの夜。彼女が求めていたのはただ、異国の地での自由だけど寂しい時間を紛らわしてくれる、それだけの存在。

「好き」という感情の裏で御曹司の恋人や妻の座を狙っているわけでもなければ、なにかしらの便宜や援助を求めて打算的に近づいてきたわけでもない。

だから、こちらも身構えたり裏を読んだり計算したりする必要がない。好きに振る舞って良い。……親兄弟の前ですら、そんなことが許されたのは随分昔の話だというのに。

結花と共有する時間が、本当に、心地よかった。和んで癒やされた。貴臣はそう言いたかっただけなのだが。


一夜の慰め以外の物は、決して求めてはいけない。この日、彼女の無意識下に刻み込まれた行動指針。

それ以上を求めたら、彼に疎まれる。慰めてくれるこの手を、喪《うしな》う。勿論、ほかに何が欲しいわけではないけれど。


私は、貴臣さんの、ペットのウサギ。

撫でて可愛がってもらえるし、抱きついて甘えても許される。それで十分。

自分からは求めない、与えられるものをただ受け入れるだけ。飼い主である彼に求めていいのは、一夜の慰め、ただそれだけ。

自分は彼にとって、多忙な日々に癒やしを与える愛玩動物なのだから。それ以上でも以下でもない、常にそれを弁《わきま》えていなければいけない。

無意識に、結花は己にそれを金科玉条として課した。そして、自分の気持ちを、頑丈な鎖でぐるぐる巻きにした。それ以上大きく育たないように。

　捨てられるのを恐れるが故の習性は、本人さえもまるで意識していないという点で、実はひどく手に負えないものだった。

第三幕　秘密の既成事実

Das Liebespaar der Oper

1

橋本絵里は、実は結構お嬢様である。

曽祖父が戦後に小規模ながら富裕層向けの高級家具の輸出入を始め、現会長である祖父が会社を大きくして財を成し、この十年であちこちに広大なショールームを出店しているのは三代目社長の父。商売が傾かなければ、今高校生の弟がいずれ四代目になる予定だ。

渋谷区松濤《しょうとう》に構えた庭付きの邸宅はプライベートスペースとショースペースを兼ね、娘の絵里の部屋も、デザイナーものの家具や天蓋付きベッドでセンス良く飾られていた。お手伝いさんが毎日きれいに片づけるので、本当にショールームのようだ。いつ取材がきても写真が撮れる。

ただし、生活感は非常に乏しい。絵里はそういうものだと思って育ったのでなんとも思わなかったが、初めて結花が遊びにきたときには随分驚かれた。

そんなお嬢様なので、たまにはそれらしいこともしなくてはならない。

年明け早々、正月休み気分もまだ抜けきらない金曜日。都内の一等地にあるシティホテルの宴会場で、父の会社の創業六十周年記念パーティーが盛大に催されていた。

新年会を兼ね、国内外の取引先を招待しての大がかりなもので、娘の絵里も、二度と着ないだろうというようなドレスでそれなりの格好をさせられている。最初はド派手な手描き京友禅の大振袖を出されたのだが、それだけは絶対に嫌だと必死で拒んだのだ。

何もかも、面倒なことこの上なかった。

壇上では、重要取引先による祝辞が続いている。勿論絵里には退屈で仕方ない。おっさん達の堅苦しいスピーチなんか聞いても、うるさい雑音にしか聞こえない。が、一応は祝辞を頂戴する側の礼儀として無理やり笑顔を浮かべ、一人一人に拍手を送る。

あまりに退屈でうんざりしてきた絵里の興味を引いたのは、次にスピーチに立った男。まず、名前が読み上げられた途端、会場のあちこちで押し殺しきれない黄色い悲鳴が上がった。ちなみにこの日の招待客に、若い女性など殆どいない。場違いな騒音に耳を疑い露骨にきょろきょろしていると、横に立っている母親に後ろからこっそりつねられる。

ぎくりとして横目で窺うと、母親が作り物でない本物の笑みを浮かべ、原稿もなしにすらすらと喋り始めた男を熱心に見つめていた。

「只今ご紹介に与りました、ＣＵＳＥビジネスインターナショナルの久世と申します。株式会社ハシモト様の創業六十周年を、心よりお祝い申し上げ……」

絵里もじっと観察してみた。確かにかなりのイケメンだ。イケメン？　そんな軽薄な言葉は似つかわしくない。芸能人ほどわざとらしくなく、モデルほど派手でないが、眉毛一本手を加える必要のない生まれつきの美男子。見惚れるほど整った造作は表情が乏しいせいか冷淡に見えるが、冷ややかな表情がこれまた雰囲気によく合う。

なるほど、この場の女が残らず全員首ったけになってもおかしくない。しかも、あれだけの会社の役員にしては、恐ろしく若い。おそらくまだ四十にも届いていない。

見た目があぁで、年齢があれくらいで、見るからに頭が良さそう、ということは仕事ができそう。しかも大企業の役員……専務だっけ？　それで女にもてないはずがない。黄色い悲鳴、宜《むべ》なるかな。司会役の女子アナまで、蕩けるような瞳で一心に見つめている。

主賓のスピーチの倍近い拍手を浴びても一切表情を動かさず、あちこちから注がれる女性達の熱い視線を冷気で相殺して、男は祝辞を終えた。どうやら彼が最後だったらしく、その後は祝電の披露が始まる。

こっそりと、ごく小さな声で母親に尋ねてみた。

「……ねえママ、今のイケメン、誰？」

「あの方？　CUSEの久世様よ。ダメもとでご招待させていただいたけど、来ていただけてほんとにラッキーだったわ！」

「……CUSEの久世サマ？　って？」

「CUSE本社の社長の次男よ。いい目の保養になったでしょ？　あれでまだ独身よ」

なるほど、合点がいった。そりゃもてるわけだ。

国内最大級のコングロマリットの経営者一族御曹司、つまり大金持ち。なおかつイケメンで地位があってそこそこ若くて――おまけにまだ独身。なんというウルトラハイスペック。

「絵里ちゃん、久世様に興味あるの？　いいわよ、見初めていただいても！　ライバルは大勢いるでしょうけどね！」

ミーハーで面食いな母のはしゃいだ言葉に、絵里は「ないない」と片手をヒラヒラさせた。あんなの無理無理無理。つかそもそも、あれはそういうのにまるで興味ないいんじゃないの。女の気配なんかガン無視だったじゃん。もしかしてそっちの人なんじゃ？

祝電の披露も終わり、ばらけた客達はそちこちで雑談を始めた。そろそろ〝ご挨拶〟に駆り出されそうだったので、絵里はさっさと逃げ出すことにする。両親について挨拶して回り、ついでに未婚の娘と大アピールされて、じゃあ今度うちの息子と……なんて展開は死んでもごめんだ。化粧を直してくると言ってするりと会場を抜け出し、パウダールームへ向かおうとしたそのとき。

先ほどのイケメン、ＣＵＳＥの御曹司が、やはりこっそり別の扉から抜け出してきた。耳に携帯を当てている。

何の気なしにちらりと目を向けて、あれ？　と思う。

人が変わったかと思うくらい、表情が違う。

「……そう、四階だ。エレベーターを降りたら右奥へ……」

小声で話しながら絵里の前を通り過ぎる。絵里の方など見向きもしない顔が、なんとちょっぴり微笑んでいた。スピーチしているときの冷ややかな顔つきと差がありすぎて、思わず目を見張る。

足早に遠ざかっていく後ろ姿をなんとなしに見送っていた絵里の目が、ふと少し離れた所にあるエレベーターに引き寄せられる。ちょうどドアが音もなくすうっと開いたところだった。

そこで再び目を疑う。

……結花……!?

間違いない、親友の結花だった。服装も、昼間大学で見たときと変わっていない。あれは結花だ。

その結花は、絵里がすぐ近くにいることなどまるで気づかず、シャーベットピンクのスマホを耳に当てたままエレベーターを降りると、わき目も振らずに右奥へと進んでいった。

迷わずそろりと後をつける。結花が最近よくつけている、甘い桃の香水の残り香がごく微かに感じられる程度の距離感。分厚い化繊の絨毯を敷き詰めた床はピンヒールの踵《かかと》の音も吸収してくれて、少し離れて歩いているだけの絵里の存在に彼女は気づかないようだった。

この先にはもう何もない。宴会フロアなので客室もない。あるのは非常階段くらいだろう。と、人気のない通路の先を歩いていた結花が、突然横から伸びてきた手にぐいと引っ張られた。

絵里が叫び声をこらえることができたのは、奇跡に等しい。心臓がバクバクする音が聞こえてしまうのではないかと心配になったくらいだ。ぎくりとしてその場に立ち止まって身体を硬直させるが、突然攫われたはずの結花の悲鳴が聞こえてこない。

黒い上着の袖から出た、誰かの手。さっきこの辺りを歩いていた人物といえば——

「……、貴臣、さ……っ」

足音を立てないようにしながら更に曲がり角へ近づくと、微かに結花の声がした。——そして、切れ切れのせわしない呼吸音と、ぴちゃりと濡れた音も。

「……っん、…ふ…ぅっ、んん……だ、め、ここじゃ……」

「……二十日ぶりに結花を見たら、我慢できなかった」

「ちょ、貴臣さん、口拭いて……っ」

「舐めてとってもらおうかな。……冗談だ。——ありがとう」

この声。聞いたこともないくらい甘ったるい声。どちらが？　どちらも。

一体どういうことなのこれ……!?

「カードキーだ。適当なところで抜けるから、部屋で待っておいで。三十七階の三七〇五、一番右奥だ」

「この前話したＤＶＤを、デスクの上に置いておいた。バイロイトの、バレンボイム指揮の『トリスタンとイゾルデ』」

「はい」

「ルネ・コロとヨハンナ・マイヤーが出てるやつ？　わ、ありがとう！」

「お腹が空いたら、ルームサービスで何か適当に頼むといい。……トリスタンが生きているうちに戻る」

「はい。……っ、ん、待ってる……」

ちゅ、ちゅ、と誤解しようのない音が何度も響く。

とても真顔で聞いていられず、絵里はそこで一気に身を翻し、踵《ヒール》に気をつけながら必死に足を動かして通路を戻り始めた。

少しして、後ろから足早に人が歩いてくる気配がする。歩みを緩めて視線をさまよわせ、迷った振りをした絵里の横を、無言で追い抜いていったのは。

わかっていたけどやっぱり――ＣＵＳＥの久世様、だった。

絵里はそのままエレベーター手前の化粧室まで戻り、誰かを待っている風でその場に待機した。

かなり時間をあけてから、ほんのり赤い顔で歩いてきた結花が目の前を通り過ぎる。見るからにぽうっとして、地に足がついていない。そもそも、まさかこんなところに知り合いがいるとは夢にも思ってもいないのだろう。

エレベーターに乗り込む瞬間を狙って、絵里は一気に距離を詰めた。閉まりかけた扉に手をかけ、無理やり中に乗り込む。

「……今度こそ、洗いざらい全部、説明してもらうよ。結花……！」

目の前に現れたのが親友の絵里だと理解した瞬間、結花は秘密が彼女に知れたことを悟った。今まで見たこともないほど立派にドレスアップした友人が、普段の倍以上まつ毛を盛ったアーモンドアイできつく睨んでいる。

瞬時に「バレた」と察した結花は、どうしようと内心かなり焦りつつも、同時に心の中で「うわ、今日の絵里、いつもにまして美人……」などと呟きながらついじっくり鑑賞してしまった。衣装に負けない程度にしっかりメイクした顔は、元々の美人顔を更にぐっと大人っぽく見せている。

……だめだめ、見惚れている場合じゃない。でももうバレてるし、ど、どうしよう……！

「あんた、何あんなところで恥ずかしげもなくイチャついてんのよ！」

部屋あるんでしょ。入れなさい。と、有無を言わさぬ口調で迫られ、もはや逃げること能《あた》わずと観念した結花は、仕方なく貴臣に渡されたカードキーを使って三十七階まで上がり、部屋のドアを開けた。絵里がずんずんと無言で中に入っていく。

「あっきれた。何この部屋。あんた達、いっつもこんなとこで逢ってるわけ？」

別に変な部屋ではない。コーナースイート故に、やたら広くて豪勢なだけで。そうはいっても、いつもの日比谷の隠れ家に比べれば、これでもまだ狭いのだが。

視界に入った全てのドアを試しに開けて、寝室には勿論大きなベッドが一台しかないのを確認し、絵里は軽い頭痛を感じて指先でこめかみをぐりぐり押した。ああもう色んな意味で頭痛い。

男女が逢い引きに使うためなら、ラブホテルで十分だ。ランクアップしてシティホテルでも、こんな豪華なスイートを使う必要などない。男と女がイチャつくだけなら、ベッド一台あれば事足りる。

だが、これほど高そうな部屋だというのに、庶民育ちのはずの結花が明らかに慣れている。つまり、いつもこうだ、ということ。

「……いつもここってわけじゃ……」

「でもこういうとこなんでしょ。——ああ、それでリンガム。……なるほどね、そういうこと」

相も変わらず鋭い絵里である。おまけに今はアドレナリンの大量放出中で、勘が冴えに冴えている気がした。相手が誰かを知ってから、積もり積もった些細な疑問が次々に頭の中でほどけていきつつある。

ダブルトールキャラメルマキアートで満足していた結花に紅茶の世界を教え、ジュースみたいな缶チューハイしか飲まない舌にまともな酒の味を教え、質のいい衣服で全身くるんで美味しそうな桃の匂いをまとわせながら、大人の階段の上へ上へと引っ張り上げていく男。明らかに金には困っていない、明らかに育ちが良くて趣味のいい、物凄い上玉だろうと想像はしていた。

一体どんな奴かと思ったけど——まさか、ああまでとんでもない相手だったなんて。

あんな男に目をつけられたら、こんな世間知らずの箱入りでも、変化せずにいられるわけがない。おまけにあの男、一体いくつよ？　自分達より一回り以上も年上なのは間違いないとして……

無言で考え込む絵里の目が、完全に据わっている。横で息を詰めてそれを見守る結花は、もはや生きた心地がしなかった。

こ、怖い。どうしよう。誰にも見つからないよう、貴臣さんあんなに気をつけてたのに。どうしよう。マスコミとかに気づかれたわけじゃない、でも相手が絵里だと自分には隠し事ができない。このままだと全部バレちゃう……！

結花は本気で焦り始めた。身体の奥底で心臓が飛び跳ねていて、ドクドクと脈打つ音が耳のすぐ横で聞こえる気がする。動転するあまり、知らず目が潤んできた。

「ていうか、なんで絵里がここに……」

「うちのパーティーよ！」

結花が思わず漏らした呟きに、「祝辞まで頂いたわよ！」と言い返し、絵里はフンと鼻を鳴らしてツカツカとデスクに近づく。ＤＶＤのパッケージが置かれているのが目に入った――ワーグナー作曲、バレンボイム指揮の楽劇『トリスタンとイゾルデ』。

「……類友、ね……」

オペラ好き仲間、というのは本当なのだろう。先ほどの会話の内容からも、それは間違いない。でも、なんでまたよりによってあんな……！

一度だけ流し見したことがあるそのオペラの筋を、絵里は頭の中で懸命に思い出した。確か、トリスタンが死ぬのは第三幕に入ってからだ。ということは、あの男はまだしばらくやってこない。パーティーだってまだ始まったばかりだし、あと一、二時間はもつはず。

「――ねえ結花。あれが誰だか、あんた知ってるわけ？」

恐ろしいほど静かで、不気味なまでに抑揚のない問いかけに、びくりと震えた結花が硬い声で問い返す。

「……どういう、意味」

「あたしは知ってるよ。さっきパーティーであの人が祝辞を読んだときに、肩書きも聞いたよ。……あんた、ちゃんと知ってるの？」

絵里は、自分を心配してくれているのだ。結花にもそれはわかっている。あんなに怖い顔をしているのは、面倒事ならどうにかして結花を助け出そうと真剣に考えてくれているから。

だから、正直に頷いた。

「――知ってる。CUSEの久世さんだってことは」

……はあぁぁぁ、と絵里が、深い深い溜め息をついてソファに倒れこんだ。それを知っていてなぜ。

「それがどれだけとんでもない相手か、わかってんのかって訊いてるのよ！」

「わかってるよ！　とんでもなく不釣り合いだってことは！　でもそういうんじゃないの！」

「何がどうそういうんじゃないのよ!?」

「私は単なる、貴臣さんのペットのウサギなの!!」

叫んだ結花をまじまじ見つめ、絵里は耳を疑った。――この子今、一体なんて言った？

「……あの、絵里、さっき、その……、見てたの……？」

ふと、結花が興奮とは別の意味で顔を赤くして目線を逸らす。

まさかあんな恥ずかしいところを親友に見られたのでは、と心配して声まで震わせているのを、フンと鼻で笑い飛ばした。

「見えるわけないでしょ」

そう言っておいて、胸を撫で下ろしたのを見届けてから意地悪く言い足してやる。

「――声だけ聴けばバレバレだけどね。何あのラブラブっぷり。あんなところでチュウチュウしまくって、聴いてるこっちが恥ずかしいっての」

再びぎくりと身を強張らせた結花が口をぱくぱくさせているのを、いっそ白い目で生ぬるく眺めてやった。

「ぅう……っ」

「あんなのと？　ベルリンで？　逢ったその日に寝ちゃった？　――どんだけ手が早いのよあいつ、いっくらモテるからって！」

「だから絵里、そんなんじゃないって言ったじゃない！　そういうんじゃなくて！」

「あのＣＵＳＥの久世サマが、あんたみたいなフツーの女子大生と、真面目に恋愛してるとでも言うわけ？　本気でそんなこと思ってんの!?」

「――していてはまずいような言い方だな」

するはずのない声がして、文字通りびくぅっとその場で飛び上がる。

口から心臓が飛び出しそう、という言葉を、絵里は初めて体感した。

「……貴臣さん！」

入り口のドアを振り向いた結花も心底驚いたが、不意打ちではあっても嬉しい驚きだ。すぐさま駆け寄ろうとして、だが動かしかけた足がその場で凍り付く。

今更隠しても意味はないとわかっていても、人前で——絵里の目の前でそういった行動を取ることを、反射的にためらったのだ。

それを見て、結花の思考を理解はしても、納得するはずがないのが貴臣である。どうやら、目の前の見知らぬ人物には既に真相が露見しているらしい。ならばもはや隠蔽工作など無意味だ。

「結花、おいで」

だから堂々と呼ぶ。呼ばれて足をぴくりと動かしたところでまた視線を泳がせながら固まってしまったのを見て、自分の言葉に従わない彼女に微かに苛立つ。否、彼女にではなく、彼女をそうさせているこの状況に。

結花。ともう一度呼べば、さすがに二度目は抵抗しない。素直に駆け寄っていって差し出された腕にしがみつき、ほぅっと息を吐いた結花は身を縛る緊張をほんの少しほどいた。

「結花しかいないはずの部屋から話し声がするから、何事かと思ったが。……客人か?」

表情を硬くした結花を抱きとめて腕の中に攫い込みながら、目の前に仁王立ちして睨みつけてくる女を真正面から睨み返す。

「……あのね、たまに話してる、大学の友達の、絵里。……覚えてる?」

「ああ、何度か聞いているな。ヴァイオリン弾きのお友達だろう。——そのお友達が、なぜ今ここに？」

高い位置から険しい視線で容赦なく全身串刺しにされ、絵里は無意識にきつく歯を食いしばった。

初対面の他人を見る目ではない。不審人物を警戒する目でもない。これはもうはっきりと、自分の邪魔をする相手を排除しようという意志のこもった、敵意すれすれの感情を隠さない視線だ。

あらゆる意味で逆立ちしても敵わない相手だとしても、ここで無様に尻尾を巻いて逃げ出すのは、絵里のなけなしのプライドが許さない。本能的な怯えに内へ丸まってくる背筋を叱咤して引き伸ばし、声が震えないよう腹の底に力を入れる。

「——久世専務には父がいつもお世話になっております、橋本絵里です。先ほどは、ご丁寧に祝辞まで頂戴しまして、ありがとうございました」

パーティー直前に小笠原《おがさわら》流の講師に即席で叩き込まれた通り、ゆっくりと腰を折って正しい角度まで頭を下げた。

橋本社長の……？　という呟き声と同時に、突き刺さる視線がほんの少し和らいだのを感じてから、またゆっくりと頭を上げて。

「いえ、父の会社はどうでもいいんですけど。親友が愛人にされかかっているのを、黙って見ているわけにはいきませんから！」

「ちょ、絵里⁉」

「いいから結花はちょっと黙ってて」

冷静さを取り戻したかに見えた親友がいきなり戦闘態勢に入ったのを見て、慌てて二人の間に割って入ろうとした結花を、絵里も貴臣も押しとどめて睨み合いを続行した。

「少しの間大人しくしていなさい、結花。——愛人とはどういうことかな。私は独身だが？」

「ええ、存じておりますとも。でも、こんな若い子囲ってちやほやして遊ぶとか、傍目には愛人遊びしてるようにしか見えないと思うんですけど！」

「だから他人の目からは隠しているが？」

「遊び相手にするなら、もうちょっと相手を選びなさいよって言ってるんですけど‼」

きつい口調で食ってかかった怖いもの知らずな絵里を、いっそ馬鹿にするように見下して。

貴臣は、腕の中の結花の額にこれ見よがしなキスを落としながら答えた。愛人愛人と筋違いな単語を連呼されて肩を強張らせ、口元を引き結んで押し黙ってしまった可哀想な恋人を抱く腕に、そっと力を込めながら。

「——その呼び方が結花に失礼だとは、思わないのか？」

「思うけど思わない！　遊びで引っかき回されて、後で結局泣かされるのを慰めるよりはマシだし！」

「遊ぶ相手なら、勿論選んでいるとも。一緒に遊んでいてこんなに楽しい相手は、ほかにいない。結花だけだ。第一、当人同士が納得していることを、外野にとやかく言われる筋合いもない」

結花を手放す気はない、と言い切られ、お前には関係ないから口を出すなとまで言われて、絵里はますますカッとなる。

「適当に遊んでから捨てるくらいなら、初めから手を出すなって言ってんのよ!!　ＣＵＳＥの久世サマなら、遊ぶ相手なんかほかにいくらだっているでしょ!?」

捨てる、という言葉が絵里の口から出た瞬間、結花の身体がびくりと震えた。貴臣に縋る手に、無意識に力がこもる。

聞き捨てならない単語を連発する〝自称・親友〟を今度こそはっきりと侮蔑の眼差しで見やり、貴臣は宥めるように結花の頭を撫でてやった。こてん、と額が胸に押し当てられるまでそうしてから。

「誰が捨てると言った？　――ほかの相手に興味はない、結花だけだ。私が『ＣＵＳＥの久世』であることなど、何ら関係ない。妙な言いがかりをつけるのはやめてもらおう」

絵里はどうにもおさまらない。だが、何をどう言っても太刀打ちできない。興奮のあまり顔を真っ赤にして肩で息をしているのを冷ややかに眺めた貴臣は、その場から動けずにいる絵里の存在など歯牙にもかけず、無造作に脇をすり抜けて結花をソファに座らせた。

「──結花。大丈夫か？」

結花の前に片膝をつき、艶のある黒髪を耳にかけてやりながら、両手で頬を包み込んで顔を覗き込む。

「……ん……」

生返事で答える結花の顔が、青白い。俯いたまま、貴臣の方にも目を向けない。

何と表現すべきかが曖昧なままだった自分達の関係が、他人の目にどう見えるのかを初めて指摘され（しかも親しい友人にだ）、できれば聞きたくなかった単語を連呼されて。

やっぱりそう見えるよね。ペットと愛人って、きっと似たようなものだよね。存在意義の第一番が、そういう行為か否かの違いしかないもんね……。

「……できれば、絵里には……そのうち話したいなって、思ってたんです。……話しても、いい……？」

男に余計な気遣いをさせまいと、軋む音さえ聞こえそうなぎこちない微笑みを浮かべて。泣いているのではないかと心配したが、涙は零れていないようだ。ここで雫の一つも見えたら、まずはハシモトとの取り引きを即日停止するところだったが。

「この期に及んで、黙っておくことなどもう殆どないだろうな」

「……ごめんなさい……」

「いや。――結花にも相談する相手は必要だろう。謝ることはない。そういう意味では、ちょうどよかったのかもしれないからね。ただし」

絵里の存在など気にも留めずに喋っていた貴臣が、そこで再度、二人を凝視したまま固まっている絵里を鋭い目線で突き刺す。

「彼女が結花に私から離れるよう仕向けるのなら、どんな手を使ってでも、逆に私が彼女から結花を引き離す。それだけは覚えておきなさい」

無言で息をのみ、心なしか顔を青くさせた絵里に向かって口の端を上げ、真正面から残酷な微笑みを見せつけた。執行猶予付きの死刑宣告も同然の言葉。

絵里が無意識に一歩後ろへ下がると、それきり興味を失ったかのように表情を消して目を逸らす。そうして自分は、デスクの椅子にかけてあった上着の内ポケットから名刺入れを取り出していた。どうやら、名刺を切らして取りに上がってきたらしい。

「なるべく早く戻る。ちゃんとここで、待っていてくれ」

「……、はい。貴臣さん」

もう一度結花の方へ向き直ると、まだ幾分強張った唇にそっと口づけ、黒髪をひと撫でしてから出ていった。

――へちゃ、と絵里がその場にへたり込む。

「え……絵里？　大丈夫？　絵里！」

今度こそ目の前で、マウス・トゥ・マウスの本物のキスを見せつけられたわけだが、そんなものは全然頭に入ってこなかった。

――自分みたいな小娘を本気で脅すなんて、案外肝っ玉小さいわね！

そう笑い飛ばしてやりたいのに、頭の中はそんな妄想でいっぱいなのに、身体が全くついてこない。圧倒的な本気の気配に圧迫されて、手足が竦んで身動きが取れない。

強烈だった。女どもの黄色い悲鳴を黙殺したあの冷気とは比べものにならない、見た瞬間血も凍りそうな笑い顔だった。恐ろしくて夢に出そうだ。子供が見たら、絶対泣くに違いない。自分だって泣きそうだ。

「……最低」

ぼそりと呟く。

最低だ。どうにもならない。あんなのが相手じゃ、もしものときに結花を助けてあげることすら、できるかどうか甚だ怪しい。おまけに、興奮した自分が口走ったあれやこれやも、最低な内容だった。

だけど一つだけ、いやでも絵里にわかったことがある。

あの男は、思っていたより相当本気らしい。相手が自分なんかでも、本気で腹を立てて脅迫せずにはいられないくらい。

「絵里……？」

ショックのあまり落ち込んでいたはずの結花が、逆に心配して近寄ってきてすぐ横にしゃがみ込む。

よろけつつも立ち上がろうとするが、なんと膝がカクカク震えているではないか。笑っちゃう。笑えるけど、虚勢を張る気力すら残されていない。

今頃になって恐怖がぶり返してくる。あの、掛け値なしに本気の目。自分達の邪魔をするのは許さない、と。

「ちょっとあんた、どんだけ愛されてんのよ!?」

突然叫んでばっと立ち上がった絵里に、驚いた結花は後ろへひっくり返りそうになった。二人で色違いで買ったミニ丈のニットワンピから覗いた太腿が、見下ろす絵里の目の前に白く眩しく強調されている。ちょっと短くて恥ずかしいからと、大学には滅多に着てこないくせに。

あんな男に喰わせるために、せっせと結花の女子力を磨く手伝いをしてやったのかと思うと、いっそ泣けてくる。

「ったく、人の目の前でいちゃいちゃいちゃいちゃいちゃ！　そういうのはちゃんと人目を忍んでやりなさい！　わかった!?」

「は、はいっ!!　えと、すみません……？」

いつも以上に柳眉を逆立てて、額にたくさん皺を寄せながら有無を言わさぬ口調で叱られる。あまりの迫力に、こくこく頷いて見せるしかない。

そこでやっと二人ともソファに座って、落ち着いて顔を合わせることができた。

「……ごめん。さっきはイヤな言葉連呼しちゃったね。ごめんね結花」

謝罪の言葉にそっと目を逸らした結花は、彼女自身が感じている後ろめたさを隠しきれずにいる。

「ん……きっと、似たようなものだから」

「あのさ、あんた馬鹿じゃないの？　そうじゃないからあんだけあたしが睨まれたんじゃん。ったくもー、これだから恋愛偏差値最底辺は！」

絵里が断言してやっても、まだ罪悪感を捨て去れないでいる。薄々そうなんじゃないかと恐れていたことを、絵里ほど親しい人間から指摘されてしまったショックはあまりにも大きすぎて。本人から「そうじゃなかった」と訂正されても、それを心底信じることができない。

あー……やばい。こんな状態の結花を見たら、あいつ絶対あたしに復讐してくる。うわぁマジやめて。あれに恨まれたら、本気で人生詰む。

「ねえ結花、ごめんって。あたしが悪かった。そういうんじゃないよ、あれ。ありえないと思ってたけど、あれ結構本気だよ」

「……本気？　って、ええと……？」

「覚悟しておいた方がいいよ。あんたきっと、逃がしてもらえない」

「――いいの。逃げる気ないから」

……あー、意味違う。わかってない。何から逃げなきゃいけないのか、多分全然わかってない。絵里は内心頭を抱えた。

でもまあ、そう言い切るなら、意味は違うけど結果オーライか。うん、そういうことにしとこう。下手に指摘して結花の意思が変わったりしたら、それも怖いし。うん、曖昧な理解のままでむしろいいんじゃないかな。

「あ、そ。ならいいんじゃない、どこまでも引きずっていかれなさい。あーもー……疲れた。マジ疲れた。パーティー終わるまでここにいようかな」

「今日のパーティーって、もしかして絵里のおうちの……？」

「そういうこと。ママはあいつのこと、『呼んでみたら来てくれてラッキー！』なんて言ってたけど……単にデートの口実を提供しただけだったたってことよね」

これだけ動揺していても、相変わらず鋭い絵里である。

今まで夜会やパーティーを避けに避けていた貴臣が、こういった社交的な仕事を多少なりとも入れるようにしたのは、そのまま直帰して結花とのデートに流れ込みやすいからだ。

社交の場に満ちた女達の鬱陶しい視線も、一時これに耐えれば後で結花に慰めてもらえると考えるだけで、以前ほど煩わしいとも思わなくなるから不思議なものである。

「もうね、あいつが祝辞で前に出てくるなり、黄色い悲鳴よ。凄いわね、あれ」

「――ん、貴臣さん、きっとモテるだろうから……」

「なにそんな可愛く『貴臣さん』なんて呼んでんのよ！　あー恥ずかしい！」

気にしてもしょうがない。あいつはどうやら割とかなり本気のようだし、結花も全然拒んでない。

それなら自分が割って入る必要はない。下手に入ったら、そのままプチッと潰されちゃう。

「さて、仕方ない、そろそろ戻るか。あーめんどくさい……」

自分がここにいると、あの男がいつまでも戻ってこられないのだろう。自分もまさか最後までバックレ続けるわけにもいかず、絵里は渋々立ち上がった。

「絵里。あの……」

「なに？」

「……これからは、色々……話しても、いい？」

相談する相手が欲しかった結花としては、絵里にばれてしまったのはいっそ都合がよかった。けれど、絵里はもしかして、そんな話は聞きたくないかもしれない。――友人の愛人（もどき）生活なんて。

割と本気で悩んだのだが、絵里はにまっと笑うと、ひょいと手を伸ばしてピシッと結花にデコピンを食らわした。

「ぃたッ！」

「あんたが話さなくても、こっちから聞くわよ！　もう、隠しても無駄だからね？」

デコピン返しをされる前に身を翻し、ちょっと化粧直させて、とパウダールームへ足を向ける。うわ、さすがスイート。モルトンブラウンのアメニティに、脂取り紙もちゃんとある。

「う、うん。でもあの、変なこと聞かないでよ？」

「大丈夫よ。せいぜい昨夜は何回したのって訊くくらいだから」

「それ十分変なことだから！」

「何回イったのって訊かれるよりマシでしょ？」

「えーりーー!!」

「あぁ、そんなの覚えてらんないよねえ。てかいちいち数えてらんないよねえ。……そこでまた思い出し赤面しない！」

——実は最近、結花と話したいからメシか酒をセッティングしてくれないかと、大学で複数の男から声をかけられていた絵里だが。

あいにく売り切れですって言うしかないわね。大学生なんかじゃもう無理無理。合コンに誘うだけでも、バレたらさくっと暗殺されかねない。恐ろしい虫がついたもんだ。

「ま、あいつに声をかける隙があったら、さっさと戻れって言っとくよ」

「ううん。そういうことは言わないでいい。お仕事の邪魔はしたくないから」

「結花ってば、相変わらずのいい子ちゃん体質だねぇ……。わかった。じゃ、また連休明けにね」

軽く髪と化粧を直し、結花を残して部屋から出る。

今でも若干納得がいかないが、現実としてああなっている以上はしょうがない。ああなる前なら必死で止めて、合コンに連れ出しまくってただろうけど。

エレベーターで一気に降りて宴会場に戻り、なるべくこっそり母親を探したが、見つけるより先に見つけられて眉を逆立てられた。

「絵里ちゃん！　こんな長い時間、一体どこに行ってたの！」

「え。いやそれが、たまたま友達とばったり会って……」

嘘じゃない。掛け値なしに真実だ。真実の全部じゃないだけで。

一通り挨拶し終えた後なのか、手持ち無沙汰を紛らわすようにお説教を続けようとする両親にたじたじになっているところへ、救い主が現れた。

「橋本社長。そろそろ失礼させていただきます」

自分がこの場に戻るのを待ち構えていたとしか思えないタイミングで、あの男が退出の挨拶にきたのだ。

「まあ、久世様！　もうお帰りですの？」

途端に声が一オクターブ上がった母親に、教えてやりたい。皆のアコガレ・CUSEの久世様は、うちにも遊びにきたことがある、あたしの親友のあの結花に、めろめろのラブラブで超いちゃいちゃなんだよ。あー、王様の耳はロバの耳って、こういう気分なんだ。なるほどね。

「せっかくなのですが、実はこの後所用がありまして」

「藤原《ふじわら》歌劇団から歌手も呼んでますのよ。それだけでも楽しんでいかれては……」

「――だめだよママ、お忙しいんだからお引き留めしたらご迷惑だよ」

あんたのためじゃない。結花が一人じゃ寂しいだろうから！

目でそう言いながら、堂々と向き直る。震えがぶり返しそうになるが、ぐっとこらえる。

全く、何回見ても、迫力すらある美形っぷりだ。

「――お嬢様ですか？」

突き刺さる目線の鋭さも、相変わらずだ。とりあえず執行猶予を付けただけ、結花にお

かしな様子があればすぐにでも報復措置に出る。なんて意志が嫌になるほど明確に伝わっ

てくる。

ほんと、こんな小娘相手に本気でその態度、いい歳こいてどんだけ大人げないのよこい

つ。

「え？　え、ええ！　娘の絵里です。絵里ちゃん、ご挨拶なさい」

「初めまして、絵里です。お目にかかれて、ほんとに——光栄です」

にこり、とあからさまな作り笑いで白々しく挨拶すると。

にたり、と貴臣は血が凍りそうに不気味な笑みを浮かべた。だからそれをやめなさいよ、マジで怖いから！

「こちらこそ。橋本社長はいいお嬢さんをお持ちでいらっしゃる」

「ありがとうございます。よかったら、出口までお見送りさせていただいても？」

呆気に取られた両親が日本語を忘れている間に、さっさと引き離しにかかる。白々しくてうそ寒い会話を繰り広げている場合じゃない。

「それは光栄だ」

悪魔の微笑みを浮かべたまま、なんと貴臣は絵里に左肘を差し出した。

絵里は知らなかったが、『ＣＵＳＥの久世様』が公の場で女性をエスコートする姿など、もう何年も見られていない。母親は「まあぁ！」と声を上げてぽかんとしているし、ほかにも見知らぬ女の悲鳴が聞こえた。

——そこまでしろとは言ってない!!

——ちょっとした嫌がらせだ。遠慮するな。

そんな会話を目でしてから、諦めて肘に手をかける。また周りで悲鳴が聞こえた。こいつがいなくなってからが本気で怖い。

そのまま見せ物よろしく出口まで練り歩かれ、案外性格悪いですね、と正直な感想を呟いてしまった。

「ああ、秘書にもよく言われるな」

「でしょうとも。きっと皆泣かされてるんでしょうね、あーかわいそー！」

宴会場のドアに背中を張りつかせたまま声を潜めた絵里に、底意地の悪そうな薄い笑みを向けて。

うわぁ……こいつ、絶対性格悪い。結花は一体これのどこがいいんだろう。やっぱ顔か？　もしかして面食いだったの？

「その程度で泣くような秘書は——ああ、いるな一人。その秘書から後で連絡させる」

「は？　なんであたしに？」

「今後、長い付き合いになるかもしれないからな」

一応渡しておく、と専務様の名刺を頂戴してしまった。裏表をぴらぴらめくってもの珍しげにしている絵里に、貴臣は有無を言わさず難題を突き付けた。

「橋本社長が勝手に期待するだろうが、責任持って打ち消しておいてくれ」

「……なんであたしが責任持たなきゃいけないのかが、そもそも理解できないんですけど」

「単なる嫌がらせだ」

今度こそ露骨に嫌そうな顔をして眉間に皺を寄せ、絵里はずっと心に思っていたことをついに口にした。

「なんかかなり――大人げないんじゃありません？」

相手がＣＵＳＥの久世サマでなくてもかなり失礼な発言だと思うが、歯牙にもかけない辺りはさすがに大人の余裕という奴か。

「私はこの通りのおじさんだからな。きみ達に合わせるには、大人げないくらいでちょうどいいはずだ」

だめだ。自分じゃ太刀打ちできない。結花、悪いけどどうにもできない。一人で頑張って。

心で合掌しながら、そうだと思い出して言い添える。

「あの。結花に、成人式どうするのかって訊いてやってくれません？」

「――成人式？」

思いもしなかったことを突然言われ、貴臣はほんの微かに首をひねった。あ、やっぱり意識してないやこの人、と絵里は小さく溜め息をつく。

「ほんとならね、月曜日は成人式なんです。式には出ないって言ってたけど。一緒に飲み会行こうよって誘ったら、断られちゃったから」

「……そうか、成人式か」

「訊いてどうするかは、そちらにお任せしますので。よろしくお願いします」

気安く手を振ろうとして相手が誰かを思い出し、取ってつけたような適当さで頭を下げる。これで中に戻ったら、一体どんだけの視線が突き刺さってくるのかと、物凄く嫌な想像をしながら頭を上げると。

見事に均整の取れた長身の後ろ姿が、エレベーターのドアの向こうに消えていくところだった。

2

一気に三十七階まで上がりながら、貴臣は無表情の仮面の下で焦燥していた。

結花が、〝自称親友〟とあの後一体何を話し、どう思って、今頃何をどう考えているのか、気になって仕方がない。

二十歳の彼女と三十八歳の自分が人目を忍んでこういう関係を持っていれば、それを見た他人がどう誤解するかなどわかりきっている。実に失礼極まりない。

独身の自分が、同じ独身の女性とどういった交友関係を持とうが、他人にとやかく言われる筋合いはない。

れっきとした成人女性である結花が、どんな相手とどんな恋愛をしようが、これまた他人に口出しされるいわれもない。

結花自身がそのことを理解して割り切ってくれればいいのだが、おそらくそれほど簡単ではない。極端なまでに他人の目を避けているという事実が、更に理解を妨げる。後ろめたいことでもないのに、こそこそと逃げ隠れするような真似を結花に強《し》いているのは、他でもない自分だ。

貴臣は溜め息をついて、カードキーをドアのスリットに差し込んだ。立場上仕方がないとはいえ、やはりうんざりしてきた。これまでの人生で、既に数えきれないほど何度も味わった徒労感。

自分が自分である事実は変えられない、自分の立場を変えることもできない、だから立場に見合った行動をするしかない。それを理解していても、全てを投げ出したくなったことは一度や二度ではない。

当然のごとく押し付けられる、立場に付随する義務という枷《かせ》。かくあるべしと押し付けられ、それ以外の価値観は認めないと言わんばかりの古臭い固定観念。烙印を押されるがごとく身に浸み込まされた、決して剝がすことのできないいくつものレッテル。

何も知らない他人は彼の上っ面だけを眺めて、その全てを羨む。だが、全てを羨むほどに何も持たない人々というのは、すなわち何ものからも自由なのだ。自分にない自由を持つ相手から、ないものねだりで羨まれ、時に憎らしげに嫉《そね》まれ僻《ひが》まれさえする。それに比べて。

結花が向けてくる、あの濁りのない透明な感情が、貴臣には心底愛しくてならない。一度手に入れたそれを失うことなど、もはや想像もしたくない。失わないためにどうすればいいのかばかり、毎日毎晩考えている。それほど大切なのに。

「——結花？」

重いドアを開けると、オーケストラの大音量で満たされた部屋の中、ソファの上で膝を抱えた格好で結花がテレビに目を向けていた。テーブルの上には、空になったコーヒーカップと『トリスタンとイゾルデ』のＤＶＤケース。

声をかけたのに気づかないでいる結花の横顔には、何の表情もない。

ベルリンの歌劇場で、隣の席から横目で盗み見た彼女の顔は、もっとずっと表情豊かに感情が溢れ出ていた。興奮に目は潤み、愛らしく頬を上気させながら微かに唇を開いて、一心に舞台に見入っていた。

なのに今目の前で、舞台ではなく映像で同じものを見ている結花の表情は、喜怒哀楽が全てかき消え、見たこともないほど不気味に凪いだ顔で。

「結花」

見ているだけで、心がざわりと不快に揺れた。視線を遮るように真正面に立ちはだかり、無理やり自分の存在を認識させて、彼女の心の在《あ》り処《か》を確かめずにはいられない。

「……あ、貴臣さん。おかえりなさい……」

ふ、と顔を上げて一瞬頬を緩めたが、いつもの屈託のない明るい笑顔とは程遠い。内心激しく苛立った貴臣はリモコンを操作して、悲恋と称される壮大な不倫物語の再生を止めた。

「ぼうっとしているね。退屈だっただろう。この公演は有名だが、評価はかなり低い」

「ん、でもまあ、歌手は揃ってるし。こんなもんかなぁっていう……」

「結花が春休みに入ったら、向こうで本物を観よう。『トリスタンとイゾルデ』なら、ヨーロッパ中探せばどこかの歌劇場でかかっているはずだ」

いつもなら瞬時に目を輝かせて身を乗り出してくる類の話にも、あまり反応してこない。上着も脱がないまま横に座り込み、貴臣は結花の頭を引き寄せて自分に凭れさせた。ほのかに香る甘い桃がいつもなら彼の疲れを瞬時に癒やしてくれるのだが、今はそれよりも彼が結花を癒やしたかった。

「どうした？」

たくさんの意味を詰め込んだ「どうした」だったが、結花はほんの僅かに口元を緩めただけで、虚無感の漂う凪いだ表情が消えない。

——いっそここで、何も考えられないくらいまで啼かせて抱き潰したら、明日の朝には全部忘れてけろりとしていてくれないだろうか。本気でそう考えた貴臣が行動に移す寸前に、結花が小さく溜め息をついた。

「どうもしない。だけど、ん……なんだか、落ち着かなくて。……いつもと違う、部屋だからかな」

それが全てではないが、嘘でもない。確かに結花は、あんなことがあったせいか、この部屋に身の置き場のない妙な居心地の悪さを感じて、落ち着かずにいた。

だが、そう呟いた途端、確かに……と横で微かに頷いた貴臣が、おもむろに上着の懐からスマホを取り出していた。

「——久世だが。いつもの部屋は、今夜は？　——それでいい。一時間後に。……ああ、構わん。よろしく」

え？　と首を傾げた結花の表情が、戸惑っている。それでもさっきの無表情よりはよほどましだ、と胸を撫で下ろし、今度は部屋の内線を持ち上げる。

「宿泊を切り上げる。精算してくれ」

え？　え？　と、目で追うだけでなく身体ごと貴臣に向き直って、何事かと怯えている。驚かせてしまったか、と貴臣はそっと結花の頬に手を添え、柔らかく口づけた。

「いつもの部屋へ戻ろう。——ここはあまり縁起が良くない。また結花の知り合いに怒鳴り込まれそうだ」

わざとおどけた口調で言いつつ、まだ会社に残っていた秘書を呼び寄せる。私の秘書達は働き者でね、と笑って見せながら、元々少ない荷物をさっさとまとめて。

「これ以上、結花との時間を無駄に浪費したくない。誰にも邪魔されない隠れ家へ、帰ろう」

こくりと頷いて、結花がぎゅっと貴臣に抱きついた。

どことなく異様な空気を察した第三秘書は、一言も無駄口を利かずに二人を渋谷から日比谷へと移動させた。

〝いつもの部屋〟を空けさせるために先客を別のフロアに移動させ、グレードアップした部屋にフルーツ盛り合わせとシャンパンを差し入れて黙らせたコンシェルジュは、そんな裏事情を一切悟らせないいつも通りの控えめな笑顔で二人を出迎えた。お連れ様の顔色が今一つ冴えず、上得意様がそれを大層気にされていることを一目で見抜いて。

失礼ですが、お食事はお済みですか？　……いえ、お腹の空かれたお客様というのは、なぜだかそういう気配を発していらっしゃるのです。ええ、すぐにわかりますよ。お部屋にお運びすることもできますが、気分を変えて店内でお召し上がりいただいても。個室もご用意できますので。

人目を避けていると知りながら、今回だけあえて提案してくるコンシェルジュに、貴臣はまたしてもチップをはずんでやりたくなった。

「……あの対決で、かなり体力を削られた気がする。こんな時間だが、多少しっかりしたものを食べたいな。結花、付き合ってくれないか？」

「ん、はい。ええと、しっかりしたものって？」

「肉にワインだな」

「しっかりっていうか、がっつり？　うんでも、美味しそう」

「結花もちゃんと食べて、もっと体力をつけなさい。でないととても一晩もたない」

何がどうもたないのかは、コンシェルジュの微笑みで見事曖昧にぼかされた。

そのまま最上階のグリルレストランに案内され、二人で使うには明らかに広すぎる個室で、時間もカロリーも気にせずしこたま食べた。三十六ヶ月熟成したパルミジャーノ・レッジャーノをたっぷり振りまいたシーザーサラダ、フレッシュなローズマリーが香る小さなじゃが芋のロースト、冬野菜を一緒に煮込んだ濃厚なビーフコンソメ。牛、豚、羊と三種のグリルの盛り合わせに、赤ワインが二本も空いた。

「飲み慣れればそうは酔わない。水と同じと言い切る人種もいる」

いとも上品に肉の塊を次々胃に落としつつ、顔色一つ変えずにギガルのエルミタージュをほぼ一人で飲みきった貴臣は、渋そう、無理、要らないと首を振る結花にもほんの少し舐めさせるところから、ワインの教育を始めた。

「結花の味覚は、鍛えがいがありそうだ。モルトが飲めたんだから、ワインだって飲める。――別の飲み方でないと飲めないなら、リクエストに応えようか？」

その場合、結花がグラスの代わりになるが。ちらりと舌舐めずりしながらそんなことを言われたら、真っ赤になって口ごもりつつも試しに飲んでみるしかない。

ワインなど殆ど飲んだことのない結花には、舐めても飲んでもやはり単に渋くて濃くて重い液体にしか思えない。だが、僅かながらくせのある羊肉を咀嚼してから口に含んでそっと飲み下すと、その一瞬「渋くて苦い」以外の何かが鼻先に漂ったのだけは感じていた。それを聞いて大きく頷いた貴臣は、再び分厚いワインリストと向き合ってから、「これくらいならもう少し抵抗なく飲めるかもしれないな」と別のボトルを持ってこさせる。

あ、こっちの方が、ちょっぴり飲みやすい、かも。そう言って結花がしげしげと眺めている、少し若いデュジャックのシャルム・シャンベルタンを、貴臣はまたしても水のように平然と飲み下した。勿論味わいながらではあるが。

こうして二人で逢うようになって、ルームサービスではなく店で食事をするのは初めてだった。無論個室なので他の客から遮断されてはいるが、給仕がいるので厳密には二人きりでなく、ほんの少しだがソムリエやシェフと会話することもある。

ホテル内の飲食店でテーブルに着くのも初めての結花は、最初こそメニューを開くだけでも緊張していたが、おかげでそれまで頭の片隅で思い悩んでいた事柄が、一度綺麗に意識の外へ飛んでいった。

「……あぁ、もう、無理です。もう……食べ、られない……っ！」

デザートのチョコレートプディングだけは意地で飲み込み、酔って目をとろんとさせた結花がへにゃりとテーブルに頽《くずお》れる。渋くて苦い赤ワインの代わりに、ほんのり甘く口当たりのいい爽やかなシャンパンカクテルを何種類か出され、見事に撃沈していた。

「メニューが同じでも、ルームサービスで食べるのとは随分気分が違うだろう。やはり肉は、焼いたその場で食べるに限る」

「ん、それは確かにそう思う。……それに貴臣さん、すっごくお酒強いんですね……」

「ああ。ボトルの世話が面倒で、部屋ではあまり飲まなかったからね。――結花、少しは気が晴れたか？」

あとは自分でやるからと、ソムリエも給仕も追い出して二人きりになってから、貴臣は静かにそう切り出した。あれだけ飲んでいるのに、これっぽっちも酔っていない素面そのものの口調で。

むー……私だけ酔っ払ってて、ずるい。酔っ払い特有の理不尽を発揮しながら、結花はテーブルにへばり付いたままの顔をころりと転がして、貴臣の方へ目を向ける。

「……大丈夫。気を遣ってくれて、ありがとう。……ごめんなさい」

「どうして謝る？」

「だって、貴臣さんが私に気を遣う必要なんてないのに……」

「必要あるとも。結花がしょげていると、私は心配でたまらない。今日だって」

続けて言おうとした言葉を珍しくためらい、酔って蕩けた目にまっすぐ見つめられて催促され、やっと続きを口にする。

「――あんなことを言われたせいで、やっぱりやめますさようならなんて言い出すんじゃないかと、気が気じゃない」

あんなこと、と言われた一瞬ほんの微かに眉が寄ったが、それだけだった。無言のまま、ただじっと貴臣を見ている。

「結花。私は、結花を手放す気はない。結花との時間を奪われるのは真っ平ごめんだし、ほかの相手など求める気もない」

酔っているだけで、感情の読めない目が、貴臣を見つめている。貴臣もまた、真摯な眼差しを返す。

「隠しているのは、後ろめたいからじゃない。愛人扱いしているつもりもない。……愛人にするなら、もっと本格的にやる。少なくとも、放し飼いにはしない」

「……ん。それは、わかってる」

「こうやって、結花と一緒にいる時間が、今は何より大事だ。――だから、逃げていかないでくれ」

逃げるなと懇願されて、ふ、と結花が小さく笑った。微かに首を傾げた貴臣に、あのね、と囁く。

「さっき、絵里が言ってた。思ったより本気っぽいから、逃がしてもらえないだろうから覚悟しておいた方がいいって」

貴臣は黙って聞いている。結花はようやくテーブルから頬を引き剝がして身体を起こし、グラスから冷たい水を一口飲んだ。

「逃げる気なんて、最初からないのにね。——貴臣さんが、飽きるまでは」

結花が付け足した一言に、貴臣はひどく心外そうに尋ね返した。

「飽きると思うか?」

「わかんない。だって先のことなんて、誰にもわからない」

「それは否定しない。……だが、可能性は低い。だから逃げるな」

「はい。逃げません。——多分」

先のことなんて誰にもわからない。自分でそう言ったから、多分、とつけた結花だったが、貴臣は「〝多分〟も許さない」と言い切った。くすくすと、酔っ払いが笑う。

実際のところ自分は、愛人だってペットだって、呼び名は何でも構わないのだ。こういう関係をなんと呼べばいいのかよくわからないし、こうして彼の傍にいることを許される間柄なら、なんでもいい。多分なんかじゃない、絶対に逃げない。自分から逃げたくなるはずがない。

彼の自分への感情や執着は、きっといつか変化するだろうけど。おいで、と言ってくれる間は、逃げたりしないで傍にいる。

「人前でいちゃいちゃするなって、絵里に怒られちゃった」

「これだけ人目を忍んでいるのに、これ以上どうしろと言うんだ。だったら私の部屋で飼って、もう外には出さないようにしようか」

「んーでも、散歩くらいは行かせてくれないと……」

「なるほど。いいとも。オペラ座でもスカラ座でも、散歩に連れていってあげよう」

「心惹かれる素敵なペットライフですね……」

「今は放し飼いにしているが、ウサギ小屋ならいつでも用意する。その気になったら言いなさい」

「ふふふふ。はい」

「だから春休み中は、私と一緒にヨーロッパにいなさい」

かなり唐突に酔っ払いの戯言を上回る発言が飛び出して、結花は思わず一瞬正気に戻って目をぱちくりさせていた。何がどう「だから」なのかが、全く理解できない。

「――はい？」

「向こうでなら、いくらでもこんな風に一緒に人前に出られる。私の名前など誰も気にしないし、私が何をしてもマスコミなんか飛んでこない。ちょっと移動するだけなのに、わざわざ運転手つきの車を呼ぶ必要もない」

立て板に水のごとくすらすらと出てくるのは、常日頃から不満に思っているせいなのか。それとも、最初から結花を説得するために言葉が準備されていたのか。

「おまけに私は向こうでの仕事が立て込んでいて、年度末辺りは日本に戻る暇もなくなりそうな気配だ。その間、結花の顔を見られないのは困るし、結花を抱き締めてキスすることもできないのも非常に困る。だから、一緒に来なさい」

これが結花の気持ちを浮上させるための冗談ならまだよかったのだが、貴臣の顔つきは真剣そのもので。

「ベルリンに長期滞在用の部屋を用意させるから、結花もそこで一緒に暮らしていればいい。なんならそこをベースにして、どこでも好きなところを回ってくるといい。電車にしろ飛行機にしろ、かなり便はいいはずだ」

「……ベルリンなら確かに、便はいいだろうけど……」

目を爛々と輝かせながら貴臣がやけに具体的なプランを語り始め、逆に結花の酔いがすうっと醒めていく。

「仕事のことだけ考えればデュッセルドルフでもいいんだが、あの街は面倒な人もいるし、見るものも大してなくて好きじゃない。ベルリンならCUSE欧州代表部のオフィスもあるし、拠点《ベース》にするには都合がいい」

「そ、そうですか」

「大きな荷物はベルリンに置いておいて、そこからハンブルクでもドレスデンでも行ってくるといい。私も途中数日間、更に別の場所へ出張に出るかもしれないが、週末なら一緒に動ける。どうせ春休みは向こうに行くつもりだっただろう?」

「え。あ。はい、でも、せいぜい二週間くらい……」

「なんならベルリンでなくても、ロンドンかパリ辺りでもいい。結花の希望を考慮するよ。宿代がかからない分、あちこち回るのに使えばいい。悪くない条件だと思うが?」

「そ、それは確かにそうなんですけど。でもあの、いつからいつまで……?」

「結花の後期試験が終わった翌日から、新学期開始の前日まで。……と言いたいところだが、そうだね。観たいオペラのスケジュールでも確認しながら、二人で考えようか」

どうやら貴臣の中では既に、結花が春休み中は自分と一緒にヨーロッパに滞在する、という予定がフラグ付きでスケジューリングされているらしい。

迎えにきたコンシェルジュに伴われて隠れ家のドアを開ける頃には、結花の顔から憂鬱の翳は消え去り、種類の異なる別の悩み事で頭がいっぱいになっていた。けれど。

遠くのビル群の窓の灯りがぽつぽつ消えていくのをバスルームの大窓から眺めているう

ちに、バスピローに頭を預けた状態で意識がなくなっていってしまった。

3

——ばしゃん、と重いものが湯に落ちた音。

その後しばらく無音状態が続いたのを不審に思った貴臣が、脱いだばかりの上着を放り投げてバスルームのドアを開けてみると、バスピローに頭を乗せた結花が完全に目を閉じていた。先ほどの音は、手が湯船に落ちた音だったらしい。

「——結花。溺れてしまうよ」

近寄りながら声をかけるが、まるで反応しない。

……無理もない。極度の緊張と精神的ショックで心身ともに疲弊したところへ、とどめにアルコールと満腹感。バスソルトを入れた温かいお湯に浸かり、ハーブの香りの湯気に包まれて目を閉じれば、意識が飛ぶのもあっという間だろう。

無表情を僅かに緩ませながらバスタブのすぐ横へいき、仰のいて安らかな呼吸を繰り返す口元に顔を近づけて、吐息を吸い込むように軽く唇を啄んでやる。

「結花。せめてベッドの上で寝なさい。……ほら、摑まって」

シャツを着たまま、時計も着けたままの腕をためらいなく湯に沈め、くたりと弛緩している上体を引っ張り上げる。ん……と微かな唸り声が聞こえたところでぐいと力を入れ、どうにか立たせることには成功した。が、意識が覚醒していない結花はまたずるずると湯の中へ沈んでいきそうになり、仕方ないなと呟いた貴臣はそのまま裸体を両腕に抱き上げた。意識がない上にずぶ濡れの身体は非常に重く、海島綿《かいとうめん》のシャツもすっかりびしょ濡れ。だが気にしない、気にならない。

クリスマス前に逢って以来、もうまる二週間以上が過ぎている。初めて抱いた夜から二ヶ月も痩せ我慢していたのが嘘のように、今や七日の別離ですら堪えがたい。目を覚ます気配もない身体を、バスタオルを放り投げておいたベッドの上にそっと下ろす。

血《ワイン》と肉《ステーキ》を補給して活力が漲《みなぎ》っている貴臣の目の前に、彼専用のデザートがちょうどいい具合に茹で上がって、さあどうぞと差し出された。全身見事にピンク色に染まり、ほのかにラベンダーを薫り立たせ、どうとでもしてくださいとばかりに無抵抗なご馳走。

こうなったからには遠慮なくかぶりつくか、それとも今夜はゆっくり眠らせてやるか、貴臣はしばしの間真剣に悩んだ。ここでがむしゃらに貪りつかなくても、まだ金曜の夜。三連休の週末はこれからで、時間はたっぷりある。だが。

身体の方は、目の前に転がったご馳走をたっぷり味わおうと、既に激しく欲情している。何しろ今夜は、顔を合わせてからもう何時間も経つというのに、ホテルの廊下で人目を盗んで口づけを交わしたきりなのだ。

っくしゅっ、と結花が小さなくしゃみを漏らした。そこでやっと我に返り、中途半端に濡れたままの身体に乾いたバスタオルをかけてやる。

——まずは自分もシャワーを浴びて、それからまた考えよう。

そう思って服を脱げば、己の下半身は酷く正直に、十代のガキかと言いたくなるような有様で。頭から湯を浴びたくらいでその熱が冷めるわけもなく、むしろ渇望感がいや増すばかり。

「……起きなくていいのか？　食べられてしまうよ？」

数分後、髪を荒く拭きながらもう一度ベッドの上を確認してみれば。

せっかくかけてやったタオルも蹴り落とした結花が、赤みが引いた白い背中から引き締まった細い腰、小さな尻からすらりと伸びた脚までも、全てを見せつけるようにしてうつ伏せで眠っていた。あまりにも無防備にさらけ出された裸体を見下ろして、貴臣は軽く溜め息をつく。

意識があろうとなかろうと、結花の存在は激しく彼を動揺させる。冷酷だの非情だの冷血だのと散々言われてきたが、それら全てが彼女の前では形無しだ。

……なんにせよ、寝込みを襲うような真似をするほど、自分は女に飢えてはいないはず

——そう心で呟いた男の目の前で、結花がころりと頭だけ寝返らせ、小さく唇を動かした。

切れ切れに、たかおみさん……と聞こえた気がする。

馬鹿馬鹿しい。と即座に悩むのをやめ、貴臣は「優しい男」の仮面を投げ捨てて欲望に忠実に振る舞うことを決めた。

寝込みだろうと関係ない、結花なら屍体でも抱けそうな気がする。そう、自分は女に飢えてはいないが、結花だけに激しく飢えているのだ。第一、こんな姿態を見せられて、黙って引き下がれる男などいない。思えば彼は最初の夜から、結花の据え膳に翻弄されてばかりだった。「大人の男の余裕」などというものは、最初から存在していなかったのだ。

くっと口の端を持ち上げながら熱い視線で無遠慮に裸体を舐め回し、爪先まで眺めたところで、そういえばと思い出す。出張に出た先のドバイの市場《スーク》で、買っておいたものがあるのだった。

濃厚な黄金色に輝く細い鎖は、ブレスレットではなくアンクレットだった。この方が人目につきにくい上、足首に鎖をかけるというのは、手首にかけるよりも意味深長で倒錯的な感じがして、実に良い。手首は誰でも触れるが、足首に触れる人間はごく限られる。

眠っている結花の足首に黄金の枷を巻きつけ、うっすらとほくそ笑む。冷たいプラチナよりも、よほどいい。この足枷には鉄球ではなく小粒のダイヤモンドが重しについていて、結花が微かに身じろぐたびに鋭く光る。

悪くない買い物だった、と自己満足に浸りつつ、その鎖ごと細い足首を指で愛撫する。

そっとベッドの端に腰かけると、きしりともしないベッドが僅かに沈んだ。

無防備な裸体をじっくり眺めるのは、そういえば初めてだった。結花の意識があるときは、その全てを自分に向けさせたくて、手元に抱き寄せずにはいられないからだ。遮るもののない状態で背中を見るのも初めてだな、と思うと、今まで自分がいかに余裕もなく目の前の女にむしゃぶりついていたのかを思い知らされる。

……女を覚えたての子供《ガキ》ではあるまいし。と心で呟きながら、あの頃の自分でもこれほど夢中になることなどなかったな、と苦笑する。

すうすうと、規則正しい寝息に合わせて白い背中が緩やかに上下している。日に焼けたことすら殆どなさそうな、綺麗な背中だった。――自分をこれほど興奮させておいて、結花だけが素知らぬ風で安らかに目を閉じているのが、いっそ癪《しゃく》に障る。

安眠を乱す意志を固めた貴臣はそっと身を屈め、無防備に投げ出された足の小さな親指にそっと噛みついた。

「……っ、んん……」

ぴくりと下肢が震え、微かな唸り声が絞り出されるが、それだけだった。

今度はかぷりと親指全体を口に含み、粘膜に包み込みながら付け根に歯を立てて緩く力を込める。そうしておいて、膝の裏側から筋肉質なふくらはぎの辺りを、優しく卑猥に撫で回し始める。

食べてしまいたいくらい可愛い、可愛い結花《ウサギ》。頭から丸かじりでもいいが、足の先からじっくり味わうのもいい。指や足裏の敏感な部分を狙って動く歯と舌の感触にすぐさま反応し、だらりと伸びていた脚がひくひくと震えを帯びていく様は、想像以上にそそられた。

両脚を膝から折って踵を上げさせ、気まぐれにあちこちの指を舐めたり噛んだりを繰り返す。たっぷりまぶした生温かい唾液までもが、ほっそりした甲を伝ってたらたらと緩慢に流れ落ちながら、あるやなしやの刺激で脚をくすぐっていく。

ん、ん……、と身じろぐのを宥めつつ飽きずにそうしていると、俯せられたままの腰が微かに浮いてもじもじし始める。にや、とほの暗い笑みを更に深くして、貴臣は更に膝から上へと手を伸ばした。

すぅ、と太腿の裏側を指先一本でゆっくり撫で上げる。瞬時にぐ、と力がこもってきゅっと丸まった爪先を、宥めほぐすように舌で愛撫し、指を一本一本開かせるように歯でやんわり持ち上げて、じゅっときつく吸い上げていく。くふ……ッとひときわ熱っぽい息を吐き出した結花が、刺激から逃れるように身を丸めようとするが、それを黙って許しはしない。

唾液に濡れそぼつ足を逃がさないようしっかり摑み、ぴくぴくと蠢《うごめ》く足指を口腔に吸い込んで、敏感な関節部分を舌先で抉る。白い裏腿を撫で回していた指を、両脚の付け根へじわじわと動かしていく。もどかしげにくねる腰の、きゅっと締まった小さな尻に指を食い込ませて秘裂を広げれば、そこは既に花蜜が溢れて男を誘う香りを放っていた。

「……足を舐められただけで、こんなに濡らして……」

意識のない状態で、脚だけでこれほど感じることができるとは。含み笑いが漏れる唇を卑猥に歪ませながら、そっと指先を花弁の中心に差し込んで蜜をすくい取ってみる。そのひと撫でにすぐさま反応して、びくんと腰が跳ねた。それに構わず指を動かすと、すくってもかいてもなお零れ落ちるほどの蜜がとろとろと溶けだしてくる。そのまま蜜壺にそろりそろりと指を差し込めば、中が蕩けてしまいそうなほど熱く潤っていて。

だめだ、我慢できない。起きるまでなんか、待っていられない。

足への口淫を止めぬまま、二本目の指をごく慎重に差し込むと、目を閉じたままの結花がはぁっと大きく息を吐く。馴染むのを待ってからゆっくりと中で動かしてやると、途端に呼吸が浅くなって、望まぬ刺激から逃れようと無意識にベッドの上の方へずり上がろうとする。

摑んでいた足首ごと身体を引き寄せ、いやいやするように頭を振りながら眉を寄せている結花の耳元に囁いた。

「腰を上げなさい」

目は閉じているが、意識は覚醒に近づいているのだろう、貴臣の声には素直に反応した。腰を摑んで軽く引き上げるようにカを入れると、結花は「んん……っ」と唸りながら命じられた通りに腰を持ち上げ、貴臣の方へ真っ白な双丘を突き出すように差し出す。――無理だ。この光景を見て我慢できる男などいはしない。避妊具をつける時間すらもどかしい。

「……ゆっくり挿れるから、力を抜いて」

背中から覆い被さりながら、再び囁く。こんな恥ずかしい格好で、背後から貫かれるのは初めてのはずなのに、意識のない結花はどこまでも従順に貴臣の言葉に従った。指で拡げて馴染ませた蜜口に、とっくに硬くなっているものを押し当てて先端を擦りつけ、軽く腰を突き出す。

「……ぅん、…っん――ッ！」

花弁の中心に押し付けられたものが狭い入り口を押し広げ、ぐりゅっと胎内に潜り込んだ瞬間、半ば以上弛緩していた身体が一気に強張り、赤ん坊がむずがるような声を立てた。

「ぁう……っ⁉」

いつもとは全く異なる部分をぐりぐりと強く擦り立てながら、硬くて熱いものが内臓を押し広げて侵入してくる。慣れた感触とは全く別物に感じられ、目覚めたばかりの結花は激しく混乱した。

遠慮のかけらもなく堂々と、図太い杭のようなものが身体の奥深くまでずぶずぶ入り込んでくる。目の前には誰もいない。背後から覆い被さられて、動けないよう腰を押さえ付けられたまま、ゆっくりと胎内を犯されていく。貴臣のほかに、自分にこんなことをする相手はいないとわかっていても、ぶわりと恐怖が膨れ上がった。

「た――たかおみ、さん……っ？」

目覚めるなり背中をねじって結花が背後を確かめようとすると、潤った膣内が激しく収縮して肉楔をきつく締め付けた。

穿つ動きを止めた貴臣は結花の耳元へ顔を近づけ、必死になって後ろを見ようとしている頰に唇を触れさせる。

「――やっと起きたのか。苦しい？」

「え、う、……んんんっ、苦しくは、ない…けど……っ」

ひどく優しい声音で囁かれ、結花は相手が貴臣だと実感して安堵すると同時に、少しずつ自分の置かれた状況を理解し始めた。彼が後ろにいて、彼の一部が自分の内側を押し広げて満たしていて、自分は――こんな格好で、彼を胎内に受け入れていて。

「けど？　……ああ、この格好が、恥ずかしい？　大丈夫。多少恥ずかしいくらいの方が、結花は気持ちよくなれるから」

うつ伏せのまま膝をつき、高く上げた尻を背後の男に抱えられて、後ろから貫かれて。そんな自分の姿を自覚して慌てて振りほどこうともがくが、後ろからのしかかられて押さえ付けられ身動きが取れない。

貴臣がくすりと笑いながら再び腰を動かすと、先端が最奥に届いた重たい感触が胎の奥に響いた。今までも散々最奥を抉り嬲られてきたはずなのに、なぜかこれまでに味わったことのない初めての感覚を覚え、ぶるぶるぶるっと全身に震えが走る。

「……ほら、ちゃんと根元まで入った。後ろからでも上手にのみ込めたね、結花」

「あ、あぁっ……!? や、いや…っ！ どうして、こ……！」

狭隘《きょうあい》な胎内をみっちり満たされたまま、最奥をぐりりと抉るようにゆっくり腰を回されて、ざわざわっと背中が震える。いつもよりももっと奥、自分の身体の中心まで、入り込まれている気がした。

「結花を抱きたくて、我慢できなかった」

なのに、男の口からそんなことを言われれば、自分に向けられる欲望がいっそ心地よくて無意識に男を締め付けてしまう。でも、だからってこんな格好で……！

「お、起こして、くれれ………んんッ、くぁ…あ……っ」

「起こそうとはしたよ。結花が起きてくれなかっただけで」

初めての感覚に怯え、腰を引いて逃げようとする身体を背後から抱き締めて押さえ付ける。更に強く腰を押し付けながら、繋がっている部分を指先でぐるりと撫でた。限界まで引き延ばされた粘膜が、涎を垂らして大きなモノをのみ込んでいる。

「あ、や、さわっちゃ……だめ、です、っあ！」

「ほら。これだけ濡れていれば、痛くないだろうと思って、つい寝込みを襲ってしまったよ。……ああ、きつい上に、すごく深いな……」

「ど……して、私、こんな……っ！」

眠っている間に悪戯されて、愛撫された記憶はないのにこれほど濡れて気持ちよくなっている事実が、結花を翻弄する。

「少し足を可愛がってあげただけなのに、あまり気持ちよさそうにしているから、遠慮なく食べてしまった」

「あ、足……!?」

「今度は起きているときに目の前でやってあげるよ」

くすくすくす、と実に愉しそうに笑う貴臣を見て、もしかして自分はまたすごく恥ずかしいところを見せたのではないかと不安になる。そうこうしている間に、膣内《なか》がすっかり男に馴染んで、何かをねだって縋りつくように吸い付き始めていた。

「だめだよ結花、そんなに締め付けたら……もっとじっくり味わわせてくれ」

うっとりとした声で溜め息交じりに囁いた貴臣が、動くよ、と宣言する。思わず身構えた結花の脚の間に後ろから手を這わせ、もっと開いて、と短く命じながら、腰を前後に動かした。

「あ……!?　ッや、これっ、……あう、あ、やです、いやっ……！」

脚を開けば開くほど、更に深いところまで暴かれる。奥の奥をぐちぐちと何度も押し上げられて、圧迫感と表裏一体のありえない感覚に気持ちいいのか悪いのかわからなくなってしまう。痛覚ではない、名前を知らない別の感覚に、だが身体は敏感に反応しようとしている。じゅぷ、ぐちゅり、と捏ね回された蜜が、泡立ちながら卑猥な音を立てた。

「よくない？」

「ふ、ふかくて、……奥、ずきずきして、怖い……っ！」

「――痛くはない？」

「痛く、ない、けど、やっ、――貴臣、さんが……見えない……っ」

目に涙さえ浮かべて訴えると、貴臣がぎゅっと眉を寄せて一瞬歯を食いしばる。

そんな可愛いことを言わないでくれ、頼むから。そう言って、背後から結花の上体を一気に抱え起こし、片手で細い顎を掴むと肩越しに激しく唇を貪る。小さな舌に噛みついてきつく吸い上げながら、繋がったままの下肢を容赦なく叩きつけると、身体をねじって必死に口づけに応えていた結花が更に混乱して、小さくしゃくり上げ始めた。それすら可愛くて愛おしくて、おまけに良すぎて身震いが走る。

「……たまらないな、本当に…っ。大丈夫、ちゃんと気持ちよくしてあげるから。ほら、怖くないから泣かないで」

「ん、んっ、や、たかおみ、さ、っふ…ぅ、うぅ、い…あぁぁ……っ！」

背後から突き上げる動きを加速させながら、二人分の唾液に濡れる唇で耳殻を挟む。揺さぶられてふるんふるんと震えている乳房をすくい上げ、触ってもいないのに色濃く膨らんでいる緋色の粒に爪の先をめり込ませると、一瞬甲高く叫んだ結花の胎内が更に熱い蜜で溢れた。

「……ああ、ここじゃなくて、こっちだね。結花の一番気持ちいいところは」

「ッひ、やっだめっ、あぁ、ん、んぅ――っ！」

下肢の中心に凝《こご》っていた小さな肉芽を薄い皮膜ごとぐりっと摘まれ、弱いところばかり一度に同時に責められて膝がガクガクと震える。制御不能に陥った結花の身体は、過剰な刺激に耐えきれずにあっという間に焼き切れ、か細い悲鳴を上げて急激に上り詰めた。

「……まだだよ、結花」

息を止めてその波をどうにかやり過ごした貴臣は、もはや脚に力が入らずベッドへ突っ伏した結花の背中に再び覆い被さり、優しく残酷に囁いた。絶頂にヒクつく媚肉に容赦なく剛直を突き立てると、なおも激しく奥を抉って勢いよく肉襞を擦り立てる。

極めたはずの頂点が更に遠のいて、結花はもう突かれるたびに喉から漏れる声を抑えることもできない。全身を揺さぶられて感覚がおかしくなって、どこを触れられても背筋に電流が走る。

「ッひ、イっ……た、ぁあ……ッ!?」

なのにその背中を、更に貴臣がきつく吸い上げた。真っ白な背中にぽつりと紅い痣が浮かぶと、それが思いのほか欲望を満たしてくれることに気づき、無意識に笑みをはいた貴臣が更にあちこちで皮膚を吸い上げ始める。

反り返った背中を吸われる一瞬の痛みと、充血して敏感になりすぎた下肢の肉芽を指で嬲られるのと、どれがどちらの感覚なのかもわからないまま、結花はただひたすらシーツに胸を擦りつけながら喘がされた。

真っ白だった背中にいくつもいくつも痣が散らされ、その光景に満足した貴臣は背後からぴたりと結花に密着すると、今度は真っ赤に染まった耳を舌と歯で責め始める。結花が声のない悲鳴とともに再び上り詰めるのは、あっという間だった。

そして貴臣も、そこでやっと、とりあえずは満足したとばかりに自分を解放したのである。

結花の身体は麻薬のようだ。どんな体位で何度抱いても、飽きることがない。次は更に欲しくなる。もっと淫らな真似をしたくなる。

冷たいミネラルウォーターを口移しに飲ませてやりながら、貴臣はいっそ不思議に思いつつしどけない結花の裸体を見下ろした。いつかこれに飽きる日が来るのだろうか。

……まあ、来るとしてもまだ先の話。当分来ないな。そんなことを思いながら、無意識に結花の足首の鎖を撫でる。その刺激に「ん……」と反応した結花が、何気なくそこに目をやって、何か糸のようなものが引っかかっているのを知る。

「……、あれ？　これ――」

身を起こしながら脚を引き寄せて横座りし、手を伸ばして触ってみる。金色の細い鎖に、一粒だけごく小さな光る石がついている。

「ドバイの金市場《ゴールドスーク》で買ってきた。ウサギにつけるリードの代わりだ」

そもそもペットのウサギが果たしてリード付きで散歩になど出るのか、という問題はさておいて。

じっと見つめてみる。ええと、手首にするのがブレスレット、足首にするのはなんていうんだっけ。でもこれ、あれ？　留め金がない……

「勝手に外さないように。錆びないから、水場もこのままで大丈夫」

「あの、そもそも、外し方がわかりません……」

「ちょうどよかったな。――まあいい、ここがスクリューになっているから、摘まんで回す」

「ん、わかりました。……でも、足首に鎖をつけられるのって、なんだかちょっと、その……えっちな感じが、します……」

だからいいのだ、とまでは言わずに、無言でうっすらと笑みを浮かべる。最初からそれを意図しているのだと知った結花が、また可愛らしくぽっと赤くなった。首や手首にするよりは目立たないだろう、とそれらしい言い訳を与えてやると、下を向いてこくりと頷く。

「これを見ると、捕まえている実感が湧くな」

実に満足げな声に、ほんの少し眉を下げて貴臣を見上げる。

「逃げませんって、言ってるのに」

「逃がさないとも。だが、四十ドルにしてはなかなかいい買い物だった」

「四十ドル？　ええとこれ、金？　スークって、なに？」

「アラブの市場だ。多少意味は違うが、バザール、という言葉の方がわかりやすいかな。ドバイには金専門の市場があって、こういった小さなものから延べ棒《インゴット》まで、グラムいくらで売買できる」

「貴臣さんも、そういうところに行くんだ。ちょっと意外」

「今回は特別だ。会う約束をしていた相手に、戦略的ドタキャンをかまされてね。せっかく外に出たのに、時間が余ってしまった」

時間が余ったからといっても、かつての彼ならすぐさまオフィスに戻ってほかの仕事を続けただろう。彼にとって、時間の有意義な使い方というのは、ただひたすら効率的に仕事をこなすことだった。出張に出た先で、誰かに土産を買うために、わざわざ外出などしない。誰かに手土産が必要なら、現地のスタッフに言って適当に用意させればいいだけの話だ。結花以外の相手のためなら。

結花との時間を持ち始めると、それこそが有意義な時間そのものとなった。そうしょっちゅうは逢えないから、なおのこと。そのための段取りやちょっとしたサプライズを思い悩むのが、実に楽しく思えてくる。

本当はもっと目立つところにもっと派手なものをつけて、所有者である自分の存在を誇示したくてたまらないのだ。これくらいで許してやるとは、我ながらなんと心の広い飼い主だろう。

結花はずっと指で鎖を触っている。ああ、きっとこれも絵里は一発で見つけて、なんなのそれどういう意味なのと突っ込んでくるんだろうなぁ。口調まで想像して、結花はついくすっと笑い声を上げてしまった。

「……絵里に、なんて言い訳したらいいかな……?」

ここでもまた絵里か。広いはずの心が急に狭くなったのを感じ、貴臣はぐっと結花を引き寄せながらもう一度ベッドに転がる。

「出張土産に言い訳が必要なのか?」

「なんでこれ！　なんで脚！　って、絶対言われる」

なにがそんなに楽しいのか、結花は小さな声を立てて笑い続けている。実に可愛らしいのだが、なにやら釈然としない。要するに、結花が自分以外の誰かのことで楽しそうにしているのが気に食わないのだ。絵里本人が聞いたら、ありえない！　大人げなさすぎ!!と激しく突っ込んだだろう。

大人げなくて何が悪い。貴臣はとっくに開き直っている。まともな大人なら、可愛い恋人と仲のいい同性の友人との微笑ましいやり取りにまで、嫉妬したりはしない。

だが、ただでさえ自分が彼女と過ごせる時間は少ない。出張中も寸暇《すんか》を惜しんで仕事を捌《さば》き、やっとどうにか確保した三連休だ。こんなときくらい、彼女の思考まで全部独り占めしてやりたい。

「オトモダチの話はもういい。それより、足を可愛がる、というのをどうやるのか教えてあげよう」

「え？　あ、さっきの……って、え、あ、待って、きゃぁぁ！」

おもむろに貴臣が頭を下げたかと思うと、結花がいじっていた金の鎖ごと足首を掴んで引き寄せ、開いた唇に小さな指を挟み込んだ。驚いた結花が悲鳴を上げるが、両手でがっちり掴まれていて足を引き戻せない。

「どの指が一番好きか、私に教えてくれ」

「やめて、そんな、そんなとこ舐めちゃだめ！　貴臣さ――ひうッ！」

「舐めるのがだめなら、噛んでやろうか。それともこうやって、強く吸う？」

「だ、めっあっうそっヒっ――んぅぅっ！」

「だめじゃない。気持ちいいはずだよ。ほら……もう濡れてる。自分で触って、確かめてごらん。中から溢れてきてるだろう、ん？」

そうして散々に嬲られて、混乱しながらも蜜を垂れ流して甘く叫ぶ。

結局そのまま、気をやりすぎて意識が遠のくまで、未知の快楽をひたすら教え込まされることとなった。

4

目覚めると、またしても一人。

……むぅ。とほんの少し頬を膨らませるが、時計を見てみるともう十時を過ぎている。要するに自分が寝坊しただけ。慌てて飛び起きたが、開けようとしたドアの向こうから微かに話し声が聞こえ、ぎくりとその場で立ち止まる。

もう一度耳を澄ましてみると、日本語ではなかった。英語でもない。どうやら、貴臣が誰かと電話で話しているようだ。邪魔しないよう、そろりとバスルームへ移動して朝の洗顔に取りかかる。仕上げにぷしゅっと、最近常に持ち歩いている桃の花と蜜の香りの香水を手首と脚に吹き付けて。

他に人の気配がないかをよくよく確かめながらそっとリビングのドアを開けると、隅のデスクで貴臣がラップトップＰＣを見ながら電話を耳に当てていた。

結花が起きた気配に気づいていたらしく、ひょこっと顔を出すとすぐに振り向いてきて、電話の向こうと会話しながら手招きして淡く微笑む。起き抜けからこんな美男子の麗しい笑顔が見られるなんて、なんていい休日。まるで他人事のように、結花は呆然とそんなことを思ってしまった。

「... Ja, genau, im Februar oder März. ... Ja, bis dann. Auf Wiederhören. ――結花、こっちへおいで。おはよう」

「おはようございます、貴臣さん。あの、ごめんなさい、お邪魔だった?」

結花を構いつけるための資金枠を設定した新たな口座を開設すべく、スイスの個人銀行《プライベートバンク》の担当者と運用方針や会計・税務処理について、必要事項の確認をしていたところだった。ついでに、ここ最近忙しさにかまけて放置したままだった個人資産の資産構成《ポートフォリオ》と運用状況を確認し、投資顧問の適切な助言を聞いていくつか判断を下し、今後の運用方針について打ち合わせる。

会社での職務とは別だが、これもまた貴臣の〝仕事〟の一部だった。だが、目的があると仕事には張り合いが出るものだ。いつになく上機嫌かつ積極的な彼の態度に、寡黙なスイス人の投資顧問の方が少々驚いていたくらいだった。

「いや、他愛もない打ち合わせだ。……おいで。よく眠れたか?」

引き寄せられるとごく自然に、朝の挨拶とばかりに唇を重ねられる。ちゅ、ちゅ、と角度を変えて唇を触れ合わせながら、ナイトシャツ姿のままの身体をぎゅっと抱き締められた。つい、ふにゃりと顔が笑み蕩けてしまう。

「寝坊しちゃいました……」

「結花が先に寝てしまうのも、結花が起きてくれないのも、もう慣れたよ」

己の底なしの欲望に際限なく付き合わせ、疲労の限界まで貪り尽くした張本人が、己の所業は棚上げしてしれっとそんな台詞を吐く。結花は一体いつ寝たのかも記憶がないというのに。

「まあ、その分じっくり、結花の寝顔を堪能させてもらったよ。……朝食はどうする？　もうそろそろブランチの時間だが」

何時まで寝ていてもいいはずの休日でも、いつもの時間に目が覚めてしまうのは長年の習い性だから仕方ないと、貴臣はもう何年も前から諦めている。

だが、一人で先に目を覚まして、結花の寝顔を飽きるまで眺め倒すというのは、休暇のスタートとしてはかなり上等だった。見ているだけで満たされるというのは、我ながら不思議な感覚でもある。――手を出せばもっと満たされることも知ってはいるが。

昨夜食べすぎたせいでちっともお腹が減らない、という結花のために、貴臣はシリアルとヨーグルト、それにビタミン系フルーツたっぷりのスムージーをルームサービスで運ばせた。水分だけでも取って、食べられるだけ食べておきなさい、と。適切な健康状態の維持・管理は、ダイエットを気にする女性達のみならず、代理のいないエグゼクティブにとっても必須事項なのである。

　食事が済むと、二人は紅茶のカップを抱えてソファに移動し、いつものように膝の上に乗せられて、一緒にPCの画面を眺め始めた。

　旅の計画を立てるというのは、この世で最も贅沢な余暇時間の過ごし方の一つである。予算や日数にほぼ制限がないとなると、なおさら。

「今回は、ウィーンには必ず行きたいと思ってるんです」

　実は調べておきました、と自前のモバイルPCを取り出し、ヨーロッパ各地の歌劇場の公演スケジュールを表計算ソフトにまとめて打ち込んだデータを画面に出してみせる。時間も手間もかかったに違いない、なかなかの力作だ。

「国立歌劇場《シュターツオーパー》か。演目は何がかかっている？」

「えと、二月は『セビリヤ（の理髪師）』、『カヴァレリア・ルスティカーナ』、ドヴォルザークの『ルサルカ』っていうオペラは観たことないです。貴臣さん知ってますか？」

「ああ、別の歌劇場だが二回観たな。要するに人魚姫と同じストーリーだ。人間の王子に恋をした水の精《ルサルカ》が魔法で人間になるものの、一度は結ばれるのに結局浮気されて、元の姿に戻るには王子の血が必要という」

「なんかほんと、人魚姫そのものって感じ。でも、初見でもわかりやすくていいかも？」

　こんな話をし始めると、もう止まらない。二人とも、どこで何を観るかの計画に夢中になった。

「三月に入ると『愛の妙薬』と『エフゲニー・オネーギン』か。ああ、後半なら『トスカ』に『(ラ・)ボエーム』もあるな」

「初ウィーンだし、やっぱりドイツ語のオペラを観ようかなって」

「特に限定する必要はないよ、イタリア・オペラも両方観ればいい。ああ、バレエも『(眠れる森の)美女』と『白鳥(の湖)』がかかってるな」

「んー、両方チャイコ(フスキー)かぁ。だったらバレエよりむしろ、できればウィーン・フィルのコンサートを……」

略語が飛び交うが、全く会話に支障がない。同好の士というのは素晴らしいものである。

「市民劇場《フォルクスオーパー》は観にいかないのか。国立歌劇場と比べてしまえば少し落ちるが、実力はそれなりにあるよ」

「あ、そういえば全然調べてなかった! んーと、……二月は『カルメン』と……あ、『トゥーランドット』がある! 二十三日が初演《プルミエ》だって。貴臣さん、初演《プルミエ》って、チケット取るの大変?」

「いや、そうでもない。ミラノ・スカラ座ならともかく、この辺りの歌劇場なら普通に取れるだろう。まあ、スカラ座の初演《プルミエ》だって、結花が観たいというなら取るが」

「だったらいいな、これ観たいな。じゃあウィーンの予定はここを軸に……」

「二十三日は金曜か……初演《プルミエ》にこだわらなければ、三月なら土日の公演があるな。ベルリンからなら、土日の公演を楽しんで月曜の朝戻りでも間に合う。ああ、これでどうだ。金曜の夜ベルリンから飛んで、土曜の昼十一時から国立歌劇場《シュターツオーパー》でウィーン・フィルの昼公演《マチネ》。夜は同じ劇場で、プッチーニの『ラ・ボエーム』。日曜の夜に市民劇場《フォルクスオーパー》で『トゥーランドット』を観て、月曜の朝一のフライトでベルリンに戻る」

むちゃくちゃなスケジュールだが、貴臣の目は本気だった。目をぱちくりさせた結花が、まじまじと顔を覗き込む。

「……貴臣さん、そのまま仕事に行くの？」

「徹夜明けというわけでもないし、特に支障はないよ」

「でもそれ……詰め込みすぎじゃない？ ——面白そうだけど」

「まあ、多少欲張りすぎかもしれないが。どちらにせよウィーンは、週末一回ではとても足りない。自由に使える週末がどこに何回あるのか、調べさせておかないといけないね」

自分もPCでスケジュール管理ソフトを起動し、既に入っている予定を確認し始める貴臣は至極上機嫌だが、結花は昨夜聞いた「年度末は物凄く忙しい」という言葉を覚えていた。

「あのでも、貴臣さん忙しいんでしょ？ 私、別に一人でも——」

気を遣って言い添えたつもりだったのだが、途端に貴臣は不満げに嘆息し、膝の上の結花の鼻をきゅっと軽く指で摘まんだ。ふぎゅ、とウサギが一声啼く。

「どうして結花はそんなに冷たいんだ。一人で勝手に自然消滅《フェードアウト》しようとしたり、先に寝てしまったり。今度は私をベルリンに置いてけぼりにするつもりか？」

「でもだって、貴臣さんすっごく忙しいって……」

「大丈夫だろう。むしろ向こうにいる方が、土日はちゃんと休める。向こうの人間がしっかり休むからね」

休めるはずだ。日本から同行させる第一秘書が、現地時間で動いてくれれば。

「そっか。……でも私、平日はきっと一人でフラフラしてますよ？　だって二ヶ月もあるんだし……」

「二ヶ月ちゃんと向こうにいてくれるのか。それはよかった。私もハンブルクで観たい演目があるし――」

「え、どれどれ？」

楽しくて楽しくて、時間が飛ぶように過ぎていく。ベルリンでのあの夜のように。ソファの上でぺたりとくっついてじゃれ合いながら、何時間でもそうして喋っていられそうな気がした。

そうして愉快に高揚した雰囲気を粉々にぶち壊す電話が鳴り始めたのは、そろそろ結花のおやつでも持ってこさせようかと貴臣が内線に目を向けた直後だった。甲高い電子音に、いかにも渋々といった顔つきで貴臣の膝から下りると、部屋の片隅に放置されていたバッグを漁ってスマホを確かめる。

直後、頬からさっと熱が引き、結花の表情が一瞬で冷えた。通話アイコンを押そうとした指が、ぴたりと止まる。その間に、呼び出し音が留守番電話に切り替わった。全てを見なかったことにしてスマホをバッグに押し込もうとした結花だが、相手は懲りずに再度鳴らしてきた。

チッ、と結花が憎々しげに舌打ちなどするのを、貴臣は初めて見た。結花はいつでも、この年代の女の子にしては品よく落ち着いていて、粗雑な振る舞いや汚らしい言葉遣いとはまるで無縁だった。そこがまた、貴臣が結花を気に入った要因の一つでもあるのだが。

だからこそ貴臣はかなり驚いて、凍り付いている身体を膝の上に抱き上げながら、画面を覗き込まずにはいられなかった。

スマホを睨む目には、うっすらとだが険悪な感情がこもっている。小さなランプを明滅させ続ける着信画面の表示を覗き込むと――『父』の文字。

はー……、と低く重い溜め息を漏らし、貴臣の目の前ではなく別室で話をしようと立ち上がりかけたのを押しとどめ、ここで話しなさい、と目で命じる。

微かに頷いて、結花は顔を強張らせたまま通話ボタンに指を押し当てた。

「――もしもし」

感情のない、平坦で冷えた声。押し殺すほどの何かすらもう存在しない、ただの他人以上に冷ややかな対応だった。

「……うん、まあ元気。……今？　家にはいない。……いいでしょ、どこだって。――友達と一緒」

友達、と口にした瞬間、ちらりと切なげに貴臣を見る。わかっているから大丈夫、と頷いてやると、一瞬だけ微かに頬が緩んでから、再び表情がかき消えた。

「……、は？　食事？　別にいいそんなの。そんなことしてる場合じゃないんじゃないの。生まれたばっかりなんでしょ」

――結花の両親が離婚していて、結花本人はどちらのもとへも身を寄せず、大学近くで一人暮らしをしているのは調査報告書で読んで知っている。だが、いかに久世家のスタッフや弁護士が優秀でも、戸籍謄本に書かれていない離婚の経緯《いきさつ》までは把握できなかった。

「――明後日？　出るわけない。式も出ないし、別に何もしないいから、気にしないで黙ってて。……ふぅん、ありがと。旅費の足しにでもする」

そこで貴臣は、絵里に言われた言葉を思い出す。そう、成人式だ。

女性はみな振袖を着て、イベント会場で市長の話なんかを聞かされる式典《セレモニー》があるらしい。その年頃には既に日本にいなかった貴臣は、実際どんなイベントなのかをよく知らないが、日本全国でそういう記念行事をやっていることだけは知っている。

三連休の予定はあるかと訊いた貴臣に、何もない、まるまる空いてる、と言っていた結花。自分との時間のために、週末の予定は入れないようにしてくれているのは知っているが。

「お祝いとか、別に何もいらないから。生活費だけちゃんとしてくれれば。……え？　お母さん？　――別に。連絡なんてきてない。家賃は入れてくれてるみたいだけど」

横で聞いているだけでも、どうやら事情がのみ込めてきた。

離婚した両親が、それぞれ結花の家賃と生活費を負担しているらしい。じゃあ学費は大丈夫なのかと心配になる。

「――用件はそれだけ？　……別にない。悪いけど、横に友達いるから切るよ。じゃあ」

ぷつ、と素早く電話を切った結花が、電話をぽいと床へ放り投げる。絨毯が敷かれているので衝撃は少ないが、壊れても構わないというくらい容赦ない投げ方だった。

まあいい。自社製品のスマホくらい、壊れたらいくらでも新しい筐体を用意しよう。GPS追跡アプリやら位置情報同期アプリやら、必要なものを山ほど入れて。

膝の上で黙って下を向いている結花を、胸に抱き寄せてやる。ゆっくり頭を撫でてやると、しばらくしてくたりと身を預けてきた。

「……聞かない方がいいなら黙っておくし、無理やり聞き出した方がよければベッドへ行くよ」

耳元で優しく囁かれた声に、結花はしばらく身じろぎもせずじっとしていた。

「穏便に打ち明け話をしたいなら、そうだな、アルコールを用意しようか」

貴臣の提案に、ほんの少し顔を上げて首を傾げる。

「……お酒？」

「聞かせたくないけど聞いてほしい話をするときは、お供にアルコールが必要だろう」

「……言いえて妙だね。大人のお作法って感じ？　……ん、いいかも」

「準備させよう。結花は洋服に着替えて、少し化粧をしておいで。飲んでいても不審に思われない程度に」

ドレッシングルームのクロゼットには、家人に用意させた結花の分の着替えも入っているはずだった。そちらへ追い立てて「好きなものを適当に選びなさい」と言いおいてから、内線でコンシェルジュデスクを呼び出す。

自分達の滞在中はかならず勤務シフトに入っているコンシェルジュに、貴臣はささやかなお願いをした。

「こんな時間だが、バーで飲ませてもらえないか。カウンターで、バーテンダーさえいればいい」

あのコンシェルジュは、この程度の要求なら決して断らない。わかった上でのリクエストに、果たして相手はすぐさま是と答えた。

そして、ランチの手伝いに駆り出されているバーテンダーを捕まえるため、自らダイニングへと足を運ぶのだった。

——どこから話せばいいのかな。って、最初から話さなきゃ、わからないよね。やっぱり最初から、ですよね。

……最初か。最初はね、多分、小学校入学のとき。

——長話をするときは、強い酒をほんの少しずつ飲みながらに限る。

そう教えながら、貴臣は結花に十五年物のカルヴァドスを試させた。

バーテンダーが慎重な手つきでゆっくり栓を抜き、ごく優しくグラスに注がれた淡い琥珀色の液体は、真上からの照明で目映い金色に輝いた。口当たり柔らかく精妙《せいみよう》に仕上がった林檎と洋梨の蒸留酒は、ひと舐めしてみると強いアルコールとともに甘くフルーティな香りが漂い、口に水を含むと更にふわっとヴァニラに似た風味が豊かに立ち上った。

ん、飲める、かも。と微かに頷いたのを見届けてから、それで？　と促す。

きっと、支離滅裂だけど、ごめんなさいって先に言っておきますね。

そう言ってまた、ほんの少し淡金色の液体を舐めてから、結花は視線を宙にさまよわせた。

——受験にね、失敗したの。国立大の附属小。

三歳のときに幼稚園も申し込んだけど、抽選で外れて、小学校こそはって、物凄く張り切ってたんだって。お母さんが。なんかね、そこを受験するために、引っ越しまでしたみたい。私よく覚えてないんだけど。……ああでも、塾みたいなところへ連れていかれて、お辞儀の練習とか言葉遣いの練習とか、いっぱいやらされた記憶があるなぁ……。

お母さんがどうしてそんなに必死だったのか、今でもよくわからない。でも、とにかく、幼稚園に続いて小学校も落ちて。近所の子が合格したら、なんであの子が受かったのにうちの結花はって、すごい泣きわめいたんだって。お父さんに聞いた話。

自分がうまくできなかったせいでって、私も大泣きしたのを覚えてる。「結花のせいじゃないよ」ってお父さんは言ってくれたけど、お母さんは結局一度も否定してくれなかった。……お母さんの中では、一〇〇％私のせいだったんだね。

その学校に入れなかったのをきっかけに、かな。お母さんは、ますます、私の進路を必死に考えるようになって。結局普通に近所の区立小に入ったんだけど、入学式のとき、「六年だけ我慢しましょうね」って言われたのを覚えてる。我慢も何も、私は別に、附属でも区立でも、どっちでもよかったんだけど。

……小学校の頃の思い出って、もうただひたすら勉強してた記憶ばっかり。学校が終わると、毎日塾へ行って。月・木・土は受験スクール、火曜はバレエ、水曜は英会話で金曜はピアノ。夏休みも夏季講習。放課後友達と遊んだりなんて殆どしたことなくて、家にいる時間も、勉強か、ピアノの練習。

バレエとピアノは息抜きになってよかったんだけど、中学校に入ったら勉強する時間が足りないからって、バレエもやめさせられちゃった。そんなにやりたかったわけじゃないんだけど、ますます生活が勉強一色になっちゃった。……今思うと、すっごく歪《いびつ》な生活だよね。子供なのに。

勉強以外はピアノしか残らなかったから、音楽に夢中になったんだよね、きっと。ピアノだけは、高校二年まで続けてた。疲れたときにね、バッハの平均律の好きな曲を、淡々と弾くの。ゆっくり淡々と、いつまでも同じ曲弾いてると、そのうち落ち着いてくるんだよね。好きな曲？　第二集の十八番とか、二十番とかかな。よく弾いてた。――ん、今はもう、やめちゃった。部屋にピアノ置けないし。

お母さんは物凄く必死だったけど、お父さんは実は、お受験とかに反対だったみたい。小学生はお友達と健全に普通に遊びなさいって、いっつも言われてた。……そんな暇なかったけど。でも、中学受験でそれなりの学校にさえ入ればお母さんも落ち着くだろうって、結局何年も傍観してた。後で謝られたよ。ずっと後になってから。

お母さんが私を入れようとしてたのが、櫻院《おういん》だってわかってからじゃ、もう遅かったって言われた。

ふう、と息をついて、結花は酒をひと舐めしてからこくりと水を口に含み、ゆっくりと喉に流し込んだ。

「貴臣さん、櫻院女学館て知ってる?」

「……中高一貫の名門女子校だろう。あそこは単に、昔からあるお嬢様学校だと思っていたが」

「うん。五クラスあるうち四クラスは、ただのお嬢様学校。一クラスだけ、特別クラスがあってね。……すっごくたくさん勉強して、そこに入ったの」

櫻院女学館の特別クラスは、俗に東大クラスと呼ばれている。定員は一学年につきたったの四十人で、入試の倍率は十倍を軽く超える。

資力と家柄を後ろ盾として生きていく他の四クラスの生徒とは一線を画し、クラス全員が、東大あるいは京大などの一流大学を目指す。実際ほぼ全員がそういった進路へと進む、都内でも最高レベルにして最難関のエリート女学生クラスだ。

──櫻院に入りさえすればいいんだろうと思ってた。絶対合格するのよって言われて、勉強ばかりして小学校の六年間を過ごして。どうにか受かったけど、でも、それで終わりじゃなかった。

今度は、東大に入るのが当たり前って言われるようになって。櫻院に入っても、また毎日のように塾通い。ピアノだけは続けてたけど、それ以外は全部勉強で塗り潰されちゃった。

でもね、実際、櫻院はクラス全員そんな感じだったから。あんまり違和感なかった。なんかおかしいって思ってたのは、お父さんだけ。

両親がそれで、祖父母は、と短く尋ねると、父方も母方ももう全員亡くなってる、と答えが返ってきた。

大事な試験前だからって、お葬式にも出なかった、出なくていいと言われた。そう言って、結花は苦々しく笑う。

でも、学校はね、結構楽しかったの。皆頭が良くて真面目でガリ勉で、ほかのクラスの子達みたいに華やかでも社交的でもなかったけど。考え方がドライで大人びてて、女子の群れ特有の陰湿な感じは全然なかった。それに櫻院は一応お嬢様学校だから、死ぬほど勉強もするけど良妻賢母教育もみっちりやります、みたいな感じで、芸術観賞会でバレエやコンサートも観させてくれたし。

中高六年間、四十人がずぅっと同じクラスだから、すっごく連帯感はある。——あった。……ん、今はちょっと。私、あの学校の卒業生の中では、多分落ちこぼれだから。

……うちの親が離婚してるのは、貴臣さんきっと調べたよね。

でね、どっちももう再婚してるの。父親の方は最近子供が生まれたらしくて、妹なんだって。見にこないかって言われたんだけど、ねぇ？　行けるわけないよね。

母親は、なんか海外にいるみたい。あんまり詳しくは知らない。

高校に入った頃から、なんとなく家の空気がおかしな感じがしたの。……わかるでしょ？

お母さんは彼氏をこっそり家に上げてたし、お父さんは別の人と……そういう仲に、なってた。

しかもね、お母さんの相手は、同じ塾に通ってた別の子のお父さんで、その人も子供の受験に必死になってたんだって。私を塾に送って、そこで顔を合わせてから、毎回のようにデートしてたみたい。よくやるなって、正直ちょっと呆れた。

お父さんの相手は、会社の人だった。私の学費が物凄くて、それで毎日遅くまで残業してくれてると、思ってたのにね。

相手の人、ちらっと見たことあるんだけど、若くて綺麗で上品な人だった。お母さんとは全然違うタイプ。結構いいとこのお嬢様だったみたいで、……その人が妊娠したかもってなって、ついに離婚してくれって。大学の学費さえ出せば、どうせ俺はもう必要ないだろうって言っても、お母さん何も言わなかったんだって。

高三の夏休みに、塾の受験合宿があってね。その間に話し合いとかしてたみたい。家に戻ったときに、私が大学に入ると同時に離婚するつもりだって言われて。ああやっぱりって思ったんだけど、それだけだった。それだけだと思ってたんだけど、実はそれなりにショックだったのかなぁ。

第一志望、落ちちゃったんだ。模試では何度もA判定取ってたのに。本番のセンター試験、ぼろぼろだった。

――結花の第一志望は、勿論東大であった。

結花に関してネットワーク上に残っている全てのデータを調べろ、と野元に命じて出てきた中に、高校生の頃の模試の成績があった。大手進学塾の全国模試の上位一〇〇番以内の常連で、そのままいけば日本全国どこでも好きな大学の好きな学科に入れるだろう、という成績だったのに。

高三の夏休み明けの大事な時期に、がくんと成績を落とした。そしてそのまま、浮上してこなかった。

その頃には既に、受験や勉強に何の意義も見出せなくなっていたのだと、貴臣はデータに内包された事情をやっと知った。


——第二志望も、第三志望もだめだった。けど、別にもうどうでもよかった。あなたの将来のためだからって言われて、お母さんの言う通りに勉強ばっかりしてたけど、よかったことなんて一つも思い浮かばないし。それに、話を全部聞いてみたら、なんだか……私をダシにして、結局その男の人と逢いたかっただけなんじゃないかって、思えてきちゃったんだよね。

小学校から高校まで、まるまる十二年。ただひたすら勉強して、偏差値に追い立てられて。今まで一体何をやってきたんだろうって、虚しくなっちゃった。目が覚めたっていうか。

だから、最後に引っかかった今の大学で、もういいやって。今の大学だけはね、お母さんに「ここを受けなさい」って言われたんじゃなく、ＨＰ見て学部紹介読んで、自分で受けようって決めて。本屋さんで願書買って、書類も自分で書いたの。


最後に引っかかったと言うが、結花の大学だって、超一流とまではいえないものの一流半まで落ちていない、歴史あるミッション系の立派な名門私学である。だが、確かに東大希望者が仮面浪人する大学というほどでもなかった。けれどそれ以前に。

「そもそも、たかが東大に、そんなに意味があるか?」

不思議そうに問い返してきた貴臣の言葉に、結花は虚を突かれて一瞬声を失う。

東大東大と、何年もの間毎日呪詛のように聞かされて頭のあちこちにべったりへばりついていたその単語を、貴臣はあっさり指で摘まんでべりべり引き剝がし、粉々に千切ってゴミ箱へ投げ捨ててしまった。

ぽかんとして自分をじっと見ている結花に、貴臣は軽く首を傾げながら更に言う。

「東大なんて、日本では皆が崇め奉るが、海外へ出たら殆ど意味のない学歴だぞ。大体、あの野元だって卒業できる程度の大学など、たかが知れている」

「え? 野元さん、東大なの? 第三秘書でも東大かあ。さすがCUSE……やっぱりそういう人がわんさかいるんだ」

「……そういうわけじゃない。まあ、わんさかいないこともないが、野元の所属はCUSE本体ではないしな」

「ふぅん……?」

きっかけが野元というのが癪に障るが、強張っていた結花の顔がほんのり明るくなってきた。やっと酒を味わおうという余裕も出てきたのか、小さく舌を出してカルヴァドスを舐め取り、口の中でしばらく堪能してから、水で流すという動作を数回繰り返す。

うっとり目を閉じて呼吸を繰り返しながら、「強いけど、甘くていい匂い……」と囁いた結花がふと貴臣の方へ向き直る。

「あの、貴臣さんは、どこの大学か、訊いてもいい……?」

多分そのうち訊かれるだろうと思っていた貴臣は、自分もグラスの中身を口に含みながら小さく笑い、ゆっくり飲み下した。リストには載っていないのだが、よろしければ、とバーテンダーが出してきた、スプリングバンクの正規品《オフイシヤル》十八年ものである。

「言うのは構わないが、知らないかもしれないよ。日本じゃない」

「知らなくてもいいの。教えて?」

「……アメリカだ。まずコロンビアに入って、メト(ロポリタン・オペラ)とカーネギー(ホール)に通い詰めた」

これも既に用意しておいた言葉を口にすると、目論見《もくろみ》通り結花の表情がふわりと綻んだ。

嘘ではないが、多少脚色してある。実際には、劇場に通い詰めるほどの時間的余裕はなかった。アメリカの大学生は、日本の大学生の何倍も勉強し、何倍も社交しなければならないのだ。

「それって、どっちが目的? 大学? メト?」

「正直に言えば、勿論後者だな。コロンビアでなければならない理由は、そこしかない。

四年も聴いてレヴァインの音には飽きてきたから、大学院はワシントンへ行った」

現代で最も偉大な指揮者の一人と名高い人物に暴言を吐いてみせると、瞬時に顔を明るくした結花の表情に、やっとほっとする。

「ワシントンて、いっぱい大学あるよね？」

「大学というか、院がたくさんあるな。私の母校は、ジョンズ・ホプキンス大学付属、ポール・ヘンリー・ニッツェ高等国際関係大学院……長いな。通称ＳＡＩＳという。School of Advanced International Studies」

大抵の日本人は聞いたこともない名前である。競合校であるハーバード大学のケネディ・スクール辺りと比較すれば、日本での知名度は比べるべくもない。

ところが結花はその名前を知っていて、盛大に目をキラキラさせて食いついてきた。

「う、わぁ……！　すごい、すごいねかっこいいね！　さすが貴臣さんだね！」

――自分の学歴がそう捨てたものではないことくらい知っているが、ここまで率直に賞讃されて憧れの眼差しを向けられるのは初めてだ。何やら顔がこそばゆいような気がしてくる。

「よく知っているね。コロンビアはともかく、ＳＡＩＳを知ってるのか」

日本での知名度はゼロでも、アメリカでは難易度最高ランクの、国際関係学では全米で一、二を争う超名門大学院だ。卒業生には国際機関の総裁や幹部、世界中の著名な政治家や外交官が名を連ね、歴代の学長は国際的にも著名な学者。

アメリカはじめ各国の首相経験者に閣僚経験者、世界銀行の元総裁や国連幹部、巨大金融機関の経営者やアラブの王族からハリウッドスターの子息まで、東大辺りの卒業生が何学年分束になっても敵わない、世界的コネクションの宝庫である。

「あのね、櫻院の同級生で、一族代々外交官っていう子がいてね。東大じゃなく、タフツ大学に行きたいって言ってて」

「フレッチャー・スクールか」

「そう、それ！　有名なんですよね？」

「外交官養成大学院としては、世界最高クラスだろうな。あそこは同窓生の結束も固いし。無事卒業できれば、外務省内でもそれなりの扱いを受けられるだろう」

「そうなんだ。その話を聞いたときにね、皆で、留学するならどこがいいかって盛り上がったの。あちこちの大学を調べてみたりして。私、外国語は抵抗なかったし、国連職員とかちょっぴり憧れてて」

東大の話をしているときの何倍も楽しそうに語る結花を見て、貴臣はまた一口酒を口に含んでから、静かに尋ねてみた。

「で、結花は結局、どこに行きたかったんだ？　――結花自身は、どこで何を学んで、何をしたかった？」

これも予想通りに、結花はその場で言葉を失って黙り込んだ。まっすぐ自分に注がれる視線から逃れるように、ぎこちなく顔を逸らし、何かをごまかすようにカルヴァドスのグラスに手を伸ばす。

貴臣はそのグラスに、直接チェイサーの水を注いで水割りにしてやった。薄まって飲みやすくなった液体を、結花はぐっと喉に流し込む。ごくりと音を鳴らして飲み下し、ふう、と小さな溜め息を落とすと、カウンターに片肘を立てて頬杖をついた。少し酔ってきている顔で。

「……ううん。あのときは、ただひたすら、東大に行くんだって思ってたから。東大へ行って何がしたいかとか、どうして東大なのかとか、全然考えてなかった。それ以外の選択肢はないって思い込んでた。……今思うと、馬鹿みたい」

結花は、小学校から高校まで十二年もの間、母親に洗脳されていたも同然だった。母親の言葉だけに従って生き、独自の意志や価値観などというものは持たないよう仕向けられてきた。そしてそれをただ傍観していた父親。

自分勝手な歪んだ理想を娘に押し付け、虐待も同然に勉強漬けの生活を強いる妻を、止めることもせず口先で言い訳ばかりして。挙げ句の果てには、思い通りにならない生活に嫌気がさして、別の相手との不倫に走るとは。

——電話であれほど冷たくあしらわれるのも、無理もなかった。母親は勿論だが、父親にもまた、娘である結花に対する真摯な愛情などまるで感じられない。

「離婚が決まってからは、もううるさく東大東大言われることもなくなったんだけど、でもなんだろう、お母さんからは期待するような目で見られ続けてた。でももう、無理。勉強する気にもならなくて。家にいたくないから機械的に塾には行ってたけど、全然頭に入ってこなくて。家でも勉強なんかしないで、音楽ばっかり聞いてた。でも、別にいいやって思っちゃってた。東大なんかに入らなくたって、別に死ぬわけじゃないもん」

「むしろ入らなくてよかったと思うよ。東大に行っていたら、結花は今頃ここでこんなことをしていないだろう」

「……ん、そうかも。多分。でも、あのまま東大に受かったとしても、私……、東大で何が勉強したいとか、全然考えてなかった。典型的な、入学後に燃え尽きパターンかも」

「卒業後にやりたいことは、何もなかったのか？」

　ここでも結花ははっきりとは答えられず、首をひねって今更ながらに考え込むばかりだった。いかに当時、自分が何一つとしてまともに考えずにただ東大の二文字に呪縛されていたのかを、改めて思い知る。何しろ、眉根を寄せて考え込んでみても、東大のその後がこれっぽっちも想像できないのだ。

「んー……なかった、と、思う。医者になる気はないから理三はないし、無難に文一かなぁ……官僚とか弁護士とか？　――うわぁ、ないない。そうだ、野元さんは？」

「理一だ。電子情報系A」

「……あの、どうしてそんなひとが、貴臣さんの運転手してるの？」

「まあ、色々あってな」

「貴臣さんは、どうしてSAISへ行ったの？」

これも予想していた質問だった。何年も前から答えも用意されているが、改めて他人に話すのは、これがたったの二度目。空になった自分のグラスをほんの少し持ち上げてバーテンダーに目線を投げ、同じ酒が新しいグラスに注がれて出てくるのを待ってから、そのグラスを両手で持って温めながら口を開いた。

「……久世の家に次男として生まれたから、だね」

端的にすぎる回答に、結花はほんの少し目元を眇めて続く言葉を待つ。

「久世の家は――まあ、想像がつくかもしれないが、生まれたときから、経営者かそれに近い立場で生きていくことがほぼ決定している。私は次男で、ということはつまり兄がいて、経営中枢のど真ん中は、よほどのことがない限り兄が継承していく。自分はそれをほぼ真横で支える立場になる。このことを事実として理解したのが、まあ小学生の後半くらいか」

――嫌な小学生もいたものだ。会話など一切聞こえない振りをしているバーテンダーだが、反射的にそんな感想を持つことは止められなかった。絶対に誰にも口外しないが。

「ＣＵＳＥは、基本的に製造業《メーカー》だ。今は派生した異業種の会社を山ほど抱えているが、根本的には物を作って売るのが仕事だ。物を作るのが第一の存在意義、売って儲けを出すのが第二。つまり、その第一義と第二義を、私と兄で分担することにした。兄は主に国内向けと製造現場担当、私は国外向けと販売担当というわけだ」

「……すっごく綺麗に分かれてるんですね……」

「二人で示し合わせたわけではないが、自然にそうなったな。兄は最初から、経営学のほかに、技術者とまともに会話ができるよう工学系の学位も取っている。……私もそういう意味では、少し結花に似ているな。やりたいからではなく、やらなくてはならないからこの道を進んできた。とはいえ、別に強制されたわけではないし、それほど嫌だと思ったこともないが」

「似てる……かなぁ……？　貴臣さんは、ちゃんと自分の意志で選んでる。それだけでも全然違うと思うけど」

「まともに考えれば考えるほど、ほかの選択肢などないも同然だったからな。幸か不幸か、この道を進むために苦労したことはない。アメリカでも、まあ決して楽ではなかったが、入学から学位授与まで何かしら支障があったことはない」

　あれほど一流の学校で一度も支障なく卒業するというのが、どれだけ超人的なことか、結花にはうっすらとしか想像がつかなかったが。

ああ、こういう人にとっては、確かに東大なんて、世界中にごまんとあるその他の大学の一つにすぎないんだなと。東大に落ちた自分を特に蔑むこともないのだと、無意識のうちに理解して安堵していた。

東大に入れなかった自分を心のどこかで卑下してしまうことだけは、まだやめられなかったから。

「迷う必要もないほど、自分に課せられた人生がはっきり視《み》えていた、あるいは見せられていた。それだけかもしれない。……多かれ少なかれ、久世の家に生まれた人間は、最初から何かしらの役目を背負わされている。私や兄だけではなく、従兄弟達も甥も姪も。久世の家に生まれたことを羨まれたことは何度もあるが、そんなにいいことばかりでもない。完全に自分の自由意思で好きにできることなど、実は殆どない」

「……お金持ちっていうのも、大変なんですね」

「逆に、金で解決できる程度の問題なら、何一つ苦労したことがないがね。確かに外国へ行くと、この差は本当に大きい。生ぬるい総中流を標榜しているこの国ではあまり目に見えないが、アメリカなんかへ行くと、その差がどれだけ大きいかをまざまざと見せつけられる。持たざる人間が、持っている我々を見て奮起して、這い上がろうとするあの奮発力は凄まじい」

お金持ちの皆が皆、こうではないだろう。久世の家はやはり特別でもあった。

結花を怯えさせたくないので詳しくは語らないが、特別と見做されるに足る様々な付録が、久世家にはびっしりと貼り付けられている。やんごとなき筋との姻戚関係であるとか、誕生と同時に生前贈与として与えられる国内外の資産であるとか。

自分達は特別だから、それに見合うことをしなければならない。それをごく自然に、そして強烈に自覚しているのが、久世家が久世家として現在まで続いてきた所以《ゆえん》でもあった。

「まあ、いつもそんな小難しいことばかり考えているわけではないが。ただ実際、ＳＡＩＳの後に一年ダートマスへ行ってＭＢＡも取ったが、桁の大きい商談になればなるほど、相手側にも同じ教授の門下生や同窓生が出てきたりする。アメリカに限らず、中東でもアジアでもヨーロッパでもね」

「実利にもちゃんとかなってるってこと、ですよね」

「そうなるな。そうでなければ、あれほどの学費を払う価値はない。……それはそうと、結花は今どうやって暮らしているんだ？　ご両親とやり取りは？」

自分のことより、実はそこが一番気になっていた貴臣である。愛人呼ばわりされるのを避けるために、生活の面倒を見るような真似はしない方がいいと判断していたが、場合によっては、食餌《しょくじ》付きの快適なウサギ小屋を用意する程度のことはいつでもできる。

だが、結花は小さく首を振って、ひどく大人びた苦い微笑を浮かべていた。

「……親とのやり取りは、もう殆どない。お父さんは、さっきみたいに、たまぁに電話し

てくることがあるけど、会いたくもないし。——ええとね、学費は、お父さんが……って
いうより、お父さんの相手の家が、出してくれたんだって。学費を出す代わりに、私を引
き取らないで再婚するっていう条件だったみたい。ちょっと酷い話でしょ。そんな相手に
頼るのもイヤだったけど、でも、あのときは逆に、そうやって手切れ金をもらう方が、互
いに吹っ切れてよかった。どうせもう、一緒に暮らす気なんてさらさらなかったし」
——そんな生々しい話をされていては、確かに受験勉強どころではあるまい。貴臣は痛
ましげに結花を見つめる。実際結花は、受験ではなく、受験後の生活をどうするかを必死
に考えなければならなかったのだ。
　金銭面以外で両親に頼らず、自分一人で生きていくために。
「今住んでる部屋の家賃は、お母さんが払ってる。お母さんなのか、お母さんの相手なの
か知らないけど。学費とは別に、お小遣いとか光熱費とかを含んだ生活費を、お父さんが
送ってくる。——まあ、二人とも多少は悪いと思ってて、きっと罪滅ぼしなんだろうな。
だからほんとは、バイトなんかしなくても、贅沢しなければ普通に暮らしていけるくらい
の仕送りはあるの」
　手切れ金を渡し、住居を手当てして、そうして娘を——捨てたのだ、結花の両親は。そ
して互いが互いに別の家族を求めて去り、たまに思い出したように罪悪感に駆られてコン
タクトしてくる。

ぼろきれを敷いた段ボールに入れて、道端に捨てられた哀れなウサギだ。貴臣はそんなことを想像して結花を哀れに思いつつ、同時に心の裏側で愉快げにほくそ笑んだ。

——捨てられたということは、誰が拾っても構わないということだ。拾った後で何をどうしようと、拾った人間の自由にしていいということ。

結花は、自分が拾ったのだ。自分が結花をどうしようと、もはや誰の許可も必要ない。何かにつけ邪魔になりがちな親兄弟すら、結花にはもういない。彼にとっては、いっそ素晴らしく好都合だった。

「とにかく、大学を卒業するまでは、仕方ないけどあんな親のすねをかじるしかないかなって。でも、卒業して就職したら、今の部屋も出てできれば寮か何かに入って、離籍して戸籍も独立しようと思ってるんです。携帯も解約しちゃう。その後はもう一切連絡も取らない」

「……親を捨てるのか。思い切りがいいな」

「だって、既にいないも同然の親だし、むしろ互いにいない方がいいと思う。お母さんは知らないけど、お父さんはもう向こうの人との子供もいるんだし」

強がっているのではなく、静かに淡々と結花は語った。親に対する思慕などもうカケラも残っていないことが、ありありと窺える。だが。

「早く就職して、自分で自分を養いたいんです。就職活動は頑張らなきゃ！」

突然ぐっと両手を握り締め、姿勢を正して宣言する。その表情がはっとするほど誇らしげで綺麗で、なんなら私が養うから頑張らなくていいよ、などとはとても言えなくなってしまった貴臣である。

苦笑しながら結花の頭を撫でてやろうとして、そこがプライベート空間ではなかったことを思い出し、行き場を失った手をグラスに添えて冷たい水を口に含む。

「で、結花は就職したら、何の仕事をしたいんだ？」

「わかりません！　……実はまだ、あまりちゃんと考えてなくて。それよりも、誕生日までは、夢を叶える方に必死だったし」

「夢？」

「一人でヨーロッパへ行って、クラシックにひたりまくることです！」

ああ、と頬が緩む。そういえば、ベルリンでもそんなことを言っていた。二十歳の誕生日まで、お金を貯めながら待って待って待ち続けたと。

「叶う夢というのは、いいね。で？　叶ってみた気分は？」

「ええもう、最高でした！　……あの、色んな意味で」

貴臣の問いに勢いよく答えてから、ふいっと顔を逸らしてぽそりと付け足す。背けられた頬がみるみる紅く染まっていく。

くく、と喉の奥から笑い声を漏らして、ついと手を伸ばす。冷え切ったグラスに触れていた指先は驚くほど冷たくて、顎を掴まれた瞬間結花はびくりと肩を揺らしてしまった。

「つめた……っ！」

ほんの少し非難がましい目で睨むが、貴臣が怯むはずもない。遠慮なく顎を掴んで顔を自分に向けさせると、一気に真っ赤に染まった頬を指先で撫でる。

「どんな意味なのか、教えてもらおうかな。夢の続きも計画しないといけないし。……そろそろ上に戻ろうか」

左手首の腕時計《ブレゲ》を見れば、もう三十分もしないうちに通常営業の開始時間だ。そうなればいつ他人がやってきてもおかしくない。その前に退散しておくべきだろう。

「精算《チェック》していくから、先に部屋へ戻っておいで」

「はい。あの……、ごちそうさまでした」

手を振ってバーテンダーを呼ぶと、結花は貴臣とその彼に向かってぺこりと頭を下げた。勉強漬けだった割に、こうした態度をきちんと躾けられているのは不幸中の幸いだ。彼らのリクエストのためだけに早出させられることになったバーテンダーだが、至ってにこやかに「どうぞまたお越しくださいませ」と微笑んでいる。

多少酔ってはいるものの、割に確かな足取りで結花がちゃんとエレベーターの方へ歩いていくのを見届けて、貴臣は上着の懐のスマホを取り出す。バーテンダーが差し出した伝票にサインを入れながら、自宅に電話して使用人頭を呼び出した。

「——明日中に振袖を一式用意して、明後日の朝、誰かに持ってこさせろ」

『……振袖、でございますか？』

「着付けのできる使用人が誰かいれば、一緒に寄越してくれ。いなければこちらでコンシェルジュに手配させる」

『いえ、それは、誰かしらできるものはおりますが。——かしこまりました、ご用意致します』

毎度ながら頼りになる使用人だ、と思った直後、先日の騒ぎを思い出して一抹の不安が脳裏を過《よぎ》る。

——いや、まさか。あのときは、嶋田も反省しきりに詫びていた。さすがに今回は大丈夫だろう。

着物など、呉服屋に行けばいくらでも売っているはずだ。百貨店にだって売り場があるし。さして深く考えずに命じた貴臣だが、珍しく心得違いをしていたことに気づかされるのは、当日の朝になってからだった。

5

大半の時間を貴臣の膝の上で過ごした連休も、最終日を迎えていた。

この日の昼にはチェックアウトするのだろうと思っていた結花はきちんと七時には起きて、というか起こされて、朝食代わりにぺろりと美味しく食べられてから、ようやく朝のシャワーに辿り着いた。

貴臣が何度誘っても、バスルームだけは頑として一人で使っている結花である。おかげでまるで気づいていない。自分の背中側が、一体どんな有様になっているのか。

結花は、ホテルの朝食は和食を好む。メープルシロップたっぷりのフレンチトーストやチーズ入りのオムレツ、焼きたてのクロワッサンにフレッシュジュースも確かに物凄く美味しいのだが、パンと卵と加工肉の朝食は（味は全く別物であっても）自宅でも食べられる。

それよりは、自宅ではまず食べない焼き魚に生米から炊いた粥、出汁《だし》がじゅわりと染み出す出汁巻き卵や、レトルトでない本物のお味噌汁の方が、よほどありがたかった。

「粥が好きなら、中華粥もあるようだが」

「んー……美味しそうだけど、朝ご飯って感じじゃないかも」

「このホテルはそもそも香港系だ。きっと飲茶《やむちゃ》には力を入れているだろう。今度昼にでも試してみようか」

「うわ、すてき。ちゃんとした飲茶って、食べたことない。楽しみ……！」

「さて、次はいつ休ませてもらえるやら……」

この三連休を確保するために、自分と秘書の寝る間を削りに削って働いた貴臣である。実際、寝る間を削れば、時差のある地域との仕事が実にはかどってかなり効率がいいのだから仕方がない。自分の疲れは結花が癒やしてくれる。秘書の疲れは関知しないが、三人いるのだから交代でどうにかなるだろう。


「一月って、忙しい？」

「休みぼけている国内だけならそうでもないんだが、暦の違う中東は正月など全く関係ないからな。そういうところの案件は、むしろ忙しくなる。多分また出張に出ることになるだろう」

「次もドバイ？」

「だけじゃない。ＵＡＥに、サウジ、オマーンと、そこまで行くとついでにトルコもという話になるだろうな。今年は大きな案件が立て込んでいて、そのうちの二件が今月中に本入札になる」

「入札？」

「現地に、大規模な化学プラントや、発電所なんかを、建設する業者を決める入札だ。たとえば海水を淡水化するプラントを、うちは一億ドルで建設します、いやいやうちは九千九百万ドルで、という感じだ。普通は、一番安い金額で入札した業者が受託する」

「ん、わかりました。じゃあ、思い切り安くしないといけない？」

「いや。あちらもここ数年のダンピング紛いの入札で、安かろう悪かろうには懲りてきているからな。余計にさじ加減が難しい。そこで先方のお偉方の腹を探るために、子供のお遣いよろしく私が駆り出される」

フルーツ盛り合わせの中からカットしたメロンを拾い上げ、結花の口に滑り込ませながら、貴臣は肩を竦めて軽く溜め息をつく。——彼はメロンや西瓜などの瓜系のフルーツがあまり好きではない。どこに栄養があるのかわからない、という理由で。

「どうして貴臣さんなの？」

「……今抱えている案件に関して多少の発言権を持つサウジの王族の一人が、ＳＡＩＳの同級生だ。オマーンの政府側担当者にも、ダートマスやコロンビアの卒業生が何人かいる。トルコは元々日本贔屓だが、経済大臣は同じ教授の門下生。勿論、同じ大学の出身者だからというだけではっきりと優遇されるわけではないが、会話の糸口としては十分だ。世の中、所詮はコネ社会だからね」

「す、すごいんですね、ほんとに……」

ラズベリーやブルーベリーを自分の口と結花の口へ交互に放り込んでから、果汁のついた指先を結花の唇に押し当てる。僅かにすぼめられた唇が赤い汁をちゅっと吸い取るのを眺めているだけで、途端に身体がぞくぞくしてくるのだから困ったものだ。ちゃんと朝食べたのに。

「新聞に書いてあるのを読んでもあんまり面白くないけど、貴臣さんに聞くと、すごく興味が湧く気がするかも。来年は、少しそういう経済系の授業も取ってみようかな……？」

「ベッドの中でなら、いくらでも講義してあげるよ」

「ベッドの中じゃメモも取れないし、レポート書けないじゃないですか」

レポート書くどころか……と言いかけて、今朝のことでも思い出したのだろう。真っ赤になってあさっての方を向きながら口ごもる結花を見ていると、三日間くらい働き通しでもいいからどうにかして彼女との時間を確保しようと、俄然やる気が出てくるから不思議である。

ちなみに、働かずに遊ぶという思考も選択肢も、貴臣にはない。やろうと思えばできなくはないのだが、その辺りが実に勤勉で健全な資産家である。

「チェックアウトって、お昼でよかったんでしたっけ」

「ああ。だがその前に、ちょっと人が来る。結花も軽く身支度しておきなさい」

「……えと、私がいても大丈夫なお客様ですか？」

「全く問題ない。……私の仕事も一緒に来るかもしれないが」

渋い顔で言い足す貴臣に、ああ、きっと秘書の野元でも来るのだろう、と結花は判断していた。

それは大きな間違いだったが。

朝食の膳を下げさせ、コーヒーや煎茶でお腹が落ち着いた頃、来客チャイムの音が軽やかに鳴った。

ドアを開けると、そこにありえない人物が立っているのを見て、思わず貴臣が息を詰める。

「おはようございます、貴臣さん。振袖をお持ちしました」

開いたドアから自分もさっと廊下に出て、後ろ手にドアをぴったり閉めながら目の前の女性を睨む。

兄嫁の和佳子が、にっこり上機嫌な笑みを浮かべて立っていた。

「――なぜ貴女が持っていらっしゃるんです？」

「嶋田を叱らないであげてくださいね。貴臣さんのリクエストが、ちょっと嶋田の手に負えなかっただけなの」

あの嶋田の手に負えないという、そのこと自体が不思議に思えたが、だからといってなぜこの兄嫁が。

貴臣が血も凍るような目で自分を睨んでいるのは百も承知で、それを笑顔で無視した久世家の若奥様が朗らかに言葉を続ける。

「隣の部屋に用意していますから、準備ができたら連れてらして」

「着物を広げたり、着付けをする場所が必要ですもの。ちょうど空いていたので、隣も借りたの。大丈夫、泊まったりはしません。用が済んだら全員撤収しますから」

「……隣？」

「……一体何人連れてきたんです？」

「大した人数じゃないわ。必要最低限です」

隣を見るのがいっそ怖い。この兄嫁の、というか、久世家の「必要最低限」は、甚だ当てにならない。

秀麗な容貌にくっきりと渋面を浮かべ、片手で眉間を揉みながら一人で戻ってきた貴臣を、気遣わしげに結花が出迎える。

「貴臣さん……？」

客はどうしたのか、何か問題が起こったのかと不安そうにしている結花を抱き寄せ、憂鬱そうに溜め息をついた。

「振袖を、用意させたんだが」

「振袖？　……って、私に？」

「成人式には出なくても、振袖を着て写真を撮るくらいしておいてもいいかなと思ってね。

──結花が嫌でなければだが」

そうしたら会えないときにその写真をじっくり愛でることもできるし。とは決して言わない貴臣である。

結花は一瞬驚いた声を出してから、笑おうとして中途半端に失敗したような顔で目をパチパチさせた。

「あ、あの……、別に、嫌じゃないです。貴臣さん、ありがとう……」

嬉しくて微かに瞳を潤ませている結花を見て、貴臣は少々の罪悪感にうっすら胸が痛む気がした。礼を言われるどころか、むしろ謝罪しなければならない状態になっていることを、結花はまだ知らない。

「……なんだが、どうも家の者が気を利かせすぎたようで……まあとにかく見てみよう。隣の部屋に用意しているようだ」

言われて結花は急いで身支度を改め、貴臣に伴われて隣室のドアを叩く。

開いたドアから奥を見ると、そこは一面、絢爛豪華な金襴緞子《きんらんどんす》に極彩色の渦だった。ソファの上いっぱいに広げられた、何枚もの振袖や夥《おびただ》しい数の帯。リビングの片隅には、草履やバッグが詰まった大きな箱がいくつも積み上げられている。

ぽかんとして目を丸くしてしまった結花の隣で、貴臣は苦虫を何十匹も嚙み潰している。だから、こういう大袈裟な真似は、萎縮させるだけだからやめるようにと……

久世家の常識は世間の非常識。それを地でいく若奥様であった。

「あら！　どうぞ、こちらへいらっしゃって。あなたが結花さんね？」

にこにこと朗らかに笑う上品なご婦人が出てきて、そっと結花の手を握る。貴臣よりもいくらか年上だろうか。

「久世和佳子です。お目にかかれて嬉しいわ。よろしくね」

名前を聞いてぎょっとする。久世って！

できればそれも隠しておいてほしかったのだが、もう遅い。憚《はばか》りなく深々と溜め息をついた貴臣は、案の定怯えた目をして後退りながら自分を見上げてくる結花の頭を、そっと撫でてやった。心なしか、顔から血の気が引いている。何の前触れもなくいきなり親族とご対面では、無理もない。

「……兄の奥方だ。別に何も気にしないでいい。これもたまたま久世さんなんだと思ってくれていいから」

「ええ。是非そうしてくださいな」

「……この方は単に、結花で生きた着せ替え人形遊びがしたいだけだ。すまないが、付き合ってやってくれないか」

心の底から憂鬱そうに、というか、率直に言って物凄く嫌そうにしている貴臣が、結花に命じるのではなく依願している。どういうことだろうと首を傾げた結花だが、それが貴臣の希望ならば戸惑いつつも頷くしかない。

「は、はい。あの、鳴海結花です。初めまして……」

相手が名家の奥方と聞き、びくつきながらも居住まいを正して丁寧に頭を下げようとしたのを押しとどめると、和佳子は握ったままだった結花の手を軽く引いた。

「嫌だわ、そんな堅苦しい挨拶なんてしなくていいの。私のことはどうぞ和佳子さんとでも呼んでくださいね」

「え？　で、も……」

奥様、とか呼ぶべき相手じゃないのだろうか。いや絶対そうに決まっている。

櫻院女学館で、東大受験用の勉強のほかにお嬢様教育も受けている結花は、こういった目上のご婦人に対してどう振る舞うべきかも一応一通り教えられている。その結花の常識からすると、とてもとても気安く名前を呼べるような相手ではなかった。何しろ久世家の長男の奥方なのだから。

しかし相手はちっとも取り合わない。初対面のはずの結花に、いっそ不気味なほど愛想よくにこやかに接してきて、親しげな言葉さえかけてくる。

「結花ちゃんって呼んでもいいかしら。花を結ぶなんて、素敵なお名前ね。だからというわけではないけれど、お勧めの花柄の振袖があるのよ。ああでも、その前にあちこち採寸しなきゃね。美沙《みさ》ちゃん、お願いね。貴臣さん、ちょっと隣でお話だけさせていただける？」

はい、と頷いた女性のほかに何人か人がいるのに気づいて、結花は更に怖じ気づいた。

だがもう遅い。

すぐ戻ってくるから、と言い残して貴臣と和佳子の二人が出ていってしまい、後に残されたのは結花と、見知らぬ女性達。

「さ、お嬢様、こちらに立っていただけますか。採寸させていただきますので」

お嬢様などと呼ばれて物凄い違和感を抱くが、異議を申し立てる暇もなかった。

靴もタイツも脱がされ、着替えたばかりだったのに服もあらかたはぎ取られる。女性ばかりとはいえ、ここは更衣室でもない明るい客室だ。しかし抗う隙もない。

足下に一人がしゃがみ込み、メジャーではなく木製の妙な定規で裸足のあちこちを仔細に計測していく。勿論身体の方も、それればかりか頭のサイズまで、ありとあらゆる部分の数字を事細かに取られた。

足ならわかる。足袋を合わせるためだろう。けれど頭のサイズとか胸のサイズだとか、着物を選ぶのにそこまで細かく必要だろうか？　胸は胸でも、トップやアンダーだけではない。左右の乳頭間隔だとか、肩から乳頭までの長さだとか、一体何のためにそんな部分の数字が必要なのか想像もつかない。

メモを取りながらひとしきり測り終えると、それまで少し離れたところからやり取りを見守っていた別の女性が、極彩色の中からいくつか選び出して結花の肩にかけ始める。

——明らかに寵愛の痕と見て取れる鬱血が散る結花の背中をまともに見ても、無言で素知らぬ態度を貫き通すことのできる、優秀極まりない久世家の使用人達であった。

その頃隣室では、相変わらずひどく冷たい目で貴臣が兄嫁を睨んでいた。

同時に心の中で、使用人頭を少々手厳しく罵《ののし》る。この人を寄越すくらいなら、無理と言ってくれた方がまだましだった。

「今回ばかりは、貴臣さんが悪いわ。だって、今日は成人式よ？」

それの何が悪いのか、全く理解できない。成人式だから振袖が必要なのだ。

まるでわかっていない様子の義弟に、和佳子は少々わざとらしくはぁっと溜め息をついて見せる。

「この一日で、日本全国で何万人が振袖を着るか、御存じ？　昨今売買される振袖の何割が、成人式用だと思って？　つまり今日は、一年三百六十五日中で、一番振袖が品薄な日なの。久世の馴染みの呉服商も百貨店も、仕立て上がった着物は全て納品済み。反物から新たに誂《あつら》えるには、一日ではとても無理。これではさすがの嶋田にもお手上げです」

そうは言うものの、これは少し誇張されている。

品質さえ問わなければ、チェーン展開しているような店の安価な化繊着物でも構わなければ、その気になればどうにか探すことはできたはずだった。

だが、久世家の者が、そんなものに手を伸ばすことは許されなかった。彼らの価値観はそれを絶対に許さなかった。

「ですから次善の策として、仕立て上がったまま箪笥の肥やしになっていた我が家の在庫を、こうしてお持ちしたのよ」

「……我が家の在庫？」

「ええ。私がお嫁入りのときに持参した分と、お義母さまのお若い頃のものも。彼女、私達と背格好がそう変わらないくらいだから、幸運だったわ。昨日慌てて二人で衣裳部屋をひっくり返して、一生懸命探したのよ。嫁入り道具なんて、あまり開いた記憶もないけれど、どうにかそれなりの枚数が揃ってよかったわ。どれかしら気に入ってくださるといいのだけれど」

　貴臣の母、久世家の奥様は、さる大名家の血を引く名家のご出身である。当然、嫁入り道具もそれなりのものである。

　貴臣の兄、唯臣氏の奥方である和佳子もまた、政権与党の重鎮である世襲政治家の父とやんごとなきお家柄の母を持つお嬢様である。おかしなものを持って嫁入りしてくるはずがない。

「せめて年が明ける前に言っておいてくださったら、どうにかなったのですけれど。次こそはお時間さえ頂ければ、刺繍でも金彩《きんだみ》でもお好みに合わせますし、お好きな色柄に染めさせて帯も合わせて織らせますから。今回だけは、私達のおふるで我慢してくださいね。

あ、おふるといっても、誂えたきり袖も通さずしまいっ放しだったものですから」

——貴臣は、自分が振袖というものを甘く見ていたと理解せざるを得なかった。成人式には日本にいなかったせいかもしれないが。

「あ、そうそう。この後、第二秘書の藤崎《ふじさき》さんがお迎えにいらっしゃるそうよ。なんでも急な件で、どうしても今日中に決裁が必要なのですって。貴臣さんのスーツもお持ちしましたから」

「……会社へ行けということですか？」

「そうじゃないかしら？　お邪魔はしたくないんですがと怯えてらっしゃったわ。うふふふふ」

あの藤崎に限って、怯えることなどありえない。面白がってニタニタ笑いながらやってくるだろう。だからこそ結花の前では、野元しか連れ歩かなかったのに。

——三連休のうち二日半休めただけでも、贅沢ということか。

「大丈夫、彼女は私がきちんとお世話しておきますから」

「……だからわざわざご自分でおいでになったんですか」

「ええそうよ。藤崎さんに御礼を申し上げなきゃね」

貴臣が手の中に囲い込んで必死に隠している大事な大事な恋人を、間近で存分に観察した上、彼女と会話したり、着せ替えして遊ぶことができるのだ。こんなチャンスを逃す手はない。

「ご自分も、と仰っていたお義母様は、頑張ってお止めしたんです。まだ私の方がましだと思いませんか？」

「――それは否定しませんが」

「じゃ、どうぞ諦めて、さっさとお仕事片づけてらして。彼女を着替えさせたら、写真室はおさえてありますから」

「……わかりました」

心底嫌そうに、渋々と、貴臣は承諾した。会心の笑みを浮かべた和佳子が、弾むようにして隣室へと消えていく。

そんな事情があるなら先に話しておいてくれ。と、今更嶋田を恨んでも、もう遅かった。

休日用の気楽な服装から手早くいつもの三つ揃えに着替え、間もなくやってきた第二秘書を渋々部屋に招き入れた貴臣は、出社するわけではないと聞かされて訝しげに眉をひそめた。

「呼び出し？」

「はい。政治家の皆さんは祝日など関係ないようでして」

第一秘書の河合《かわい》は、ＣＵＳＥ本社からの出向。第三秘書の野元は、久世興産からの出向。

そしてこの第二秘書の藤崎が、貴臣が現在所属する会社、ＣＵＳＥビジネスインターナショナルの社員。父親につけられた万能の第一秘書・自分で拾った第三秘書と違い、この第二秘書は実に食えない相手である。

貴臣が過労寸前まで働いて勝ち取ったこの休暇を堂々と邪魔しにくるあたり、怖いもの知らずでもあった。

「どこからだ」

「永田町《ながたちょう》です」

「議員会館か？」

「いえ、党本部の方で」

貴臣は溜め息をついた。まさか三連休まるまる引きこもれるとは思っていなかったのだが、よりによってこのタイミングで外から呼び出しとは。

「ご学友からのご相談ですので、伺いますとお返事してしまいました」

「学友？　大谷《おおたに》か。今は何をしているんだったか……」

「経済産業省の政務官でいらっしゃいます。おそらく中東方面のお話かと」

コロンビア大学時代の学友だった男は、帰国してしばらく大手企業でエリートコースを疾走した後、地方都市の有力者だった親戚に担ぎ上げられて衆院選に出馬し、議席を勝ち取っていた。

こういう相手と顔を繋ぐのも、留学の目的の一つである。渋々だが会見を承知して、ただしと貴臣は秘書に注文をつけた。

「アフタヌーンティーの時間までには戻る。長引いたら、適当な理由をでっち上げて切り上げさせろ」

「承知致しました」

隣室のドアを無造作に開き、絹生地の海に立ち尽くす結花に声をかける。

「結花。仕事で外出しなければならなくなった」

襦袢姿で立たされ、肩に何枚も着物をかけられている結花が縋るような目を向けてくる。

この状態でここに放置していくのは実に心残りなのだが、仕事と言うだけで結花も聞き分けて頷く。

「はい。いってらっしゃい、貴臣さん。あの、お気をつけて」

「お茶の時間までには戻る。――和佳子さん、不本意ですが結花を頼みます」

「お任せくださいな。いってらっしゃい」

後ろ髪を引かれる思いでドアを閉じる。あの兄嫁に結花を任せなければならないのが、あらゆる意味で甚だ不安ではあるが、一人でおいていくよりは幾分ましだろう。

面倒事でないといいが。予定外の出張が入る予感がして、貴臣はまた溜め息を連発した。

結局、解放されたのはホテルを出て四時間以上経ってからだった。呼び出しついでに藤崎が、今日中に決裁の必要な書類なんてものを出してきたせいで、目論見よりも更に遅くなった。

結花が昼食をどうしているのか気になって急いで戻ってみれば、和佳子が堂々と振袖姿の結花を部屋から連れ出して、一階のラウンジでランチに付き合わせている。いつものバトラーがいつものように横に張り付いて、結花の緊張をほぐすのに一役買っているようだ。

結い髪に飾りをつけて黄色っぽい振袖に身を包んだ結花は、思っていたよりも素晴らしく見映えがして、すぐさま近寄っていって人目に触れないところへ隠してしまいたかったのだが。念のためその場に姿を現すのは控えておいた貴臣にとっては、なんら人目を憚る必要のない兄嫁がいっそ憎たらしいくらいだ。

「おかえりなさい、貴臣さん。……あ、あの、変じゃないですか……？」

お腹が苦しくてあまり食べられなかったという結花は、部屋に戻って貴臣の顔を見るなり、心持ち恥ずかしそうに頬を染めて尋ねてくる。

その後ろで兄嫁が自分を観察しているのを知っているので、ここで露骨にでれでれとやに下がるわけにもいかない。なので、「変じゃない。似合っているとも」と答えるに留めておいた。邪魔者がいなくなってから、思い切り褒めてやればいい。

和佳子もさすがにこれ以上邪魔してはまずいと思ったらしく、ランチの後で結花を部屋まで送り届けると、そのまま本宅へ戻っていった。

慣れた仕草でおいでと呼ぶと、いつものように近寄ってくるのだが、着物姿では身動きがままならず、歩くのも膝の上に座るのも大儀そうで。

すぐに脱がしてしまおうかとも考えたが、もう少しじっくり眺めてからでないと勿体ない。

「あの……もう、脱いでもいいですか？　汚しそうで怖くて……」

優しい色調の黄水仙色の地に、大輪の枝垂れ桜がぼかした色調で繊細に描かれている。ところどころに細かく金彩と金駒《きんこま》刺繡が施され、控えめながら華やいだ印象を振りまいていた。ずっしりとした鬱金色《うこんいろ》の帯がシルエットを引き締め、若々しい色彩に格調高い雰囲気をもたらす。

和佳子が連れてきた和服専門のスタイリストが色柄を合わせ、ヘアメイクも元プロの手で完璧に仕上げられた結花は、どこからどう見ても良家のお嬢様だった。さぞかし立派な見合い写真が撮れたことだろう。見合いなどさせるつもりは微塵もないが。

「随分締め上げているんだろう。苦しい？」

「ん、苦しいっていうほどじゃ……ない、です」

「だったら、もう少し私の目を楽しませてほしいな」

どのみち、既に今日のチェックアウト予定を明日に延長しておいた貴臣である。急がずゆっくり、美しく着飾っている上に可愛らしくはにかんでいる恋人の姿を、じっくり楽しみたいものだ。

「祝杯をあげないといけないね」

上機嫌に言う貴臣に、結花は困惑して首を傾げた。もう既に、十分すぎるほど祝ってもらっている。

「そこまでしなくても……。たかが成人式ですよ？」

結花はそう言うが、貴臣にとって、結花の成人はもう少し違う意味があった。

「――今日で、名実ともに立派な大人になったのだろう？　結花は自由だ。何をするにも誰の許可も要らない。だが、結花は私のものだ。……結花の自由意思に口を出せる人間が、私一人になったお祝いだ」

満足げに微笑む貴臣に熱のこもった目でじっと見つめられ、気恥ずかしくなった結花は膝の上で顔を背ける。着物から染み出す樟脳《しょうのう》の香りが、いつもの甘い桃の香りを打ち消してしまっているのだけが残念だ。

「結花の自由は私の手の中での自由だし、何をするにも誰の許可も要らないが、唯一私の許可が要る。わかったね？」

「はい、貴臣さん。」

他人が聞いたら眉をひそめそうな傲慢な台詞だが、結花は素直にこくりと頷く。微笑みさえ浮かべて。

「縛りつけたいわけじゃない。狭量ではないつもりだが、私にはちゃんと、何をしたいのか話すように」

「はい、貴臣さん。……でも、別に何もしなくていい。今のままで」

「今のまま?」

どういう意味かと聞き返した貴臣の手をそっと摑み、そこへ顔をすり寄せながら、結花がうっとりと呟いた。

「ん。今のまま、貴臣さんのウサギでいられれば、それでいい……」

……むくむくと、心の中に抑えがたい衝動が湧き上がる。

結花が欲しい。いや、既に彼女は自分のものなのに、まだ足りない。

傍に置いておきたいとか、抱きたいとか、そんな単純なものではない。一体どう彼女を手に入れればこの渇きが収まるのか、もはや貴臣にも想像がつかない。

これほど強烈な渇望を生まれて初めて味わわされた貴臣は、身から湧き出る底なしの所有欲に知らず身震いするよりほかなかった。

6

ベルリンは、札幌《さっぽろ》よりも北にある。

三月も半ばだというのに、季節はまだ真冬。日が落ちると、あっという間に気温は氷点下だ。

ウンター・デン・リンデンの菩提樹の並木も、下生えは白い雪に覆われている。葉の落ちた黒い枝が細く鋭い棘のように灰色の空を突き刺していて、ベルリン有数の目抜き通りがまるで黒と白の切り絵のようにも見えた。

襟に毛皮のついたカシミアのコートで身体を覆っても、僅かな隙間に冷気が突き刺さるような寒さだが、建物の中にさえ入ってしまえば春のように暖かい。冷たい石造りの国立歌劇場《シュターツオーパー》も、あらかた埋まった客席は人の熱気で温まり、ワンピース一枚でも寒さを感じないほど。

あと十分ほどで開演時間だが、隣はまだ空席だった。開演に間に合うかどうか、ちょっと微妙だと言っていたので、もしかしたらやはり仕事が長引いているのかもしれない。

……ほんの短時間でも、一緒にいてもらえるだけで嬉しいのだ。ましてここ《ベルリン》では、堂々と並んで外を歩くことだってできる。東京は勿論、日本人の多いウィーンやパリやロンドンではまず望めない生活だ。

ここでも相変わらず、貴臣は忙しい。むしろ東京にいるときよりも、移動が多い。

彼がこれほど長く在欧するのは初めてで、使いでのある役員の長期滞在に浮かれたあちこちの在欧事業所が、この機に彼の能力及びコネの恩恵にあやかろうと毎日のように出張を要請してくる。今日はロシア、明日はポーランド、来週は泊まりがけでウクライナにラトビアと、なにかしらの案件が進んでいる所全てから呼ばれるのだ。それだけではない。

規模の大きい役員会議にも片っ端から呼ばれ、デュッセルドルフやロンドンに日帰り出張の日々だ。万能のはずの第一秘書が、スケジュールの調整に苦慮している。勿論東京でこなすべき国内向けの仕事も疎かにはできない貴臣としては、正直たまったものではない。

だが、プライベートではなく仕事での欧州滞在に結花を伴うことを事実上黙認してくれた父や兄の手前、苦情を申し立てるわけにもいかない。それに、どれほど忙しくても、仮住まいのベルリンの部屋に戻れば結花が自分を待っているのだ。結花のいない都内の自宅よりも、よほど疲れが癒やされるというもの。

どれほど多忙でも週末だけは死守しつつ、毎朝のようにベルリン市内のオフィスではなく空港に向かう貴臣だった。


ここでも多忙な彼のスケジュールに合わせて、自分が待つのは当然のこと。結花はそのことをきっちり自覚していた。何しろ自分は、彼の部屋で飼われて彼に餌をもらい、彼の寝台で眠るほかには何もしなくていいという、優雅なご身分なのだから。

朝は一緒に起きて一緒にラウンジでビュッフェの朝食を食べ、迎えにきた第一秘書の車で出勤する彼を見送った後は、夜までひたすら自由時間だ。

好き放題に街を歩き回り、お昼はそのへんの軽食屋《インビス》で大きなケバブを買って広場や公園でぱくつき、午後はカフェでホットチョコレート《ハイセ・ショコラーデ》をちびちび啜りながら絵里にメールを送る。ベルリンの昼下がりは、時差八時間の東京ではちょうど夜のくつろぎタイムだ。

大学の管弦楽部で第二ヴァイオリンのパーリー（パートリーダー）を任じられている絵里は、四月の新入生歓迎コンサートの練習に忙しく、春休み中もヴァイオリンケースを抱えて大学に日参している。今はチャイコ（フスキー）の『くるみ（割り人形）』から、『序曲』と『花のワルツ』を練習中だとか。サークル活動があると忙しくて大変そうだなぁ、などと結花はのんびり傍観している。

自分でも耳が肥えている自覚のある結花は、学生のオケなどさほど聴きたいとは思わないが、絵里が出るなら話は別だ。むしろ本人には絶対来るなと言われているが。

絵里でなくともアマチュア演奏家なら誰だって、ヨーロッパに長期滞在して連日連夜本場の音楽に全身どっぷり浸っているような人間に、拙い学生オケの演奏など聴かせたくはない。

結花が春休み中ずぅぅぅぅっと貴臣と一緒にドイツにいて、二月頭から四月頭まで丸二ヶ月戻ってこないと聞くと、絵里は「あんたちょっとほんとに大丈夫なの!?」と血相を変えて部屋にすっ飛んできた。そうして出発を翌日に控えた結花の荷造りを邪魔しながら自棄酒を呷《あお》り、真剣な顔つきでお土産リストを書き散らかしていった。自棄酒といっても、近所のコンビニで買ってきた缶チューハイだが。

そんなこんなでどうにか、二ヶ月に及ぶ外国暮らしに旅立った結花だったが、渡航費をケチって格安航空会社を使った結果、フライトは遅れるわキャンセルされるわ、挙げ句に途中で荷物を紛失《バゲージロスト》されるという憂き目にも遭い、無事ベルリンに辿り着いたのは予定していた日から二日後のこと。着替えを詰め込んだスーツケースは、紛失《ロスト》したまま航空会社から連絡が来ない。

最初からそんな有様で始まった初めての外国暮らしは、全知全能の飼い主のおかげで、荷物が消えたはずなのに何一つ不自由することなく、不自由しなさすぎるくらいに甘やかされて、真冬の寒さも感じないほどアツアツである。――とは、ベルリンに来てから新しくできた女友達の弁。

博物館に美術館、門に壁に城に教会とベルリン中ありとあらゆる観光スポットを片っ端から回り、雑貨屋巡りにカフェ巡り、ベルリン名物カリーヴルスト食べ比べも勿論した。

天気の悪い日は、宿からほど近いフンボルト大学の図書館にこもる。誰でも自由に入館可能な図書館はスイスの有名な建築家の作品で、図書館そのものがまず素晴らしい。ドイツ語の難しい本はあまりちゃんとは読めないけれど、辞書を片手に背表紙を眺めているだけでも楽しい。そんな日は学食《メンザ》でたった二ユーロでボリュームたっぷりのランチを取り、貴臣から連絡が来たらまた歩いてホテルに戻る。

ときたま、女友達に誘われて、というか振り回されて、ウィンドウショッピングに出かけたりもする。あちこちの劇場で昼公演《マチネ》があれば、一番安い席のチケットを取る。平日昼間の無料ミニコンサートも、必ずチェックする。

退屈する暇のない、充実した日々だった。


——白塗りに幾何学模様の金彩が美しい丸天井の巨大なシャンデリアがすぅと翳り始めたとき、にわかに列の端の方が騒がしくなった。

あ、と抑えきれなかった声を漏らして目を向けると、今夜も素晴らしく綺麗にバリッとスーツを着込んだ貴臣が、「どうも《ダンケ》、失礼《パルドン》、ありがとう《ダンケ・ゼーア》」と何度も言いながら、既に自席に陣取ったドイツ人達をかき分けていた。

「すまない、遅くなった」

「ううん。間に合って良かった」

満面に笑みを浮かべて言いながら、ふと思う。——あの日と逆だ。

彼が席に着くと同時に照明が更に落ち、舞台下のオーケストラピットで音合わせが始まった。

今夜の演目は、日本では『椿姫』の名で知られている、ヴェルディのオペラ『道を踏み外した女《ラ・トラヴィアータ》』。

初心《うぶ》な若い男に情熱的に言い寄られ、ほだされた挙げ句パリの華やかな社交界から身を引いて田舎に隠棲《いんせい》した元高級娼婦が、相手の父親に「息子には将来があるのだから身を引け」と諭されて。嘘をついてまで別れてやったのに、何も知らない男から浮気者呼ばわりされて公の場で辱められ、一人孤独に死んでいくという実に救いのない話だ。

貴臣は、あまりこの演目が好きではない。何しろ登場人物が全員、貴臣に言わせれば、揃いも揃って頭が悪すぎる。誰にも賛成されない相手に入れあげる男も、不毛とわかっていながらそんな男をまともに相手して身を滅ぼす女も、全ては愚息の過ち故とわかっていながら女に犠牲を強いる父親も。いくらフィクションとはいえ、どれもこれも、笑い話のネタにもならない愚の骨頂。

——そう思っていた。つい半年前までは。

誰かが欲しいと思ってしまったら、もうどうにもならないのだと、知った今の彼ならば。今回はいつもとは違う感想を抱くのかもしれなかった。

「飲み物買ってきますね。貴臣さん、発泡酒《ゼクト》でいい？」

幕間《パウゼ》にバーへ移動するときも、誰恥じることなく結花をぴったり抱き寄せて歩く。結花もここでは緊張することなく、安心して貴臣に身を任せている。そればかりか、ほんのり頬を上気させて声を弾ませ、いつもよりも鮮やかな笑顔を振りまいている。

――ここは、特別な空間。ここでだけは、彼の隣に自分がいても赦される。そう思える、豪奢で優雅な異空間。

自分達を見咎めて眉をひそめる人などいない。どんな仲なのかと勘繰ってじろじろ眺められることもなければ、いるかいないかもわからないマスコミを警戒する必要もない。

緊張をほどいて男のエスコートに身を任せ、リラックスした表情ではしゃいでいる結花が、貴臣には東京で見る彼女の何倍も美しく見えた。歌劇場の中で見せる姿、表情こそが、素のままの本物の彼女なのだと思い知る。ベッドの上の彼女と同じだ。

「結構並んでるよ。私が行こうか？」

「ううん。ちょっとじっくり何があるのか見たいから。待ってて」

屈託のない笑顔を弾けさせながら、結花はバーカウンター前の列に並びにいった。残された貴臣は周りに目をやり、ちょうど先客が立ち去ったばかりのハイテーブルを一つ確保する。

あの夜と、同じだな。結花の後ろ姿をじっと見守りながら、東京にいる間は絶対他人に見せない表情で淡く微笑む。

あの日と同じ劇場。胸元があいた、夜紺色《ミッドナイトブルー》のワンピース。あの服を持っておいでと、リクエストしたのは彼だ。結花がわざわざ手荷物で機内に持ち込んでいたおかげで、紛失《ロスト》の憂き目にあわずに済んだ。

……あの日と違うのは、演目と――自分があのシフォンに透ける素肌の感触を知っているということか。

グラスを二つ抱えて振り向いた結花に手を振りながら、こらえきれない笑みを口元にはく。

「これね、一度頼んでみたかったんだけど、名前がわからなくてずっとオーダーできなくて。……貴臣さん？」

結花が持ってきたのは、丸いブランデーグラスの底に木苺《きいちご》を一掴み入れ、そこに発泡酒《ゼクト》を注いだ代物である。目的はそれだったらしい。

愛らしくはしゃいでいる結花を身体のすぐ傍に引き寄せると、貴臣はウエストコートのチェンジポケットからしゃらりと何かを引き出し、白い胸元に載せた。

「……ああ、悪くないな」

満足げに頷き、首の後ろで留めてやる。絡まりにくいよう少し太めにした金色の鎖の先端に、金の枠に嵌《は》まった無色透明の石が一粒。ありふれたデザインのごくシンプルなネックレスだが、それ一つで胸元がぐっと華やかになった。

思った通りだ。やはり、宝石の一つくらいついていた方が衣装も映える。

「これ……？」

「結花は私のものだという、証明だ」

「ええと……首輪？」

鎖が短く、思い切り顎を引いても結花にはよく見えない。だが首に手をやってみれば、ひんやりした金属のチェーンの感触や、そろりと触れてみた先端に多面体カットされた石がついているのはわかる。

「んー……見えない。見たいのに。その辺に鏡ないですか？」

「後でゆっくり見ればいい」

「でも、気になる……だって首輪ですよね？　どこかにタグがついてたりとか？」

首輪と言えば首輪なのだろう。金の鎖に二カラットのダイヤをぶら下げたものでも。

満足のいく石が見つかるまでに少し時間がかかったが、やはり飼われているペットに首輪は重要だ。どんな飼い主に飼われているのかを無言で如実に示す、立派な首輪が。

「見えないと、ちゃんと貴臣さんにお礼が言えない……」

せっかく買ってきた木苺入り発泡酒の存在すら忘れ、結花は淡いベージュのマニキュアを塗った指先で〝首輪〟をいじり回している。うっすら頬を染めて。

「……私のウサギに首輪をつけただけで、礼を言われるほどのことでもないが。どうしてもと言うなら、今夜たっぷりお礼をしてもらうことにしようかな」

ベッドの上で、と言い添えても大丈夫。ここはベルリン。日本語での卑猥な睦言など、聞こえても誰も理解できない。若い女性が愛らしく頬を染めている微笑ましい姿が見えるだけだ。

赤い顔で先端の石を握り締める結花に淫靡な微笑みを見せつけながら、慣れた手つきで細長いグラスを持ち上げ、底から立ち上る細かい泡を喉に流し込む。

「……そのロングスプーンで、果実を潰しながら飲むといい。風味がつく」

「あ、そうやって飲むものなんだ」

「さあ？　私は飲んだことがないが。ただ実をすくって食べるよりは美味しいんじゃないか」

「ん、確かに。……あ、あんまり時間ないんですよね。早めに戻らないと、また席が埋まっちゃう」

「立ってもらえばいいんだよ」

「よくないと思います！　ああでもなんだか、オペラの続きよりこっちが気になる……」

そう言って、結花は席に戻ってからも、ずっと片手で石をいじり続けていた。舞台に夢中になってもそのままで、見せ場ではぎゅっと手のひらに握り締めていた。

……脚の鎖もだが、あれも外さないままにしておこう。ベッドの上でも。

結花の脚に鎖をつけたものの、冬場は分厚いタイツやブーツに隠れてちらとも見えず、余計に人目に触れやすい場所に目印をつけたくて仕方がなかった貴臣である。指につける最も露骨な目印は、もう少し先のお楽しみにとっておこう。

オペラがクライマックスを迎え、ソプラノ歌手が舞台に倒れ伏して死を迎えたところで拍手するためにやっと首から手を離した結花は、隣で貴臣が舞台ではなく自分をじっと見つめていることに気づかない。

最初のあの夜は、この後近くの店で時間を忘れてオペラ談義に盛り上がったものだが。

今はもう、そんなことで貴重な時間を無駄にするつもりなどなかった。

彼の恋人は、歌劇場の中だけでなく、外へ出てもベッドの上でも美しいのだから。

短編集 一

大学二年次春休み編

ベルリン！
ベルリン!!
ベルリン!!!

Das Liebespaar der Oper

第一話　行け、我が想いよ、黄金の翼に乗って

"Va, pensiero, sull'ali dorate"
da *"Nabucco"* di Giuseppe Verdi

……どうしよう。

怒号の飛び交う異国の空港で、結花は呆然と「cancelled」と表示された電光掲示板を見上げていた。

ケチのつき始めは、羽田へ向かうモノレール。
ドアの開閉に不具合がとかで、浜松町《はままつちょう》を出てすぐの天王洲《てんのうず》で止まってしまったのだ。
羽田発クアラルンプール行きのフライトは、二十三時五十五分発。金曜深夜に羽田を出発して、マレーシアのクアラルンプールとパリ・オルリー空港でそれぞれ別便に乗り継ぎ、土曜の深夜にベルリンに到着する旅程である。勿論全て変更不可の格安フライトだ。

まあ、三時間前に羽田着のゆとりスケジュールで出てきたし、きっと大丈夫……と思いつつ、でももし万が一……と無駄に冷や汗をかかされ、はらはらしながら車内放送の音声に集中し続けてかなり疲れた。

結局大したトラブルではなかったらしく、二十分ほどでモノレールは動き始めたが、空港の国際線ターミナルに到着してみると、今度は航空会社のカウンターの前で長蛇の列。格安航空会社《LCC》の仕組みを理解していない年配客のグループが、たった二つしかないカウンターの一方の先頭に陣取り、チェックイン担当のグラホ《グラウンドホステス》にキレている。お客様のご予約内容では手荷物は機内に持ち込めません、持ち込むなら有料です、と何度も何度も繰り返すグラホに、そんなわけがあるかと言い張って聞かないおじいさん。サービス悪くなったわねなんて聞こえよがしにブツブツ言うおばさん。おかげでその列は一向に進まず、もう片方の列は長く伸びていく一方。結局、カウンターに辿り着くだけで一時間以上かかってしまった。

ようやく発行された搭乗券を握り締めて駆け込んだ保安検査場も、週末を海外で過ごそうという優雅なOLが長い列を作っていて、更にイライラが募り続ける。

ああ、やっぱり金曜夜発を取ったのは間違いだった。できれば月曜から木曜の間に出発しておきたかったけど、でも今日は補講で昼間大学へ行かなきゃいけなかったし。結花は延々後悔し続けた。

かといって、出発を日曜まで延ばす気もなかった。先にベルリン入りして結花が来るのを待っている貴臣の貴重な週末を、無駄にしたくはなかった。――それにだ、日曜の夜は是非とも、プロコフィエフのオペラ『三つのオレンジへの恋』が観たい。日本ではまず滅多に上演されないマイナーかつレアな演目で、日本語字幕データも見つからず、頑張って英語版の字幕で予習までしたのだ。ヨーロッパでもいつでも見られるような演目ではないし、どうしても今回観たい。

……金曜の補講を別の曜日に変えてもらえないか、でなければレポート提出か何かでどうにか出席に代えてもらえないかと、ダメもとで交渉してみるべきだった。今更悔やんでももうどうにもならないのだが、遅々として進まない列の先の方で金属探知機がピーと鳴るたび、溜め息を連発してしまう結花であった。

そんなこんなでようやく搭乗口に辿り着いてみれば、なんと乗る予定のフライトが出発地で機材故障《マシントラブル》を起こして遅延《ディレイ》し、まだ羽田に到着もしていないという。もう心底げんなりして、同じように肩を落とす人々の群れに交じって椅子に座り込むよりほかなかった。

――この時点で、貴臣に連絡を取っておけばよかったのだ。せめて一本メールしておけばよかった。

しかし、時差の都合上、ベルリンの貴臣はまだ金曜日のビジネスアワー真っ只中。最初のフライトがちょっと遅れそうだというくらいで、彼の仕事の邪魔をするという選択肢は結花にはなかった。

結局、定刻より一時間半遅れで飛行機は到着したものの、機材調整《メンテナンス》がどうのこうので更に待たされる。出発の見込みが立たないまま、諦めようにももう帰る電車もない深夜の羽田でひたすら待機。

六時四十五分に出発します、というアナウンスが流れて慌ただしく搭乗準備が開始されたのは、夜が明けて間もない六時前だった。予定より、実に七時間弱の遅れ。

クアラルンプールで乗り継ぐ予定のフライトはどうなるのか、誰かに確認したかったのだが、何しろアナウンスが入ってから出発まで一時間を切っている。係員は皆、個別の質問に対応できるような状態ではない。辛うじて貴臣にメールだけ打ち、スマホの電源を落とした。

そして現在、結花はマレーシアのクアラルンプール国際空港で、同じ不幸に見舞われた他の乗客とともに、涙目で電光掲示板を見上げている。

乗り継ぐ予定だったパリ行きのフライトには、当然ながら間に合わなかった。土曜の朝十時発の便だったのに、クアラに到着したのが昼過ぎだったのだから当たり前だ。

理由が何であれ、フライトに間に合わなければ自動的にキャンセル扱いとなって払い戻しも受けられないのがLCC。仕方なく結花はすぐさまカウンターへ猛ダッシュし、同じルートの夜のフライトにぎりぎり予約を押し込んだ。そして今度は自前の端末から、別の航空会社で手配していたパリからベルリンへのフライトも変更（というかキャンセルして再度別の便を予約）手配する。これもどうにか席が取れた。

結花は黙々とクレジットカードの番号を打ち込んでいく。席が取れただけでラッキーだ。帰りは未定なので片道だけの航空券とはいえ、あっという間にバイトの給料二ヶ月分相当のお金が飛んでいったが、もう諦めるしかない。この際父親と、後日母親も送って寄越した成人式の祝い金とやらを、パーッと有意義に使わせていただこう。

夜便にさえ乗れれば、ぎりぎりオペラには間に合う。もうその一心である。全て手配してからやっと思い出してスマホの電源を入れると、貴臣から何度も着信が残されていた。

ウィークデイの仕事が終わり、この週末からは結花とゆっくりできるとそれはそれは楽しみに、日曜のランチも店を予約し（何しろ二人で堂々と外食できるのはこれが初めてだ）、夜のオペラ用に結花の衣装まで万全に用意していた貴臣である。

羽田からの出発が遅れて到着予定の見通しが立たない、という短いメールを見るなり、思わず口からアメリカ時代に覚えた品のない単語が飛び出していた。

『……本当に大丈夫なのか？』

「ん、夜便には乗れるはずだし、一応ベルリンまで全部席も取れたし。このまま待ちます」

貴臣は内心舌打ちしたい気分だった。結花が代替フライトを予約する前なら、ＬＣＣなどではなくもっと安心安全快適確実なフライトを、自分の方ですぐさま手配してやったのに。

『待つのが嫌になったら、いつでも連絡しなさい。時間は気にしなくていいから』

「はい。でも、貴臣さん疲れてるだろうから、ゆっくり休んでて」

『私がゆっくり休むには、結花が必要なんだよ。……早くおいで』

「う。が、がんばり、ます……」

最近、貴臣のセリフがやたらと甘い気がしてならない結花である。あの顔で、あの声で、こんな甘ったるい言葉を吐きまくるなんて反則すぎる。空調が利きすぎて肌寒かったはずの空港内の空気が、一瞬亜熱帯の雨季に変わった気がした。

あとは夜まで待つ。延々待つ。格安フライトは、待機時間が長すぎるか乗り換え時間が短すぎるかのどちらか両極端で当たり前。待たされるのも想定内だ。

ところが、その夜のフライトの到着状況が一向に表示されない。嫌な予感が募ってくる。空港内のテレビで、ＢＢＣが『ヨーロッパに大規模な寒波が押し寄せて云々』と盛んに報道しているのに誰かが気づき、待機中の乗客達がざわざわと騒ぎ始める。そのうちに今度はブルームバーグが、吹雪で閉鎖《クローズ》されたエディンバラ空港から『今夜から明日にかけてが山場で……』と生中継を配信し始めた。

何の説明もないまま不安を募らせていると、突如電光掲示板に「cancelled」という表示。パリからのフライトは無事到着したのだが、大寒波による吹雪のためパリの空港は全て閉鎖されてしまい、折り返しの便の見通しが立たないという。

瞬時に怒号が渦を巻き、待ち続けていた乗り継ぎ客がカウンターの係員を取り囲む。温厚な日本人も、さすがにマジギレしていた。なぜもっと早く言ってくれないのかと。

しかし相手は格安航空会社、こんな騒ぎは慣れっこなのだろう。言いたいことだけ言うと係員はさっさとカウンターから姿を消した。払い戻しはあちらのカウンターです、と言い捨てて。

こうして、ほぼ丸一日をクアラルンプール国際空港で過ごした土曜が呆気なく終わった。

この時点でもう、日曜のオペラは泣く泣く諦めた。何をどうやっても間に合わない。

ああ、プロコフィエフ。チケット取り直して、平日一人で行ってこようかな……でも、この遅延騒ぎでかなり無駄にお金使っちゃったしな……。キャンセルされた分の航空券代で、一番いい席でオペラが三回は観られたのに……。

そんなことを考えながら、再び貴臣に連絡を取る。

ワンコールで電話に出てくれた男に「今日もだめみたい……」と呟くと、彼は真っ先に『大丈夫か？　疲れただろう』と結花を労《ねぎら》った。待たされるくらい平気、と思っていた結花だが、つい涙が滲みそうになる。

『もっと早く連絡してくれればよかったのに』

電話の向こうで貴臣が、窓の外の雪を眺めながら言う。時差七時間のベルリンの空は雲に覆われて灰色一色、夜になろうとしている時間帯なのに雪で景色がほの白い。

「遅れたのはもうどうしようもないけど、まさかそっちがそんな天気になってるなんて……」

『この寒波は私も想定外だった。どうせなら平日に吹雪いてくれれば、出張がキャンセルになってちょうどよかったのにな。……さすがに諦めがついたか？』

貴臣は優しげな問いかけてくるが、そこですぐさま頷くのは結花にはなんとなく躊躇われた。

「……んと、ここで諦めると、どうなるんでしょう……？」

うっすら何かを警戒した結花へ、けれど貴臣は選択の余地など与えずにただ指示する。

『いいからもう諦めて、払い戻しの手続きをしておいで。あとの便はこちらで手配する。当面必要なものは持っているのか？　多少の現金の持ち合わせは』

「ん、お金関係とチケット類は全部持ってます。手荷物も一つだけ持ち込みました」

『あとは預けっぱなしのスーツケースか。中身で絶対に必要なものは？』

「んー……まあ、特にないかな。着替えと勉強道具くらいしか入ってないし」

『よし。じゃあ、カウンターからあまり離れていないところにいなさい。この時間だからしばらく待たせてしまうだろうが、また連絡する。結花も、何か変わったことがあったらすぐに電話しておいで』

「はい、貴臣さん。……ごめんなさい」

『結花が謝ることはないよ。……じゃあ、また後で』

電話を切った直後に「エコノミーで十分ですから！」と言いそびれたことに気づいた結花は、慌ててその旨メールしたのだが、勿論貴臣は眉一つ動かさずに無視した。


——ふぅ、と息をつき、結花は無人のカウンターを遠巻きにする位置で椅子に座り込む。時刻は深夜。まだ比較的まともに動作している体内時計が、疲労と眠気を訴えている。昼間ターミナル内を暇潰しに歩き回ったので、体力もそれなりに消耗しているのだ。

正直もう動くのも億劫なので、貴臣に言われた通りにその場でじっとしていた。手荷物を両腕に抱えてうつらうつらしているうち、どうやら本気で眠り込んでしまったらしく、遮光ガラスから差し込んでくる朝日の色で目が覚める。

朝か……今日はいつだっけ、日曜か。目を擦りつつ、椅子の上で伸びをした結花の耳に、館内放送のチャイムの音が響く。

「――え？　あれ、今の……？」

聞き間違えかと思い、念のためリピートまで全部聞いてから、首を傾げて立ち上がる。ミズ・ユカ・ナルミは最寄りのインフォメーションカウンターへ、という呼び出しだった。

申し出てみると、こちらで少々お待ちくださいと、ＬＣＣのカウンターとは比べものにならないくらい丁寧に対応される。はあ、とその場に立ち尽くしている間に、受付嬢は内線で誰かを呼び寄せた。

「Ms. Yuka Narumi?」

やってきたのは、格安ではない航空会社のＣＡでもしていそうな、すらっとしたアジア美人。訛《なま》りのない、聞き取りやすい綺麗なイギリス英語で、恐れ入りますがパスポートを拝見させていただけますかと、こちらも恐ろしく丁寧に話しかけられる。……小学生の頃から英語と英会話を習わされたことを、このときほどありがたく思ったことはなかった。

差し出したパスポートをチェックし、少々お待ちを、と断ってからどこかへ電話をかけ始める。ごく短い英語でのやり取りの後、なぜか彼女は己の携帯を結花の方へ差し出してきた。

は？　と首を傾げてポカーンとしていると、申し訳ありません、身元の確認はこれが最後ですので……と丁寧に頭を下げられ、わけがわからないまま受け取った電話に「ハロー?」と言ってみると。

『結花? 少しは休めたか』

「た、貴臣さん!?」

『こちらの時間で日曜の昼前には、雪も止んでくるらしい。午前中には閉鎖も解除されるだろう。結花にはまた夜のフライトまで待ってもらうことになってしまうが、空港内のホテルに部屋を取らせたから、夜までそこでゆっくりしておいで』

「え? あ、はい、え?」

日本語で言われているのだが、咄嗟に時差を計算できない。ええと、とにかくその夜の便に乗れば、無事向こうの空港に降りられるってこと? かな?

『あとはそこの彼女が説明してくれる。英語は大丈夫だね? よし、じゃあ電話を戻してくれ。落ち着いたら、また連絡しておいで』

「ええと、はい。じゃあ」

通話を切らないまま美人に電話を差し出すと、ありがとうございますと丁寧に受け取った彼女はそのまま電話の向こうの貴臣と短くやり取りしてから、にっこりとモデルばりの笑顔で改めて結花に向き直った。

「ミズ・ナルミ、お待たせ致しました。確認が取れましたので、ご案内させていただきます。ご予約済みのチケットの払い戻しはお済みでしょうか？」

「あ。いえ、まだ……っ」

「でしたら、後ほど私どもで手配させていただきますので。お手荷物は全てお持ちでしょうか？　では、ひとまずこちらへ」

そして美人さんは結花の手荷物をそっと取り上げ、一流ホテルのポーター並みに恭しく持ち運びながら、入国審査ゲートの方へ向かう。施設のシステム上、どうしても一度マレーシアに入国してから、再度出国手続きを取っていただく必要がございまして……と説明してくれるのだが、結花には何が起こっているのかどうもよくわからない。

「預けたお荷物はこちらでピックアップしまして、次のフライトに乗り換え《トランジット》手配させていただきます。新たなルートで航空券をお取りしておりますので、このLCCターミナルを出た後メインターミナルへ移動して、別のフライトにチェックインしていただきます。出発は二十時半の予定でして、それまでの間は空港内のトランジットホテルでお休みいただけます」

恐るべき手際の良さ、何もかもがなんとスムーズなのだろう。呆気に取られつつ結花は大人しく後をついていって、指示されるまま税関を抜けて入国手続きをし、LCCターミナルからメインターミナルへとタクシーで運ばれていった。

新たに受け取った航空券は、アブダビ経由・ベルリン行きのエティハド航空ビジネスクラス。ファーストがあいにく満席でして、申し訳ございません、と美人さんが本当に申し訳なさそうに頭を下げる。お席はビジネスですが、ファーストクラス専用ラウンジはお使いいただけるようになっておりますので、お食事やお飲み物は是非そちらでどうぞと。

だだっ広いターミナル内を最短距離で移動し、目当ての航空会社のチェックインカウンターへ連れていかれ、搭乗券を受け取ったあとは更に空港内のホテルへ案内され、何かございましたらいつでもお呼びくださいと微笑むお姉さんとひとまず別れる。

お金でサービスを買うというのは正にこういうことなんだな、とひどく納得しながら、金曜の朝以来二日ぶりでシャワーを浴びた。美味しい食事より待たされないカウンターより、今はこのシャワーこそがありがたい。着替えはないが、空港内のショップで新しい下着を買うことはできた。最高の気分。

待合いのごつごつした椅子ではなく、スプリングの利いた立派なベッドに横になり、たっぷり五時間ほど昼寝した。やっと頭がすっきりしたところで時差もちょうどよくなってから、電源のある場所でバッテリーを気にする必要なくベルリンに電話をかける。

『こちらが真夜中でも、いつでも電話しておいでと言ったのに』

「そんなことより、エコノミーでいいってメールしたじゃないですか！」

『ファーストとエコノミーは満席だったんだよ。この雪のせいでヨーロッパ直行便に乗れなくなった客が、こぞって流れたんだろうね』

「う、そ、そうなの……？　でもなんかすごく勿体ない……」

『結花がそんなことを気にする必要はない。私が勝手にあれこれしているだけだ。こんな吹雪でなければ、いっそ手っ取り早くビジネスジェットをチャーターしようかとも思ったんだが』

「ぶ。やめてください。貴臣さんが言うと冗談に聞こえません」

クアラルンプールで陽が落ちる頃、ヨーロッパではやっと暴風雪が弱まって、あちこちの空港が閉鎖解除し始めた。貴臣も結花も、七時間の時差を隔てて同時に胸を撫で下ろす。

アブダビでの乗り継ぎを含めて、ベルリンまで十六時間半。クアラの空港内で過ごした時間より、ずっと短い。

搭乗口まで美人さんに見送られ、機内でもファーストクラス並みに至れり尽くせりの接待を受け、資本主義社会の現実を直視しながら結花は三十二時間ぶりにクアラルンプールを飛び立った。

——一緒にトランジットしたものと思い込んでいる自分のスーツケースが、実はクアラで行方不明になっていることを、彼女はまだ知らない。

第二話　恋人よ、早くここへ

"Deh vieni, non tardar, oh gioia bella,"
da *"Le Nozze di Figaro"* di Wolfgang Amadeus Mozart

この風景には見覚えがある。早朝のテーゲル空港。前回は帰りのフライトだったけど。

朝七時を回った。定刻よりほんの少し遅れて、アブダビからのフライトはベルリン・テーゲル空港に着陸した。前日昼過ぎには雪も止み、空港内は綺麗に除雪されているが、降下しながら見下ろしてきたベルリンの街はまだ真っ白で見るからに寒々しい。

腕時計の針は、とっくにベルリン時間に直してある。スマホの待ち受け画面の世界時計も、クアラルンプール時計を消してベルリン時計を表示させておいた。

羽田で預けたスーツケースがなんと途中で行方不明になってしまい、現在も捜索中ということで、携行品は斜めがけのメッセンジャーバッグと小さな手荷物のみ。

入国審査では、真面目くさった顔つきのおじさんが抑揚のない英語で入国目的を質問してきたが、「私はベルリン《ベアリーン》で休暇《フェリエン》を過ごします」と授業で習ったままのドイツ語で答えてみると、ちらりと笑顔を見せながらバン！　と勢いよくパスポートにスタンプを押してくれた。

私はベルリンにトランクを一つ持っている《イヒ・ハーブ・ノッホ・アイネン・コッファー・イン・ベアリーン》。だからまたすぐベルリンに戻らなきゃ《デスヴェーゲン・ムス・イヒ・ネヒステンス・ヴィーダー・ヒン》。そんな素敵な歌があった。マレーネ・ディートリッヒだ。リリー・マルレーンも悪くないけど、今の自分にはこの歌の方がいい。授業でこんな歌を聴かせてくれる比較文化学科は、お堅い東大などとは比べものにならないくらい緩くて最高だった。フンフーン、フンフーン、フンフンフーン……と鼻歌さえ漏れてくる。……まさかこんなにすぐまたこの街に来ることになるとは、思ってもみなかったけれど。

無事テーゲルに着きましたって、メールしておこうかな。メールより、電話しても大丈夫かな。この時間ならもう起きてるだろうけど——

そんなことを考えながら、スマホの画面に目を落としつつ、後戻り不可の入国ゲートの扉をくぐった直後。

真横から伸びてきた大きな手で二の腕を摑まれたかと思うと、あっという間に捕獲されてその場で唇を貪られる。

——心臓が飛び跳ねるほど驚いたが、抵抗はしない。顎に添えられた手の動きで、相手が誰かはすぐにわかるから。それと、髪に鼻先が触れるほど密着しないとわからない、ごく微かに香る整髪料の匂い。

摑まれた瞬間反射的に強張った身体から力が抜けると、男もそれを察してやっと少し手を緩めた。

「……貴臣、さん……、ん、んんっ……」

必死に息を継ぎながら名を呼ぶと、しゃぶり尽くさんばかりに結花の唾液を貪っていた唇がほんの少しほどけ、どちらのものともしれぬ熱い吐息が鼻先をくすぐった。

「――待ちかねた。二日もお預けなんて、酷いと思わないか」

腰に響くような色気が滲む声で耳元に囁く結花の飼い主は、今日も朝から実に麗しい。欧米人ばかりの空間でも違和感ない長身を隙のない三つ揃えと上質なカシミアで包み、磨き込まれた革靴のプレーントウが足元で黒々と光っている。

結花でなくてもぽうっと見惚れる男ぶりなのだが、残念なことにそれをゆっくり眺める余裕など今は与えてもらえない。

「で、でもまだ、二日も経ってな……ぁ、んむ、んんぅっ」

「口答えしない。……昨日一日無駄にした分をカウントしたら、キスなんかじゃとても足らない」

真横を通り過ぎた若い男がヒュウ、と口笛を吹くのを聞いて、結花はちょっぴり焦った。

電話で話したときの彼は、終始穏やかで冷静で結花への労《いた》わりに満ちていて、離れていても気配に包み込まれるような安心感があったくらいなのに。あの大人の余裕は一体どこへ……！

「ちょ、も、だめ、ここ……空こ、ッん、ぁんんんっ……！」

「ここは羽田じゃない。テーゲルだ。誰に見られようと構うものか」

実際、少し離れたところでこのご乱行を生ぬるく見守っていた第一秘書は、一向にその場から動く気配のない上司にさっさと見切りをつけ、自分だけ先に出発ゲートの方へ歩き始めている。

彼女と一緒にいる上司を初めて生で見たが、聞きしに勝るイカれたご寵愛ぶりだった。というか、さすがに少しは人目を憚るべきじゃないかと思うのだが、まあ仕方ない。彼の上司はそもそもそういう年頃をアメリカで過ごしていたので、並みの日本人に比べて愛情表現がストレートなのだろう。

横を行き交う人々が冷やかしたり邪魔だと文句を言ったりするのを全て無視し、男は自分のコートの内側に結花を包み込んで人目から隠すと、再び立ったまま柔らかい唇を熱心に貪り始めた。

まさか彼がこんなに飢えていて、自分に触れた瞬間からそれを隠そうともしないなどとは、これっぽっちも予想していなかった結花である。ただ唇を合わせるだけではない。口の中のあらゆるパーツをあらゆる手段で刺激して容赦なく官能を引きずり出す、徹底的に淫らな口づけだ。朝の空港で挨拶代わりに交わすようなキスではない。

人前でそんな行為に及ばれるだけでも結花には刺激が強すぎるのに、更に顎を摑んでいた貴臣の指先が、不穏な動きで首すじから耳朶を嬲り始める。びくん、と結花が跳ねるようにして震えたが、男は気づかない振りを決め込んだ。

「まっ、まって、んんっ、だめ、や……だ、も、そこ、みみ、いや……ぁっ！」

どれだけ訴えても、貴臣は止まらない。むしろ窮状を訴えれば訴えるほど、男は更に気をよくして指先を蠢かせる。ベッド以外の場所で結花の敏感な耳を責める行為を男は内心非常に愉しんでいて、どうしてもこの卑猥な遊びをやめられない。

可哀想なのは、公衆の面前で確信犯的に無理やり昂ぶらされている結花だ。酸欠寸前まで呼吸を奪われながら舌も唇もしゃぶり尽くされ、深紅に染まった粘膜がじんじんと痺れている。その上ただでさえ感じすぎる耳をひたすら責められ、もはや貴臣にしがみついて立っているのがやっとの有様。

しかもそれが、二人きりの室内ではなく、入国ゲートを出てすぐの雑踏の只中でだ！周りは見えなくされているからまだよいものの……いや、ちっともよくない。

「ッだめ、も…立って、られな……ッ」

涙声での切羽詰まった訴えに、やっと貴臣も、自分が無自覚に彼女を衆目の前で絶頂寸前まで追いやっていたことに気づいた。

さすがにまずいなと身を離そうとするのだが、ふと見下ろした結花の表情を見て慌てて再度胸に抱き寄せる。快楽のスイッチを無理やり入れられてしまった挙げ句に自分では電源が落とせず、切なげに潤んだ眼差しはとろとろ、浅い吐息はピンクに色づくように熱く、おまけに気を抜くと膝がかくりと折れてしまいそうな有様で。

——こんな結花を一人おいて、出張になど出られるわけがない。そもそも自分でそんな有様にしてやったことなど一顧だにせず、ぐいと結花の腕を引き、人気の少ない方へとツカツカ歩いていく。

……クアラルンプールの売店で、替えの下着は手に入ったけれどタイツやストッキングが見つからず、スカートの下は素足のままだった。それが災いした。

極端に人気のない薄暗い通路の影で背中を壁に押し付けられ、押し返そうとした手を逆に摑まれて壁に縫い止められて。自分のコートの内側に結花を隠しながら貴臣が再び上から覆い被さってきたかと思うと、結花のウールのコートの合わせを割った手がへろんと無造作にスカートをめくり上げ、いきなり下着の中まで指を差し込んできたのだ。

咄嗟に喉をついた悲鳴はしかし、再開された淫らな口づけに丸ごとのみ込まれてかき消される。溢れ出す蜜で潤った秘裂を指で前後にゆっくりなぞられる感触に、ただ身体がびくんびくんと跳ねて膝が震えるだけ。

「——やっぱりこの有様か。人前だというのに、こんないやらしい顔をして」

……あんなにしつこく卑猥な口づけを延々させられて、おまけに耳までいじくられたら、結花の身体がどうなるかなど本人以上によく知っているくせに。一瞬でカッと頬を朱に染めた結花が、心外だと目を剝いて言い返す。

「っ……だ、誰のせいだと……！」

だが責められた男は愉快そうに目を細めるだけで、罪悪感などどこれっぽっちも感じていない。

「私だが。……いいから大人しくして、集中して。人が来ないうちに」

「来ないうちにって、ちょ、……っだめです、や…ッ！」

こらえきれない愉悦の滲む囁き声を耳孔に流し込み、蓋をするようにそこへ舌先をくちゅりとねじ込みながら、男は右手で結花の簡素な下着を思いきり横にずらしてしまう。

空港内は空調が利いているとはいえ、こんな人気のない廊下まで暖められているわけではない。溶けだすほどに熱くなった粘膜が真冬の空気中にさらけ出されて、結花は悲鳴を上げそうになった口を自分の手で必死に押さえた。なに、なんでこんな、まって、あ、ありえない……！

「うそ、や、そんな……った、貴臣さん!?　っひ、ん——ッ！」

「……こんな発情したいやらしい顔で、人前を歩かせるわけにはいかないだろう」

濡れた部分が冷たくなってぺちゃりと肌に張りついている下着の感触まで、物凄くリアルに感じさせられてしまう。そこは不快なほど冷たいのに、指先でくちゅくちゅと捏ね回されている部分だけが異様に熱い。

「たくさん可愛がってやりたいが、場所が悪いし時間がない。ほら、気持ちいいところに意識を集中させて、イってしまいなさい」

「ばッ……バカなこと言わないで、ここ空港！　通路！　人が通る！」

「……少し黙りなさい。大丈夫、結花が一番気持ちいいところを、ちゃんといじってあげるから。ほら、――舌を出して」

つぷ、くぷりと入り口を浅く抉られながら命じられて仕方なく差し出した舌を、ちゅぅ……と吸い上げられて甘噛みされて発声機能を奪われる。同時に貴臣の長い指がぐぷっと胎内へ侵入し、結花が一番だめになってしまう場所を、結花が一番好きな強さで、結花が一番上りつめやすいリズムで擦り立てた。驚愕して本気で逃げを打とうとするが、途端にがくがくと腰が痙攣してしまい身動きが取れない。壁伝いに崩れ落ちそうになるのを踏ん張って必死に堪えていると、遠慮のない指が更にもう一本ぐじゅりと差し挿れられる。

「ん――!?　んん、あ、ぁ、ぅ、うー…ッん、く……ッ！」

本人は必死に首を振り、涙目で声なくやめてと訴え続けているのだが、男に愛されることに慣れてしまった身体は意識を裏切って、熱い蜜をいっそう滴らせながら蕩けた粘膜で指を締め付けてしまう。

そうしながら、別の指が器用に蠢いて、濡れた花弁の中心を探る。真っ赤に凝った小さな粒の表面を、弱すぎず強すぎない絶妙な力加減で撫でくり回す。……イっていいよ、と酷く淫らに囁く声と同時に、赤く染まった耳殻をちろちろと舐め回される。

「ッ、んう、ぅ、ぅう、ッん、は、……ぁ、――――ッ!!」

自分で必死に口を押さえながら、結花が冷たい壁に後頭部を擦りつけてぐぅっと背を反らす。

既に昂ぶらされていた身体には、ひとたまりもなかった。結花にとってはほんの一瞬、貴臣には物足りないほどの短時間で、カシミアのダブルのコートの陰に隠れた小さな身体が、ひときわ甘い震えを放って一気に絶頂した。

自分の方こそ壮絶に色っぽい顔でにたりと笑いながら、貴臣がそっと指を引き抜く。引き抜く動作をしながら指先で中の気持ちいいところを引っかいてしまうのは、もはや習い性だ。

ん、ふ、は……と浅い呼吸を繰り返している結花の目の前で、貴臣が蜜にまみれた指に舌を伸ばす。

「ちょ、だめ!　やめて!」

血相を変えた結花が、慌てて叫んでその手にしがみついた。それを見た貴臣が、片方だけ口角を上げてにたりと笑う。

「……結花が舐めてくれても構わないが？」

「か、かばんにハンカチ入ってますから！　ちょっとま…っ、ん、んぅっ……！」

慌てて片手を鞄に突っ込んでハンカチを探そうとするも、その間に濡れた指先で唇をなぞられる。嫌々する間もなく口の端から差し込まれ、味わいなさいと言わんばかりに舌のあちこちに押し付けられる。

ここは空港だ。夢の中じゃない。いっそ夢だったらどれほどよかったか。早く目覚めてベルリンに到着したい。

残念ながらこの呆れるほど淫らなあれこれは全て現実で、ここはいつ人が来てもおかしくない公共施設の一角で、アブダビより寒い真冬のベルリンで自分はブーツ以外は素足だというのに下着すらこの有様で。

一度絶頂させられたせいか、徐々に思考が冷えて現実が見えてくる。それがどれほどとんでもない現実なのかを自覚した瞬間、結花は無体なことを強いまくる貴臣の指に容赦なく歯を立てた。

「も、おしまいです！　手拭いて！」

鞄から取り出したハンカチタオルを押し付けながら、眉を逆立てて抗議する。勿論相手は、そんなことで痛痒を感じるような男ではない。

「……私の手より、結花は大丈夫なのか？　この手の何倍もどろどろで」

「ットイレ行ってきます!!」

くくく、と笑い声すら立てている愉快犯を押しのけ、結花は通路の先にあるはずのトイレへと震える足で猛ダッシュした。

クアラで一応替えの下着を二枚買っておいて、本当によかったと考えながら。

◆

「……仕方ないだろう。予定より二日も待たされたんだから」

出発ロビー付近へ移動し、さっきからずっと肩をいからせて男を睨む結花に、貴臣はカプチーノを差し出した。

口直しが要るだろう？　と余計な一言を口にして、結花が更に顔を真っ赤にしてキャンキャン噛みついてくるのを、愉快に眺めながら。

「しょうがないじゃないですかっ。機材故障《マシントラブル》も大寒波も私のせいじゃないし！」

「結花はさっきので少しはすっきりしただろうが、私はまた夜までおあずけだぞ？」

「すっきりさせてくれなんて、誰も頼んでません！　そもそも貴臣さんがあんなことするからです！」

結花もいつの間にか、知らぬ間に国外に出た解放感に浸っていたらしい。羽田ではとてもこんな会話はできないし、そもそも公共の場でこうして堂々とくっついて言い合うことすらできはしない。……座った途端に膝の上に乗せられるのだけは遠慮したが。

「帰ってきたらどうなるか、楽しみにしておいで」

「そういえば貴臣さん、今日はお仕事は？」

「この後、八時半のフライトでフランクフルトへ行ってくる。日帰りで戻るから、結花はホテルで休むなり遊びに行くなりしているといい」

先ほどの濃厚な〝再会の儀式〟も、時間にすればほんの短い間の出来事である。出発ロビーでお茶を飲みながら男を見送る時間くらいは確保されているのが、どこまでも周到で確信犯すぎた。

「あれ、今回もホテルなの？」

「結花と最初に逢ったときの、あのホテルだ。場所は覚えてる？」

「ジャンダルメンマルクトの手前のあそこですよね。大丈夫。……あそこに二ヶ月？」

「宿泊ではなく、長期滞在用の部屋があるんだよ。レセプションで名前を言えばわかるようになっている。……ああそれと、これを渡しておこう。結花、これを持っていなさい」

そう言って貴臣が差し出してきたのは、黒っぽい灰色のＩＣチップ入りカード。古代ローマの百人隊長《ケントウリオ》の横顔。これくらい、結花だって知っている。貴臣が出すのを見たこともある。

が、これにはなぜか……YUKA NARUMIとエンボスしてある。見下ろしたまま触るのをためらっていると、貴臣が結花の手を掴み上げて手のひらにカードを置いた。

「もう有効化してある。何かのときのために、持っておきなさい」

貴臣が持っているくらいだから、きっと普通のカードではないのだろう。でも、ゴールドとかプラチナとかじゃなくてよかった。などと、無邪気に考えた結花である。世間知らずで庶民育ちの彼女は、プラチナの上にブラック《センチユリオン》があることを知らない。

「これを使うような何かって、一体どんな……？」

「希望のフライトが満席のときは、航空会社のカウンターでそれを見せなさい。旅先で急に現金が必要になったら、格式の高そうなホテルのコンシェルジュにそれを見せなさい。あとは普通に買い物と――」

「つ、使えません！　第一私の口座じゃこんな……」

言いかけて、そうかと思い至る。自分の口座ではなく、彼の口座に直結しているのだろう。

ふ、と男は目元を緩めて、片手で結花の髪を撫でた。ペットのウサギを撫でる手つきで。

「家族カードのようなものだ。結花が支払いを気にする必要はない。……私が傍にいないときに何か困ったことが起きたら、金銭でどうにかなる程度の問題ならばこれが役に立っ」

通常、ブラック所有者の家族カードであっても、同じブラックは配偶者にしか発行されないことだって結花は知らない。それをどうやって、非配偶者の赤の他人名義の家族カード（しかもブラック）など作らせたのか、この異様さが理解できる人間なら大いに気になるところだが。

呆然としている結花の手にしっかりカードを握り込ませ、貴臣はうっすら笑った。貴臣にとっては、こんな黒いカード一枚、たまに役立つちょっと便利な単なるツールの一つにすぎない。だが、こんなもので多少なりとも可愛い恋人の便宜と身の安全が図れるのなら、カード会社に無理をねじ込むくらいはなんでもない。

「だから、これからは、ＬＣＣは原則禁止だ。日系じゃなくてもいいから、せめて普通の航空会社を使いなさい。――遅れたり欠航したりして、待たされて一人で悶々とするのは、金輪際御免だ」

結花が観たがっていた日曜夜のオペラも、空席のまま上演させるのは勿体ないなと一人で観にいってみたものの、結花抜きでの観劇があまりにつまらなくて（元々彼の好みの演目でもなかったので余計に）途中で帰ってきてしまった貴臣である。半年前までは、音楽鑑賞だって観劇だって一人で行くのが当たり前で、それで十分楽しめていたのに。

どうやら、今回のフライトが遅れたり欠航したりして丸二日無駄にしたのが、よほど腹に据えかねたらしい。結花はしょんぼりと眉尻を下げた。でもだからといって、昨日の今日でこれって……。

大体、今回だって結局は、彼が手配した正規の航空券でここまで来たのだ。しかもビジネスクラス。ただでさえそんな無駄な浪費をさせているのに……。

「別に航空券に限らず、買い物がしたければすればいい。結花が無駄遣いをするとは思っていないが、まあ多少は禁止事項もつけてある。とはいっても、不動産や車や船は購入不可、という程度だが」

無制限に甘やかしているわけではない、と言おうとした貴臣だが、かえって価値観の異様さを浮き彫りにしてしまっている。結花はもうただ呆気にとられて、手の中のカードをいっそ不気味そうに見下ろした。

「そういうものを、カードで買う人って、ほんとにいるの……？」

「案外大勢いるな。特にアメリカに。イギリス人は今でも小切手帳を持ち歩いていたりするが」

そんな他愛もない話が始まったのを見計らったかのように、胸ポケットでスマホが震える。

『貴臣様。ビジネスの搭乗が始まりました』

搭乗口で待っている第一秘書からだった。

「わかった。そろそろ中に入る」

『今日はエコノミーも空いているようです。お早めにお入りください』

通話を切って渋々立ち上がりながら、結花の唇に堂々とキスを落とす。

「じゃあ行ってくるから、結花はいい子にしていなさい。夕食は一緒に食べられるはずだ」

「……別に悪いことはしませんけど、子供じゃありませんから。いってらっしゃい。……あの、できたら、何時に帰ってこられるかわかったら、教えてもらえる……?」

「帰りのフライトが決まったらメールするよ」

そうしてようやく結花に背を向けた貴臣は、瞬時に顔から全ての表情を消し去る。

ビジネスの場に、ましてや厳しい相手との交渉の場に、必要なのは本音を隠す無表情の仮面のみ。

思い出し笑いなどしないよう気をつけねば、と自分に言い聞かせながら、結花と知り合う前の自分との違いをふと自覚して驚いた。

思い出して笑えるような何かなど、あの頃は何一つなかったのにな、と。

第三話　二人の愛の家へ
"Non la sospiri la nostra casetta"
da *"Tosca"* di Giacomo Puccini

空港からバスと地下鉄を乗り継いで三十分少々で、結花は目当ての場所に辿り着いた。

……うぅ、どうしよう。わかってるつもりだったけど、やっぱり……。

貴臣に指定されたホテルは、初めて会ったときと同じ、ウンター・デン・リンデンに程近い一等地にある、モダンな外見と瀟洒な内装をあわせ持つ五つ星の豪華ホテル。

前回は深夜だったので人の出入りも少なく、周りの景色もよく見えなかったが、明るい真昼にこうして改めて眺めてみると、やはり自分は場違いだなとつくづく思い知らされた。

ほんの数分、通りの反対側から出入り口を眺めていただけで、貴臣同様に身なりのいいビジネスマンが何人も、徒歩であるいは運転手つきの高級車で、忙しそうに行き交っていく。たまに女性がいたかと思うと、これまた颯爽として見るからにパワフルなビジネスウーマン。欧米人だけでなくアジア系も多く見はするが、自分くらいの若い女性の宿泊客など、どう見ても一人もいなさそうだ。

レセプションで名前を言えばわかるようになっている、と言われたものの、自分の見た目はどう見てもこんな高級ホテルにふさわしい客とは言えない、と思う。前回《あのとき》のように、観劇用にちゃんとお化粧してドレスアップでもしていればまだましだったが。

どうせ着替えも持っていないことだし、近くのH&Mでいっそそれっぽい（そして観劇にも行けそうな）服を一枚買って着替えてしまおうか。そう考えて腕時計に目をやるが、まだ朝の九時過ぎ。店が開くのは十時だろうから、あと一時間くらいある。

どうしようかな、フリードリヒ通《シュトラーセ》りのアインシュタインカフェでお茶でもして、時間潰そうかな。でも、そもそもそこまでする必要あるかな……？

どうしよう、入りにくい、でも……と、回転ドアを見つめながらどれほど逡巡していただろう。

「ねえ、入らないの？」

至近距離から突然そんな声がして、悲鳴が出るほど驚いた。

日本語だったことに更に驚きつつ、慌てて振り向くと……

——ゴスロリだ。しかも真っ黒。

……ここ、ベルリンだよね？　原宿《はらじゅく》じゃないよね……？

思わず目を真ん丸にして絶句してしまった結花を見て、相手は「ん？」と大きく首を傾げながら伸ばした人差し指を顎に当てる。芝居がかったような仕草は少々わざとらしいのだが、慣れているのか不思議に似合っていた。

「あれ。絶対日本人だと思ったんだけど、もしかして違ったかな」

「え？　い、いえ、日本人ですけど……っ！」

「あ、ちゃんと通じてるんだ。よかったぁ！　ねえ、そろそろ中に入らない？　ここじゃ寒いでしょ？」

必要最低限の答えだけ返してから、つい、不躾なほどまじまじと相手を眺め倒してしまった結花である。ゴスロリファッションにも驚いたが、ちゃんと見てみると驚くほど顔が小さくて黒目が大きい、文句なしの美少女だった。

艶やかな黒髪が美しいストレートロングヘアに黒いベルベットのミニハットを載せ、髪型は両頰の辺りを短くしたいわゆる姫カット。ケープ付きのコートはウエストを絞りつつ裾がふわっと広がっていて、その下にたっぷり襞を寄せた黒のスカートと白いパニエが細かく波打っている。足はエナメルにサテンリボンの編み上げ厚底ロングブーツ。引いているキャリーケースも、ハローキティのシールまみれだけれど真っ黒ツヤツヤ。見事に全身こってこての真っ黒けだ。

半ば呆れ、半ば感心し、ほけっと見惚れるようにして言葉を失ったままの結花の様子に、首を傾げたままだった美少女の眉根がふと曇る。

「……、ねえ。もしかして、なにか変……？」

急に声が弱々しくなって、ぎくりとする。うわ、やだ、初対面なのについじろじろ見ちゃった！

「ううん、ご、ごめんなさい！　あの、ここベルリンだから、あれ？　と思ったんだけど、……服はすごく、可愛い……と、思う……」

嘘ではない。お人形みたいで可愛いとは思う。自分で着たいとはこれっぽっちも思わないし、東京ならともかくベルリンでこの格好は浮きまくるんじゃとは思うけれど。

だが黒ゴスの美少女はその言葉にぱっと花が咲いたような笑みを浮かべて、毒々しいほど紅く塗った唇から安堵の溜め息を漏らした。

「ほんとに!?　あーよかったー！　東京じゃ、もうこういう格好は廃《すた》れちゃったのかと思って、焦っちゃった」

「ん、一時期よりは減った、らしいけど……原宿にはまだたくさんいるから、大丈夫」

買い物というとほぼ毎回、絵里に原宿近辺へ連れ出されるので、ゴスロリは結構見慣れている結花である。

「うん、だよね！　ってことで、中に入ろうよ。もう、ベルリン寒すぎ！　一緒にあっついお茶でも飲まない？」

不安げな顔を一変させて上機嫌に笑う彼女が、結花の手を取ってぐいぐい引っ張り始めた。そのまま有無を言わさず通りを渡って堂々とホテルの正面へ歩み寄り、まだ尻込みしている結花を回転扉の中へ押し込む。続いて彼女が一歩ホテルに入ると、すぐさまベルボーイが近づいてきてスーツケースを恭しく受け取り、早口の英語で何事か話しかけた。それはまるでお姫様と召し使いという感じで。

一体どういう子なんだろう。結花は訝しげに眉をひそめ、こっそり周りの人間の反応を横目で窺った。発祥の地・東京でも、原宿以外の場所では奇異な目でじろじろ見られるのが当たり前のゴスロリファッションである。現に今、外の通りでもホテルの中でも、欧米人は皆くわっと目を剥いて無言で驚いている。なのに。

三六十度どこから見ても一般的には異様な出で立ちだが、ベルボーイもレセプショニストも、コンシェルジュらしき初老の男性も全く特別な反応を示していない。そう訓練されているからなのか、それとも……？

「ほら来て、こっちだよ。さ、お名前は？」

彼女のあまりに物怖じしない態度に呆気にとられているうちに、レセプションまで連れてこられてしまった。こうなっては仕方ない。おはようございます《グーテン・モルゲン》と挨拶してから、例の黒いカードを差し出しておずおずと名乗ってみる。

「あの……、ユカ・ナルミ、です」

「おはようございます。ナルミ様、ですね。クーツェ様《ヘル・クーツェ》より承っております」

上品な若い女性にクーツェ様、と言われて一瞬首を傾げてから、ああなるほどと腑に落ちた。KUZEは、ローマ字読みならクゼだが、ドイツ人が普通に読むとクーツェという発音になってしまうのだ。でもそれはそれで、なんとなく彼らしくてかっこいいから不思議だ。

いいな。貴臣さんはここではCUSEの久世様じゃなく、ヘル・クーツェ。なんだか別人みたい。

「お寒い中、ようこそおいでくださいました。すぐにお部屋へご案内致します。よろしければ、温かいお飲み物などいかがですか？　お好みのものをお部屋にお持ち致しますので」

「え、あの、いいえ、別に……っ」

「お待ちの間ごゆっくり寛いでいただくようにと、クーツェ様より承っておりますので」

一体なんと言い残していったのかわからないが、やっぱり最近ちょっと過保護なんじゃないだろうかと思う結花である。自分が傍にいない間まで、こうして何くれとなく世話を焼きたくて仕方がないらしい。そんなことをしてもらわなくても、自分一人でどうとでもできるのに。

そのやり取りを横でじっと見守っていたゴスロリ少女は、レセプション前にほかの客がいないのを確認してから、いきなりひょいと無造作にバックヤードへ入りこんだ。

『華蓮《カレン》小姐……！』

『ちょっと端末見せて』

そして有無を言わさずキイボードを叩き、ユカ・ナルミの名前で予約情報を検索する。出てきたデータに視線を走らせて、微かに目元を眇めた。

『──彼女、長期滞在棟《レジデンス》の客なの？』

『レジデンスのお客様の、お連れ様です』

『……ふぅん？　そういうのって、普通……』

恋人か、でなきゃ愛人っていうわよね。液晶画面に表示された予約者の名前を見てからぼそりと呟く。タカオミ・クーツェ……いや、日本人だからほんとはクゼ、か。男の名前だ。姓が違うから夫婦でも兄妹でもない。お堅い仲なら、婚約者という線もなくはないけど……

ないな。絶対ない。うちのホテルを定宿にするほどの男と、婚約までするような良い家のお嬢様にはちょっと見えない。

あの子は普通だ。見ればわかる。お金持ちでもセレブでもない、ごく普通の、日本人の女の子。働いてるようにも見えないし、年齢からすると大学生かな。ここではまず見ないタイプの子だ。

クゼさんとは、一体どういうご関係なんだろう。親類でもなんでもない相手、しかもうちのホテルに月単位で滞在するような大金を持つ男と、二ヶ月も一緒に生活なんて。でもってクゼさん、どういう人なんだろう。随分歳が違うけど、やっぱりその、恋人とかなのかな。恋人ならいいけど、無理やり愛人にされてるとかだったらどうしよう？

どうしよう。想像がつかなくてわくわくしちゃう！

ゴスロリ少女は、宿泊者カードに記入している結花を横目で眺めて、至極嬉しそうににたぁっと笑った。横で見ていたレセプショニストが、いやな予感で身震いするほどの笑み。最高の暇潰しを見つけた、という不穏な笑みだった。

「ユカっていうんだ。ねえ、ユカって呼んでもいい？　私、カレン。カレン・チェン、台《タイ》湾《ワン》人。よかったら、私の部屋でお茶しない？」

「え？　ええと……」

「ユカは今日、この後何か予定ある？　観光に出るなら、少し休んで外があったかくなるのを待ってからにした方がいいよ。ね？　あのね、部屋に私の好きなお菓子を用意させてるんだ。一緒に食べよ！」

結花は困ってしまった。まずはさっさと買い物に行ってとにかく着替えたかったのだが（何しろもう丸三日ほど着替えていない計算になる）、どうやら妙なものに懐かれてしまった。

しかも、日本人かと思っていたのにそうじゃない。台湾人というけれど、日本語に全く違和感がないのが凄い。おまけになんだか態度が……とてもとても普通の客じゃない。本人も、周りも。

結花の不審げな目に気づいていたがそれを無視して、カレンと名乗ったゴスロリ美少女はその場で飛び跳ねるようにはしゃぎながら再び結花の手を摑みとった。

「私ね、日本が大っ好きなの！　哈日族《ハーリーズー》ってわかる？　すっごい頑張って日本語勉強したんだよ！　前から、日本人の女の子の友達がすっごく欲しかったんだ。まさかこんなベルリンなんかで、ユカみたいな子と知り合えるなんて思わなかった！　ねえ、一緒に来て。朝ご飯食べた？　なんならお茶じゃなくてブランチにする？」

アイラインと付け睫毛ばっちりの目を盛大にキラキラさせて、ぎゅっとしがみついてくる。どうしていいかわからず結花は途方に暮れたが、客とスタッフ双方からの視線が痛い。これはもう、この場は諦めるしかない。でないととても収拾がつかない。

「う、うん、あの、じゃあ……お腹空いてないので、お茶だけ……」

「やった！　こっちだよ、来て来て！　あ、私もカレンって呼んでね！」

なんかもう、抵抗するのもめんどくさいから、しばらく好きにさせておこう。今日は特に予定があるわけでもないし、この子もそのうち飽きるだろうし。

——結論から言えば、結花のその考えは、甚だ甘すぎた。

それから八時間後の夕方五時。

少し早いが空港から直帰扱いで戻ってきた貴臣は、連れがチェックインしているのを確認して部屋に入ったものの、人気のない室内に首をひねった。結花が持っていたあの小さな荷物すら置かれていない。そもそも人の入った気配がない。

この時間に帰ると連絡してあったのだが、まさか朝からずっと一人で外出しているのだろうか？　念のため、と内線を持ち上げてコンシェルジュに連れの所在を確かめてみる。

『ああ、ナルミ様ですね。御案内させていただきますので、少々お部屋でお待ちいただけますでしょうか。すぐに伺いますので』

——意味がわからない。案内するって一体どこにだ。建物内にいるのなら、場所を教えてくれればそれでよいものを。

何か想定外の事態が起こったことを察知し、貴臣の無表情がうっすらと険しくなる。すぐにと言った通り二分と待たせず現れたコンシェルジュは、どうぞこちらへ、と貴臣をエレベーターで最上階へ案内した。

相手の態度がどんどん冷ややかになっていくのをまざまざと感じながら、それでも表向きは穏やかな態度と柔らかな微笑を崩さぬまま、初老のコンシェルジュは実は……と切り出す。

「当ホテルのオーナーのお嬢様が、ナルミ様と、その、お友達になりたいと……」

「——オーナーの令嬢と、……友達？」

「チェックインの際に、たまたまご一緒になられまして」

チン、と軽やかな音がごく小さく鳴り、最上階への扉が開く。このフロアには、ペントハウススイートとオーナーズスイートの二室しかない。お嬢様は当然オーナーズスイートにいらっしゃるのだろう。

一刻も早くあの可愛いウサギを抱き締めて、そうして朝の続きをゆっくり存分に堪能したいのに。ここ一週間待ちかねていたお楽しみを最後の最後で邪魔されて、貴臣はかなり苛立ってきていた。

ただでさえ予定より二日も余計に待たされ、空港ではおあずけをくらい（勝手に自分でそう仕向けたことなどもう忘れた）、今度こそと思ったらまた見ず知らずの人間に邪魔されたのだ。オーナーの娘だか何だか知らないが、恨まれても文句は言えないはずだ。

「カレン様。ヘル・クーツェをお連れしました」

大きな白いドアをコンシェルジュがノックすると、何やら室内で物凄い黄色い悲鳴。

キャーーーー！　だめやめて開けないで！　と、紛れもなく結花の声。

マスターキーを出せ、と凄みかけたところで、内側からドアが開いた。

「Monsieur KUZE?」

「...Oui, c'est moi」

いきなりフランス語で話しかけられ、即座に思考回路を切り替えた貴臣は平然と答えてはいたが、内心少し驚いていた。相手の格好に。

一体なんなんだ、このどす黒い少女趣味は？

〝どす黒い少女趣味〟そのものの表情でニィっと微笑まれて、思わず身構える。

「Vous etes son ami fidel? ou voluptueux?」

質問の内容を理解し、更になぜフランス語だったのか理解して、――貴臣の視線が絶対零度まで冷たくなった。

「...Pourquoi vous demandez une tellechose?」

「Je suis inquiète d'elle」

ドアの前に立ち塞がった黒い少女の背後で、奥の部屋から顔だけ出した結花が「ちょっとカレン……!?」と焦っておろおろしている。英語とドイツ語ならなんとかついていける結花だが、フランス語となるとてんでお手上げ。二人が一体何を話しているのかさっぱりわからないが、貴臣の顔つきがどんどん冷たくなっていくのだけはわかる。まるで、絵里にバレたあのときのようだ。

ようだではなく、まさにそれと同じシチュエーションなのである。

……わざわざ結花にわからないように喋っていることといい、どうやら「結花を心配し《アンキエット》ている《ウ・デル》」というのは本当のようだ。実に筋違いな心配だが。内心溜め息をついて、やたら挑戦的な目で自分を見ている黒い少女を上から見下ろす。

それにしても、なぜ結花の周りには、こういうタイプの女友達ばかりが集まるのか。いくら庇護欲をそそるタイプだからといって。貴臣は憮然としたまま早口に答えた。

「Moi non plus. ——Je ne comprends pas encore maintenant」

「...Plus d'amante, moins d'amoureuse? ...D'accord」

早口での短い会話だが、一応意思の疎通は成った。結花には何が起こったのかさっぱりわからないのだが。

「——ん、なんとなくわかった。じゃ、日本語で改めて。カレン・チェンです。よろしくね、CUSEのタカオミ・クゼさん」

わざわざCUSEの、とつけてきたということは、貴臣の社会的地位などとっくに調べ上げたのだろう。ニィっと笑った白く美しい顔に、真紅の唇が異様なほどどぎつく浮かび上がり、貴臣は薄気味悪さに顔をしかめている。

「ヘル・クーツェで結構だが」

「日本語の素養のないスタッフばかりでごめんね。兄に言っておくから」

兄というのはつまり、このホテルの経営者のことなのだろう。経営者の、妹。

ということはつまり、台湾最大級の財閥の一つ、陳《チエン》家の御令嬢ということだ。

まるで理解できない。一体どうしてこんな相手と結花が。すると黒い少女は貴臣の心を読んだかのように答えながら、どうぞと彼を室内へ誘った。

「入り口の前でね、入ろうかどうしようかってたっぷり五分以上、ずーっと迷ってたの。この寒い中をよ。だから無理やり引っ張って連れてきたの、感謝してね」

「……それは感謝しよう。それで結花は」

問いかけると同時に、悲鳴交じりの結花の声が奥から響く。

「カレン！　私の服、どこ!?」

「もうとっくにランドリーに渡しちゃったよ。それよりほら、迎えが来たよ！」

「だってこんな格好じゃ！　た、貴臣さん、だめ、あの、見ないで！」

「ユカってば、それでも随分控えめなやつにしたんだよ？」

顎をしゃくったカレンについて奥の部屋に入ると、……リビングのクラシックな猫脚ソファセットは、やたら布地のかさ張るドレスやパニエに埋め尽くされて見事にぐっちゃぐちゃ。肝心の結花はと言えば、こちらも盛大にあちこちひらひらさせながら、隠れようと隣室に駆け込もうとして……

「可愛いよユカ！　すっごく似合ってるって！」

「嘘だ絶対嘘！　ありえないこんな、こんな……！」

「似合うったら！　絶対ユカには、黒とか白じゃなくて深紅だと思ったの！」

「ないない絶対ない！　あああもう脱ぎたい着替えたい……！」

ドアかまちの影から半泣きの顔を少しだけ出して貴臣の方を窺うが、よほど恥ずかしいらしく真っ赤になっている。思わず頬が緩んだ。

「おいで、結花。一日馬車馬のように働かされてきた私に、おかえりのキスくらいしてくれてもいいだろう」

「ビジネスクラスで出張に出る馬車馬なんていません！」

「いいからこっちに来なさい。——結花」

語気を強めて再び呼べば、勿論ウサギは逆らえない。おずおずと、仮装にしか見えない格好を飼い主の目に晒して出てくるしかなかった。

先ほどからちらちらと見えてはいたが、改めて全身眺めると、コスプレやゴスロリなど見たことのない貴臣には異様でしかない光景である。——異様ではあるが、醜いかというと決してそうではないのが困ったところだが。

元々華奢な結花は、リボンやフリルやギャザーでボリュームを出した衣装がほどよく見えてしまうくらい細いし、バレエをやっていたせいか姿勢も美しいので華美な衣装もそれなりに映える。ポムロル辺りの若いワインのようなボルドーレッドも、確かになかなか似合っていた。

「あ、あの、これ、あの、カレンの服なの！　スーツケースはなくなったまま出てこないし、とりあえず着替えを買いに行こうとしたんだけど……」

「結花の着替えなら、わざわざ買わなくても部屋に二ヶ月分用意してあるよ」

「ずっとここにいたから、まだ部屋に入ってもいなくて……って、二ヶ月分!?」

「無駄な買い物をしないで済んで、よかったな」

異様ではあるもののそれなりに見られる格好の結花だが、眺めて楽しむのは二人きりになってからでも遅くはない。

荷物を持ってきなさい、と短く命じる。これ以上こんなところで無駄な時間を食うつもりはない。

「え？　やだ、もう連れていっちゃうの？　やだやだねえ待って！」

黒い少女ことカレンは途端に地団太を踏んで引き留めようと躍起になったが、そんなものを聞いてやるような義理は（今のところ）ない。オーナーの妹だか娘だか知らないが、遠慮する必要もない。むしろこちらは重要顧客だ。

「断る。私はそれほど暇ではない」

「じゃ、じゃあ夕食は!?　下のレストランにテーブル用意させるから……！」

「私のメインディッシュはここにいる。レストランではなく寝室で頂くが」

「貴臣さん！　いきなり何言ってるんですか!?」

「結花、この場で抱かれたくなかったら大人しくしておいで」

「う、わ……すっごい会話……」

あえて赤裸々に言ってやると、おそらく結花より更に若い……というか幼いカレンは、うっすら顔を赤くしながらまじまじと貴臣に捕獲された結花を凝視する。彼女の存在などまるきり無視している男は、遠慮なく背後から顎を摑み上げて仰のかせ、実力行使で結花を黙らせていた。

こういうのを邪魔すると、日本では馬に蹴られて死んじゃうのよね。こくこくと頷いて、もはや挨拶もなしに去っていく二人を見送ったカレンだが、新しいお友達をこのまま逃がす気は全くない。

どうしてこう妙なのに引っかかるのかと、貴臣が溜め息をつくのはこれが初めてだが、最後ではなかった。

第四話　恋とはどんなものかしら

"Voi, che sapete che cosa è amor."
da *"Le Nozze di Figaro"* di Wolfgang Amadeus Mozart

貴臣がドアのスリットにカードを差し込むのをなんとなしに眺めながら、そういえば自分は部屋の鍵すら受け取っていなかったな、と心で呟く。なんだかまだ、自分がちゃんとベルリンにいる実感が薄い。

ベルリンは遠かった。

物理的に遠いことは勿論なのだが、自宅を出てからここへ辿り着くまで今回は色々なことがありすぎて、地球をまる一周半くらいしたかのような（したことないけど）長旅の疲れを感じる。

ドアを押し開けて中に入ると同時に、つい貴臣の背中にとすんと寄りかかって目を閉じてしまったのは、閉ざされた空間で二人きりになった途端、ずっと張りつめていた緊張の糸がへろりと緩んでしまったせいだろう。

「――結花？　どうした？」

「ん、なんでも……ないんですけど。……あの、できたらちょっと、こうしてて……いいですか……？」

こうも何も、背中に凭れて少し体重を預けているだけで、特に何かしているわけでもない。疲労で体調でも悪いのだろうかと肩越しに見下ろしてくる貴臣に、結花はふぅ、と淡い吐息を吐き出して口元を緩めた。

「……貴臣さんに触ったら、安心して、力が抜けちゃった……」

――やられた。と、貴臣は内心苦笑する。

朝の続きというより、朝のあれこれを一からじっくりやり直すつもりでいたのに。こんなに無防備に全身預けられたら、とてもそんな酷な真似はできない。そんなことより先に、抱き上げて撫でて労ってやらねばという気になってしまう。

ふ、と顔にも微苦笑を浮かべて、そっと身体ごと振り返る。

「結花、私も結花に触って、結花がちゃんとここにいるんだと確かめて安心したい。だから、できれば後ろからではなく、前にくっついていてくれないか。……結花の顔が見えない」

「あ、ごめんなさい、立ったままで……貴臣さんも疲れてるのに……」

「結花にキスすれば消える程度の疲れなんか、気にしなくていい」

本当は、このドアの内側にでも彼女を押し付け、その場で借り物の服を全部剝ぎ取り、たっぷり舐めてとろとろに溶かしてから一気に貫いて貪ってやる気満々だったのに。

　仕事が終わってからずっと脳裏をチラついていた猥雑な妄想もすっかり打ち消され、なのにかえって満たされた気分で、貴臣はそっと結花の肩を抱きながら二ヶ月間の仮住まいに結花を誘った。

「おかえり、結花。――やっと、この街に戻ってきたな」

「……こんなに早くまた来るとは、思ってなかったんですけど。……ん、ほんとにやっとって感じ」

「長旅だったたな。今回は本当に」

「ん……。貴臣さん、あの、あのね、……膝に、座っても、いい……？」

　いつもは「おいで」と言われてから初めて、恥ずかしそうに目線を泳がせながら膝に乗ってくる結花が、自分から乗せてと言って――ねだってくる。ずくりと心臓が竦み上がった気がして、貴臣は思わず息を止めた。いわば、拾った野良がついに自分に懐いた瞬間。らしくもなく盛大に頬が緩むのを、彼自身も止められない。

　クラシックな家具をゆったりと配置したスイートルームの大きな一人掛けソファに腰を下ろすと、頬を緩ませたままくいと結花を引き寄せる。

「私の膝は、今のところ結花専用だ」

「いえあの別に、専用にはしてくれなくても……」

独り占めなんてしなくていい、と意地を張る頬が赤い。そんなことを言って、目の前でほかの誰かがこの膝に乗ってきたら、このウサギは一体どんな反応をするのだろう？　潤んだ目を本物のウサギのように真っ赤にして、泣きながら嫉妬してくれたりするのだろうか。

「だからどうして結花はそんなに冷たいんだ？　いいからおいで。……たくさん撫でてあげるから」

「……はい、貴臣さん。」

結花がそっと横向きに座ると、貴臣の脚の上にボルドーレッドのベルベットのスカートがふわりと広がる。結花はそのまま両腕を伸ばして身体を寄せ、ぺたりと密着して貴臣の首に絡みついてきた。

逢いたくて抱き締めたくて仕方がなかったのは、自分だけではなかったのだな。その程度の些細なことにすら胸が湧き立つような喜びを感じる自分が、貴臣には不思議でならない。相手が違うだけで、こうも感じ方が変わるものなのか。

女達が甘えてのしかかってきても、胸の膨らみを押し付けられても、単にやたらと香水臭い重しが乗っかった、くらいにしか感じたことがなかったのに。そんな記憶ですらもう数年前だが。

首にしがみついたまま、結花は緩やかな呼吸を繰り返している。つけてから大分時間が経っているらしく、かなり薄くなってはいるが、まだ淡く桃が香っていた。淡くて、そして軽い。痩せっぽちというほどではないが、結花は実に細い。こうも細いと、会わない日にもちゃんと食事をしているのかと本気で心配になる。心配で愛しくてたまらない。もうこの何年も、というよりおそらく今まで一度も、味わったことのなかった感情。

結花の体温が、結花の香りが、結花の重みが現実のものとして自分の手の中にある。それだけでどんな疲労もたちまちほぐれて、呼吸するたびに身体から抜けていく。濡れてもいないのにしっとりと手に吸い付くような髪を撫でていると、自分の方こそ慰められているような気がしてくる。

「……待たせちゃって、ごめんなさい」

溜め息交じりの謝罪に、貴臣はくすりと微かに笑った。結花は少しも悪くない。強いて言うなら、無理やりにでも彼女にもっとましな航空券を押し付けなかった自分のミスだ。

「仕方がないさ。戦争・天災・悪天候は免責範囲内だ」

「プロコフィエフ、せっかくチケット取っておいてもらったのに……」

「水曜に再演がある。席も確保してあるから、行っておいで」

「……貴臣さんは？」

「席を空けておくのもなんだなと思って、日曜に行って一人で観てきたよ。――どうしてだろうな。結花が横にいないと、物凄い駄作に見えてくる」

「そんなこと言ったらプロコが泣いちゃいますよ。今回の演出が、好みに合わなかったとか。指揮者と相性が悪かったとか……？」

「結花が横にいなかったせいだろう」

「だからそれは関係ありませんてば。……でも、今日からしばらくは、こうやって横にくっついてるから。——あの、貴臣さん」

膝の上に乗ったまままふと、しがみついていた腕をほどいて居住まいを正し、真正面からじっと貴臣の目を見つめると、結花はぺこりと頭を下げた。

「二ヶ月間、よろしく、お願いします」

腕が、びくりと痙攣する。抱き締めたい。抱き潰す寸前まで思い切り抱き締めたい。常に結花を求めている身体の反射神経が勝手に願望を現実化しようとするのを、意志の力で辛うじて制御する。結花は可愛いな、と、抑えた声音で余裕の微笑みを浮かべてみせながら、心の中では全身かきむしりたいくらいの感情を持て余している。

——だめだ、可愛い。この可愛いウサギを、どうしてやろう。二ヶ月などと言わず、一生死ぬまで横にくっつかせておきたい。物凄く、可愛い。こちらこそよろしく、と素っ気なく返すのが精いっぱいだ。こっちはいい大人だというのに。

可愛い可愛い彼のウサギ。ほかの誰も代わりになれない。とても大切だからこそ、長旅で疲れているに違いない彼女に、無体なことを強いるような大人げない真似をしないよう、理性で自分を戒めて。

「それで、あの、……今朝の、続きを、……しません、か……？」

――戒めるそばからこれだ。一体どうすればいい？

自問した直後、笑いが込み上げる。……好きに貪ればいいのだ。結花は自分のものなのだから。どうぞ好きにしてと、彼女も瞳で訴えているではないか。

「……疲れてるんじゃないのか？」

「ん。だから、こうやって、癒やされてる。でも、あの、……それだけじゃ、足らない……」

ほら、彼女もこう言っている。遠慮などする必要はない。そうとも、自分だって全く足りない。

汚したらまずいだろうから、脱ぎなさい。と命じれば、即座にこくんと頷いて躊躇なく手を動かし始める。恐ろしく数の多い小さなくるみボタンを、一つ一つ、焦らしているのかと詰《なじ》りたくなるような速度で外していく。

装飾過多な見た目に反して意外に単純な作りの深紅のワンピースを、前を開いて一気に脱ぎ捨ててしまう。ほんの一瞬ためらってから自分で腕を背後に回し、ぷつりとホックを外して腕からストラップを滑らせる。細い腰にそっと当てた手を滑らせれば、最後に残った布きれもするりと脚から抜いて。

隙間なく完璧に三つ揃えに身を包んだまま、ネクタイさえ緩めていない貴臣の膝の上で、隠すものが何もない全裸の結花が恥ずかしそうに目を伏せて頬を染めていた。背後の電気式の暖炉で燃えるオレンジ色の炎が、結花の白い肌をほわりと暖かい色に染める。

寒いよりなにより、一人だけ裸体を晒しているのが恥ずかしくて、結花はふるりと小さく身体を震わせていた。すると貴臣の温かい手のひらが、両肩を包み込んで温めるようにそっと添えられる。

あったかい。でも、違う。

そうじゃない、そんな触れ方じゃ、足りない。もっと。

もっとちゃんと、触って、きもちよくして。

ためらうように唇を噛んでから、続く言葉を待っている貴臣の耳元に頬を擦りつけて、赤い顔を見られないようにしながら声を絞り出す。

「……貴臣さん、あ、の……、して？　……抱いて……？」

膝の上に座っているから、わかる。結花の声にぴくりと反応した彼が、徐々に固くなってきているのが。でも。

まだ、足りない？　もっと言わないと……だめ？

教えられた言葉を頭の中で復習し、とぎれとぎれに卑猥な構文を口にする。

「おねが……中の、一番奥に、貴臣さんを、ください……」

恥ずかしくて心臓がばくばくいっているけれど、それだけではなくて。恥ずかしいよりなにより、彼に貪られることを期待して。

「――私のウサギは、ほんとにいやらしくて、可愛いな。ちゃんとイかせてあげたのに、あれじゃ足らなかった？」

満足げに、貴臣が口の端を吊り上げて笑った。自分にしがみついて必死に顔を隠している結花の裸体を、遠慮のない目でじっくり観察しながら。

「いやだ、だめだとあんなに言っていたのに」

「……だって、あんなところだったから……」

「場所が問題だっただけ？　ここでならいいのか」

「ん。二人きりなら、貴臣さんになら、何されても、へいき……ッ、んっ！」

「結花は、そうやって自分がどれだけいやらしいことを口走って私を煽っているのか、ちゃんと自覚しているのか……？」

背中に回された腕で抱き締められると、素肌の感触とは違う、貴臣のスーツの張りのある生地がいつもとは違う刺激を肌の上に撒きちらしていく。最高級のタスマニア産メリノウールはぬめりさえ感じるような極上の手触りで、でもほんの少しちくちくしてちょっぴりくすぐったくて。言葉で表現できない微妙な感覚に、快楽のスイッチを中途半端に半押しされているかのような。

ぎゅ、と抱き竦められて、同じ刺激を全身に浴びる。ほんの少し身じろいだ瞬間、胸の先端がごく僅かに布地に擦れただけで、ふるりと身体が震えを帯びてくる。

「あの夜だって、まだたった二回目だったはずなのに……」

含み笑いを耳元に落とされて、結花はふるふると頭を振った。そうじゃない、と。

「ちがう。ちがうの、あれは一回目」

「——ん？」

「あれは、やり直しの一回目だったの。そう決めたの。あれは、初めてのやり直し」

どういう意味だろうと無意識に首を傾げていた貴臣が、そのままの姿勢でしばし固まる。

結花の口走った言葉の内容を、よく嚙み締めて理解してから、もう一度訊き返す。

「……そう言っていただけるのは光栄だが、やり直しの初めてが、こんなおじさんでよかったのか？」

「貴臣さんがいいの！　初めては、貴臣さんがよかったの！　だから、最初の一回目は、もうなかったことにしちゃおうと思って。そしたら、いいなって思った通りになるでしょ……？」

突飛な理論だが、結花の目は真剣だ。なかったことにって、なんて乱暴な論理だ。ありえない。

ついくすくすと笑い声を立ててしまった貴臣を、結花が軽く睨む。

「笑わないで。女子には大事なことなんだから」

「……そうだね、初めては大切だ。だが、初めてなら初めてなりに、私にだってやりようがある。だから」

──だから、今からもう一回、初めてをやってみようか。最初から。

貴臣が、細めた両目を淫蕩に光らせて囁く。やり直しのやり直し、三度目の正直だ。大丈夫、痛くなんてしない。たくさん気持ちよくしてあげるから。

眼差しから媚薬を盛られ、結花の意識がとろりと溶け始める。こくんと大きく頷いて、惜しげもなく晒した素肌を全て目の前の男にどうぞと差し出す。所有欲を満たされた貴臣が鷹揚に頷いて、唇を触れさせた。

……最初からだから、キスから始めないとね。……ほら結花、目をつぶって。ファーストキスというのは、これくらいか？　二回目は、もう少し長く。三回目なら、多少の悪戯は許されるのかな。大人のキスは、何回目からだ？　とても我慢なんかしていられないな。……ほら、結花の舌が、あんまり美味しそうで。結花は唾液まで甘い。

「……ん、は……初めて、じゃ、ない、こんな……」

「初めての相手に大人を選ぶと、こうなるんだよ。……いやらしいことも気持ちいいことも、たくさん知っているからね」

キスだけで完全に息が上がってしまっている結花を微笑ましく眺めながら、いやらしくて気持ちいいことを更に教え込む。小さな顎に添えていた手をゆっくりと首へ滑らせ、艶めかしい鎖骨のラインを指先でなぞり、華奢な身体のあらゆる部分を確認するように触れていく。強く、弱く、たまに爪で引っかいてみたりしながら。

強い刺激は、まだ与えない。胸の膨らみも、軽く手を添えてふるんと揺らしてみるだけ。鋭い感覚を予想して身構える結花をちらりと見て、どうやらそうではないらしいと構えをほどいた瞬間を狙い澄まして、先端をぎゅっと強く指に挟む。ただしほんの一瞬だけ。そうしてすぐに手を放し、途端に息を詰めて強張らせた身体の緊張をほどくように、ごく優しい触れ方で肌の上を指で辿り始める。

物凄く、じれったい。結花は無意識にふるふると首を振って、ちがう、そうじゃない、自分が求めているのはもっと……とはしたない欲求を声に出さずに全身でせがみ始めていた。もっと強烈に、もっと直接的な刺激を受けるあの瞬間の鮮烈な快楽を、もう知っているから。まだほんの、指で数えられる頻度の逢瀬だというのに、既に彼に教え込まされてしまったから。

本当の初めてのときのことなど、もう殆ど思い出せない。どんな風に触れられただろう。素肌だったか、服を着ていたか、それすら記憶が怪しい。あの恐ろしい激痛すら、「物凄く痛かった」という感想を憶えているだけで、どう痛かったのかなどもう思い出せない。激痛とは全く方向性の違う、だが同じくらい強烈な感覚だけを溺れるまで味わわされたのが九月のあの夜。その一晩でも十分だったが、その後も何度も貴臣は逢うたび毎回、こうして結花の全身をひたすらに快楽で塗り潰していく。何度も何度も上塗りして、全てを彼の手や唇の感触で埋め尽くしていく。

「……じれったくてたまらないという顔だな。初めてならこの程度じゃないのか?」

「や、だ、も……ッ、いじわる、しないで……っ!」

初めて、と言われた瞬間結花が思い出したのは、秋のベルリンのあの夜だった。記憶が完全に上書きされたことを、まざまざと実感する。

「はじめての、ときだ……って、貴臣さん、もっと、き、……もちよく、して、くれたもん……っ!」

「……そうだったか? 手加減していたはずだが」

「あ、あれで……!?」

「勿論していたさ。可愛いウサギが怯えて逃げないように。……そんなにじれったいなら、初めてごっこはおしまいにしようか」

私も我慢できない。とあからさまな欲情を口にしながら、ふと腰を浮かせて結花と身体を入れ替える。結花をソファに浅く座らせて背中をくたりと凭れさせ、自分はスーツの上着を脱いで放り投げながら、きょとんとしている結花の足元に片膝をついて跪《ひざまず》く。

金の鎖に星が一粒輝く足首を愛おしげに撫でつつ、にたりと笑って。

「じゃあ、ここからは大人の時間だ。――手を出して」
わけがわからず首を傾げながら、結花は素直に片手を差し出す。恭しくその手を取って
そっと甲に口づけると、見ていた結花が一気に頬を真っ赤に染めて心臓を跳ねさせた。
まさか自分がこんなことを、しかもこんな相手からされる日がこようとは。オペラの舞
台の上でなら何度も見ている仕草だけれど、まさか自分が。信じられない。
そんなことを考えていたものだから、貴臣の目がどれほど卑猥な色に染まっているのか
気づいていない。ちゅ、ちゅ、と何度も口づけながら、貴臣が別の手で結花の右脚を持ち
上げ、ソファの肘掛に着地させる。左脚も同じように。熱い唇が手から離れ、その手をく
っと引っ張られながらふと、自分がとんでもない体勢を取らされていることにやっと気づ
く。
――バレエのおかげで関節が柔らかい結花は、普通の人が少々苦しい姿勢でも違和感な
くポジションにつけてしまう。勿論股関節もこの通り、何の苦もなくがばりと大きく左右
に広げられていて。
「――ッ！　な、や、ちょ、待って、だめやだ、貴臣さん!?」
「……二人きりなら大丈夫なんだろう？　恥ずかしいのなんて、そのうち慣れるよ」
「慣れるほどしないで……っ！」
「無理だ。ほら、これで終わりじゃない。――結花」

思いきりはしたなく開かされた両脚。みだりに人目に触れさせてはいけないとされている部分を、全て男の目の前にさらけ出して。慌てて脚を床に下ろそうとするが、そのときにはもう男の身体が迫ってきていて、手で脚を肘掛に押し付けられてしまう。

く、と更に手を引っ張られる。——無防備に露出させられた、自分の下腹部の方へ。

「じれったいなら、自分で触ってごらん」

「——え……?」

「さっきのあの程度で、自分がどんな風になっているのか、触って確かめてみるといい」

くすりと含み笑いを滲ませながら、何を言っているのだろうと訝しんでいる結花の手の中指を摑み、そのまま開かされた花弁の中心に導いた。

びくりというよりぎくりとして、慌てて身を捩《よじ》って逃れようとする。だが貴臣は断固として逃がさない。

「結花」

一言名前を呼ぶだけで、結花の動きを封じてしまう。ぎくりとして身を固くし、おろおろと目線を彷徨わせながらも彼に従おうとするのを見届けてから、もう一度摑んだ指を赤い粘膜に触れさせた。

——ぬるっとした粘液をまとわせた花弁が、ぺたりと指先に吸い付く。

充血してきている花弁の中心が、いつもとは違う指にぐちゅりと押し潰される。

いと。

違う。いつもと違う。貴臣の手ではない。自分の手であっても、いやだ。貴臣の指でな

「や、やだ、貴臣さん、や……！」

「蜜が零れてきているだろう。今はまだその程度だが……」

結花の指先を粘膜に押し付けたまま、別の手が肘掛の上から脚を摑み上げたかと思うと、いきなりくちゅりと小指を口に含み込んだ。

ぞくぞくぞくぞく、と堪えがたい衝撃が腰に響く。反射的に竦んで内部を引き絞った粘膜が花弁を蠢かせた感触を、自分の指で知る。

貴臣はそのまま、小指から親指へと順番に一本ずつゆっくりと足指をしゃぶっていった。ぎゅっと内側に丸め込まれた指を舌で突いてすくい上げ、歯で指の腹側を扱きながら口の中にすっぽり咥え込み、まんべんなく舌を這わせる。結花はただ潤んだ瞳で、自分の脚に唇で奉仕する美男子という倒錯的な光景を、食い入るように見つめているしかない。たまにちらりと目線を上げて、結花がちゃんと見ているかどうかを確かめられるので、目を逸らすこともできない。

ちゅ、と親指を強く吸い上げてから、にたりと笑ってもう一度、下腹部で拳を握ったまま硬直していた結花の手から、一本指を伸ばさせる。

先ほどとは比べものにならないくらい、だらだらと溢れて零れだす透明な蜜。その蜜に

すっかり覆われて、表面が溶けだしたようにとろとろになっている粘膜。貴臣に操られた指がそこをかき回すと、ぴちゃ、くちゅ、と耳を覆いたくなるようないやらしい音がして。

「見てごらん。もう溢れてる。片脚だけでこんなだ」

「や、だ…ぁ……っ！」

「次は足じゃなく耳にしてみようか？」

ただ押し付けるだけでなく、花弁の中心の蜜をかき回して泡立てるように指先を操られる。自分では嫌だと思っているのに、蜜がどんどん湧いて溢れてきている気がする。

「ほら。結花の指なら細いから、すぐに入る」

曲げていた指の関節をくっと押され、くぷんと第二関節までが胎内に入り込んだ。ぎょっとして震え上がる。けれど貴臣はまだ逃がしてくれない。

「中がすごく熱くて、とろとろになってるだろう？　……でもまだこんなものじゃない」

浅く指を入れさせられたまま、再び足指を甘噛みされて吸い上げられる。先ほどのぞくぞくが再びやってきて、そうして、自分の内臓をかき分けている指が、周りの濡れた粘膜に包み込まれてぎゅぅと圧迫された。

「や……やです、や……！」

「物凄く締まっただろう。――わかった？」

「わか…った、わかりまし、た、だから、も……！」

他人の指は嫌だ。自分の指でも嫌だ。貴臣の指がいい。貴臣の指でないと、気持ちよくなれない。

「わかった、けど、気持ちよく…ない…っ。貴臣さんの、指じゃ、ない…！」

結花が泣きそうに顔を歪める。


そんなようなことをうわごとのように口走る結花に、貴臣は嚙みつくように口づけた。

「私の指ならいいのか」

「ん、は、はい……っ」

「入れて、っておねだりしてごらん」

「っ……ふ、う、い、入れて、貴臣さんの、指……入れて、ください……っ」

「指でいいのか?」

「……ッ、いい、です、いいから……っ！」

「私が我慢できないよ」

唾液で唇を蕩けさせ、舌を絡め合いながらの言葉遊びなど、結花にはまだできない。そんな余裕はない、だから直接的にねだるしかない。欲しい、と。

「貴臣さん、ね、え、も……っ！　なか、全部、奥まで、埋めて……！」

「おねだりしろとは言ったが、そんなにいやらしく言えとは言ってない。……ほんとに困った子だ」

「だって、も、ひどい、ずっと……欲しくて、我慢、してたのに……ッ！」

「私だって朝から我慢しっぱなしだ」

服を脱ぐ時間が惜しいので、必要最低限だけくつろげ、避妊具を宛てがいながら結花を見下ろす。

一人掛けのソファにくてりと凭れかかり、片脚を肘掛の上に上げたままもう一方の脚をだらりと床に落とし。欲情した熱い吐息を漏らす唇はぷくりと膨らんで濡れて輝き、蕩けた瞳だけが食い入るように自分を凝視している。はやく、と無言でねだりながら。

凄まじく淫猥な光景だ。眺めているだけで涎が出そうだ。だが幸いなことに、この卑猥な生き物は既に彼の、彼一人の所有物。眺めるだけにとどまらず、好き放題に抱いて啼かせてもいい。

そうして貴臣は、所有者の権利を思う存分行使するために、結花の腰をぐいと引き寄せて潤った花弁に欲望を押し当てる。

「――私のものだ」

誰も聞いていなくても、宣言せずにはいられない。はい、と本人が同意したのを満足げに見下ろしながら。

「……ッ、ん、あ、ぁ、あ…あぁあああ……っ！」

ぐぶりと一気に、根元まで身を沈めた。

その瞬間にでも達してしまうんじゃないかというほど、最高の快楽だった。

――ゴムをしていると、いちいち付け替えなければならないのが本当に面倒だな。

心の中で忌々しく何度呟いたことか。何度でも思う存分結花の肉に溺れたいのに、そのたびに思考を中断させられる。同じ相手を一晩に何度も抱きたいと思ったことなどあまりない貴臣は、今更ながらにそんなことを思った。……まあ、多少頭が冷めてちょうどいいのかもしれないが。

付け替えるのが面倒だからこらえようとするのだが、結花の身体はそれすら貴臣に許したくないらしい。奥へ奥へと誘い込んで最高の快楽で包み込み、中に全てを吐き出してしまえと無言で迫る。揺さぶられて喘ぐ顔にはまだ愛らしさが残っているのに、身体はどんどん魔性すら帯びていく。ような気がする。今日も独りでバスルームへ逃げ込んでしまった結花の背中に、新たに刻まれた赤い痣。

仕事から戻ってきた時間が早かったので、まだ夕食を食べにいく時間はある。せっかくベルリンまで来て、ルームサービスは味気ない。寒いからホテルの外には出なくてもいいが、中で軽く食べてからバーで一杯やるのもいい。スプリングバンクがあればいいが。

まだ月曜だということなどちらとも気にしない貴臣は、そうだと思い出してスマホを取り上げてバックライトを点灯させた。

自分と結花がここにいる間、暇を持て余す人間が少なくとも二人はいる。タダ飯を喰らわせておくほど親切ではない。

時差の都合上向こうが深夜どころか早朝の時間帯であることも、全く頓着しない。どうせ抱いて寝る女もなく惰眠を貪っているのだろう。ひとかけらのためらいもなく、発信ボタンを押す。


――もうすぐ午前四時。

主の不在で羽を伸ばしまくっている面々が、東京は元麻布《もとあざぶ》の久世本邸敷地内にある久世興産本社ビルの娯楽室で、今日は徹マンだ！　と大いに盛り上がりながら雀卓《じゃんたく》を囲み始めてはや五時間。

今夜は珍しくツイている野元が、勝ち逃げを目論んで「次辺りオーラスで……」と申し出たところだった。

福利厚生の一環である全自動雀卓が麻雀牌をのみ込んでかぱりと蓋を閉じたその刹那、横のテーブルにおしぼり及びアリアリコーヒーと一緒に放置されていたＣＵＳＥ謹製スマホが突然、ベートーベンの『運命』を大音量で奏で始めた。

「貴臣様だ！」

咄嗟に全員が身構える。誰かが即座に雀卓のコンセントを引っこ抜いて強制的に電源を落とし、各々の押し殺した呼吸音のほかには何の音声もしない状態にしてから、恐る恐る通話ボタンを押す。

「――野元です」

『身辺調査をしておけ。名前はカレン・チェン、台湾人、台湾財閥陳《チエン》家の令嬢。本人のなるべく詳細なレポートと、財閥の方は信用調査レベルのものでいい』

「かしこまりました」

『八時間やる。それだけあれば十分だろう。――結花、ちゃんと髪を拭いて服を着なさい。風邪をひく』

絶対に聞き漏らさないよう、受話音声をＭＡＸにしていたおかげで、息を詰めて見守っていたその場の全員の耳に届いてしまう。あんぐりと、声なく落ちていく顎。ぎょろりと見開かれる瞼。聞き間違いじゃないのかと、全員が己の耳を疑った。

『ＣＵＳＥには関係ない、個人的なものだ。私以外の誰かに報告を上げる必要はない』

「承知致しました」

『八時間以内だ』

ぷつ。と電話が切れてもまだ、全員が椅子の上で姿勢を正したまま硬直していた。

じっとスマホを見下ろしていた野元が、顔を上げる気力すら失って呟く。

「……ちゃんと髪を拭いて、服を着なさい、だって。ってことは、一体どーゆーことでしょうね……？」

「そりゃまあ、お嬢ちゃんの髪が濡れてて、服を着てないってことだろうな、やっぱり」

答えを求めていなかった野元の呟きに、一番聞きたくなかった答えを的確に返してしまった、久世興産保安部警護課長。

「うーん。わかっちゃいたけど、こうも赤裸々に聞いちゃうと……。あの子あんなに可愛らしいのに、貴臣様ってば鬼畜ー。あんな初心《うぶ》そうな子を、外国まで攫ってそんな真似しまくるなんて！」

ほのかに顔を赤くして拳を握り締めているこの女性が、国内で密かに結花に張り付いている護衛である。れっきとした社会人女性だが童顔で、私服でキャンパスに潜り込めばまず誰からも違和感を抱かれない。見た目はそんなだが空手と合気道の有段者だ。ただしドイツ語はおろか英語も喋れない上、東洋人はあちらでは目立ちすぎるため、今回はお留守番。

「可哀想だなぁ野元。彼女いない歴二十うん年の身で、毎回こんなの見せつけられてんのか。しっかし、話には聞いていたが、あの貴臣様がねえ……俺が運転手してた頃はまずなかったよなぁ……」

そう言ってしきりに首を傾げているのは、久世の家人が外出の際に、護衛役を務める男。貴臣の運転手としては、野元の先輩にあたる。

「すっげえなあ。あの貴臣様をここまでメロメロにして、しかもなんだ？　ドイツ二ヶ月？　長期出張っつか、単にお嬢ちゃんの休み中ずっと手元に置いてイチャイチャしたいだけなんだろ、あれ？」

「……いやまあ、忙しいのは事実なんすけどね……確かにあっちに案件いっぱいありますけどね……」

「でも違うよな。出張でドイツ行くなら、普通はベルリンじゃなくてデュッセルドルフだろ」

「違いますね。同じくらい多忙だったことなんて何度もあるけど、向こうに行ったままなんてことはなかったし」

「っつか、誰か止めろよ！　公私混同だろあれ！　ＣＢＩのへっぽこ社長、貴臣様抜きで役員会どうすんだよ！　なんで貴仁様も唯臣様も何も言わねえんだ！」

あんたらが止めてくれないと誰にも止められないだろう！　と絶叫した野元に、何をいまさら、と警護課長は生ぬるい目を向けた。全自動雀卓のコンセントを、再び差し込みながら。

「公私混同でもいいんだろ。要するに貴臣様がやっとその気になってくれたんだから。四十年目の初恋みたいなもんだぞ？　こっちにだって、絶対邪魔すんなってお達しきてただろうがよ」

「誰が邪魔したって止めるような感じじゃありませんよ！」

「なんならいっそ、さっさと孕ませちゃえばいいんじゃないですかねあれ？」

「ちょっとやめてよ！　それだけはあの子の意志もちゃんと確認してから！」

「……大丈夫っすよ。貴臣様が言えば、『はい、貴臣さん』ってこっくり頷きますからきっと。……っがーーーー!!」

口から砂を吐きそうになって頭をかきむしる野元を、全員が憐みのこもった生ぬるい目で眺める。

「落ち着け野元。お前今からそんなんで、二ヶ月後どうすんだよ？」

二ヶ月。あの調子で、誰にも邪魔されず、誰の目も気にせずいちゃいちゃしたい放題で二ヶ月過ごした後。

「——想像するだけで怖いわ」

「だろうが。今から覚悟しといた方がいいぞ」

「ちょっと後で、マスコミ対策班に緊急対応プラン見直しとけって言っておきます……」

野元はもはや、想像するのも嫌になっていた。

第五話　私の名はミミ

"Sì.Mi chiamano Mimì,"
da *"La Bohème"* di Giacomo Puccini

「じゃあ結花、行ってくる。帰りはまたメールするから」

「はい。いってらっしゃい、貴臣さん。河合さんも、お気をつけて」

――この場に野元が居合わせたら、間違いなく絶叫しただろう。新婚『ごっこ』はやめにして、さっさと神社でも教会でも行ってこいと。

はにかんだ控えめな笑みを浮かべての結花の言葉に、第一秘書はにこりともせず無言で軽く頭を下げた。ここで下手に好意的な反応を示そうものなら、後で上司に何を言われるかわかったものではない。失礼にならない程度の無反応が一番だ。

その上司がごく自然な仕草で彼女の顎を引き寄せる瞬間を見ないよう、さっと顔を背けると足早に車を出しに行く。時間にはまだ余裕があるのだが。

昨日のフランクフルト出張の報告書の件で少し打ち合わせを……と早めに迎えにきたと

ころ、朝食を終えたばかりだった上司に食後のコーヒーに誘われ、そこで最近（久世家の）裏で有名な例の彼女に引き合わされたのだ。

名前は鳴海結花、ハタチの女子大生。去年の秋にこのベルリンで偶然上司と知り合ってそういう仲になり、年末頃から突如として上司の「掌中《しょうちゅう》の珠」となった存在。ここ何年も、プライベートで女と逢うことなどまずなかった上司が、それ以来加速度的に執着と溺愛の度を深めていっている、事実上の恋人だ。

昨日空港《テーゲル》で遠目に見たときには、東京のどこにでもいそうな、普通の若い娘としか思わなかった。自分の近視が酷いせい、ではない。コンタクトの度数が合わなくなったせいでもない。あの程度の女の一体どこがそんなにいいんだ……？　と、かなり本気で首をひねったものである。まさかこの上司の好みがああだったとは、自分には理解できない趣味だな、と。

ところが不思議なことに、上司と並んで動いているのを目の前で見ていると、なぜかどんどん魅力的に見えてくる。ソフトフォーカスされていた被写体が紗を一枚脱ぎ捨てたかのように、鮮明になってくる。

妙な感覚におや？　と思いながらほんの一言ふた言でも喋る声を聞くと、野元が半泣きで「でもあの子、カワイイんすよ～！」と訴えていたのがなんとなく理解できてくる。

「第一秘書の河合だ。こっちにいる間、平日はほぼ毎日顔を合わせることになる」

「あ、はい。あの、はじめまして、鳴海結花です。えと、お二人のお仕事の邪魔をしないよう、気をつけますので……」

貴臣と一夜を過ごした女なら何人かその目で見ている河合だが、紹介されてこんな言葉が返ってくるのは初めてだった。

これまでの女は見事に全員、ふぅん、秘書ね、つまり彼の運転手でしょ。くらいに、露骨に見下した目線を向けてきたものである。少なくとも、自分のためにわざわざ椅子から立ち上がって、こんなに綺麗なお辞儀をしてきた女は一人もいなかった。

「むしろ少しは邪魔してくれないと、無限に仕事を持ってくる秘書だぞ」

「え？　そ、そうなんですか？　あのでも、仕方ないですよね。私は春休みですけど、貴臣さんは普通に平日ですし。それに、仕事っていうのは、できる人間のところに一極集中するものだって言うじゃないですか」

「ほかに押し付けられる相手がいないからな」

「あの、でも。よくよく見たら、案外ほかの人でもできそうなことだって、あるかもしれませんよ？　貴臣さんがやるのが一番早くて正確でも、あえて周りに振っちゃってみたら、結構それなりにできたりとか」

ぱちぱちぱち。思わず内心拍手などしてしまった河合である。顔はあくまで無表情、心の声はまず口から出しはしないが。

確かにこの上司は、自分が異次元レベルで仕事ができてしまうため、同僚や部下の仕事ぶりを評価も信用もしていない。だからなんでも自分の目で見て判断し、ややこしい問題になればなるほど自分の裁量で決裁しようとする。それは決して悪いことばかりではないし、実際そのやり方で今まで一つの間違いもなかったのだが。

そもそも、彼が他人に要求するレベルが高すぎる。彼本人と同等の能力など、他人に求めるだけ無駄というものだ。だが、貴臣は久世家の直系。人を動かす立場の人間として、もう少し自分ではなく周りを働かせる術を、そして周りの能力の限界を見極める術を身に着けさせなければならないと、お目付け役として常々考えていた河合なのである。

「あ。ご、ごめんなさい。学生ごときが生意気なこと言っちゃいました……」

「……いや、正論ではある。だが、見ていると苛々するだろう。これならやっぱり自分でやった方がと」

「だって貴臣さん、いきなり振られて一回目でスラスラできるわけないじゃないですか。貴臣さんなら一回目でも完璧にできちゃうかもですけど、普通の人には無理ですよ？」

「そんなものか？」

「そんなものです。イラっとするけど、三回目くらいまでは大目に見て、慣れてくるまで待ってあげないと。あ、見てるとイラっとしちゃうなら、しばらく見ないでほっとくのもアリですよ」

「結花はどこでそういうことを憶えてくるんだ？」

「え？　勿論バイト先です」

アルバイトの大学生に、仕事のやり方をレクチャーされている役員。表情筋の制御にはかなり自信のある河合だが、このシチュエーションには彼ですら笑いをこらえるのに懸命にならざるを得ない。

どういう顔をしてどう言い返そうかと珍しく悩んでいる上司に、彼女は更にとどめとなる言葉を重ねる。

「それにあの、あんまり忙しいと、心配だし……忙しくなくなるまで、待ってますけど。貴臣さん一人で、過労死寸前まで働いたり、しないでくださいね……？」

——わざとか。これは計算づくなのか。上司の氷の無表情をもじわりと溶かす囁きは、魔法の呪文のようだ。

自分の目の前だというのに、もはや遠慮のかけらもなく手を伸ばして彼女の頭を撫でている上司の頭の中で、早くも仕事の割り振り計画が練られ始めたのを見て察する。その通り、じっと待っている彼女との時間を確保するためには、多少なりとも仕事を周りに振って、自分の持ち分を減らすしかないのだ。効率は既に極限まで追求し尽くしているのだから。

天使の輪が浮き出た黒髪を撫でられて、くすぐったそうに首を縮めながら、だが決して逃げたりせずにされるがままの女。

この三ヶ月というもの、人が変わったかのような有様の上司にどろどろに溺愛され、札束のスポンジで全身くまなく洗われ、下世話な話だがとっくに立派な大人の関係になっているはずなのに。

なのに彼女は今でも実に初々しく愛らしく、いとけなくそれでいてか弱からず。

万事控えめでいじらしいくらいに従順なのだが、かといってなんでも上司の言いなりというわけでもない。

こうやって自分の考えを堂々と述べたりもするが、謙虚さは決して失わない。それが卑屈でない。

上目遣いに甘えもするが、決して媚びていない。どれもこれも、なんという精妙なバランス。おまけに全てが作為なしの無自覚。

自分がある意味「年上の金持ちを骨抜きにして散々貢がせている魔性の女」と言われてもおかしくない状況であることなど、思いもよらないに違いない。魔性の女というか……言うなれば、さしずめ魔性の天使といったところか。

——天使って。何が天使だ馬鹿らしい、と河合は心の中で自分に突っ込むが、他に良い表現が見当たらない。

何しろ上司はおかしい。明らかにこれまでの常軌を逸している。つい半年前、女の抱き方も忘れそうだと真顔で言っていたあの上司が、まさかこんなことになるとは。

「今日は一日ベルリンにいられるはずだな?」

新婚カップルの朝の風景をベタに再現してから、防弾仕様のメルセデスで通りへ出る。回転ドアから車までの僅かな距離でも、外気に当たればかなり寒い。だが今日は、車でオフィスまで往復するのみで、寒い屋外での現場視察や歩き回っての表敬訪問もない。空調の利いた個室で書類やパソコンを睨んで一日過ごすならば、天気はあまり関係ない。

「はい。靖臣《やすおみ》様には、日本側の業務が滞っているのでとお伝えしております」

「しつこいな、あの人も。別に私がどこで仕事をしようが関係ないだろうに……」

「だからなおさら、だったらデュッセルドルフで、と仰りたいのでは」

「あんな退屈な街に二ヶ月も結花を置いておけるか。第一日本人だらけのデュッセルドルフでは、結花を呼び寄せた意味がない」

「是非ご本人にそう仰って差し上げてください。正直、のらくら躱《かわ》すのも面倒です」

「冗談じゃない。そんなことを言ってみろ、面白がって結花を攫いにくるに決まっている」

この上司がこれほど何度も女の名前を連呼するところなど、初めて見た。結花が、結花に、結花を、と、あんた熱でもあるんじゃないんですかと言ってやりたいくらい、今朝の上司は舞い上がっている。顔はいつもの無表情だが、浮かれている気配が声から滲み出ていて隠しきれていない。

これから二ヶ月彼女を手元に置いておけるのが、よほど嬉しいらしい。……正直、色々な意味で心配になってきた。

貴臣が仮のオフィスとしているのはベルリンのＣＵＳＥ欧州代表部だが、デュッセルドルフにはＣＵＳＥヨーロッパ（CUSE Europe Ltd.略称ＣＥＬ）という会社が本社を構えている。

ヨーロッパ域内で完結する商流を主に扱い、スタッフも九割がた現地採用している欧州代表部と比べ、日本を含むＥＵ域外との取り引きを全て取り仕切るＣＥＬの方が、陣容も商売も桁違いに規模が大きい。働くスタッフの半分近くが日本からの転属・出向及び研修扱いで、社内の雰囲気も東京のオフィスに近い。貴臣が現在専務取締役として所属する、ＣＢＩことＣＵＳＥビジネスインターナショナル社のドイツ支店も、同じビルに入居している。

そのＣＥＬの社長が、貴臣の従兄にあたる、久世靖臣だ。貴臣より三歳年上の四十一歳。数年以内に、この靖臣と入れ替わりで貴臣がＣＥＬの社長に就任することは、既に久世家及びＣＵＳＥグループ上層部では既定路線として認識されている。

なぜか昔から靖臣は、貴臣という出来のいい従弟をやたらと気に入っていた。自分の弟よりも可愛がっていたと言っていい。貴臣にとっても、自分の兄である唯臣よりも年齢が近いため、実の兄以上に気さくな間柄ではある。

だが、気さくなのはいいことなのだが、あの従兄はやたらと貴臣に女を宛てがいたがるのだ。

日本人に限らず、自分が見知った中で少しでもこれはと思った女性がいると、お嬢様だろうがモデルだろうが女優だろうが会社経営者だろうが委細構わず、とにかく貴臣に引き合わせようとする。今回も一体何人女性のストックを抱えているのか、想像するだけでうんざりだ。

「相手がいると断言してしまわれればよろしいのでは？」

「言ったら言ったでまたうるさい。次はさっさと結婚しろだの子供を作れだのと言ってくるに決まっている」

河合はそこでなんと返そうか迷い、交差点で信号機《アンベルマン》を眺めている間に言葉を挟むタイミングを失っていた。

結婚してしまえばいいじゃないですか。子供だっていくらでも作ればいい。なぜさっさとそうなさらないんですか。

そう訊いてみたい気もするが、その質問を上司が望んでいないことはわかりきっている。

「……靖臣様と奈央《なお》様に、まだお子様がいらっしゃらないのが辛いところですね」

「全くだ。おかげで一族中が私を種馬扱いだぞ。とんだ迷惑だ」

「そこまで露骨に仰る方はいらっしゃらないでしょうに」

「——口で言われなくてもわかるさ」

それが自分の役目の一つということも、貴臣にはわかってはいる。だがだからといって、大人しく種馬扱いを受け入れてやる気もない。

久世の一族には、現在、唯臣・和佳子夫妻の間の一男一女しか子供がいない。子供といっても、二人とももう大学生と高校生だ。その下の年代が一人も生まれていないというのは、久世家にとっては大変深刻な問題であった。

貴臣の父、久世貴仁氏には、唯臣・貴臣のほかに千煌《ちあき》という娘がいて、貴臣には姉にあたるが、彼女はとっくに日本を離れているため、既に久世の血統をどうこうというような立場にない。

貴仁氏には弟がいる。暁仁《あきひと》氏といって、今はCUSEアメリカ（CUSE America Ltd. 略称CAL）の会長の職にあり、貴臣には叔父にあたるが、この暁仁氏の長男がデュッセルドルフで待ち構えている従兄の靖臣、そして妻の奈央。

この靖臣・奈央夫妻は結婚して十年になるが、残念なことに、不妊治療の甲斐なく今のところ子供はいない。誰も口には出さないが、本人も周りも半ば諦めてしまっている状況だ。奈央などまだ三十五歳だというのに。

靖臣には雅臣《まさおみ》という弟がいて、貴臣と同い年なのだが、こちらは昔から会社経営にはまるで興味がなく、アメリカの大学で博士号まで取って帰国後、研究者兼エンジニアとしてCUSEの一部門で働いている。久世の一族の人間としてそれなりの地位は与えられているのだが、取締役会に顔を出す気はないらしい。おまけに貴臣並みに女に興味がなく、独身。

更に靖臣の妹で千紘《ちひろ》という娘（貴臣には従妹）がいるが、こちらも独身で、アメリカで弁護士としてバリバリ働いている。まあ今時は独身の三十代女性など珍しくもなんともないが。

つまり、貴臣と同年代は近い親族だけでもざっと貴臣を入れて六人いるのに、その子供の世代がたったの二人しかいないことになる。久世の家の将来を案じる年寄り連中がやきもきしまくって、どう見ても嫁の成り手に不足するはずのない貴臣に熱い期待の眼差しを注ぎまくるのも、まあ仕方ない情勢ではある。

「仕方ないから、明日の夜のテレビ会議には顔を出してやるさ。どうせ結花もオペラで帰りが遅い」

「お一人で行かせるので？」

「――あの演目は、私には一回観れば十分だ」

言いながら貴臣は、朝のうちに部屋でプリントアウトしておいた書類を取り出して眺め始める。野元には八時間以内と言ったのだが、四時間半で仕上げて送ってきていた。珍しく仕事が速い。誰に手伝わせたか知らないが。

「野元から上がってきていた調書ですか。あのホテルが何か？」

「いや、そうじゃない。結花の新しいオトモダチの身辺調査だ」

「鳴海様の、お友達ですか？　……あの陳《チエン》家のご令嬢が？」

「ああ。どういうわけかな」

陳華蓮、通称カレン・チェン。十八歳にして世界を自家用機で飛び回る、大富豪のお嬢様。

航空会社に海運会社、世界のあちこちに高級ホテルを十数軒と、大規模な商売をいくつも手がける台湾財閥・陳《チエン》家のご令嬢。日本大好きの哈日族《ハーリーズー》で、しばしばあの格好で東京にも出没しているという。どうやらあれはゴスロリというものらしい。

……あのホテルは、五つ星という格は勿論のこと、ベルリン市内に三つある歌劇場の二つに歩いていけるという最高の立地条件を備えていて、長いこと貴臣のベルリンでの定宿となっていた。だが昨夜は、こんな面倒なものにまとわりつかれるくらいなら、新たな定宿を探すのもやむなしか……とまで考えていたのだが。

あれはあれで、都合のいい面もある。その華麗なる暮らしぶりを事細かにレポートした人物調書に目を通しながら、貴臣はごくうっすらと微笑を浮かべた。

ああいうわかりやすい派手な金持ちを間近で見れば、あれよりは久世家の方が普通だと思ってくれるかもしれない。資産家一族の在りようというものに多少は慣れてくれるかもしれないし、少なくとも拒絶反応は示さなくなるかもしれない。せいぜい派手なジェットセッターぶりを見せつけて、結花の度肝を抜きまくってくれればいい。

あれに比べれば、久世の家など地味なものだ。私用にも使うガルフストリームは三機とも会社名義で、ヨーロッパとアメリカと東南アジアで運用している。日本で自家用機を乗り回すのは、金の無駄でしかない。

——そうだ、あれを使えばもう少し時間の融通が利くようになるのではないか。こうも毎日のように国外出張を繰り返すなら、社用機を使わせてもらっても文句は出まい。靖臣のOKさえ取れれば、混雑しているテーゲル空港は無理でもシェーネフェルト空港に置き場を確保できるだろう。市街地近くにあったテンペルホーフ空港が閉鎖されたのは、実に痛かった。あそこに比べるとシェーネフェルトはやはり遠い……。

「用事ができた。デュッセルドルフから電話が来たら繋いでくれ」

「かしこまりました。……こちらからかけないでよろしいので?」

「どうせ午前中のうちにはかかってくるだろう」

ポツダム広場《ポツダマープラッツ》からほど近いオフィスへ向かう短い道すがら、貴臣はいつも通り頭脳を高速回転させながら、書類を流し読みし続けた。カレンもまた、誰かに自分の調書を作らせて目を通しているのだろうな、と予測しながら。

翌日の夜。

アメリカの都合に合わせてドイツ時間二十時からの開催となったテレビ会議のため、帰宅後すぐにドイツ式の冷たい食事《カルテスエッセン》で腹を満たした久世靖臣は、ポットになみなみ落としたコーヒーのセットを準備させて書斎に閉じこもった。

在欧・在米グループ各社のトップが一堂に顔を揃える今回の会議の議題には、非常にデリケートかつホットなトピックがいくつか並んでおり、機密保持のため、今回はそれぞれ秘書すら同席させていない。——まあ秘書達にとっては、リアルタイムで聞くか、会議終了後十分以内に聞くかの違いしかないのだが。

今回の議題については日本側は決定権を持たないことになっているが、長期出張で在欧している従弟をどうにかオブザーバーとして引っ張り出すことに成功した。これで日本側にいちいち細かい報告書を上げる手間を省ける上、情報共有の面でも問題なしだ。

まる二ヶ月もの間ドイツにいるくせに、何度呼んでも頑としてベルリンに張り付いている従弟《デユッセルドルフ》。この街よりあそこ《ベルリン》の方が色々な意味で刺激的かつ魅力的なのは認めるが、ここにだって歌劇場くらいある。わざわざ金のかかるホテル暮らしなどせず、自分の家の余った部屋のどれかを遠慮なく使ってくれればよいのに。暇を持て余し気味の妻も、喜んで世話をするのだが。

カップに濃いコーヒーをなみなみ注ぎ、ミルクも砂糖もたっぷり入れたところで時間となる。ＰＣの画面上に次々現れる、見知った顔の映った小さなウィンドウ。その中の一つには、確かに従弟が映っていた。

『Also los, meine Herrschaften. Gentlemen, Good Afternoon and Good Evening. At first, please let me introduce him as an observer from CUSE headquarter...』

その従弟を他の出席者に紹介するところから、会議が始まる。相変わらずにこりともしない、冷ややかな無表情ゆえに美貌が更に際立つ従弟であった。

会議はさしたる滞りもなく順調に進んでいく。ギリシャ及びポーランドでの案件に関する入札額の最終決定。慎重すぎてなかなかはっきりした意見を述べないドイツ人及び日本人、つまり何が言いたいのかよくわからないイギリス人、意見がきっぱりしすぎていて極端なアメリカ人。重箱の隅をつつくようにねちねちした元・銀行屋に、何であれ安売りすべきではないと主張する元・技術者、些細なことにも懸念を表明する弁護士崩れに、元手よりも売上高の数字（と株価）を伸ばすのに必死な営業マン上がり。今日の会議もいつも通りの紛糾ぶりだ。

ふと、画面の片隅に映っていた従弟の表情が、一瞬微かに変化したのに気づく。

ＷＥＢカムから目線を外し、何かを見てほんの少し目元を緩めて――笑ったのだ。

──ありえないものを見た、と靖臣の方が凍り付く。

ヨーロッパは遠くて、久世の本家の内部情報もただ待っていてはなかなか回ってこない。だが、それでも伝手がなくはない。最低限必要と思われる情報は、どこからかもたらされる。

「貴臣さんね、最近週末はあまりこちらにはお帰りにならないのよ」

従弟が長期出張でドイツへやってくると聞き、本人と話をしようとしたが携帯は繋がらず、久世の本邸に電話しても捕まらなかったので、長男の嫁に尋ねてみたのだが。

「別に、どこかにお部屋を用意して家を出られたわけじゃないの。ここのところお忙しいのよ。……色々と」

何がどう色々なのか、言わなくてもわかるでしょうと言わんばかりの口調で。

あの貴臣のプライベートが忙しくなるなど、何年ぶりか。これはもしやと思い、いずれ本人を締め上げてやろうと考えていたのだが。

マウスに手をやり、画面上のアイコンをクリックして小さなウィンドウを新たに表示させる。

『部屋に誰か入れているのか』

素早くキイボードを叩くと、画面の中の従弟の顔から瞬時にきれいさっぱり表情が消えた。

プロテクトをかけての個別会話画面で声をかけたのだが、メッセージを見ているはずなのに返信がない。表情が消え失せた目がひたすら冷えてゆくばかりで。

否、冷えてゆくその有様こそ、これ以上なく顕著な表情そのものだ。

『今なんの話をしているのか、わかっているのか』

挑発するようにたたみかけると、たっぷり十秒は経ってから返信が来る。

『そういうリスクはありません』

『ありませんて……意味がわからない。どうしたんだ？　お前らしくもない』

『会議の内容を聞かれたところで、何も起こりません。ペットですから』

ペット。

その単語を見て連想したのは、自宅で仕事をしているとドアの隙間からするりと入ってきて膝の上に飛び乗ってくる、飼い猫のヴァニラの姿だ。

……ペットか。そりゃまあ、動物なら、話を聞いたところで誰かに話すこともできないしな。

そこでよく考えればよかったのだ。長期出張とはいえあくまで仮住まいのホテル暮らしで、一体どんなペットが飼えるというのか。

結局、彼が真相を知るのは、もう少し先のことになる。

貴臣が社用ガルフストリームを乗り回してあちこちへ飛ぶ道すがら、ある日突然ロンドンからのフライトに見知らぬ女性を連れてきたと、乗務員から報告を受けてからのことだった。

第六話　輝けダイヤモンド

"Scintille Diamant"
de *"Les Contes d'Hoffman"* par Jacques Offenbach

『探し物の手伝いを頼みたいのだが』

唐突にそう言われたスイス人の投資顧問（極東地区担当）は、受話器を持ったまま無言で身構えた。

ただし、ここで拒否するという選択肢ははなからない。顧客《クライアント》のどんな要求にも、ひとまず「是」と答えるのが彼らの職務だ。投資顧問などと大層な肩書きを名乗っても、結局のところ、職務内容は国王に仕える侍従とそう変わらない。

どんなとんでもないものを探せと言われるのか、緊張しないではなかったが、相手は日本人だ。アメリカ人と違い、彼らの要求は決して常識の範囲を逸脱しない。はずだ。

『質のいいダイヤを探してほしい』

――ほら。投資顧問はほっとしたが、同時に激しく首をひねった。

ダイヤモンドを買うことには二つの意味がある。一つは投資。現物資産の一種として、株や金など他の動産の値下がりに備えたリスクヘッジ商品、あるいは資産構成《ポートフォリオ》のバランス調整のため。

もう一つは、悠久にして不変の愛の表現という意味だ。

この場合はもっぱら、彼らと取り引きのあるスイスの一流工房で宝飾品に加工されたのちに、クライアントの恋人、妻、娘、もしくは愛人の身を飾ることとなる。

「用途をお伺いしてもよろしいでしょうか」

『投資ではない』

……、なるほど。ということは、この堅物にもついに、愛を語る相手ができたということか。

日本人の顧客の中ではかなり図抜けた規模の個人資産を持ち、彼らの専門知識を完璧に理解した上で見事に使いこなし、彼らが必要とする安くはない手数料を値切りもせず綺麗に支払ってくれる、殆ど理想的なクライアントだ。何でも値切ろうとする中国人では、とてもこうもスマートにはいかない。

日本人にしては背が高く、西洋人に交じっても遜色ないばかりか、むしろアジア系モデルか何かと勘違いされかねないほどの容姿。世界中どこへ行っても、恋人のなり手には一生苦労しないに違いない。だというのに、齢四十に届こうかという今の今まで、結婚はおろか特定の恋人の噂すら聞かない男。

その彼が初めて、投資以外の相談を持ちかけてきたのだ。しかも投資用ではないダイヤを探せときた。

……これは面白いことになった。顔にも声にも一切そんな感情を露出せぬまま、投資顧問はむしろ淡々と必要事項の確認作業を始める。

「石のまま所有されますか。それとも」

『資産ではない。装飾品にする』

「どのようなお品に加工されるご予定でしょうか」

『いくつか考えているが、まずは一粒のペンダントだな。首輪にする』

……色っぽい展開を期待してわくわくしていたところへこう言われ、途端にがくりとしてしまったことは否定できない。ついに恋人がと思いきや、ペットを猫可愛がりとは……。

『指輪用も合わせて探しておいてくれ。どちらも最低二カラットは欲しい』

――ん？　指輪？　ペットじゃないのか？

「ご予算はいかほど」

『特に考えていないが……そうだな、今回新たに開設する口座の総資産の五パーセント未満なら、許容範囲内だ』

「……かしこまりました」

二カラットどころかオークション級の石でも買える予算だが、これで御用伺いの方向性は固まった。捜索する範囲もほぼ決まった。

「お色はどうされますか」

『よほど良いものがあれば考えるが、色付きにはこだわらない。素性の怪しいものや、見るからに大仰すぎるものも不可だ』

「加工まで私どもにお任せいただけますか。あるいはどちらか馴染みの工房に持ち込まれますか」

『そちらで頼む。誰でも知っているような派手なロゴのついた箱は不要だ』

「かしこまりました」

『石が見つかったら見せにきてくれないか。来月からしばらくベルリンにいる。指輪用は急いでいないが、首輪は早ければ早いほどいい。ただし質には妥協しない』

投資顧問は、クライアントの要求を正確に把握してすぐさまメモを取った。

予算にはほぼ糸目は付けない。ただし急いでいる。すぐ手に入る範疇でもっとも質の高い、二カラット以上《オーバー》の、派手すぎず美しいダイヤを探し、気難しい老練な職人の工房で超特急で仕上げさせろ。

「在欧は来月からですね。かしこまりました、それまでに御用意させていただきます」

『ああ、そうだ、二月か三月に。そのときまた。——結花、こっちへおいで。おはよう』

電話を切る寸前、相手の声音が急に変わったのが聞こえた。おそらく日本語だろう。かのクライアントはスイスの四つの公用語のうちの三つを実に流暢に不自由なく操るが、日本語だから声が甘くなるというわけではあるまい。

――なるほど、既に相手は手に入れてあるのか。だから、繋いでおくための首輪が必要だ、というわけなのだな。

いつになく長いやり取りとなった電話を切ると、投資顧問はすぐにまた別の番号をプッシュし、社内一の宝飾品担当者を呼び出した。


それから一ヶ月後の、二月初旬。

どうにかこれならという石をいくつか確保し、スイス人の投資顧問達の一行がベルリンを訪れた。

昨今ベルリンは、『貧しいがセクシー《アルム・アーバー・セクシー》』という表現をされることがよくある。

確かにこの街は、パリやロンドンやミラノなど他の欧州の大都市と比べると、大国の首都だというのに裕福とはとても言えないし、優雅だとか洗練だとかいう形容詞にもあまり好かれていない。――まあ、ドイツ人の気質を考えれば、彼らもまた優雅や洗練にはあまり縁がなさそうな国民性だという気もする。ただし音楽だけは例外だが。

リッチでも優雅でもなく洗練されてもいないながら、いわゆる趣味のある富裕層に人気の高いこの都市は、彼らのような業界の人間にとっても馴染みの街の一つと言っていい。何より言葉が同じだ。

「わざわざバーゼルからようこそ」

街全体が工事現場と化していた統一直後からの再開発もあらかた終わり、すっかり見違えた旧東ベルリン地区。その中心部にある五つ星ホテルの高級レジデンスを仮の棲家《すみか》としている男は、スイスからやってきた地味な三人組を部屋に迎え入れ、電気式の暖炉の前の応接セットへと案内した。

「お招きいただきありがとうございます。またお目にかかれましたこと、心から光栄に存じます」

「こちらこそ。——皆さんどうぞかけてください。仮住まいですので、手狭で恐縮だが」

手狭などとはとんでもない。貴族の城館の一室のように広々として優雅な、レジデンススイートの来客用サロンである。化粧漆喰《スタッコ》で飾られた真っ白な天井に、オーク材の化粧板《パネル》をはめ込んだ壁。純白とライトブラウンの鮮やかな色の対比を、薄い若草色のファブリックがしっくり落ち着かせている。家具はどれも飴色に磨き抜かれた木製の骨董品《アンティーク》で、緻密な柄のダマスク織が張られた応接セットは一度に十人は腰を下ろせる代物。

白い大理石のマントルピースに凭れた姿勢で腕を組み、冷淡な無表情をほんの僅かに和らげているクライアントは、直に逢うのは数年ぶりであるにもかかわらず、想像していたよりもずっと若々しいままの姿を晒している。日本人が若く見えるというのは、女性に限った話ではないようだ。

「最近、この街がお気に入りでしてね。いずれ、市内に不動産でも探そうかとも考えています。良い物件が出たら教えていただきたい」

「なるほど。では是非近いうちに、私どもの不動産担当者をご紹介させてください」

「ええ、是非。――皆さんコーヒーでも？」

「ありがとうございます、頂きます」

内線でルームサービスを注文すると、すぐにエプロンドレス姿のメイドがワゴンでコーヒーセットを運んできた。和やかに世間話をしながら、彼女が全員にコーヒーを配り終えるのを待つ。失礼致します、とドアが閉じられてから、三人が再びソファから立ち上がってそれぞれ手を差し出した。

「ご紹介致します。債券・株式投資担当のヘル・プレッツラー、それに動産・宝飾品担当のフラウ・リンデマンです」

「初めまして、ヘル・クーツェ。本日は十点ほど、石をお持ち致しました」

「ありがとう。では早速見せてもらおう」

こうして、投資顧問団と極東から来たクライアントとの打ち合わせが、和やかに始まった。

そうして一時間もした頃だろうか。

広い部屋のどこかでがちゃりとドアが開く音がして、誰かの足音が近付いてくる気配がした。それを察した顧問達が顔を上げて姿勢を正しつつ、テーブルに広げられた書類をそそくさとファイルにしまい直していく。

大丈夫、お気になさらず、とクライアントが鷹揚に言いながら、室内で上階と下階を繋いでいる螺旋階段に顔を向けた。どうやらこのレジデンススイートは、寝室などのプライベートスペースは下のフロアに配置されているらしい。

パタパタパタ、と階下から軽い足音が小刻みに響いてきたかと思うと、手すりの影から黒髪の日本人形がひょこりと顔を出す。——投資顧問達は滅多なことでは表情を動かさぬよう鍛えられているが、これには少々度肝を抜かれてつい目を大きく見開いていた。

「……あ！　ごめんなさい《エントシュルディゲン・ズィー》」

——日本人形は、ちょっぴり発音の怪しいドイツ語を喋った。

慌てて下に引っ込もうとした人形を手招きし、クライアントが今まで一度も見せたことのない甘い表情で微笑む。

『大丈夫だ、おいで。その着物はどうした？』

別人かというほど優しい声でクライアントが手招きすると、再びおずおずと顔を出した日本人形が、三人の外国人にぺこりと頭を下げてから彼に歩み寄った。

『カレンがどこかのアンティークショップで見つけて買ってきたんだけど、一緒に着るって言い出して、着付けのできる人まで探してきて。ベルリンにも、日本人の美容師さんがいるんですね。びっくり』

『ああ、まあ一人くらいはいるだろうな。着せてもらったのか』

『ん。でも、草履は小さいし足袋はないし、丈も裄も寸足らずで手足が丸見え。……ごめんなさい、お仕事の邪魔しちゃった？』

『大丈夫、仕事ではなく個人的な取り引き相手だ。それで、急いでどうした？』

『あの、クロゼットに、確か着物が入っていたなと思って、どうせならって。……出して袖を通しても、大丈夫ですか？』

『勿論だ。あそこにあるのは全て結花のために用意したものだからな。……着物まで入っていたとは知らなかったが』

それが、荷造りを命じた使用人の采配ではなく、話を聞きつけて口と手を出したがった母親の差し金とは、気づけずにいる貴臣である。

夫婦揃って国外へ出る際には、社交着用に必ず着物を持参する当主夫人。結花の成人式の後、嫁経由で手に入れた振袖姿の写真を見て、嬉々として呉服商を呼びつけたことなど、貴臣の耳には入ってこない。

投資顧問達はクライアントと日本人形とのやり取りを黙って眺めていたが、それぞれ表面上は無反応を貫きながらも、クライアントの声や表情のあまりの甘ったるさに内心目を剝いていた。さっきまでの、冷静沈着を絵に描いたような無感動な男はどこへ。

『えっと……持ち出してもいいですか？』

『いいとも。カレンにも着せてやるといい』

『ん、むしろそっちが目的なんです。貴臣さん、ありがとう。じゃ、あの、出してみます』

『結花も着たら、一度私に見せにおいで』

『はい、貴臣さん。』

ふわりと笑った日本人形が、軽く手を引かれて引き寄せられるままに身を屈め、クライアントの頰にそっと唇を触れさせる。……朝な夕なにこの挨拶を強要されている結花だが、やっとどうにかこうして照れずに人前で挨拶のキスができるようになってきた。

自分達にもちょこんと頭を下げた彼女が再び螺旋階段を下りていくのを、半ば茫然と見届けた顧問団に、男は小さく笑いながら低く囁く。

「……そろそろちゃんと首輪をつけておかないと、あれでは放し飼いはおろか、一人で散歩に行かせるのも心配なのでね。特にこちらでは」

麗々しいキモノに身を包んだ、小さくて愛らしい黒髪の少女。日本人女性と聞いて思い浮かべるステレオタイプそのままに、大人しやかで控えめでシャイで——心を開いた相手にだけ、とびきりの笑顔を見せる。確かにあれは、特にこちらの人間には、少々刺激的すぎる。

——なるほど、と喘ぐようにして頷いた顧問団は、そこでやっと、クライアントの意向を完全に汲み取っていた。

「……首輪でよろしいので？」

指輪じゃないのか、という質問の意図を正確に読み取り、貴臣はほんの少しだけ口角を上げる。

「……彼女はまだ若い。あれでも立派な成人だが、あなた方にはおそらく子供に見えるだろう」

成人していたのか、と内心驚いた三人だが、微かに頷くだけにとどめておく。

クライアントはゆっくりと背凭れに身を預けながら嘆息し、彼女が姿を消した螺旋階段の方へちらりと目線をやりながら独り言のように続けた。

「もう何年か、果実が熟すのを待つつもりだ。たっぷり肥料を与えたり、余分な実を切り落としたり、理想とする方向へ枝を誘引して、蔓を伸ばさせたりしながらね。——だから、その為の石《ダイヤ》は急いでいない」

自分の思い通りに彼女を育てるのだ、と傲慢に言い切りながら、それでいて己こそが一方的に恋焦がれているような熱っぽい目をして。

「実に賢明なご判断かと」

「今回新たに開設した口座も、もし万が一私に何かあったときには彼女に遺す。書類もそのように」

承知致しました、と返す顧問団も悟った。このクライアントは、目下先ほどの日本人形に骨抜き状態なのだと。

人が変わったのかと思うくらいには衝撃的だった。


——確かに和服も悪くない。

スイス人達を見送った後、薄い色の中振袖に身を包んだ結花をロビーラウンジへ連れ出し、周りのヨーロッパ人どもの感嘆と羨望を一身に浴びさせる。

薄桜色の綸子地《りんずじ》に白梅の枝と大輪の牡丹が描かれた着物は、全てが同じ系統の淡い色彩で全く派手ではないのだが、欧米人の目線を釘付けにするには十分な和の様式美を備えていた。

かなり露骨に向けられる賛美の眼差しや賞讃の声があまりに面映《おもは》ゆく、俯いて居心地悪そうにしている結花を愉しく眺めながら、遅めの昼食をアフタヌーンティーで取る。このラウンジは、ベルリンにあるホテルの中ではかなりましな紅茶とスコーンを出すという点でも、貴臣のお気に入りであった。

途中から例によって、こちらは金糸銀糸に極彩色の派手な大振袖を着込んだカレンが割り込んできた結果、落ち着いたティータイムとは程遠くなってしまったが、結花が同年代の友人と屈託なく会話している姿が新鮮で、たまになら邪魔されてやってもいいだろうと思える程度には楽しめた。

「せっかく着たのだし、今夜はいっそそのまま出かけようか」

棲家に戻ってから、すぐさま着物を脱ごうとするのを押しとどめ、明るいところに立たせてじっくりと眺める。成人式の黄色の振袖もなかなかだったが、こういった淡いピンク系の色も悪くない。

「……いいです遠慮します……。ここでもあんなにじろじろ見られたのに、歌劇場なんて行ったらきっともっと凄いことに……」

「それは仕方ない。人は綺麗なものに目がないものだ」

「ん、ほんとに綺麗ですよね。この着物」

綺麗なのは着物だけ、と思っているに違いない結花に現実を自覚させるべきか否か、貴臣は束の間考え込んだ。結論はすぐに出る。

――今はまだ、自覚しないでいい。自分に自信を持って堂々と花開くのは、もう少し先でいい。私が、完全に、手に入れてからで。

蕾が綻ぶ瞬間を間近で見るのは、私だけでいい。それまでの間、小さく堅い蕾を膨らませるために、ありとあらゆる手をかけて。

咲き誇る大輪の花となってしまっては、もう人目から隠すことなどできない。だが今はまだ、何色の花が咲くかもわからない、手荒にすればぽろりと枝から落ちてしまう、小さな小さな儚い蕾だ。大事に大切に懐にしまい込んで、ゆっくり温めてやらねばならない。

必要な養分は、何でも与える。どんな世話でもしてやる。だから、咲くのなら自分のためだけに咲けと。そんな勝手な思いを抱く自分を自覚して、貴臣は苦笑した。狭量ではない、つもりだったのだが、一体いつから自分はこんなに心が狭くなったのか。

「――貴臣さん？　どうかした……？」

結花を眺めたまま黙り込んで考えごとを始めてしまった貴臣に、切なげな眼差しを向けてくる。日々どんどん、加速度的に綺麗に育っていく結花。愁《うれ》いを帯びた表情も、どんどん大人びて。

自分のために、急いで大人になっているのだと思いたい。自分一人のために、綺麗になっているのだと。

「結花、結花は誰のもの？」

唐突にそんな言葉を投げられても、ウサギはちっとも慌てない。答えは最初から決まっているから。

「私は、貴臣さんのものです」

「そうだね。結花は私のものだ」

「はい。私は、貴臣さんの、ペットのウサギですから」

一抹のためらいもなく、きっぱりと言い切った。迷いのない口調に、貴臣の淡い憂い顔がいつもの余裕に満ちた大人の微笑にすり替わる。

「……いい子だ。ちゃんと言えたご褒美に、なんでもあげよう。結花、何が欲しい？」

掛け値なしの本気でそう言ったのに、結花は面白い冗談を言われたかのように小さく声を立てて笑い、ふるふるっと頭を振った。

「私、欲しいものは全部自分で持ってます。私は自由で、こうして好きなことをしていて、貴臣さんも傍にいてくれます。十分です。……ヨカナーンの首が欲しいとか、そんなこと言いませんよ？」

「……サロメは今夜の舞台で観るだけでいい」

一気に眉間に皺を寄せた貴臣である。オスカー・ワイルド原作、リヒャルト・シュトラウスのオペラ『サロメ』。今夜二人で観にいく予定の演目なのだが。

「私は姪に欲情する兄殺しの王か？　結花は私ではなく、井戸に閉じ込められた預言者に一目惚れするのか?」

「え、じょ、冗談です！　ちょっと言ってみたかっただけです……っ」

結花としては、ちょっとそれっぽいことをかっこよく言ってみたかっただけなのだが。

思い切り墓穴を掘ったことに気づいたときには、もう遅い。

「私は結花に酒を飲ませればいいのか。果物を齧らせようか。玉座に座らせようにもそんなものはないから、結局私の膝の上だな。さあ結花、膝の上に乗って踊ってごらん。私の財産の半分を結花にあげよう」

「なんでそんなに完璧に覚えてるんですか!?」

「結花だって、これでもう覚えただろう。……ほら、おいで。『私のために踊れ《タンツ・フュア・ミヒ》』」

何をどう言い返そうとも、機嫌を損ねてしまった飼い主はそう簡単には納得しない。

ネタにする演目を誤った。慌てて逃げようとするがもう遅い。

結局、膝の上でも腰の上でもいやというほど踊らされ、立つのも億劫なほど足腰疲れ果てて。

腰を抱いて支えてもらわないと歩くことも困難な有様にされた挙げ句、その状態で歌劇場へ出かけるという辱めを、甘んじて受けざるを得なかったのである。

第七話　冬の日の静かな炉端にて

"Am stillen Herd in Winterszeit."
aus *"Die Meistersinger von Nürnberg"* von Richard Wagner

結花に家事能力はない。

ゼロではないが、赤点レベルであるのは間違いない。

けれど誰も彼女を責めることなどできない。「親の手伝いなんてしなくてもいいから勉強しなさい」と言って包丁一本持たせなかったのは、実の母親だ。

家庭科の授業だけでマスターできる料理などたかが知れているし、習うよりも慣れの重要なスキルだけに殆ど身につかなかった。裁縫も、ボタン付けくらいはやればどうにかなる……と本人は固く信じているが、ボタンがぷらぷらしてきた服にはなんとなく手が伸びなくなるのは一種の自衛反応だろう。

ただし、誰かに責められるいわれもない。家事能力がFランクでも、一応ちゃんと一人暮らしは成り立っている。

今時は、インターネットで検索すればどんなことでも教えてもらえて、動画《おてほん》まで見せてくれるのだ。米の研ぎ方も炊き方も、全て回線の向こう側の見知らぬ人々が教えてくれた。レンジでチンすればパスタも茹でられるし、出来合いのソースを温めてからめることくらいはできる。面倒なときにはコンビニもスーパーも助けてくれるから、それで立派に生きていける。

ここ最近は、全知全能の飼い主が月に何回か素敵な餌を与えてくれるので、栄養状態もきっとよくなっているはずだ。舌が肥えすぎると困りそうだが、結花の中では「あれはあれ、これはこれ」式に明確にカテゴリーが分けられている。

目の前に美男子を拝みながら食べる隠れ家の食事はとてもとても美味しいが、コンビニの特選手巻きおにぎりだって結構ちゃんと美味しい。

だが。

「……あの、私、ほんっとに何も作れません……」

すみません、と肩を落としている姿が、飼い主には身震いしそうなほど可愛くてたまらない。

長期滞在棟《レジデンス》のスイートルームには、ピカピカに磨き上げられた立派なシステムキッチンが備わっている。冷蔵庫もあればＩＨヒーターもあり、棚の中には調理器具や食器の類もある程度揃えられている。

それを見た結花は、自炊しなくてはいけないのかもと勘違いして途端におろおろし、物凄く言いにくそうに、目を逸らして俯いて「家事能力ゼロ」と自己申告したのだ。

「で、でも！　最近、紅茶だけはちゃんとお湯を沸かしてティーポットで淹れるようになったんです。日比谷でリーフをたくさん頂いたので！　……まだ全然上手に淹れられないけど……」

お湯を沸かすのだって薬罐《ヤカン》じゃなくて電気ケトルだけど……でもほら、ガス使うより光熱費も安いっていうし……！

言い訳するように必死に言い募るのを、笑いを噛み殺しつつ涼しい顔で見下ろす。結花の悩みは、貴臣にはどれも取るに足らない可愛らしいことばかりだ。

料理ができないとか、東大に落ちたとか、そんなことはどうでもいい。結花がそこに、自分のすぐ傍にいることの方がずっと大事だ。

「じゃあ、お茶を淹れてもらおうかな」

「え!?　い、今!?」

「器具は揃っているだろう？」

「あ、あると、思います、が、でもあの……っ」

試しに提案してみただけの貴臣の言葉にも、絶望的に目を見開いた結花は一瞬で血相を変えて、ぶんぶんと激しく頭を振った。

舌の肥えた貴臣に、自分が見よう見真似で淹れた紅茶など飲ませるわけにはいかない。絶対だめ無理そんなのありえない。不味いだけならともかく、彼が体調を崩したりしたらどうすればいいのか。

どんな淹れ方で淹れようと紅茶で体調を崩す人間はいないはずだが、結花は大真面目に考え込んで悩み抜いた。結論は。

「少し修業させてください……っ！」

ついにこらえきれなくなり、貴臣はぷっと噴き出した。――結花以外の誰が見ても、夢ではないかと疑いつつ目玉を落としそうな、ありえないほど自然な笑み。嗤うのではなく、笑っているのだ。秘書達が目にしたら、この世の終わりを実感するに違いない。

「そんなに気負わなくても大丈夫だよ」

「私が自分で許せません！　せめて二、三日待って！」

手を伸ばしてつややかな黒髪をゆっくりと撫で下ろし、ついでに指先で耳をくすぐってみたが、それでも結花は必死にぶんぶんと髪を振り乱して修業すると言い張った。

貴臣にとって重要なのは、結花が手ずから淹れてくれるというその一点なのだが、こんなに必死になって、というかむきになっているのを無視するのも可哀想だ。好きなだけ足掻かせてやろう。

そもそも家事など、何もできなくて一向に構わない。料理は料理人に作らせればいいし、紅茶も使用人に淹れさせればいい。自分でやりたければやっても構わないが、そんなことをさせるために傍に置きたいわけではない。——今は外で放し飼いにしているから仕方がないが。

ぴょんと逃げ出したウサギの後ろ姿にくつくつと笑いながら、キッチンに備え付けのエスプレッソメーカーにカプセルを放り込む。その貴臣に聞こえないところで、結花がカレンに電話をかけて、「下のラウンジで紅茶淹れてる人、誰か一人紹介して……！」と必死で頼み込んでいた。

料理ができなくても、朝市の屋台を見るのは楽しい。

着色したのだろうかというほど鮮やかなオレンジや紫のカリフラワーに、パツンと張りつめた見事に真っ赤なトマト。小箱にこんもり盛られた苺やラズベリーに、日本のものより小ぶりで可愛らしい林檎。今まで見たこともないような形状の茸の横に、「SHIITAKE」と書かれた札のついた見覚えのある茸がある。椎茸はこちら《ヨーロッパ》でもシイタケらしい。

にんじんは必ず葉がついていてひょろっと細長くて、そのままお尻からぽりぽり齧れそうだ。いかにもウサギが喜んで食べそう——あ、自分にはちょうどいいかも？

トラックの荷台を改造したチーズ屋では巨大な塊から切って試食をさせてくれるし、買ってその場で口に入れられる美味しそうなものがあれこれ売られている。焼きソーセージ《ブラートヴルスト》もじゃが芋も付け合わせの発酵キャベツ《ザウアークラウト》の煮込み《カルトツフエル》も、湯気が出ていてたまらない美味しさだ。同じ朝市でもやはりフランスのマルシェとはラインナップが違っていて（ここのパン屋にはクロワッサンは売られていない）、違いを見るのも面白い。

ん――。シアワセ。たまんない。ヨーロッパ万歳。

ファーストクラスの機内食もホテルのミシュラン二つ星レストランも、勿論とても美味しかったけど、正直何を食べたのかもうあまり覚えていない。

それに比べたらこれは、もっと単純でお気楽で素直に美味しい。そして安い。

……貴臣さんて、こういうもの食べるのかな。あんまりイメージないけど、でも毎日毎晩高級レストランでコース料理食べてるわけじゃない……よね、きっと。

そんなことを考えながらテイクアウトのコーヒーを啜っていた結花の前方で、誰かがじろじろとこちらを見ている。自分よりもずっと歳のいった、金髪の女性だ。あれ、なんか似てるな。……似てる、っていうか。

「……シュヴァイク先生《フラウ・シュヴァイク》!?」

「やっぱりナルミサンですか?」

微妙な発音の日本語。大きく笑って手を振りながら近寄ってきたのは、大学のドイツ人教授だった。名前はヘンネローレ・シュヴァイク。

ドイツ語・ドイツ文化系専攻の結花は、彼女の語学・会話クラスを必修・選択合わせて週に四コマも取っていたので、ほぼ毎日顔を合わせる間柄であった。

「まさかほんとに会えるとは思いませんでした！」

「ええ、私も《ヤー、イヒ・アオホ》。ベルリンへようこそ《ヴィルコメン・イン・ベアリーン》！」

若い頃はさぞかし美人でならしたであろう抜群のスタイルは、一般的なドイツ人女性の範疇から随分逸脱している。何しろドイツ人女性というのは、十代のうちは妖精だけれど三十過ぎると魔女になる、と言われるくらい年齢による変化が激しいとされているのだ。だが、もう五十近くになるはずの彼女がタイトなスーツにハイヒールでキャンパス内を闊歩している姿は、ドイツ系のみならず他学部の学生にも「真っ赤な服を着た外国人の先生」と言えば通じるくらいよく知られている。

　日本で教壇に立つようになってもう十年以上になる彼女は、元々西ベルリンの出身で、春と夏の長期休暇は毎年ベルリン市内の自宅に帰ると言っていた。結花も授業の合間に、春休みはしばらくベルリンにいる予定ですと言ってあったので、向こうで逢うかもしれませんね、などと話していたのだが。

「ナルミサンはいつベルリンに来ましたか」

「月曜日の朝着きました。雪のせいで飛行機が遅れて――」

「ナルミサン、ドイツ語《アウフ・ドイチュ》で」

「あー……am Montag früh. Der Flug hat... in Englisch〝delay〟auf Deutsch...?」

「Die Verspätung. Ja, am letzten Wochenende war schlechtes Wetter」

あっという間にベルリンの青空市の一角が語学クラスの教室になってしまい、直後に二人揃ってぷっと笑い出す。

幼い頃から英会話を習っていたせいで外国語を話すことに抵抗のない結花は、ドイツ語会話もそれなり以上の成績を収めており、オペラ好きという点を除いても教授からすればかなり印象に残る学生であった。

『先生はどうしてここに?』

『買い物に来たのよ。家がこの近くなの。ナルミサン、よかったら近くのカフェでお茶でもどう? 色々聞きたいわ。今はどの辺りに住んでいるの?』

教授はそうして、会話レッスンを兼ねた午後のお茶に結花を誘う。勿論結花は二つ返事で飛びついた。

◆

「——でね。今週末の日曜日に、よかったらランチに招待したいって言ってくださって」

修業用の紅茶の茶葉を買いにKaDeWe《カーデーヴェー》に行ったら、近くの朝市で偶然大学の教授に会った。と結花が興奮に頬を染めて、仕事から帰ったばかりの貴臣に報告する。

ちなみにKaDeWeとは「西のデパート《カウフハウス・デス・ヴェステンス》」の略称で、旧西ベルリン地区で最大の百貨店であり、戦前から戦中を経て現在に至るまで、ドイツ屈指の高級百貨店として観光名所にもなっている。嗜好品の類なら、ここに行けば大抵何でも手に入るという素敵な場所だった。

「よければお友達もご一緒にどうぞ、って誘ってくださったんですけど……」

「……お友達というのは、私のことか？」

リモコンで暖炉の火を大きくし、脱いだコートを結花に手渡しながら、貴臣がごく微かに目元を眇める。

「あ、でも、貴臣さんがあまり気が乗らないようなら、一人で行ってきます。オペラに間に合うように、夕方には帰ってくるので――」

「いや、一緒に行くのは構わないんだが。ところで結花、私のことをなんと話したんだ？」

結花が自分との関係を一体どんな風に他人に話したのか、それが気になって仕方ない貴臣である。気を遣いすぎるくらいに気が回る結花なので、真っ正直に述べたりせず、何かしらごまかして話しているのだろうが。

「ん、友達のところに、居候してますって」

受け取ったコートのカシミアの手触りにうっとりし、揃えた指先で表地を撫で回している結花に、更に問いかける。

「ドイツ語で話していたんだろう。正確に言ってごらん」

「えと、マイン・フロイントのところにヴォーンゲマインシャフトって」

……くすり、というかにたり、と貴臣が笑った。コートを抱えたままの結花の手を引いて、定位置となりつつある暖炉前の一人掛けソファに腰を下ろしながら。

「——mein Freundね」

すとん、と膝の上に落とされた結花が、意味ありげにほくそ笑まれて「え？」と首をひねった三秒後。

ぼわわわわっと一瞬で頬に血の気を上らせ、結花が愕然と叫んだ。

「…………ッあ!!」

解説しよう。

ドイツ語の単語「Freund《フロイント》」は英語のfriendに相当するが、ドイツ語は男友達と女友達が厳密に分かれていて、男友達はFreund《フロイント》、女友達はFreundin《フロインデイン》だ。

見た目は英語にそっくりな「Freund」だが、用法によっては英語とは全く別の意味になってしまう。

ein Freund《アイン・フロイント》は英語でa friend、「ある男友達」だが、これに所有冠詞の「mein《マイン》」をつけると、英語のmy friendはドイツ語になった途端になぜか一気にランクアップして、「mein Freund《マイン・フロイント》」すなわち「私の彼氏」になってしまうのだ。単に「私の男友達」と言いたいのなら、「ein Freund von mir《アイン・フロイント・フォン・ミア》」と言わなくてはならない。

　ちなみにこれは、「男」という単語にも当てはまる。ein Mann《アイン・マン》は一人の男だが、mein Mann《マイン・マン》は私の男、つまり「夫」だ。

　勿論男だけでなく、女も同様。「meine Freundin《マイネ・フロインディン》」は女友達ではなく「彼女」だし、「meine Frau《マイネ・フラウ》」はただの女性ではなく「妻」。

　ドイツ語の授業でも基礎として習うことなのだが、友人でない男の話などドイツ語でしたことのない結花は咄嗟にそれを失念してしまった。「男友達の住まいに居候している」とごまかして言ったつもりで、「彼氏の部屋で一緒に住んでいる」とずばり言ってしまったのだ。直接「住んでいる《ヴォーネン》」と言うのではなく「同居している《ヴォーンゲマインシャフト》」と言ったのも、日本人にありがちな「照れ」と解釈された可能性が高い。

　顔を真っ赤にして焦っている結花に、貴臣が意地の悪そうな微笑みを向ける。

「減点十だな」

「う……っ。何点満点!?」

「何点だと思う?」

　この先絶対に自分以外の男をそんな風に誤った単語で呼ばないよう、少ししっかり躾ける必要がある。貴臣はくっと片方だけ口の端を引き上げると、ぎくりとして身構えた結花をじっと見つめた。

「まあ結果的に、そう間違えたことを言ったわけではないが」

こんなのははっきり言って、単なるケアレスミスだ。ちょっと言い間違えただけ、言うなれば完璧の「壁」を「壁」と書いたようなもの。だけれど。

その些細なケアレスミスが、重大な問題を引き起こすことだって、まあるのだ。

「ご、ごめんなさい！　ちゃんと訂正しておきま……」

「訂正するのか。彼氏ではなくただの友達ですと、わざわざ。ふぅん？　友達ね。友達」

顔を真っ赤にしてあわあわしている結花を、意地の悪い笑顔でちくちくねちねち責める。

「結花は『友達』とこんなことをするのか？　――だめだな、友達全員から隔離しないといけなくなる」

結花がずっと抱えているせいで皺になってきたコートをそっと取り上げ、本物のウサギのように真っ白ふわふわのアンゴラニットを躊躇なくべろりと裾からめくり上げる。

さらけ出されたパウダーピンクのブラは刺繍入りのチュールレースに覆われていて実に可愛らしいのだが、真っ白な膨らみの谷間にくっきり点々と浮かび上がる口づけの痕が、せっかくの愛らしさを台無しにしてしまっている。無垢なのに猥雑というアンビバレントな雰囲気を漂わせていて、実に悩ましい光景だ。

今夜もまた夕食より先にウサギをつまみ食いすることに決めた貴臣が、その谷間に顔を寄せながら「膝をついて」と囁くだけで、自分の運命を受け入れた結花は大人しく自分でニットを頭から引き抜いた。

暖まっていた素肌を探るように触れてくる貴臣の鼻先がひやりと冷たくて、びくんと大きく震えてしまう。

「だって……貴臣さん、前に言ったじゃないですか。『少々親密なお友達』って」

大きく脚を開いて貴臣の腰を跨ぎながらソファの上に膝立ちになると、身体にぴっちりとフィットしてラインを丸見えにしてしまうスキニーパンツを、貴臣の手が遠慮なく引きずり下ろした。

「いつの話だ。秘書の目の前だから言葉を選んだだけだよ」

「秘書はヒトじゃないから気にしなくていいって言ったのに？」

「——悪かった。あれは嘘だ。お友達なんかと一緒にしてほしくない。……脱がしにくいな。きつくないのか？」

「こういうものなの、ストレッチだから。……でもじゃあ、なんて呼んだらいいの？」

小首を傾げ、少し高い位置から貴臣の目をまっすぐに覗き込む。透明な、透明すぎて後ろめたくなるような眼差し。

普通、女がこう訊くときは、「私はあなたの恋人よね？」という、反論を許さない無言の圧力を押し付けてくるものだ。だが結花は違う。本気で不思議がっているのは間違いない。

「まさか飼い主ですって言うわけにもいかないかなって思って。……でも、飼い主ってなんて言うのかな。ご主人様《マイン・ヘル》？　それとも所有者《ベジッツァー》？」

　こんな問いかけも、皮肉や嫌みの類ではない。相手の自分への愛情を疑っての確認作業ですらない。単純な疑問だ。

　結花本人だって、貴臣の自分に対する愛情を疑ったりはしていない。愛情の種類を理解していないだけで。

「besitzenは法的な所有権を示唆する単語だからね。私はまだ結花の法的な所有者ではない。mein Herrは用法が違う。結花が本物のウサギならHalter《ハルター》になるだろうが、女性権利団体に告訴されるだろうな。というわけで、適当な単語がないなら彼氏《マイン・フロイント》でいいだろう」

　むしろそれ未満の呼称は認めない。と言い切りたいところだが、そこは黙っておいた。

　しかし結花は納得がいかないらしい。他に適当な呼び名がないからって、彼氏はない。いくらなんでも畏れ多い。

　――結花の中に、『貴臣を彼氏と呼ぶのは他に良い表現が見つからないから』、という方程式がまた一つ刻み込まれる。

「いえでもだって私が貴臣さんを彼氏呼ばわりとか身の程知らずっていうかおこがましいっていうか」

「じゃあ私は、結花をなんて呼んだらいいんだ？」

結花に負けず劣らずまっすぐな視線をじっと注ぐと、結花は恥じらったようにそっと目を逸らし、片脚ずつ膝を上げて自分の手でデニムを更に引き下ろす。露出した太腿の内側にも、色濃く鬱血した痣。これが見えてしまうような丈のスカートは人前で穿いてはいけないよ、と貴臣が押し付けた目印だ。自分が傍にいるときなら構わないけれど、と。

「そんなの、いつも、ウサギって呼んでるじゃないですか……」

「そうか。可愛い小さなウサギ《リープリンクスヘースヒエン》、か」

「それで十分です！」

「……可愛い最愛の人《リープリンクスヘーツヒエン》の方が近いんだが」

「？　いま、なんて言いました？」

「なんでもないよ」

聞いたことのない単語に首を傾げた結花の足から靴を引き抜いてから、邪魔な布地を引き剝がす。足首で金の足枷の小さな重しがチカっと光を反射し、ちゃんと捕まえていますよと自己主張していた。

肌色に近いパウダーピンクのブラにお揃いのショーツ、露出した肌のあちこちに己が刻んだ所有の証し。心から満足しつつ熱心に可愛い恋人の半裸の姿態を眺めていると、赤い顔をした結花が再び目を逸らしてそっと自分の腕で我が身を抱き締めた。熱い眼差しに羞恥心を掻き立てられて身体を隠そうとしたらしいが、両腕に挟まれた胸の谷間が更に深くなり、ブラからはみ出した白い膨らみがいっそう強烈な誘引力で男を誘う。

細い腰を両手で掴んで引き寄せながら、貴臣は遠慮なくその膨らみに顔を埋め、さらりとした素肌と張りのある乳房の感触を心行くまで堪能した。香水と同じラインで揃えたバスオイルやボディクリームが、今は結花の全身を柔らかな桃の香りで包んでいる。

「——結花、寒い？」

そのままの状態で貴臣が喋ると、吐息や唇がかすめるようにして肌をくすぐる。寒さとは別のものでぶるりと震えた結花は、とりあえずこくりと頷いてみた。

「ん……ちょっと、寒い、かも」

「じゃあ、二人で暖まろうか」

寒いと言えば何か着せてくれるとちょっぴり期待したのだが、勿論貴臣がそんな無駄なことをするはずがない。どうせすぐに脱ぐのだ。

結花に身体を跨がせたままでゆっくりと上着を脱ぎ始めた飼い主から恥ずかしそうに目を逸らすと、所在なげに肩を掴んでいた手をそっと引かれてネクタイの辺りに導かれた。ほどいて、と囁かれて恐る恐る、ノットに爪の先を差し込んでみる。あちこち摑んで引っ張ったり引き出したりしてどうにか完全にほどけると、今度はウエストコートのボタンも外すように指示され、その後は更に海島綿のシャツの小さな白蝶貝《しろちょうがい》のボタンへ。

自分が扇情的な下着姿を思い切り晒していることなどすっかり忘れて、結花は貴臣をくるむ包みをほどくのに夢中になった。サスペンダーの留め金を外してやるとシャツの裾を引っ張り出し、ボタンを下まで全部外して前を大きく開く。

「……さむ、い」

短く訴えながら、目の前にさらけ出された男の素肌にぺたりと頬をくっつける。温かくてなめらかで肌触りがよくて、物凄く気持ちいい。ぐりぐりと頭を動かして額を擦りつけると、くすぐったいよ、と男が笑いを含んだ声でやんわり抗議した。結花は聞こえない振りをして、健康を保つために適度に鍛えられた身体の筋肉の感触を確かめる。

全裸よりもむしろ艶めかしい姿で、可愛い恋人が自分に甘えている。頬を寄せ、唇を滑らせて、素肌を愛撫しているようにさえ見える。まるで自分が押し倒されているようで、貴臣の顔がついだらしなく緩むが、恋人に見咎められる心配はどうやらなさそうだ。

猫のように背中を丸めて身を伏せる結花の黒髪がさらりと肌の上をすべるたび、くすぐったくて腹筋に力が入る。するとそこを今度は指先ですぅと撫で回して、結花が無自覚にうっとりと微笑んだ。その表情には、天使と娼婦が仲良く同居している。

寒い。早くあっためて。ぎゅってして。

顔を上げて、切なげに眉を寄せて飼い主を見上げる。わざわざ声に出さなくても、飼い主はちゃんと聞き分けてくれる。露出した素肌に半裸の身をすり寄せると、温かい腕が背中に回されて更に強く抱き締められた。

もう、寒くない。——熱い。

この飼い主の手にかかると、結花の身体はひとたまりもない。唇を触れ合わせるだけでお腹の奥がじわりと熱くなり、舌を吸い上げられながら強弱をつけて胸を揉みしだかれるとどんどん体温が上がっていき、透けるチュールレースの上からくすぐるように尻のラインを指で何度も辿られて、ガクガクと腰がおののいてしまう。

熱い腕の中に閉じ込められて、最近少々度がすぎる飼い主の愛情を一身に受けて。のしかかっていたはずの飼い主の身体にいつの間にか組み敷かれ、ソファの上を転がるように激しく身悶えし、まだ全裸にもなっていないうちから押し寄せる波にのみ込まれそうになる。

「下着の上からでもわかるな。……たくさん溢れてる」

わざわざ指摘されて泣きそうな顔で羞恥するのを見るのは、貴臣のお楽しみの一つだ。自分でも自覚しているのだろう、否定はしないのだが、何がどう後ろめたいのか「ごめんなさい」と切れ切れに口走る。

「……どうして謝る？」

「だ、だって……私、なんで、こんな……っ、い、いやらしく、なっちゃ……」

「ああ。結花はものすごくいやらしくて——ものすごく可愛いよ」

可愛いに決まっている。自分の手に触れられると途端に愛らしく啼いてどろどろに感じまくって、身体のどこもかしこも自分が仕込んだ通りにどんどん淫らに反応するようになって。なのに最後の最後でちゃんと自分を、ほんの少し幼くて素直で愛らしい自分を失わずにいる。

ただ淫らでセックスの相性がいいだけの女なら何人かいたが、身体だけでなく心まで鷲摑みにされたのは結花だけだ。身体と同時に心が満たされる感覚は、三十八年生きてきて初めてだった。一度味わってしまったら、もう二度と手放すことなどできない。

「あ——…ア、ぁ、も、……きが、へんに…なる……っ」

「……まだなっていなかったのか。まだ足りない？」

「っ、ン、んん……っ、っは、も、そこ、や……ッ」

「そこって、どっち？」

下着の上からそっと形をなぞられるだけで途端にぷくりと大きく膨れてしまった下肢の肉芽か、無理やりずらしたブラの上で揺れながら唾液まみれにされて硬く凝った緋色の粒か。

どっち？　と問いかけつつ、淡い色の小さな乳輪ごと口に含んで吸い上げては柔らかく歯を立て、同時にしっとりと湿った薄い布地越しに小さな膨らみをカリカリと爪で引っかく。ヒ、と鋭く喉を鳴らして、結花がぐぅっと背中を反らした。

「だめ、それ、だ…ッき、きちゃ……！」

「……まだイきたくない？　もっと我慢していたいのなら、たくさん焦らしてあげるよ」

そうして、最後には失神するほど感じて気持ちよくなってもいい。何度も何度も絶頂してくたりとしたところを、好きなだけ貪るのもたまらない。要するに、どう抱いても結花の身体は、貴臣にとって最高の快楽の坩堝《るつぼ》だった。

「それとも、もう、欲しい？」

小声で囁かれて、結花の身体が反射的にぶるりと震える。今はただ蜜を溢れさせるだけの肉襞を、はしたなく収斂《しゅうれん》させながら。

潤ったそこを一息に押し開かれる瞬間を、熱く硬いもので内側の襞を散々に擦り立てられる感触を、何度も何度も最奥を突き上げる重たい衝撃を思い出して、ますますだらだらと蜜を零してしまう。

いつもの愛らしい表情とは程遠い淫らな顔で唇を舐め、微かに顎を上げてこくりと唾液を飲み込んだ仕草を、貴臣は見逃さなかった。

「後ろを向いて、腰を上げて」

ウサギは決して逆らわない。既に感じすぎて力の入らない身体を懸命に捩じり、飼い主の方へくいと尻を差し出して、パウダーピンクの布地を取り去る作業に協力する。ショーツを引き下ろした飼い主の手が続けて背中に伸び、ブラのホックを外してやると、今度は自分でストラップから腕を抜いた。そうして全裸になった結花が肩越しに蕩けた眼差しで振り向こうとするのを押しとどめ、後ろからのしかかる。

「脚を開かせると、垂れて椅子を汚しそうだな」

「……ッ！　や…ッ、下へ……！」

この部屋は、寝室が下の階にある。この状態で、螺旋階段を下りて寝室まで移動するのは不可能だ。自分が待てない。

「……垂れないように、頑張って締めておかないとね」

つぅ、と指先で熱くぬかるむ襞を割られ、溢れる蜜をすくい上げられた結花が、震えながらソファの背にしがみついてきつく脚を閉じた。それをこじ開けるようにして、押し当てられた熱い肉塊がぐちゅりと潜り込んでくる。頑張って食い締めているというのに、少し進んでは引き出され、また少し抉っては引き戻される。まるでわざと蜜を掻き出されているようだ。

「……ッ、結花、少し、緩めてくれないと――一番奥まで、入らないよ」

貴臣の声が、欲情のあまり途切れがちになる。ありえない快楽だ。なぜこんなにいいのか、誰かに教えてほしい。どれほど気持ちいいのかは、誰にも教えてなどやらないが。

本当は椅子の一つや二つ、汚したところで全く構わないのだ。費用を請求されたら払えばいいだけの話。けれどそれを気にして必死になって膣内《なか》を締めている結花が、だめと言われて余計に感じてしまっていることや、いつもより更に物理的に狭い肉壺を穿つ感触があまりにも甘美なので、わざわざ煽り立ててしまう。

「ほら、こんなところまで垂れてきてる。困ったね、むしろいつもよりたくさん溢れてしまってるよ。……結花、気持ちいい？」

「ん、んん、っ、……っン！」

「声は出しても大丈夫だよ。……ほら、啼きながら、いいって言ってごらん」

全身に力を込め、歯を食いしばって声まで殺して、必死にぎゅうぎゅうと胎内の肉を締め付けている。きつく締めれば締めるほど、潤滑剤が更に分泌されてくるのに。気を抜くと一瞬で魂まで吸い取られそうだ。

「そんなに心配なら、立とうか」

中をみっちりと満たしたまま、座面に踏ん張っている膝を緩めさせ、足を床に着けさせる。布地を汚す心配が減って、ほ……と結花が気を抜いた瞬間、締め付けが和らいだ蜜壺を思い切り抉ってかき回した。悲鳴を上げげつつぐっと反らされた背中から片手を回し、遮るもののなくなった裸の乳房の感触をとことんまで味わう。

「っや、あ、も、あ、あ！　ン、うう、ん――ッ！」

親指の腹と人差し指でぷつりと尖った乳首を捏ねられただけで、一気にざわわわっと足元からあの不穏な気配が這い上がってくる。ずっと我慢していた分、押し寄せる波の勢いはあまりにも強烈で。

だめ、耐えられない、ときつく瞼を閉じた結花に、貴臣がかすれた声でうっとりと囁く。ほら、イこう、と。何度も何度も熱い濡れ肉を押し開いて、肉襞の奥深くを突き上げながら。

イきなさい、と優しく命じられたのが先だったか、あるいは自分が勝手に上り詰めたのが先か、結花にはもう判断がつかない。

溢れる蜜の代わりに、唇の端から顎を伝って零れ落ちた唾液が張地のダマスク織にゆっくりと滲み込んでいったことなど、気づきもしなかった。

知人の自宅を訪問すると話すと、カレンがホテル内の星付きレストランのシェフに特製のボンボンショコラを作らせてくれた。

それを手土産に持ち、運転手付きの車ではなく地下鉄に乗って二人で移動する。目当ての駅で降りて通りを探すと、そう複雑な道のりではなく、目的の場所はすぐに見つかった。

結花がドイツ人の一般家庭を訪問するのは初めてである。しかも、貴臣が一緒だ。色々な意味で緊張しながらブザーを押すと、すぐにドアが開いた。

「ナルミサン、ようこそ！」

満面の笑顔で出てきた教授の後ろから、同じようににこやかに出迎えてくれた初老の男性が、品のいい笑顔をすぐに驚愕の表情に変える。

「——酷い偶然だ」

結花の後ろで呻いた貴臣が、片手で額を押さえて溜め息をついた。結花と教授が、揃って首を傾げる。

「貴臣さん？　あの、まさか、その……お知り合い、とか……？」

「——お知り合い、というか」

男性一人が、先に立ち直ってしたり顔でにやにやとほくそ笑んでいる。

「今は並びの部屋で働いているな。滅多にこっちのオフィスに出てこないが。——タカオミ、キエフはどうだった？」

「ライナー。我々は昼食に招待されてきたはずで、出張の報告に来たわけじゃない」

「そうだったな。あまりにもありえない光景を見たせいで、つい失念してしまったよ。ああお嬢さん、そんな寒いところに立たせたままで申し訳ない。どうぞ入ってください」

「え。あ、あの、……大丈夫ですか……？」

結花が気遣わしげに貴臣を振り返る。だがもはや開き直るしかない状況で。

――そういえば彼は、結婚していないが子供もいて、パートナーが日本の大学で教鞭を執っていてなかなかベルリンに戻ってこないと零していたのだった。だから、日本への出張は大歓迎だと。他社からヘッドハントする交渉をした際に、そんな話を聞かされていた貴臣である。

「物凄い偶然もあったものだが、大丈夫だ。お邪魔しよう」

結花はまだ何が何だかわからずに首をひねっていたが、早口のドイツ語から辛うじて聞き取れた内容から、教授のご主人？　と貴臣が知人であることは察せられた。しかも、かなり親しい仕事上の知人。

貴臣はさっさと腹をくくった。こんな相手に知られる予定はなかったが、ばれてしまったからには今後色々と協力してもらおう。早くも猛スピードで頭を回転させながら、貴臣はそっと結花を室内へと押しやった。

「初めまして、マダム。ライナーにはいつもこき使われています」

「よく言うよ！　ハニー、彼は私のボスの息子の一人だ。タカオミ、ヘンネローレだ」

「いらっしゃいナルミサン、タカオミさん。嬉しい偶然ね！」

「結花。彼はライナー・クラウス、これでもＣＵＳＥ欧州総代表だよ」

「これでもは酷いな！　はじめまして、お嬢さん。お目にかかれて実に嬉しいね」

「あ、はい、あの、ユカ・ナルミです。はじめまして……っ」

なにやらあっという間に親しく言葉を交わすようになってしまい、結花一人が展開についていけない。ドイツ語なのでなおさらだ。

とりあえず、この初老の紳士はCUSEの偉い人で、貴臣の同僚の一人であることは理解した。ま、まさかこんなことになるなんて。

ライナーはニヤニヤと頬を奇妙な形に歪めたまま、貴臣と結花を何度も交互に眺めてから、ついに好奇心に負けて質問を切り出した。

「それでタカオミ。彼女は私のパートナーの教え子で、きみの?」

こんな質問をされるだろうことは、彼の顔を見た瞬間から予想していた。なので既に回答も用意してあった。どう答えるのかと心配そうに見上げてくる結花の肩に手をやり、そっと抱き寄せて。

オフィスでは滅多に見せることのない笑顔にはかなり含みを持たせてあるが、答えは結花やライナーの予想の更に上をいっていた。

「...Sie ist mein Liebchen」

〝愛しの君《リープヒエン》〟。古い時代の歌曲か詩集にしか登場しないようなクラシックでロマンチックな単語に、ドイツ人二人は目を丸くした。

結花はその単語を知らず、後で辞書で確認しようと、すぐさま心の中で十回連呼して海馬に覚え込ませる。

言い切った貴臣はといえば、当たり障りのない範囲で堂々と結花と自分の関係を吹聴する行為が案外愉快なことを知り、こうした小さな既成事実の積み上げを新たなタスクとして己に課すことをその場で決めていた。

第八話　あなたはあたしの手を引いて、食べさせてくれ、服を着せてくれた。

“Sie haben mich bei der Hand genommen, mir zu essen gegeben, mich kleiden lassen”
aus *“Lulu”* von Alban Berg

「ま……負けた……」

べちゃ。とテーブルに倒れ伏して溜め息をついてから、ほんの少しだけ目線を上げ、食卓を満たす皿の数々をジト目で睨む。

真っ赤なトマトソースにフレッシュなバジルと、半分溶けたモッツァレラチーズがまだらに散るリングイネ。サラダの葉っぱは、なんと「ラプンツェル」だ。フェルトザラートとも呼ぶらしいが、日本語では野ヂシャ。グリム童話で読んだことはあるが、実物を見るのは初めてだった。

大皿に、浅蜊《あさり》とトマトと黒オリーブにまみれた魚が一尾まるごとドーンと載っている。アクアパッツァというものらしいが、いわゆる焼き魚以外で、切り身ではなく丸ごと一尾皿に載った料理なんてこれまた初めて。

その魚を料理するのに使った白ワインの残りが、キンと冷やされてグラスに注がれている。

店で買ったものを並べただけのソーセージ《ヴルスト》やサラミが、すこぶるつきに美味しいのは当たり前。だってここはドイツ、美味しい加工肉の本場だ。

ただ、そこに添えられた黒や緑や赤っぽいオリーブの実とか、くるみにアーモンドにチーズの切れ端なんかが、なんだか異様にオサレな雰囲気を発散している。恐る恐る口に入れると、どれもこれも後を引く美味しさ。

「くっ……完敗です……！」

「勝ち負けよりも、結花、パスタが伸びる。好みに合わなかったか？」

「何言ってるんですか完璧ですよカンペキ！　全くもうなんなんですか!?　かっこよくて頭よくて仕事できてお金持ちでその上料理まで……ッ！」

悔しさにうち震えながらも、パン！　と両手を叩いて「頂きます！」と宣言し、苦笑した貴臣が「召し上がれ《グーテン・アペティート》」と返す前に大皿からパスタをごっそり取り分け始めた。

テーブルに並んでいるのは、なんと貴臣の手料理である。

久世貴臣の手料理！　久世家の家族や秘書達が知ったら、泡を吹いて倒れかねない。

しかも彼は、買い物から戻ってものの一時間でこのご馳走を並べてみせた。恐るべき手際の良さ。ラプンツェルのサラダに和えたドレッシングさえ自作した。こんなものは適当で十分だと言いながら、ボウルの中に塩と胡椒をごりごり挽き、粒マスタードとシャンパンヴィネガーとオリーブオイルを適当に加え、長い指を突っ込んで適当に混ぜる。その適当さ加減がまた、いかにもこなれた風で物凄くかっこいい。

「凝ったものは作っていないよ。季節感のないメニューになってしまったが……まあ腹は膨れるだろう」

なんてことを言うが、結花の目にはどう見ても、イタリア料理のレストランでしか食べられない大のご馳走だ。ここは真冬のベルリンのはずなのに、テーブルの上には地中海の風が吹いている。

「なんで？　なんで⁉　貴臣さん、自分で料理なんてする必要ないじゃないですか！」

「そんなことはない。アメリカで学生をしていた頃は、寮の食事に飽きると自炊していたし」

結花のために魚の身を丁寧にほぐしながら言う貴臣に、結花は目を丸くした。

「え。そうなの？」

「ああ。部屋に閉じこもって課題の小論文《エッセイ》を書いていると、食事のために外に出るのも億劫になるが、寮のカフェテリアのメニューにはすぐに飽きる。近場のデリは食べ尽くした。チキンやピザのデリバリーはどう見ても健康に良くない。そのうち、ストックしてある食材で自炊するようになる」

呼べば（呼ばなくても）食事の世話をしにくる女には事欠かなかったが、料理だけでなく料理人まで食べさせられる羽目になるので面倒だったのだ。——なんてことは昔の話、黙っておこう。

「SAISはボローニャに分校があってね。そちらに滞在している間に、地元の人間に簡単なイタリア料理を教わったんだよ」

「……」

「次はもう少し時間をかけて、ボローニャ仕込みのボロニエーゼソースでも作ろうか？」

教えてくれたのは、きっと地元の、ボン・キュッ・ボーン！　なイタリア美女なのだろう。まざまざと想像してしまい、ずーんと落ち込む。

落ち込んで下を向いているのだが、食べる手は止まらない。だって何これひどい。この魚、スープが美味しすぎる。

「……他人に料理を振る舞うのは初めてだから、少しは緊張したんだよ。結花がそんな顔をしていると、自信をなくして二度と料理しなくなりそうだ」

苦笑交じりの声に、え、と顔を上げる。ぽかんと開いた口に、種抜きのブラックオリーブをぽいと放り込まれた。

「はいえて？」

目をぱちくりさせた結花が鸚鵡返《おうむがえ》しに訊き返すと、貴臣はまるで水でも飲むかのように白ワインを喉に流してから、目元にだけごくうっすらと微笑みを浮かべて頷いた。

「自分で作ったものを誰かに食べさせるのは、初めてだ」

「ろーひて《どうして》？」

「誰かにそんなことをしてやろうなんて気に、なったことがなかったからな」

「ほんあいおいひいのに《こんなにおいしいのに》？」

「——それはよかった。それで結花は、一体何を拗ねてる？」

もきゅもきゅと噛んだオリーブをワインで飲み込む振りをして、黙り込む。あなたが完璧すぎて辛いんですって、なんだか日本語おかしいし。

外のちゃんとしたレストランで飲食するときと違い、値段もカジュアルでポップなラベルの、けれどちゃんと美味しい軽やかなイタリアワイン。いつものシャンパン一杯とこの一本が同じ値段て、ほんとにお酒は恐ろしい。

別に、拗ねてるわけじゃ。と言いながら横を向く顔の、むぅと噤んだ口の端がトマトソースでちょっぴり赤くなっている。何をむくれているのか想像がつかないでもないが、そんな顔をしても可愛いだけ。

ことの始まりは、前日の昼に結花が食べたパスタ。

ハッケシェ・ヘーフェは、旧東ベルリンの中心地・アレクサンダー広場《プラッツ》から路面電車でほんの数分の場所にある、観光客にも人気のスポットだ。

「ヘーフェ」というのは「中庭《ホーフ》」の複数形だが、九つもの中庭を囲むレトロな建物群に、カフェ、レストラン、ワインショップに雑貨店、ブティック、映画館に劇場と、実に様々な店舗や施設が入っている。東ベルリンの信号機のキャラクター・アンペルマンのグッズショップもあり、国内外から集まる若い客でいつも賑わっていた。

そんな場所にある雰囲気のいいカフェで、ランチセットのパスタを注文してみた結花である。そういえば、ドイツに来てからパスタを食べるのは初めてだななんて思いつつ。

最初に出てきた小さなサラダは、まあ普通だった。だから、パスタも普通を期待した。明らかに観光客向けのランチセットで、サラダとパスタにソフトドリンク付で価格は十二ユーロ。とびきり美味しい何かを期待できるような値段ではない。だから、普通にそこそこ美味しいパスタを食べさせてくれれば十分だった。

が。

「私がレトルトとレンチンで作ったパスタだって、あれよりよっぽどましですよ！」

その夜、夕食を食べながら、憤懣《ふんまん》やるかたないといった面持ちで叫ぶ結花を、貴臣は「珍しいこともあるものだ」と思いながらこっそり微笑ましく眺めていた。レンチンというのは、どうやらレンジでチンの略語らしい。

「そんなに酷かったのか」

「酷いなんてもんじゃない！　パスタは明らかに茹でおきで伸びきってぷにゃぷにゃだし、トマトソースだって、普通にレトルトか瓶詰でも使ってくれればいいのに。茄子は殆ど火が通ってなくて半生、玉葱もほぼ生だし、全体的に生ぬるいし、第一決定的に塩気が足らないし！」

よほど酷い代物だったらしい。結花が挙げ連ねた単語から想像した食べ物は、日本人的感覚からすれば、パスタとも呼べぬおぞましい代物だった。

「……想像するだけで食欲が萎えるな」

「日本でなら、そこらのチェーンの喫茶店でも、五ユーロ未満でもっとましなパスタにありつけますよ！　うちの学食のパスタだって！」

「ああ、それは仕方ない」

何が仕方ないのかと貴臣をつい睨むと、僅かに苦笑しながら説明してくれる。

曰く、日本の食べ物はコストパフォーマンスが良すぎるのだ、と。

「外食に限らず、日本の食べ物はどれもこれも、世界基準と比較するとかなり出来がいい。パスタだって、イタリア本国以外では、それなりにきちんとしたイタリア料理店でないと食べられないようなものが、案外どこででも食べられる。むしろそっちの方が異常なんだよ」

「……確かに、別にちゃんとした店に行かなくても、チェーンのカフェでも普通にそこそここ美味しいパスタ食べられるかも。ファミレスだってそうだし」

日本ではファミレスは勿論チェーン店のカフェだって一度も入ったことのない貴臣だが、話の大筋に影響はない。

「ものによっては、本国以上の代物に進化していることもある。インド人の友人は、日本のカレーを愛してるとよく力説していた」

「あ、それなんか聞いたことある！」

「元々ドイツは、食べ物にそれほどこだわるお国柄じゃない。だからなおさらだな。――パスタが食べたかったのか？」

「んー、すっごく食べたかったってわけじゃないけど。そういえば、しばらく食べてないなぁって」

「そうか。……ドイツでイタリア料理はぞっとしないから、どうせなら本国へ連れていったときにいくらでもご馳走しようと思っていたが。それなら私が作ろうか」

「――――、は？」

今、私が作ろうかって、言わなかったでしょうか……？

眉根を寄せて首を傾げながら耳を疑う結花に、貴臣が何でもないことのように平然と言う。

「ちょうど明日は土曜だ。……コンサートは夜だったね？」

「ん、フィルハーモニーで八時から。ブラ三とドビュッシーの『ラ・メール』」

「よし。それなら朝はどこかの青空市《ヴォッヘンマルクト》へ行って、材料を買い込んできてここで作ろう」

嘘でしょ、と結花は愕然とした。包丁を持ったことすらなさそうなのに。

嘘でしょ、と思ったまま、翌朝は早めに起こされると、ムートンのコートとブーツで完全装備させられ、前の晩にホテルのコンシェルジュから情報を得ておいたベルリン市内の青空市へ連れていかれた。

青空市は結花も好きだ。物凄く好きだ。東ベルリンのリヒテンベルクにほど近い公園で毎週土曜に開かれているその青空市は、オーガニックやビオの商品が豊富で、比較的若い客が多い。気温氷点下の真冬の朝だというのに、なかなかの人出だ。

「うっわぁ……ここの朝市、大きい！」

「どこもこういうものじゃないのか」

「ヴィッテンベルクプラッツの市場の倍以上ある！　お店もすっごいたくさん……貴臣さん、あれ！　あれ見て！　すごい！」

うわぁ。うわあぁ……！　と結花が盛大に両目を輝かせたのを見て、貴臣は手を繋ぎながらしばらく好きに歩かせることにする。

朝市でこれなら、クリスマス市にでも連れていってやったらきっともっと喜ぶだろう。

年末の予定を押さえさせないと……と、貴臣の頭の中にどんどん(国外での)デートの予定が立ちまくる。

ただでさえ楽しい朝市、おまけに「二人でお買い物」というなかなかないシチュエーションに、結花のテンションも急上昇していた。

近隣の農家が持ってきている野菜はどれも新鮮で、子供の頭ほどある大きなカリフラワーやロマネスコ、それにわさわさのラプンツェルが見事な山積みになっている。けれどそれ以外にも、素敵なものがわんさかあって。

ビオのフルーツを漬け込んだ、シロップやジャムの瓶詰。二十数種類もの蜂蜜。酪農家直送の生乳や乳製品に、絶品のミルクジャム。強面のひげ面の男性が売っているのは、ベルリン郊外にある小さな醸造所の地ビール数種類。ターバンを巻いたインド人らしきおじいさんの屋台は、数えきれないほどの乾燥ハーブやスパイス。ドライフルーツやナッツをぎっしり並べた屋台では、トルコ移民と思しき中近東系の顔のおばさんが客寄せをしている。

お嬢《フロイライン》ちゃん、試《プロビーレン》してみて。と片言で言われて試しに摘まんだ干し無花果《セミドライフイグ》が驚くほど柔らかくて美味しくて、思わず値段も見ずに「これ下さい」と言ってしまった。ささやかな衝動買いだが、物欲に乏しい結花にしては珍しいことだった。そこへ貴臣が、枝付きの干し葡萄に素焼きのアーモンドそれと胡桃を追加注文。

上着のポケットはすぐに小銭でいっぱいになり、前の日に買ったばかりのアンペルマンのエコバッグがどんどんずっしり重たくなっていく。持ち手が破けるんじゃないかとうっすら心配になってきた貴臣は、次は地下鉄ではなく車で来ようと心に決めた。

歩いているうちにウィーン銘菓・林檎のパイ包み《アプフェルシュトゥルーデル》の屋台を発見し、朝食抜きで来ていた結花は見た瞬間飛びついてしまった。苦笑した貴臣が一杯一ユーロの搾りたてオレンジジュースを屋台から買ってきて、あつあつのパイ菓子をはぐはぐと貪りながらしばし休憩。そうして胃袋を落ち着かせ、好きなだけはしゃぎ終えてから。

ラフな服装をしていてもやはり最高級の男でしかない貴臣が、近所の主婦に交じって農家のおっちゃんとやり取りするのを、真冬の寒さも忘れて呆然と見守る。

はしゃぎ回る結花を眺めながら、あちこちの店の品定めをしていたらしい。何をどこで買うか決めて、最大限効率よく動いているようだった。

生のトマト、セミドライのトマト、完全なドライトマト。パセリ、セルフィユ、バジルにチコリにラプンツェル。量り売りの三色オリーブに、小さなピクルス、大きなピクルス。緑色の胡椒が粒ごと入ったソーセージ《ヴルスト》にハム《シンケン》にサラミ。黄緑色のオイルで満たした巨大なガラス容器を飾ったオリーブオイルの専門店では、エキストラヴァージンとそうでないものを二種類。

イタリアから直輸入という水牛のモッツァレラチーズと、オーガニック小麦の生パスタも買い込み、パン屋のトラックでは、結花の好物のドイツパン、炒めた玉葱を練り込んだツヴィーベルブロートを大きな塊で購入。店員の若い女性からうっとりした眼差しを送られていたが、目の前で結花といちゃつきながら見事に無視。

最後に魚屋の屋台で地中海産のスズキを一尾買い、荷物が増えたのでタクシーを捕まえて棲家に戻る。ベルボーイに「部屋に運んでおいてくれ」と荷物を預け、もう一度外に出て、すぐ近所にあるワインショップへ。そこで白ワインのボトルを二本買い込む。いつもと違い、結花でも普通に買えるような気楽な値段の、イタリアワインにドイツワイン。

そうして部屋に戻ろうとすると、今度は一人でお遣いに出された。KaDeWe《カーデーヴェー》にならあるだろう、ついでにデザートも何か好きなものを買っておいでと。

再び地下鉄に乗り、巨大デパートの食品売り場で目当ての粒マスタードとシャンパンヴィネガーを買い、悩みに悩んでようやく選んだデザートを買って、戻ってくるまでほんの小一時間。戻ったときには既に、食欲をそそる香りがキッチンに充満していた。

そして話は冒頭に戻る。

「お……おなかいっぱい……」

「……ここまで綺麗に平らげてくれると、作り甲斐があるな」

負けた、と喘いでお腹をさすりながら再びテーブルに突っ伏している結花の皿は、洗う必要もないくらいピカピカ。一滴のソースも残っていない。しつこく丁寧にパンで拭って、全部口の中に入れてしまった。

自分の作ったものの味を確かめるようにどこか神妙な顔つきで食べていた貴臣も、結花がぷりぷり腹を立てながら真剣に褒めているのを見て、ようやく頬を緩めた。

「ううぅ……。だってこんなに美味しいトマトソース、初めてだったし……！　この魚のスープも、何これありえない！」

「それはよかった。ワインのおかわりは？」

「頂きます！　……あの、貴臣さん、できたらまた、作ってくれますか……!?」

この程度のもので満足してくれるなら、お安い御用だ。貴臣は快く頷いた。

「構わないが、別に難しいものじゃない。次は一緒に作ろうか」

「はい！　じゃあ明日！」

「明日か。二日連続同じメニューでいいのか？」

「三日連続でも全然いけます！」

「だったら、火曜からロンドンに出張だから、その間食べられるように何か作り置きしておこうか」

こともなげに言う飼い主の姿に、結花はむしろ打ちひしがれた。

——負けた。完敗だ。なにこの完璧なひと。

見た目が良くて頭が良くて優しくてお金持ちで、おまけに料理の腕もいい。文句のつけようがない。ありえない。

「……ただでさえカンペキなのに、料理までできるなんて……、ずるいったらずるいずるすぎるぅぅぅぅ……！」

酔って赤くなった顔を盛大にむくれさせ、ずるいずるいと連呼しながら、とろんとして迫力のない目で恨めしそうに貴臣を睨みつけている。

妙齢の女子なのに家事能力がまるでないことを、実は結構恥じている結花のコンプレックスを、貴臣はこれでもかと刺激しまくってしまったのだ。結花が拗ねるのも無理はない。

「何がずるいんだ」

「だって……だって貴臣さん、なんでもできるのに。かっこいーし頭いーしきっと仕事もできるんだろーしすてきだし……」

他でもない結花に「かっこいい」だの「すてき」だのと言われれば、貴臣だって悪い気はしない。顔の筋肉がかなり引き攣ったが、笑み崩れはしなかった。同じようなことをこれまでに色々な相手から何度も何度も言われたが、いつも自分は他人事のように冷めていて、こんなにくすぐったい気分になることは決してなかったのに。

貴臣がそうして顔の皮膚の下でちょっとした葛藤を繰り広げていることなどまるで気づ

かず、結花がぺいっとサラダの残りに手を伸ばし、ラプンツェルを摘まみ上げる。葉っぱを口からはみ出させながらもしゃもしゃと顎を動かす様が、まるでというよりウサギそのものだ。——可愛い。

「絶対、ぜったい、おんなのひとに、ちょーモテモテなのに。どーして私なんかに、きちょーなてりょーり振る舞っちゃってるの？」

「どうして結花以外の女にそんなことをしなきゃならないんだ」

「だってー、世の中にはー、もっと美人さんとかー、きれーな大人のおんなのひとがー、いっぱいいるでしょー？」

「いても私には関係ない」

「むぅぅ。そーやって世界中でおんなのひと泣かせてるんでしょー……」

気がつけば結花にむくれているだけでなく完全にできあがっていて、むきになってワインを飲んでいる。いくらアルコールに耐性がある方とはいえ……。

「……この酔っぱらいめ。悪酔いして二日酔いになっても知らないよ」

「だいじょーぶだもーん。二日酔いなんて、なったことないもーん」

「たまたまだろう。それで？　結花は一体何が気に入らなくて拗ねてるのか、言ってごらん」

拗ねてないもん。と言い返す頬がぷくりと膨らむ。あまりに可愛くて、その頬を齧ってむしゃむしゃ食べてしまいたい。

「……こっちへおいで、酔っぱらい」

呼べば素直に立ち上がって、ワインのグラスを手に持ったままとことこ歩き、ちょこんと膝の上に乗ってくる。

「何か訊きたいことでも、あるんじゃないのか」

「訊いても、いーの？　……くだらないことでも？」

「いいとも。何が訊きたい？」

「んー、んーと……あのね。あの、貴臣さんは、どーして、私なんかを、こんなに、そ……の」

「──可愛がっているのか？」

もごもごと口ごもったので自分で言ってやったのだが、ただでさえアルコールで紅潮していた頬が、更にじゅわっと赤くなった。

「可愛がって当たり前だろう。こんなに可愛いペットが、ほかにどこにいるんだ」

「でも、ほかにも、おんなのひと、いっぱい、いるでしょ……？」

「私が女をとっかえひっかえして遊んでいるとでも？　そんな暇があるように見えるのか」

「見えない、けど。……でも、貴臣さんみたいなひとが、私なんかで、満足できるのかなって……」

不意に、へにゃりと眉尻が垂れる。酔っぱらいの戯言なのだが、自分で口にした言葉に自分でショックを受けてしまったらしい。

途端にしおしおと消沈して黙り込んだ顔つきを見て、貴臣がそっと息を吐きながら微かに苦笑する。

「不満があるように見えるか？」

「……わかんない……」

膝の上に乗っていながら貴臣の顔を見ようともせず、ただ俯いてグラスを弄んでいる顔に手を添え、くいと引き寄せる。そろりとグラスを取り上げると、細い腕が首に絡みついてきた。

「何をどう言えば、結花は納得するだろうな。――他の女？　それは勿論、結花以外の女を抱いたことがないとは言わない。だが、誰と何回どんなセックスをしたか、もう一つも思い出せない。それくらい、どうでもいい話だ」

初めて結花を抱いた夜のことは、全部覚えているのにな。くすりと笑う微かな吐息を感じ、恥ずかしくなった結花がぎゅうと男にしがみつく。

「満足できるか？　満足だとも。毎朝結花におはようのキスをして、毎日ただいまのキスをして。退屈な会議で一日無駄に潰れても、ここへ戻れば結花が疲れを癒やしてくれる。

一人で食べるより食事は美味しいし、結花に酒の味を教えるのは楽しいし、可愛くめかし込んだ結花を連れて演奏会へ行くのは、やみつきになる娯楽だ」

淀みない口調には、迷いもためらいも一切ない。心底そう思っていると雄弁に知らしめる、確信に満ちて断固とした声。

「満足しているとも。唯一の不満は、これが期間限定だということだ。ねえ結花、いっそ大学なんてやめてしまって、ずっとここで一緒に暮らそうか」

「い、いやそれは、困ります。だめ……」

「こっちの大学に入り直したらどうだ。フンボルト大学なら、ここから徒歩三分だぞ」

「ドイツ語で大学とか、ぜったい無理……しかもフンボルトとかありえない……」

「英語ならどうにかなるんじゃないか。ロンドンかニューヨークでもいいよ」

「そ、そうじゃなくて……！」

冗談ではなく本気が透けて見える声だったので、結花もちょっぴり本気で焦った。ずっとなんて、そんなの。

——そんなの、できたら、いいのにな。と。そう思ったけど、口には出さない。余計な希望は持たない。今この瞬間こうしていられるだけで、自分は十二分に満足しているから。

こくりと一口ワインを飲んだ貴臣が、そっとグラスを置いて囁く。

「……正直に言えば、一人にこれほどのめり込んだのは、私も初めてだ。女性とは、あまり人に褒められるような付き合い方をしたことがない。長く付き合うのは面倒なだけだと思っていたよ。だから、結花のことも、帰国して二ヶ月も放っておいた。そのうちまた、いつものように面倒になるだろうと思ってね」

　自分の肩に頬を乗せた結花が小さく頷くのを、感じてから続ける。

「面倒になるどころか。二ヶ月の間、気づけば悶々と、どうやって手に入れればいいだろうとそればかり考えていたよ。どんな面倒な手を使っても、もう一度抱いてみたいと思っていて、再会したら今度は——捕まえたくなった。結花、私の方が訊きたいよ。どうして結花は、こんなに私を惹きつけるんだろうな?」

「……その……たまたま、……カラダの相性っていうのが、凄く……よかった、からじゃ」

「それも否定しない。私はとっくに夜食の虜だ。食べずにいると禁断症状が出る。だがそれだけじゃない」

　身体の相性がいい女なら、ほかにもいた。けれどそれでも、三回目には飽きるか、うんざりしていた。今では相手の顔も覚えていない。

「私は多分、結花が思っている以上に、結花にのめり込んでいるんだよ。なぜなのかは、自分でもうまく説明できないんだが——」

　膝の上の可愛いペットを抱く腕に、ぎゅうと力を込めて。

「結花。結花は、誰のもの？」

「わたしは、たかおみさんの、もの。です」

「――それを聞くたび私がどれほど満足しているか、結花には想像もつかないだろうな」

そっと顔を傾けて、ちゅ、と黒髪に口づければ、くすぐったそうに身じろいだ結花が額を肩にぐりぐり押し付ける。ああ、可愛い。

「わたしも」

ぽそりと小さな声で呟かれ、ん？　と訊き返すと、結花がほんのちょっぴり顔を横に向け、片目で飼い主をちらりと見上げた。

「……わたしも、たかおみさんの、ペットのウサギで、とっても……満足。こんなに、満ち足りた気分、はじめて……」

ふわ、と柔らかく微笑む表情が、うっとりとした囁き声が、またしても貴臣の心臓を鷲掴みにする。

一体何度目だろう。非常に新鮮な感覚だった。女に心を奪われたことのない貴臣が、結花のふとした仕草に何度も何度も胸をときめかされている。

非常に出来のいい、名演と呼ばれるような演奏会でたまに味わう、心臓が疼いて身体の中心がぞわりとして、知らず気分が高揚するような、あの気持ち。

どんなプリマドンナのどんな素晴らしいアリアより、結花の囁く些細な言葉が貴臣の心を揺さぶり興奮させる。無自覚に自分を誘惑する声に、いつもいつも煽られる。それがなぜなのかはわからない。

ただ結花だけが、能面ヅラと呼ばれた顔を微笑ませ、冷淡だの冷酷だの言われる心を溶かし、冬眠していた雄の本能さえ叩き起こしてしまった。驚いているのは秘書達だけではない。自分も十分に驚いている。

新鮮だった。どうでもよくない女が世の中に本当にいたのかと、信じられなくて何度も自問した。答えはいつも同じだった。——結花が欲しい。

「結花は、私のものだよ」

「……はい、たかおみさん」

「結花の餌ならいつでも作ってあげるから、他の誰かの手から餌を食べてはいけないよ」

「はい、たかおみさん……」

「結花は、私だけのものだよ」

「わたしは、たかおみさんだけの、ものです」

こんな子供じみたやり取りなど、他の誰ともしたいと思わない。結花だけ。結花になら、毎日毎晩囁きたい。確認したい。結花が自分の、自分だけのものであることを。

その感情には別の名前があることを、薄々察しているけれど。言葉にはしない。言葉にしてしまったら、そのときが最後だ。本当に、結花を鎖に繋いで閉じ込めてしまうだろう。

だから、その言葉を口にする代わりに、何度でも言うのだ。

「結花は、私のものだよ」

イエスと言わせるためならば、結花の欲しいものを何でも用意しよう。手作りの食餌を与えることなど、お安い御用だ。

……後でもう一度どこかに買い出しに行こうか、と呟くが、反応がない。おやと思った直後、ひどく悩ましげな溜め息が長く漏れて——すぅ、と寝息が聞こえ始める。

愛しい愛しい恋人が、男の腕に抱かれて安心しきった横顔を見せ、安らかな眠りについていた。

第九話　やつの腕の中で俺を笑え

"Entre ses bras, rire de moi."
de *"Carmen"* par Georges Bizet

毎朝毎晩結花と一緒に暮らす生活は、想像以上だった。

心地良いぬくもりを抱えて目覚めれば、すぐ目の前にはいっそいとけないくらいの寝顔。安心しきった様子で深く眠っているのを心おきなく眺め倒し、満足してから目覚めのキス。

キスだけで起きることは滅多にない。どうやって起こすかを愉快に悩みながら、滑らかな頬を撫でたり唇を突いてみたりしているうちに、最近ますます若返ってきた気がする肉体が欲望を訴え始める。

眠っていても意識がなくても、愛らしく反応する結花が悪い。だからついいつもこうして、寝込みを襲ってしまうのだ。

「――ぁ…ん、ゃ……そ、れ、んぅ……」

「……気持ちいい？」

「んー…、……きも、ちぃ、い……っん、ぁ……それ、も…っと……」

寝ぼけている結花は特に可愛い。正気でいる間、恥ずかしがって声を殺そうとするのもいじらしくていいのだが、こう素直に快感を口にして率直にねだる声を聞くと、なんでも奉仕してやりたい気になってくる。その奉仕をウサギが欲するかどうかは別として。

「もっと──舐めて、ほしい？」

「……んん、もっ…と、それ、……なめ、て……」

「──お望みのままに」

起きているときには、決してここまではっきりとはねだってこない。求めているのは態度でわかるが、口には出してくれない。それがどうだ。

や、だめ、いい……と、目を閉じたまま眉を寄せて泣きそうになっているので、焦らしたりせずそのまま絶頂させてやる。きゅっと爪先を丸め、そっと忍び込ませた指を絞るように締め付けて、ひくんひくんと小刻みに痙攣して。

その強烈な快感でやっと、夢でなく現実を見るために開かれる瞳が焦点を結ぶ前に、引き抜いた指の代わりにぬぷりと先端を潜り込ませてしまう。

「おはよう、結花。いつになったら起きてくれるかと思っていたのに」

目覚めない結花が悪いんだよ、と嘯《うそぶ》きながら、殊更ゆっくり濡れた肉を押し開いていく。

ほぐし足りない隘路は阻むようにきついのに、同時に熱い蜜で滑らかに潤っていて、どんどん男を奥へと誘い込んでいった。

「こうすればさすがに目が覚めるかと思ったんだが。……ちゃんと起きたか？」

「――ア、ぁ、ぅ……っく、…ん～っ！」

「ああ、おはようのキスがまだだったね。おはよう、結花」

上体を倒して耳元に囁きつつ結花の膝裏をぐぅっと持ち上げ、溢れる蜜に蕩けた肉を最奥まで拡げて暴いた。先端が内壁に阻まれるのを感じながら唇を合わせ、更に奥を押し上げながら口づけを深くしていく。

せわしなく抜き差しせずとも、こうして奥を切っ先で重く刺激するだけで上り詰めてしまうこともある。なんて可愛いウサギだ。ほら、もう二回目。

「っや、だめ、た……貴臣、さん、時間……っ！」

「――結花。自家用機《プライベートジェット》には時間は関係ない。私が乗るまでは絶対にどこへも飛んでいかないから、大丈夫。可愛がってあげる時間は、まだあるよ」

「あ、や、でも……ッ、河合さん、が、下で、待って……！」

「ベッドの上でほかの男の名前を呼ぶのは感心しないな。そんな口は塞いでおかないと」

「貴お……っン、ふ…ぅ、ん、ッ」

上からも下からも、思いきり深い部分まで犯される。小刻みに抉られながら、舌を搦め捕られてきつく吸われる。どちらの刺激もあまりに気持ちよくて、寝起きの身体が一気に総毛立った。

欲望が凝った熱いもので中をかき回され、溢れて押し出された蜜がぐちゅぐちゅと音を立てて泡立つ。いっそ耳を塞ぎたくて無意識に手をそこにやると、その手を払いのけた男の指先が耳殻をくすぐり始めた。ひぅ、と息をのむと同時に、交ざり合った二人分の唾液がとろりと喉を滑り落ちる。

「――結花だって、気持ちいいくせに」

ぎりぎりまで引き抜かれたまま動きを止められて、無意識に脚が貴臣の身体に絡みついた。だめだ、よすぎてもう何も考えられない。身体が勝手にはしたなく蠢いているのを自覚しても、どれだけ恥ずかしく思っても、とめることができない。

貴臣もそれをわかっていて、わざとこうして動きをとめて結花自身に欲しがらせる。ほんの少しだけ、狙いをずらして責め立ててくる。そうすれば、本能に追い立てられた結花が自分から淫らに快楽を追いかけてくるのを知っているから。

く、と短い呻き声をこらえるように奥歯を噛んだ貴臣が、繋がったままの結花の身体を横向きに転がした。結花をぐずぐずに溶かしてしまうスイッチの一つがそこに隠れていることは、とっくにばれている。

「あ、あ、ア……っ！　い、い……、だめ、そ、こ、も、だめ、もう……っ！」

脚を大きく開かされながら激しく突き入れられ、枕にしがみついて悲鳴交じりに甘く叫ぶ。結花がそうして逃げを打ちながら身体をひねると、熱く蕩けた胎内の甘美な締め付けがいっそう強まって、結花自身だけでなく貴臣をも追い上げる。

……イくよ、と熱っぽく囁かれながらぬらりと耳殻を舐められた途端、いきなり背筋を悪寒と紙一重の鋭い感覚が突き抜け、身体が勝手に上り詰めた。そのさなかに、色気の滴る呻き声とともに胎の中の熱が膨張したのを感じて、更に息を詰める。

もはや口をぱくぱくと動かすことしかできない結花の中で、貴臣もようやく欲望を解き放った。

◆

いつまで経っても降りてこない上司の携帯を鳴らすべきか否か、二杯目のコーヒーを飲み干しながら悩む河合である。

なぜ降りてこないのかなどわかりきっている。下手に邪魔をすれば、どんな陰険な仕返しをくらうかわかったものではない。寝坊などした例《ためし》のない、仕事を疎かにするはずもない上司が仕事よりも優先させるとしたら、それは彼女だけだ。

溜め息をついて立ち上がり、顔馴染みのマネージャーを捕まえて声を潜める。どうやらヘル・クーツェは寝坊したようだ。朝食を食いはぐれるのは間違いないので、少し適当に包んでもらえないだろうか。

　かしこまりました、としたり顔で微笑む相手も、寝坊なんかじゃないとわかっているのだろう。なにしろあの上司は、ここでは何も隠していない。仕事での滞在なのか、それとも長い新婚旅行なのか、ぱっと見には区別がつかない。

　……案の定、いつもは一緒に朝食を取るはずの彼女は姿を現さず、上司が独りで降りてきた。いってらっしゃいのキスは、もうたっぷりしてもらったのだろう——ベッドの上で。

「遅くなった」

「お電話しようかと思いましたが、お邪魔だろうと思いまして」

「邪魔ではないさ。出ないだけで」

「……今生の別れというわけでもありませんでしょう。たかだかロンドンへ、たった三日ですよ」

　呆れたような河合の言葉に答えはない。そんなんで帰国したらどうするんですか、と付け加えようとして、思いとどまった。いっそ移住するなどとほざかれても困る。今の上司ならばそれくらいのことは言いかねないし、やりかねない。

「適当に朝食を詰めてもらいましたので、フライト中にどうぞ」

「気が利くな」

「朝から運動してお疲れではないかと」

「愉快な嫌みを言うようになったな」

「上司に感化されまして」

貴臣の第一秘書という激務を務め上げれば、もう後は約束された役員室直結ルートの通行許可書を手に入れたも同然。それまでの間のご奉公と割り切っていた河合だが、最近妙に愉快な出来事が多い。この上司の変化は最たる例で、私生活の充実がもたらす精神的・肉体的変化は劇的ですらあった。心理学で学位を取っている河合は、職務上でも個人的にも、その変化のもたらす影響を興味深く観察している。

さて、今日の日報はどう書くか。たった三日の別離にも耐え難いご様子なので、いっそ揉めに揉めている案件の処理を任せたらどうか。何としてでも三日以内に片が付くに違いない、そんなところか？

上司の父親である前に、自分にとっての最上位指揮官であるＣＵＳＥ社長・久世貴仁氏が、彼の日報を毎日一体どんな顔で読んでいるのか、それが一番気になる河合であった。


……朝から三回だ。三回。いくら三日分だからって。

そんな色っぽい顔のまま部屋を出るなと命じられ、ベッドの上から貴臣を見送った結花は、はあぁと冷めやらぬ熱を吐き出して枕に顔を埋めた。

ちょっとそのなんていうか、やりすぎ……じゃ、ないだろうか。絵里がよく冗談で「で、昨夜は何回？」なんて訊いてくるが、正直に答えたらどう反応するだろう。

ばふ、と頭までデュベを被り、しどけない裸体を隠す。刺激的な朝は、この先数日間の望まぬ平穏との落差が激しすぎて、なおさら寂寥感を搔き立てる。次にキスしてもらえるのは、三日後だ。それまで独り。

まだ貴臣の気配が残っていそうなベッドに転がったまま、もぞもぞと身じろぐ。今からこんなんで、東京に戻ったらどうすればいいのだろう。

——いずれ、彼の手を喪うとわかっているのに、こんなに溺れてしまって。また独りに戻れるのだろうか。否応なしに戻る日が、いつか必ず来るのに。

はぁ、と溜め息をついてから、吐き出した分の空気を胸に吸い込む。どんどん薄れていく貴臣の気配ごと。

マイナスに傾きつつあった結花の思考をニュートラルに引き戻したのは、スマホの着信音だった。

『ユカ、おはよ！　ねえ、何してるの？　今日はヒマ？』

朝から元気なカレンは、よくこうして結花を誘ってくる。

「……おはよ。ん、ヒマだよ。実はまだ朝ご飯も食べてない」

『じゃ、朝食は適当に運ばせるから、とりあえずお茶飲みに上がっておいでよ！　金萱茶《Jin xuan cha》の冬片《Dong pieng》が届いたよ！』

数フロア上のペントハウスから、ご令嬢のお呼びである。固有名詞の発音が中国語なので何と言っているか全くわからないのだが、要するに何かいつもと違うお茶が届いたらしい。

とりあえず暇だし、まあいっか。「身支度してから行く」と答えて、するりとベッドから抜け出すとさっとシャワーを浴びる。

見るからにゴージャスな総大理石のバスルームには、いつもの香水と同じ香りのバスジェルやボディクリームがフルライン並べてあり、一日二十四時間ずっと甘い桃と蜂蜜の香りに包まれるようになっていた。

もこもこと分厚いバスローブを羽織ってクコゼットルームへ行けば、全ての棚に様々な品物がぎっしり詰まっていて、下着一枚選ぶだけでもうんうん悩んでしまうような品揃え。結花本人ならまず選ばない、豪奢な総レースや艶やかなシルクサテンの、下着ではなくランジェリーと呼ばなくてはならないような薄ものが何種類も用意されているのを見て、思わず絶句したのはベルリン到着当日の夜。「いいスタイリストついてるんだねえ！」とカレンに言われ、そういうことかと半ば無理やり納得した。

下着だけでもその有様だが、洋服から小物まで、百貨店のワンフロアが丸ごと詰め込まれたかのような魔法のクロゼットである。そもそもファッションや流行にあまり（というか全く）興味のない結花は、服を買うときもほぼ絵里任せにしている。なのですぐに服を選ぶのが面倒になり、何も考えずに端から順に袖を通していくことにしていた。

考えなしに適当に選び出してもきちんと似合うのだから、スタイリストというのは凄いなと思うしかない。どんな品がどれくらい用意されているのかも把握しきれないまま、毎朝一言「やりすぎです」と貴臣に言わずにはいられない結花であった。

カレンの部屋《オーナーズスイート》は、結花が貴臣と暮らしている部屋と雰囲気は異なるものの、同程度かそれ以上にシックで豪奢な広々としたスイートなのだが、カレンが一人で滞在している間は大変残念なことになってしまう。

あちこちにばらまかれた様々なキティグッズがシンプルモダンな雰囲気を台無しにし、一日何回メイドが来てもすぐに部屋中散らかってしまう。お茶のセットもケーキの皿も、誰かが片づけにくるまでいつまででもそこにある。

重厚な木のデスクを備えたライブラリは、インテリアを兼ねた美しい写真集や紀行ものなどの趣味のいい洋書が全て端へ寄せられ、主に日本語のマンガや小説やよくわからない薄い本が我が物顔で大量に収まっている。何気なくぺらりとめくってみた結花が衝撃のあまり悲鳴を上げたのは、ベルリン到着翌日のこと。以来、カレンの本に手を伸ばすときは、薄くて大きい本は避けるようにしている。

「……これはこれでいいんだけど……」


少女の頃にも少女マンガなど読んだことのなかった結花である。「このへん女子の基本だよ！」とカレンが勧めてくるものを適当に流し読みつつ、美味しいお茶にお菓子を摘まんで、ソファの上に座ったり転がったりしてダラダラしているのだが。

「非生産的っていうか、時間が勿体ないっていうか」

「そうかなぁ。ダラダラは最高の贅沢だよー？」

「やっぱり根が庶民だからかな……。んー、やっぱ時間は有意義に使わないと」

読みかけのコミックを閉じて棚に戻し、タブレット端末を手に取る。三日あるとはいってもそう遠出する気はなかったが、こうなったらいっそドイツ国外まで範囲を広げようか。

あちこちの歌劇場のサイトを開き、公演予定をチェックする。パリ・オペラ座は？　明日が『魔笛』の初演《プルミエ》だけど、もう散々観てるし……。プラハ国立は『ドン・ジョヴァンニ』。悪くないけどいまいちピンとこない。チューリヒは？　明日がグノーの『ファウスト』……わざわざ行って観たいっていうほどの演目じゃないかなぁ。ミラノやヴェネツィアは……イタリア語が全然ダメだし、そもそも直前にチケットが取れるとは思えない。ウィーンは貴臣さんと行く予定があるからそれを待ちたいし……。

ならば、別々に

じゃあロンドンは？

そういえば、全く考慮に入れていなかった。一緒にいるのはまずいけど、でも、別々にならば？

ロイヤル・オペラ・ハウスのスケジュールを確認して、思わず唸る。新演出の『トゥーランドット』、今日が最終日だ。予告編をネットで見て、衣装やセットがすごく豪華絢爛で観たいなと思っていたプログラムだ。すっかり忘れてた。

さすがに今からじゃ……と溜め息をつきかけた結花の肩越しに、カレンが画面を覗き込んでくる。

「またオペラ？　ほんっとに好きなんだね！」

「まあね。だって日本じゃ観られないもん。高すぎて」

「これどこ？　ロンドン？　なんだ、一緒に行けばよかったじゃん」

「ん……それが、すっかり忘れてたんだよね。まあどちらにせよ、もう全席売り切れだし」

サイト上のチケット情報にはSold Outと表示されている。それを見たカレンが、人知れずにまっと笑った。ついに、この新しい友人にジェットセッターの本領を見せるべきときが来た。

「……ハイ、ジョージ？　カレンだよ。元気？　ところで、今夜のオペラのチケットどうにかならないかな？　うん、コヴェント・ガーデン」

おもむろにスマホを持ち上げて電話をし始めたカレンを見やり、ぎょっとした結花である。一体何を！

「うちになくても、絶対どこかのホテルが持ってると思うんだよね。ちょっと探してみてくれる？　あ、なんなら代金ちょっと色つけていいから。うん、これからそっちへ行く。今？　ベルリン。そう」

今から行くって、隣町へ遊びに行くんじゃないんだよ……!?

「え？　私じゃないよ、まさか！　友達。えと、兼、お客様？　うん、こっちのレジデンスに滞在中。ちょっと時間あいちゃったから、そっちに遊びに行こうと思って。チケットと部屋よろしくね。確保できたら電話して？　じゃ」

プツ、と通話を切ったカレンが、ビシッと結花に人差し指を突きつけた。

「はいじゃあ結花はshort tripの用意！　部屋に戻って、適当に着替え詰めてきて！　パスポート忘れないでね！」

——まさかと思ったけど、ほんとに行く気だよこの子。ただひたすら呆れて言葉を失っている結花に、カレンが更にたたみかける。

「あ、なんなら手ぶらで行って向こうで買っちゃう？　それならこのまま空港行くけど」

「ほ、ほんとに行く気……!?」

「行くよ！　ジョージはね、ロンドン・レジャンスのコンシェルジュなんだけど。大丈夫、オペラのチケットくらいすぐに見つけてくれるから」

「いやカレンちょっと待って……！」

観たかったな、とは言ったが、そこまでしてもらうほど物凄く観たかったわけじゃない。だめなら容易に諦めがつく程度の希望だったのに。

「ちょうど私も、カリーヴルストに飽きてきてて。美味しいフィッシュ＆チップス食べたいなって思ってたとこなんだ！」

「そんだけの理由で!?」

「十分だよ！　ほらユカ、ちゃちゃっと用意してきて！　準備ができたらすぐに空港へ行くよ！　すぐに出れば、向こうへ着いてちゃんと身支度整えて、余裕で開演に間に合うから！」

――まさかこんなことになるとは。五つ星ホテルの廊下を走りながら、結花は背中を冷や汗が伝うのを感じていた。

とにかく今は急いで部屋に戻って荷造りをしないといけない。確か、こんなときに使えそうな少し大きめのボストンバッグがあったはずだ。着替えとPCとスマホと財布と、そしていつもの香水を入れて。

結花がクロゼットルームにこもってあわあわしている間に、カレンはまず自家用機の整備担当に連絡して給油を指示すると、次いで別のところに電話をかけ、「ちょっとドレスを見立てておいてほしいんだけど」と相談し始めた。

カレンの新しい友人は、本当によくこうして退屈をしのぐネタを提供してくれる、素敵な友達だった。

◆

シティでの退屈な商用を終え、自宅代わりの自社ホテルへ戻ると、エレベーターを待っている彼に、「ローレンス様」とコンシェルジュがわざわざ声をかけてきた。

「上に、お嬢様がおいでです」

降りてきたエレベーターを後からやってきた宿泊客にすっと譲り、ドアを手で押さえながら自然な笑顔を作ってにこやかに案内して、慇懃に頭を下げつつドアが閉まるのを見届けてから、改めてコンシェルジュに向き直る。

「カレンが？　しばらくベルリンにいるんじゃなかったのか」

「ご友人をお連れです。ベルリンのレジデンスのお客様でして、これからコヴェント・ガーデンへ」

「……オペラか？　あのカレンが？」

「いえ。お嬢様は」

少々度がすぎるほどの哈日族《ハーリーズー》の妹に、なぜかベルリンで日本人の友達ができたという話は聞いていた。

正価《タリフ》で一泊三百ユーロが最低価格のホテルで、レジデンスのスイートに二ヶ月も滞在するような客に、カレンの友達になれるような若い女性がいただけでも少々驚いたが。

しかも部屋の主は、なんとあのCUSEの御曹司。前々から贔屓にしてもらってはいたが、大っぴらに女を連れてくるのも月単位の滞在も初めてだ。

自社のホテルだから、宿泊客のデータには全て目を通すことができる。台湾の経済界は日本と非常に距離が近いので、その気になれば情報はいくらでも集まる。見た目から学歴から仕事ぶりまで何一つ欠点のない、冷徹な切れ者と日本財界に名高い久世家の次男が、うら若い女性と二人きりでまる二ヶ月。少し探ってみたが、彼にそんな親しい女性がいるという情報はどこにもなかった。かなり厳重に隠しているに違いない。

……もうとっくに結婚して子供が複数いてもおかしくない年齢、なのに独身の御曹司。自分同様、家名と肩書きだけでも女には不自由しないだろうから、特定の相手を作らず身軽でいたい派なんだろうと思っていた。

ところがだ。ベルリンのスタッフにそれとなく訊いてみれば、東京から遠く離れたベルリンまで来た途端、人目もはばからずにハネムーナー同然のお熱い仲で、もう見るからに相手を溺愛しているという。

これで興味をそそられないはずがない。しかも、相手の女性は妹と同年代で、御曹司とは実に十八歳もの年齢差。年老いた大富豪がプレイメイトに入れあげるのとは訳が違う。マスコミでなくとも、どういうことなのか知りたくなるではないか。

そのうち暇を見繕ってベルリンへ見に行こうと思っていたが、わざわざあちらから来てくださるとは。

これは是非ご挨拶せねばと、愉快な出し物でも見物するような心境で、ラリーことローレンス・チェンはペントハウスに上がっていった。


——レジャンス・ホテル・ロンドンは、キングスクロスにほど近い大通りに面した、大きすぎず小さすぎないラグジュアリーホテルである。

立地条件抜群とまでは言えないが、ヴィクトリア朝の初期に建築されたネオゴシック様式の壮麗な建物は、今でもこの地区のランドマークとなっている。貴人麗人の華々しいエピソードに事欠かぬ創業当時の栄耀栄華は、だがしかし二度の大戦を挟んでオーナーが変わるたび、少しずつ確実にスケールダウンしていた。

建物は実に素晴らしいがそれ以外は全て並み以下、と評されていたホテルをレジャンス・グループが大枚はたいて買い取って、由緒あるたたずまいには極力手を触れぬよう注意しながら莫大な投資をしてリノベーションし、設備も内装も一新して再オープンに漕ぎ着けたのが八年前。それ以来、このホテルはレジャンス・グループの欧州旗艦ホテルとして、常に一族の誰かが滞在して目を光らせている。

そのためこのホテルのオーナー専有部分はベルリンのホテルよりも広く、最上階《ペントハウス》のワンフロアが全て、七つのベッドルームを備えた陳《チエン》家のプライベートスペースとなっていた。

「——ッやだやだ無理無理そんなの絶対似合わないから！」

「似合うか似合わないかを決めるのはユカじゃないから～」

「着るのは私でしょ⁉」

「おっほほほほほ。ここに本職がいるんだから、黙ってマネキンしていてちょうだいね、お嬢《マイ・ガール》さん！」

電子施錠されているドアに暗証番号を打ち込んで贅を尽くしたプライベートスペースに入るなり、何枚かドアを隔てた奥の空間で甲高い女の叫び声が迸っているのが聞き取れた。しかも、日本語と英語と中国語がごちゃまぜだ。

「服ならちゃんと持ってきたってば！」

「それがねえ、普通の服じゃ、ちょーっと困るのよ。ジョージが見つけてくれたチケット、かなりいい席だったんだよね。今日は最終日だし、それなりの格好でないと、思いっきり浮くよ～？」

「別にいい！」

「よくないんだよねーこれが。だって、その席を斡旋したのはうちだって、知ってる人は知ってるんだもん。あそこの客はこの程度か、なんて思われたら、ジョージの面目丸潰れなわけよ。わかるー？」

妹の声に、つい片頬が笑いの形に歪んだ。物凄いこじつけだ。これが普通の客相手なら、すぐさま妹の頭に拳骨を落として平身低頭平謝りしなければならないところだが。

「わかんない！　だったらもういいから……っ！　もういい、ベルリンに帰る!!」

「ユカってばー、いい加減諦めようよ。そこまですんごい衣装ってわけでもないじゃん？」

「そうよぉ、この程度で我慢してあげるんだから！　それとも、背中ががばーっと開いたロングドレスでも持ってきましょうか？」

「ノーサンキュ――――!!」

妹の言葉の尻馬に乗っているのは、どうやら叔母の声だ。いつの間に呼んだのか。

シャーリー・チェンのブランド名でそれなりに成功しているファッションデザイナーの叔母は、台北《タイペイ》ではなくこのロンドンを本拠地として郊外にアトリエを構え、年に二回新作を発表している。このホテルの一階にヨーロッパ最大規模のブティックを構えており（ロンドンだけでなく全レジャンス・ホテルにテナントとして入居しているが）、しょっちゅうこのフロアにも入り浸っている。が、今はちょうど来シーズンの秋冬コレクション開幕直前という一番忙しい時期で、姪のお遊びにかかずらっている暇はないはずなのだが。

どうやら妹は、ベルリンから連れてきた例の友人を、叔母の見立てでドレスアップさせようとしているところらしい。今顔を出すのはまずいだろうか？　まだ着替えの段階には至っていないようだが……

おそらく聞こえないだろうな、と思いつつ控えめにドアをノックし、五十人規模の立食パーティーが余裕で開けるリビングスペースのドアを開け放った。

ダークグリーン、シルバーグレイ、ファイアレッドに墨の黒。タフタ、サテン、シャンブレーにベルベット。叔母のブティックに並ぶ秋冬物のドレスがほぼ全種類、加えてランウェイにしか出していない非売品《ショーピース》まで持ち出してきているのには驚いた。

『あら、ラリーじゃない。今日は早いのね？』

目ざとく気づいた叔母が、手首にピンクッションをつけたまま手招きしてくる。例の彼女はまだ気づいていない。

『さっさと追い払われてきたのがバレましたか？』

『面倒でさっさと逃げ出してきた、の間違いでしょ。ところで、どう？　どの色がいいと思う?』

突然男の声がして、結花は慌てて振り向いた。何を言っているのかさっぱりわからない中国語で、カレンの叔母と親しげに挨拶しながらじっと自分を見ている、――貴臣のそれと同じように仕立ての良い三つ揃えに身を包んだ、貴臣よりは若いけれど自分よりはずっと年上の男性。

初めて見る顔だ。こんな顔ならさすがに結花でも忘れない。一流の書家が逸品の筆で細心の注意を払って描き上げたような、黒々とした髪にくっきりとした目鼻。異性の容貌などまるで興味のない結花でも、「うわーイケメンだー」と感心してしまうような顔。そしてその顔立ちの美しさは、ゴスロリさえ着ていなければ真っ当な正統派美少女であるカレンと、同じ属性だった。

この展開にどう反応していいかわからず、思わずその場で硬直してしまった結花に、相手は実に柔和な笑みを浮かべつつ片手を差し出してきた。

「お取り込み中、申し訳ありません。初めましてのご挨拶だけ、させていただけますか。カレンの兄で、ローレンス・チェンです。どうぞ、ラリーと呼んでください」

「……っあ、はい、こちらこそ、初めまして！　鳴海、結花、です」

相手がなかなか流暢な日本語で挨拶してきたおかげで、するっと結花の緊張がほぐれる。陳《チェン》家の人々は皆日本語に堪能だ。

「結花さん、ですね。ベルリンのホテルに、ご滞在いただいているとか。ありがとうございます」

「あ、いえ。あのそれ、私じゃなくてえええと！」

「久世様には、毎度御贔屓にあずかっておりまして。どうぞ、よろしくお伝えください。——ところで《by the way》、私はそこの、ベージュに黒いレースを重ねたドレスがいいと思うな」

　実に丁寧に挨拶され、神妙な顔つきで拝聴していた結花だが、後半いきなり英語になった台詞の内容を頭で噛み砕いてはっとする。そういえば、今自分は、明らかに分不相応と思われるゴージャスドレスを押し付けられようとしている真っ最中だったのだ！

「あら、ラリーったらさすが、お目が高いわ。私もそれがいいと思うんだけど」

「えー？　なんか地味じゃないー？　ユカには赤っぽい色がいいと思うけどなー」

「もう少ししっとりした赤ならいいが、その色は少し明るすぎるだろう」

「んー、まぁそう言われちゃうとそうかもー」

「いやいやちょっと待ってください！　だってそれ、透ける！　短い！　短い上にスカート割れてる!!」

　慌ててぶんぶん頭を振り、カレンの叔母が差し出してきたドレスを手で払いのけようとする。だめだめあんな短いスカート穿いたら、フトモモの内側のアレが絶対に見えてしまう！

それ以前に、自分の体形であんな服を着たところで、残念な結果にしかならないのは目に見えている。だからストンとして凹凸の少ない、生地が厚くて暖かそうなワンピースをわざわざ持ってきたのに！

「はいはいもういいから。そろそろ時間が押してきたからね。ユカは諦めて、あっちで身支度整えてきて。言うこと聞いてくれたら、叔母のブランドの宣伝に協力ありがとってことで、チケ代はチャラにするからさ！」

「ぐっ……！」

「いいじゃんどうせ誰か知り合いが見てるわけでもなし。ほら、あと一時間でここ出ないと！　叔母さんよろしくね！」

結局そのままずるずると、押しの強い妹と叔母に押し切られてしまった彼女を見送り、その姿が化粧室のドアの向こうへ消えると同時に、ラリーの顔から柔和な笑顔がするりとかき消えた。

『……華蓮。今のが例の？』

多分訊いてくるだろうなと予想していたカレンは、にまっと笑って小さく頷くと、先ほどの大騒ぎで疲れた喉を潤すお茶を運ばせるために内線を持ち上げる。

『友達のユカだよ。友達で、……ＣＵＳＥのクゼさんの、大事な大事な、溺愛してる恋人』

『――あれを溺愛、か……?』

『凄いよ。かけてるお金だけでも凄いと思うけど、もう食べちゃいたいくらい可愛いっていうオーラが四六時中出まくってて』

『食べまくってるんだろう?』

『食べられまくってるでしょうねー。あっちこっちキスマークついてるし。本人気づいてないけど』

サロンの一角を占拠した衣装の山から離れてどっしりしたソファに腰を下ろし、尊大な仕草で脚を組んで、ふむ……と考える。

まだ若いとはいえ、あのCUSEの御曹司が夢中になる女だ。どんな麗々しい名家のご令嬢か、あるいはどれほど魅惑的な小悪魔かと、いっそ楽しみにしていたのだが。

『……あの程度の女を、溺愛か……?』

驚くほど普通の女だった。勿論醜くはないが、取り立てて美しいわけでもない。必要最低限の化粧しかしていないせいか、さっきの今でもう顔立ちを忘れてしまいそうなほど平凡な外見だった。特にどう、と形容する言葉が見当たらない。強いて言うなら普通、だ。

無自覚に首をひねって眉を寄せている兄を見て、カレンが笑いを噛み殺す。

『ふぅん。ラリーって案外面食いなんだ』

『面食い？　いや、別にそんなことはないと思うが』

『だって、今、ユカの見た目のことしか考えてないでしょ』

『――まあそれは、否定しない』

ラリーがそう言うと、違うんだよなぁ。ちっちっち、と芝居がかった仕草でカレンが指を振り、したり顔で兄に講釈してきた。

『あのクゼさんだよ。あの人多分、ラリー以上に、これまでの人生で女に不自由なんかしたことないよ。モデルでも女優でもお嬢様でも、その気になればどんな相手でも余裕で落とせるよ』

『ご本人は写真でしか見たことがないが……まあ、そうだろうな。あの見た目で、あの名前だ』

『そんな人がだよ。今更見た目で女を選ぶと思う？』

まあそれは、選ばないだろう。ラリーは小さくかぶりを振った。見た目の良し悪しで選ぶことができるなら、とっくに妻帯者になっているはずだ。自分だってそうだ。

妹のカレンとは丸十歳差、今年で二十九歳になる陳《チエン》家の御曹司は、昨今己の身にも降りかかりつつある配偶者問題に思いを馳《は》せて、少々憂鬱な気分になった。

『ユカってねえ、もうねえ、ひたすら普通なの。普通すぎて、あたし達の周りには今までいなかったタイプ。見てるとすっごく面白いよ。普通で、裏表がなくて、打算とか計算とかそういうのとは一切無縁なの』

『……どこにでもいそうな感じだったが？』

『じゃ、ラリーの周りにいる？　陳《チエン》家の財産とか、レジャンス・グループ総帥夫人の座とか、そういうのにほんとにチラとも興味のない恋人。友人じゃないよ？　恋人』

言われて思わず言葉に詰まった。確かになかなかいない。自分と付き合う女性達は、皆多かれ少なかれ、自分と同じかそれ以上に、陳《チエン》家そのものに魅力を感じているのは間違いない。そして自分も、無意識にそれを前提にして、付き合う相手を選んでいる。身体の関係だけにしておくべきか、まともな恋愛をしてもいいのか、いつも考えながら恋人を選んでいる。

『そういうのがね、ないの。ユカには。ユカはただ、ヘル・クーツェの傍にいるのが嬉しいだけで、それ以外はなぁんにも求めてないの。――ありっこないって思うでしょ？　あるのよこれが。それにね？　さっき、叔母さんが言ってたんだけど』

ルームメイドが運んできた紅茶を、カレンはぞんざいな手つきでカップに注ぐと、兄を無視して勝手に飲み始める。

『普通でも平凡でも、それでも恋する女は綺麗なんだって。恋する相手から愛される女は、もっともっと綺麗になるんだって。そんな女を溺愛しつつ手間暇かけてせっせと磨いたら、どうなると思う？』

カレンのその言葉をラリーが実感するのは、四十分後。

彼が選んだ（と言っていいはずだ）ドレスを着せられ、上げ底ハイヒールを履かされてよろけながら、アジア人特有のまっすぐな美しい黒髪を半分背中に垂らし、残りの半分を編んでねじって結い上げて。

化粧っ気の薄かった顔は、叔母が懇意にしているヘアメイクデザイナーの手で完璧に仕上げられている。手が込んでいるようには見えない程度にナチュラルに、だがしかし眼差しは引力を帯び唇はぷるんと弾むように輝いて人の目を誘う。素がそう悪くないだけに、プロの手にかかればすぐさま美女に早変わりだ。

随分化けるな、と思ったのが最初。

「ね、ねえ、これ、やっぱりやめようよ……！　短いってば！」

顔以外の部分に無意識に目をやったのに気づいた彼女が、ラリーの視線を恥じらって真っ赤になりながら叔母のふくよかな身体の影に隠れた。だが、隠しきれていない。

シャンパンカラーのミニマルなワンピースに黒いケミカルレースを重ねたドレスは、ちらりと見ただけではレースに透けているのが布地なのか素肌なのかわからず、更にじっくり眺めたくなるデザインになっている。ある意味裸体にレースを被せたような、男の想像力を掻き立てるドレスだった。

慣れないハイヒールによろける脚は、細いながらきちんと筋肉がついてまっすぐ伸び、バレリーナのようだ。実際結花が以前はバレエを嗜んでいたことなど、勿論ラリーは知らない。

膨らみを抑えたワンピースが適度に肉感的な太腿を膝上五センチの部分まで覆っているが、ミニスカートのサイドにはざっくりとスリットが入っている。そのスカートに重ねられたレースが裾を飾り、艶めかしく透けて見える素肌に複雑な柄の影を落としていた。

「うわぁ、やっぱ似合うよユカ！　すっごくいい！」

抵抗し疲れてげっそりしている彼女を、両手を叩いて大袈裟に褒めそやす妹は、いつもの真っ黒なゴスロリファッションだ。オペラを観にいこうという服装ではない。

ということは、まさか彼女は一人で行くのか？　あの格好で？

「せっかく作った服なら、やっぱりこうして外に出して人目に触れさせた方がいいものねえ。お嬢さん、ご協力ありがとう！」

叔母も満足そうだ。ファッションというのはやはりこうして、作品を人目に触れさせることが最も重要な営業活動なのだから当然だ。

「いえあの、これ……そもそもちゃんと歩ける自信がないんですが……」

あの格好で転んだら、スカートの中まで丸見えだ。それは大変よろしくない。既に足元がふらついている有様では、横で誰かがエスコートして支えてやらないと危険だろう。いや、それ以前にそもそもだ。

「……カレン、彼女一人で行かせるのか？」

「だってあたし、オペラなんて観ないもん。退屈で寝ちゃう。別にいいんじゃない？　危ない場所じゃないし」

勿論そのつもりだ、と何の疑念もなく返されて、一瞬考え込んだ。実際のところ、考えるまでもなく結論はとうに出ていたのだが。

「——チケットは何枚ある？」

男女ペアが基本の社交の場で、一枚きりということはまずないだろうが、念のため確認する。

きゅっと眉根を寄せた妹が胡乱《うろん》な眼差しを兄に向け、これまたホテル一階のテナントから借りてきた宝石をあれこれ吟味している叔母と友人を兄の目から隠すように立ちはだかる。

「……一応ジョージが、二枚確保してくれたけど。ちょっとラリー？」

「演目は？　『トゥーランドット』か。わかる演目でよかったよ。さてじゃあ着替えるか」

ビジネス用というより、退屈な銀行家との会合用に地味目にまとめたスーツの上着を脱ぎ、ネクタイを緩めながら自分の衣裳部屋へと足を向ける。ティーカップをテーブルに叩きつけたカレンが、背後から追いかけてきた。

「ちょっとラリー！　ユカにはおっかない飼い主がいるんだからって、聞いてる⁉」

「だからといって、楽日にドレスアップした女性を一人で社交場に放り出すのは気が進まないな」

「物凄く問題ある気がするんだけど！」

「鉢合わせしなければ大丈夫だろう。大体、あの子を一人で行かせる方が心配じゃないのか？　——虫除けが要るぞ、あれ」

あれ、と言いながら肩越しに振り替えると、平凡から非凡へと変身を遂げた彼女が露出させられた耳に宝石をつけられているところだった。借り物とはいえ、石は本物だ。

虫除けが要る、と言われたカレンがそんな結花を凝視し、反論できずに口ごもって唇を噛んだ。

「ぐむむ。じゃ、じゃあ、ユカがいいって言ったらね！」

既に彼女を言いくるめる自信があるラリーは、さっさと顔を洗うと鼻歌を歌いながらお気に入りのスーツに着替え、内ポケットに二枚のチケットをしまいこんだ。

「——え？　付き添い？　いいです大丈夫です一人で行けます！　コヴェント・ガーデン初めてじゃないし……！」

ご一緒します、と言われて驚いたのは結花だ。誰もそんなの求めていない。かなりきっぱり断固として断ったつもりなのだが、ラリーも引かない。

「……なんていうのは言い訳で、面倒な食事会から抜ける口実が欲しいんです。隠れ蓑になってもらえると助かるんですが……カレンの友人のお世話となれば、父もあまりうるさく言わないでしょうし」

「はぁ……？」

「どちらにせよ、あなたの分も一緒にチケットを持っていますから。さて、渋滞するとまずい。そろそろ行きましょうか。カレン、クラブ遊びも程々にな」

少々強引に、ラリーは結花の手を取ってしまった。温かいとは決していえないドレスの上に、ふっかふかのファーストールを巻き付ける。

「叔母のドレスの宣伝に一役買っていただいて、ありがとうございます。すみません、こんな真冬にその格好ではお寒いでしょう」

「え。いえ、その、あ、はい」

「台北の気候で育つと、ヨーロッパの冬はこたえます。風邪を引かないよう、気をつけましょう。車を用意してありますから、ほんの少し我慢してください」

中学から大学院までずっとアメリカで育った陳《チエン》家の御曹司はしれっと言い放ちつつ、結花の肩にそうっと手を添えて室外へと促す。

一体何が起こっているのか、結花にはよくわからない。こんなに大げさなことになるなら、大人しくベルリンにいればよかった。なんでこんな、イケメンにエスコートされながらリムジンなんかに乗っちゃってるんだろう……？

そもそも異性と接した経験に乏しい結花には、ラリーの態度が全く理解できない。密かに全身を値踏みするように観察されているのにも、まるで気づかない。

そして結花は知らない。社交界というのが、案外狭いということを。

英国ロイヤル・オペラの『トゥーランドット』は、期待していた通りに文句なしの出来栄えだった。

美貌と美声を兼ね備えた昨今人気の若手ソプラノ歌手がタイトルロールを見事に歌い切り、新進気鋭のイタリア人指揮者のプッチーニ解釈はユニークだが奇抜すぎず、王子役のベテランテノール歌手の『誰も寝てはならぬ《ネッスン・ドルマ》』には客席からブラヴォーの大合唱。

大がかりなセットも絢爛な衣装も見応えたっぷりで、ヨーロッパで最も近代化された最新鋭の歌劇場だけが可能にする多彩な演出は、聴覚と同じくらい視覚も満足させるに十分たるもの。

「ああ、やっぱり来てよかったです……！」

教養人として必要とされる程度にはクラシック音楽を嗜むラリーだが、感動に頬を染め瞳を潤ませる結花の知識と熱意には、残念なことに到底及ばない。身を震わせて高揚している彼女の邪魔をしないよう、控えめなエスコートに徹する努力をするのみである。

何しろ、幕間にシャンパンを勧めてみるも「ノンアルコールで」ときっぱり断られたばかりか、グラス一杯のオレンジジュースさえご馳走させてもらえなかった。ほんの一瞬視線が逸れた隙に自分でさっさとバーの列に並びにいってしまい、逆にラリーの方へシャンパンのグラスを差し出してくる。あれこれしていただいた御礼です、と言って。

エスコート役も形無しだ。一体何のためについてきたのか。本当にただの虫除けにしかなっていない。

そもそも彼女は、自分に男としてエスコートさせるつもりなど微塵もないのだなと、すぐにわかった。——なるほど、と思う。

これほどまでに自分を異性と見做さない女性は久しぶりだった。

決して広くはない座席で隣り合わせに座っていても、自分の方などどちらとも見ない。目線はあくまで舞台に釘付け。自分の存在を思い出すのは、舞台から歌声が消えて緞帳が降り、長い長いカーテンコールがようやく終わって人の波が動き始めてから。

「十分、楽しんでいただけましたか?」

ホテル仕様の穏和な表情を作って控えめに笑いかけると、彼女は興奮冷めやらぬ様子ではっきり頷いた。耳元で、淡い金色の真珠に小粒のダイヤモンドをあしらったイヤリングが柔らかく輝いている。問いかけに流暢な英語で答えるその顔には、何の含みも裏もない、少女のように無邪気に高揚した笑み。

「最高《ブリリアント》でした……！　便宜を図ってくださって、ほんとにありがとうございました！」

もう何度目かもわからない礼を述べる彼女に、喜んでいただけてよかった、と親切そのものの言葉をかけながら思う。もう少し、彼女のことが知りたい、と。

片や結花はといえば、今も耳の奥で音楽の奔流が渦を巻き、瞼の上の方では華麗な舞台の幻がチラチラと舞い踊っている有様。ここに来るまでなんだか色々無茶苦茶だったけれど、それでも今回は観にきてよかった。カレンに感謝しなきゃ。

……できれば、貴臣さんと観たかったなあ、と心底残念に思った結花である。最近、どちらかというと地味というか暗いというか陰鬱な演出のオペラが続いていたので、空間いっぱいに色彩が溢れるド派手な舞台がなおさら印象的に見えたのかもしれない。

今日が最終日でなければ、絶対に彼を誘うのに。ああ、惜しいことをした。一緒にいるところを誰かに見られて困るなら、いっそ別々の離れた席でも構わないから、同じものを観て二人で盛り上がりたかった。

そんなことを延々考える横顔は、すぐ横で自分を見ている男の存在などまるで気にも留めていない。それを嫌というほど自覚して少々情けなく思ったラリーが、苦笑交じりに問いかける。

「喜んでいただけてよかった。ところで、お腹は空いていませんか？　喉が渇いているとか」

「いえ。あの、今、興奮していてよくわからないんです」

ここで普通なら、待ってましたとばかりにちょっぴりしなを作って「そうね、シャンパンでも」などと囁き合ったりするのが大人の男女の常である。泡立つ液体を満たしたフルートグラス片手に、ささやかな空腹をバゲットとキャヴィアで満たしたりしつつ、しなだれかかってくるくらいが普通なのに。

自分の方を向いていても、自分のことなど見ていない。象牙色の頬を紅潮させてうっとりと微笑んでいるものの、その笑みは自分に向けられたものではない。今ここにはいない誰かに向かって、微笑んでいるに違いない。

「一杯だけ、付き合っていただけませんか。御礼をしてくださるというなら、それで結構ですから」

こうして懇願しないと、グラスを受け取ってもくれない。女性を誘うのに、ここまで丁重に下手に出るのはおそらく初めてだ。けれど決して不快ではない。

ラリーにとっては結花の反応はいちいち予想外で、新鮮味があってなかなか愉しい。このままま っすぐ棲家に戻って妹に返却する前に、もう少し彼女と話していたかった。

「ええと……外でのお酒は、シャンパン一杯とワイン一杯までと決められているので、それ以上は無理ですよ?」

「十分です。……ちなみにそれは、久世氏のご指示で?」

「はい。まだお酒は勉強中なので」

大真面目に言い切るのがまた面白い。絶対にそんな理由ではないだろうに。

確かに、「溺愛されている」というのは冗談でも誇張でもないらしい。座席に腰かければ右脚の太ももの内側に、垂らした髪が後ろへたなびけば白い項《うなじ》の後ろ側に、くっきりと紅く口づけの痕が浮かび上がっている。誘導尋問とも言わない程度にやんわり問いかけてみれば、片時も手放したがらぬ久世氏のベルリンでの日常が垣間見えた。明らかに彼は、掌中の珠を手間暇かけて磨き立てている真っ最中のようだ。

妹の新しい友人の話を聞いてすぐ、部下に彼の情報を集めさせてみた。様々な媒体《メディア》に掲載された顔写真が何枚も出てきたが、笑っている顔は一つもなかった。どれもこれも冷ややかな無表情か、よくても感情の見えない無表情。水際立って容貌の整った美男子なだけに、写真で見ると冷酷さが際立って見えるほど。

写真に添えられた経歴は、立派の一言。コロンビア大学、ジョンズ・ホプキンス大学ポール・H・ニッツェ高等国際関係大学院、ダートマス大学タック経営大学院と、出身校《アルマ・マテル》を並べただけでも素晴らしく華々しい。それに「CUSEの久世」といえば、世界中の企業家が日本経済の基礎知識として知っている名だ。

同じように世界的な実業家の息子として生まれ、コーネル大学からペンシルベニア大学ウォートン・スクールとアメリカで最高クラスの教育を受け、ビジネスの世界の頂点を目指すべく生きてきた自分と、かなり似た境遇だ。なのに彼が、今の今まで結婚の二文字から逃げ続けてこられたのが不思議だった。

そんな御曹司が、一体どんな顔をして、こんな可愛らしい女性をかまい倒しているのか。できればそれをこの目で見てみたいと、前から思っていたのだが。

見る機会は、案外早くに訪れた。


その店がロンドンのどの辺りにあったのか、結花にはさっぱりわからない。

一人でこっそり飲みたいときにたまに行くんです、と言われて連れていかれた店は、ひっそりとして落ち着いた雰囲気で、かつ、東洋人だからといって扱いが変わったりもしない、ラリーのお気に入りの場所だということだったが。

『……申し訳ありません。少々騒がしいお客様がおいででして……』

恐縮して頭を下げてくるスタッフの背後には、濃い飴色のマホガニーと深紅の天鵞絨《ベルベット》を多用した、英国らしい重厚かつ優雅な薄暗い空間が広がっているというのに。

あまり品が良いとは言えない笑い声の主は明らかに酔っていて、誰かに絡もうとしているのを複数の人間が取り囲んで野次を飛ばしている。女性の声もした。

『……見事に台無しだな』

『面目次第もございません……』

呆れたように呟いたラリーは、後ろからそろりと顔を出した結花を見下ろし、さてどうしようかと束の間考え込んだ。

いつもは静かで雰囲気があって、それでいて女性を連れ込むのにふさわしい洒落た店なのだが、あんな客が団体で騒いでいてはどうにもならない。

『よかったら、近くにどこか紹介してもらえないかな』

『さようでございますね、どのような……』

とろりと柔らかな海狸《ビーヴァー》の毛皮越しに、そっと結花の肩に手を添えようとしたラリーだが、初めての店が物珍しい結花はするりと脇を抜け、一歩中へと足を踏み出していた。

『――いい加減にして。あなた飲みすぎよ、バーティ。うるさいわ』

奥の席から、明らかにうんざりしきった女性の声がする。

『あなたの仰せなら黙りましょう、レディ・ロージアン！　そんな男の膝から下りて、僕に身を任せていただければ！』

『何度も言ってるでしょ。お断りよ。……ほら、皆呆れてるわ。あなた恥ずかしくないの？』

『無駄ですよレディ。酔っ払いですから』

『さっきから何組客が逃げてると思うの？　私、お詫びにどれだけこの店で豪遊しなきゃいけないのかしら』

傍で聞いていると、まるで喜劇調《コメディタッチ》のドラマか映画だ。つい目線が吸い寄せられ、奥まった位置でテーブルを囲む団体の方へ顔を向けてみる。

『ごらんなさいな。あんな可愛いお嬢さんまで、すっかり呆れ果てて――』

白いはずの肌が真っ赤になるほど酔った西洋人の男性が三人、一人の女性を取り囲んで盛り上がっているようだった。その女性が結花の方を振り返る気配がして、じろじろ見るのは失礼だなと慌てて目を逸らそうとした刹那。

シングルソファに座っているように見えた女性が艶めかしい細腰をひねると、身体の下に別の誰かが座っているのが目に入った。スーツ姿の男性だ。どうやら、こんな場所で堂々と男の膝の上に乗っているらしい。

「結花さん、今回は別の店へ行きましょう。ここからそう遠くはないので――」

日本語でのラリーの声に無言で頷きつつ、踵を返そうとして、ふっと結花の目線が横に流れた。

酔っ払いの騒々しい乱痴気騒ぎに辟易していたその男は、店の入り口に立ち尽くしてこちらを窺っている東洋人の二人連れ《カップル》に何気なく目をやった。

――貴臣の膝の上に、しっとりと妖艶な美女が乗って身をくねらせている。

きちんと化粧した上に宝石までつけてドレスで着飾った結花が、見知らぬ男にエスコートされている。

互いに自分が見ているものを信じられない思いで凝視し、しばし硬直してから——

無意識に歯を食いしばった結花は顔をくしゃりと歪ませてその場に背を向け、それを見た貴臣が椅子の肘掛をきつく握り締めながら額にくっきりと縦皺を刻んだ。

おや？　と思ったのはそれぞれの連れの部外者二人。

突然逃げるようにしてその場に背を向けた結花を追うラリーの視界の隅で、膝の上の女を手荒に退けて立ち上がった男が露骨な渋面を浮かべる。

写真を見ていたので、相手が誰かはすぐにわかった。だが。

そこで腹を立てるのは、かなり筋違いじゃないか？

「結花。どこへ行く？」

低いがよく通る声だ。押し殺した激情の気配を色濃く漂わせ、酔っ払いも正気に返って言葉をのみ込むほど迫力に満ちている。

呼ばれた結花はびくりと肩を震わせて立ち止まり、恐る恐る振り向いて、飼い主がまっすぐにツカツカ歩いてくるのを見て更に怖じ気づいた。

「っご、ごめんなさい、邪魔しにくるつもりは……」

慌てて謝罪してみるものの、貴臣の眉間の皺は更に深くなるばかり。

「――なぜここに？」

「……王立歌劇場《ロイヤル・オペラ・ハウス》の『トゥーランドット』、よく見たら今日が最終日で……」

「千秋楽に、ドレスアップして観劇か。――で？　誰だこいつは？」

「あ、あの、ラリーは……」

怯えながら必死に言い募る結花の代わりにラリーが、明らかに作り物とわかる手抜きの笑顔を顔に貼りつけて挨拶する。

「初めまして、ローレンス・チェンです。どうぞよろしく、ＣＵＳＥの久世さん」

ホテルのオーナー一族として、上顧客に挨拶するという口調では、断じてなかった。

「――陳家《チエン》の？」

貴臣の眉間の皺がほんの少し薄くなるが、相手を睨む眼光の凍てつく鋭さは全く衰えない。結花が慌てて横から言い添えた。

「カレンの、お兄さん。一人で行かせるのは忍びないって、ついてきてくれただけです……」

「忍びないというより、危ないでしょう。こんなに魅力的な女性を、一人で社交場に放り出すなんて。周りの男は何をやってるんだと、呆れられますよ。ねえ？」

多分に含みのあるセリフを冷気の迸る目線で黙殺し、じっと結花を見つめる。——自分の与えたものではない服を着て、自分の知らない男に連れられている結花を。

「結花。こっちへ来なさい」

おいで、ではない。来なさいと命令した。

だが、あろうことか結花は怯えた表情のままふるふると頭を振って、彼を拒絶したのだ。

「いえ、あの、今日はこのまま、カレンの部屋に帰ります。貴臣さんの邪魔をする気は——」

「何の邪魔だ」

「だってその、あの……」

結花の態度にも口ぶりにも酷く苛立って、無表情が険しくなる。すると結花が今にも泣きそうな顔で、貴臣の背後で愉快そうに成り行きを見守っている美女の方へちらりと目線を飛ばした。

ああ、とすっかり忘れていた貴臣が憂鬱な溜め息をつく。

「……結花が気を遣うような相手じゃない。気にしないでいい」

『あんなに親しそうにしていたのを見たら、気にしないでいられるわけないだろうに』

日本語での会話に英語で嘴《くちばし》を挟むラリーを敵視する眼差しで射殺してから、僅かに身体をひねって背後を振り返る。

『──千煌さん。面白がってないで、挨拶くらいしてください』

『えー？　あんまり面白くって、思わず動画でも撮っておこうかと思っちゃったわ』

女優張りに美しい顔でにんまり微笑んだ美女はゆっくり近寄ってくると、不躾なくらいに遠慮のない目でまじまじと結花を観察した。思わず結花も相手をじっと見つめてしまう。

──東洋人なのか、黒髪の西洋人なのか、一目で判断がつかないくらい彫りの深い、恐ろしく目鼻立ちの整った美女である。長く美しい黒髪を誇示するように背中へ垂らし、凹凸のはっきりした魅惑的なボディラインを、友禅ばりの百花繚乱をプリントした華やかな衣装で包んでいる。歩く姿は勿論あらゆる仕草が堂々として優雅で、相手を従わせることに慣れた傲慢さを窺わせるものの、それがまた酷くよく似合う。

そんな極上の美女を相手に、貴臣は珍しくはっきりと顔をしかめて溜め息を連発しているが、そんなあけすけな態度が美女との親密さを窺わせてなおさら結花を怖じ気づかせた。

『……都合も聞かずに呼び出されて、馬鹿騒ぎに付き合わされた挙げ句にこの始末。どうお返しいただこうか、実に悩ましいですね』

『はいはい悪かったわ、誤解させちゃってごめんなさいね。こんばんは、可愛いお嬢さん。千煌・ロージアンよ』

結花の目の前までやってきた美女は実に愛想よくにっこりと微笑んで挨拶してきたが、勿論名前に聞き覚えなどなく、挨拶されるいわれもない。露骨に目元を眇めた結花を見て再び溜め息をつき、貴臣が冷ややかな眼差しで更に美女を睨む。

『もっとわかりやすくどうぞ』

『なんなら称号まで名乗りましょうか？ ……冗談よ、貴臣ったら怖い顔。旧姓・久世千煌です。よろしくね、貴臣の大事な仔ウサギちゃん』

「というわけで結花。この人は一応、私の姉だ」

「……お、お姉さん……!?」

――美魔女だ。こういうのを美魔女っていうんだ。

結花はぽかんと呆気にとられて、貴臣の姉どころか妹と言われても納得してしまうような美女を凝視した。三十八歳の貴臣の姉ということは、少なくとも四十歳前後にはなるはずだが、顔立ちや身体つきはせいぜい三十代前半くらいにしか見えない。だが。

言われてみると確かに、この尋常でない際立った美貌は貴臣と同じ系統だ。けれど、姉ということは日本人のはずなのに、会話は全て英語。とても上品で美しい、生まれつき喋っていたとしか思えないほどなめらかなイギリス英語。

美女に見惚れつつ頭の中を色々なことがぐるぐるしている結花を、貴臣はさっさと傍へ引き寄せた。ラリーのことなどもはや見てもいない。

『千煌さん、この後は付き合いませんからどうぞご勝手に』

『ま、しょうがないわね。貴臣、あなた今晩どうする？ うちへ帰ってくるの？』

『結花を連れてコノートにでも行きます』

ロンドンに来るとよくこの姉のタウンハウスに滞在している貴臣だが、今はとにかく、誰にも邪魔されない密閉された空間で結花と二人きりになるのが先決だった。顔見知りの使用人が複数いる姉のタウンハウスよりは、馴染みのホテルの方が用途に合致するだろう。

「部屋がご入り用でしたら、私どものホテルにいくらでもご用意致しますが？」

ホテルチェーンの御曹司が横から声をかけるのを一睨みしただけで無視し、貴臣は無言で結花の腕を掴んで引く。

一分一秒でも早く、結花を隠したい。短すぎるスカートも、透け感が色気を倍増させるレースのドレスも、結花にはまだ早いと思っていた宝石も、似合っているからなおさら気に入らない。どれもこれもあまりに忌々しくて、さっさと引き剝がしてしまいたいのをずっと堪えているのだ。

「貴臣さん、あの、カレンの部屋に荷物が……っ」

「そのままベルリンに持って帰らせればいいだろう。——千煌さん、部屋の手配は頼みましたよ」

『はいはい。それより貴臣、あまり仔ウサギちゃんを虐めちゃだめよ？』

『ちゃんと悦ぶように虐めますからご心配なく』

あまりといえばあまりな会話を最後に、貴臣は店から結花を引きずり出した。

ラリーも千煌も、千煌を取り囲んで騒いでいた酔っ払い達もすっかり酔いが醒めて、黙って見送るよりほかなかった。

見知らぬ場所で停まった車から手首を掴まれて引き降ろされ、制服姿のドアマンが開いたドアの間を早足で引きずっていかれる。

ただでさえ慣れない厚底ヒールに段差でぐらりとよろけると、溜め息交じりにその場で抱き上げられた。酷くぞんざいな手つきで。

人気《ひとけ》の少ない深夜とはいえ公の場でそんな真似をされたことより、貴臣の冷ややかな顔にうっすら浮かんだ表情に凄まじい違和感を覚えてぞっとする。

こんな顔の、彼は、知らない。

出迎えた年配のホテルマンが訳知り顔で微かに頷き、一言も口を利かない貴臣を最短距離で部屋に案内する。そこはベルリンの部屋に勝るとも劣らぬ、広々として洗練された美しいスイートルームだったが、部屋の様子を窺う余裕など与えてもらえない。

上着も脱がずにバスルームへ直行した貴臣が、空のバスタブへ結花を放り込んだからだ。

「脱ぎなさい」

感情の読めない声で一言命じながら、蛇口のレバーを迷わず叩き下ろす。どっと湯が迸り、短く叫んだ結花が慌てて靴を脱いでバスタブの外に投げ落とした。毛皮のストールも肩から外してぐるぐると丸め、少し離れた位置にある洗面台のシンクの方へえいっと放り投げる。

　みるみる湯が溜まっていくバスタブの中で、少し濡れてしまったドレスをどうにか一人で脱ぎ、シルクとレースの薄いスリップも頭から抜いて、ぐっしょりになったストッキングを爪先まで引き下ろす。バストから臍までを覆う、今まで見たこともなかったドレス用のビスチェは結花の手に負えず、どうしようと沈鬱な溜め息を漏らしたそのときだった。

「っ……きゃッ！　や、な、なに……!?」

　トプトプトプ、と音がしたかと思うといきなり頭のてっぺんから冷たい液体を流しかけられ、思わず悲鳴が漏れる。

　だらだらと頭皮を伝って顔まで垂れてきたその液体は、強烈なアルコール臭と、保健室の手洗い用消毒液のような強い刺激臭を放っていた。匂いがきつすぎて、油断してまともに吸い込んだ次の瞬間、発作的に激しく咳き込んでしまう。

「いやッ……！　や、めて、貴臣さ……いッ、痛っ！」

　得体のしれない液体は前髪を伝って目に入り、突き刺すような鋭い痛みを引き起こした。湯が出続ける蛇口の下に手をやって必死に顔を洗い、痛みをこらえて無理やり瞼を持ち上げる。

　霞む視界に目を凝らすと、昏《くら》く冷たい目をした貴臣が、結花の頭の上で酒の瓶を逆さにしていた。

「ッた、貴臣さん……っ⁉」

刺激物に対する防衛反応で涙を噴き出している目を眇め、何度も瞬きしながら必死になって名前を呼ぶ。だが返事をする代わりに男は瓶を口に咥え、消毒臭い酒を無造作にラッパ飲みし始めた。

「──二十七年もののイケム樽《カスク》のポート・エレンか。アイラはあまり飲まないが、これはこれで悪くないな。……ほら、結花も飲んでごらん」

舌舐めずりして酷薄に笑いながら結花の顎を摑んで押さえ付け、口移しに液体を一気に流し込む。ピリっと唇がひりつくほどの、高濃度のアルコール。

口からも鼻からも強烈な刺激臭が襲いかかり、すぐに激しく噎せてしまった結花は飴色の酒を全て口から吐き出したが、男は赦さない。今度は結花の顎を上向きにがっちり押さえ付け、口の中めがけて液体をどぼりとぶちまけた。

「ぃやッ……っう、ぅぐ、んぐっ、ぇ、ぅえ……っ！」

いやいやをして必死に逃げようとするがかなわず、喉を閉じて拒もうとするが、拒みきれずに飲み込まされる。そうして激しく咳き込むたび、ぶわっと両目から涙が溢れて流れ落ちる。マスカラの滓《かす》が睫毛から剝がれ落ち、綺麗に施されていた化粧は酒と涙と唾液ですぐにぼろぼろになった。

「なかなか貴重な酒だ。味わって飲みなさい」

「む、り、無理ッ……ッいや、これ、強いっ…消毒臭い……！」

「臭いばかりじゃない。うっすらイケムの、貴腐《きふ》の気配がするよ。よく味わってごらん」

貴臣が一体何を喋っているのか、結花には全くわからない。自分がこんなに苦しんでいるのを間近で見ておきながら、意味のわからない言葉を語る唇が冷酷な笑いの形に歪んでいる。

その唇で瓶の口に吸い付いて中身を一気に呷ってから、結花の唇を覆ってくる。すぐにねじ込まれた舌も濡れた粘膜もやけに熱いのは、アルコールのせいだろうか。

「強くて臭くてちょうどいい。アルコール消毒だからな」

「な……っ！」

「他人の手垢がついた。綺麗に消毒しないと」

噎せながらどうにか飲み込んだのに、いつまでも口の中にへばりついているかのような酒の味が、深い口づけの合間に流し込まれる唾液で少しずつ薄まっていく。けれどまだ鼻の奥がツンとして苦しくて、目が痛くて涙が止まらず、喉は火傷したかのようにじりじりしていて、自分の身体から濃厚に立ち上る匂いだけで噎せて再び咳き込んでしまう。

実際のところ、その刺激臭は消毒液ではなく泥炭《ピート》の香りで、この匂いが強ければ強いほどたまらないという人種が世の中にはごまんといるのだ。だが、結花にはただの毒物まがいの刺激物でしかない。

本当に苦しくて、そしてそれを平然と自分に強いている貴臣が怖いのに、くちゅっと唇を甘噛みされながら舌先を強く吸い上げられただけで、身体の芯がぞくんと震え上がってしまう。

「匂いが嫌なら、一度流そう。――九十九年のサロンか、不味くはないがまだ若いな」

すっかり空になったモルトの瓶を無造作に脇の洗面台に置き、持ってきてあった別の瓶のネックを掴む。慣れた手つきでホイルを剝がし、マッシュルーム型のコルクを手早く抜いて。

ポン、と場違いなほど景気のいい音がして、呆然とそれを見つめていた結花の頭上で再び瓶が逆さにされた。

「きゃ……ぁッ、や、冷た……！」

プチプチと細かく弾ける液体が、しゅわっと泡立ちながら結花の身体を流れ落ちていく。肌の上で発泡する感触と、その冷たさに、心底ぞっとした。

飲みながら抱かれるのは珍しいことじゃない。結花にとって、ウイスキーの味は貴臣のキスの味だ。冷たくて熱い液体を裸体に流され、酒で素肌を洗われるのも初めてではない。身体のあちこちに酒を塗り込まれ、酩酊しながら酷く乱れて貴臣を喜ばせたことだってある。

なのに結花は今、歯の根が噛み合わぬほどの恐怖を感じながら、ただひたすらに酒臭い口腔を貪られている。そうしている間にも、頭上からどぷんどぷんと音を立てて最高級のシャンパンが流れ落ち、重なり合う唇の端から口の中に入り込んで、アルコールに痺れる舌と一緒にじゅるりと吸い上げられた。

「……どうした、結花？　そんなに怯えた顔をして」

「た……貴臣さん、なんだか……こわ、い……っ」

シャンパンの瓶の首を摑んで直接ラッパ飲みするなどという、おおよそ普段の彼からは想像もつかないような振る舞いをして、口に含んだ液体をまたしても無理やり結花の口に流し込む。炭酸がきつくて飲み下せず、げほげほと咳き込みながら吐いてしまえば、許さないとばかりに何度でも同じことを繰り返された。

そういえば、ベルリンからのフライト中にパイナップルケーキをおやつに食べたきり、固形物をお腹に入れていない。胃の中に吐くものがなくて本当によかった、と奇妙に安堵するほど何度も何度も嘔吐《えず》いてしまい、空っぽの胃壁からどんどんアルコールが浸み込んでいく。火をのみ込んだかのようにカッと熱くなった喉と胃から、あっという間に酔いが回り始める。

「これで匂いはどうにかなった。ほら、シャンパンなら飲めるだろう？　好きなだけ飲みなさい」

美食家御用達のシャンパンが、鳥肌まみれの肌を逆撫でするようにして流れ落ちる。一本分があっという間に泡と消えて湯に混ざると、更に別の瓶を摑んだ貴臣が無言で抜栓した。悲鳴を上げて後ずさるが、バスタブの外へは逃げられない。

――激昂しているに違いない弟を少しでも宥めようと、千煌が特に言って用意させた特別なスプリングバンクが、またもや結花の肌に惜しげもなくぶちまけられる。再び強烈なアルコール臭が立ち上り、酔いが回ってきている結花を更に酩酊させた。

己の衣服に酒や湯が染み込むのも一切構わず、バスタブにうずくまろうとする結花の腕を引いて立たせ、どぷどぷと流した酒ごと素肌を舐め上げる。

「――こんなものをつけて」

うっすらと狂気を帯びたような鋭い眼差しが、宝石で飾られた結花の耳に突き刺さった。酒にまみれながらキラキラと輝いているイヤリングが、耳朶ごと貴臣の熱い唇に吸い込まれる。

「ッ、んぅ、ン……ッ」

途端にびくんと身を震わせる結花の、性器の一種かと思うほどに感じやすいこの耳に、誰かが――もしかしてあの男が、無遠慮に触ってこんな飾りをつけたのかと思うと、どす黒い熱が身の内に渦を巻く。口に含んだ宝石を無造作にソープディッシュへ吐き捨てると、暴力的な衝動のままに貴臣が耳殻にきつく嚙みついた。

「いッ……！　ぃ、たい、貴臣さん、痛い……っ！」

本気で耳を噛み千切られるのではないかと恐怖しながら、結花がぼろぼろと涙を流して訴える。耳が痛いのか、目が痛いのか、それとも心が痛いのか、アルコールが回ってきていてよくわからない。

でたらめに振り回した手に叩かれてようやく顎から力を抜いた貴臣だが、まだ解放してやらない。今度は舌にたっぷりと唾液を乗せ、宥めるように緩やかな動きで何度もそこを舐め上げた。

「……耳に何かを付けるのは、気に入らないな。こうやって可愛がってあげるのに困る」

ちゅぶ、ぐちゅぐちゅと、わざと派手に音を立てながら、耳にこびりついた酒を吸い上げ、舌と歯でこそげ取っていく。右耳がすっかり唾液にまみれると、今度は左の耳。奥歯を噛んで声を噛み殺している結花が、おずおずと貴臣の肩に手を乗せ、弱い部分を責められる快感に震えながら抱きついてきた。

「う……っく、ん、ごめ、なさい……っ」

結花にはわけがわからない。なぜ貴臣がこんなことをするのか、全く理解できない。自分がどう悪いことをしたのか、まるで思いが至らない。それでなくとも、無理やり飲まされた高濃度のアルコールで酩酊していて、まるで頭が働かない。でも。

わからないけれど、彼が怒っているのは間違いない。とにかく謝らなきゃ。きっと自分は、とても悪いことをしたんだ。謝って赦してもらわないと、――もしかして、捨てられてしまうかもしれない。

「どうして謝る。結花はそんなに悪いことをしたのか？」

「うぅ……っ、だ、って、た、貴臣…さん、おこって」

「――怒ってなんかいないさ。それにしても、随分卑猥な格好だな。――あの男が見立てたんじゃないだろうね？」

艶やかな黒のシンプルなビスチェは、膨らみからウエストまでをすっぽり覆い隠していて、むしろ露出は少ないのだが。

「ちが、あの、カレンの、叔母さ……」

「まあ誰でもいい。私でないことは確かだ。結花にはまだ早いと思っていたが、そうでもなかったな。似合うよ、とても。――いやらしい格好だ」

にたりと笑ってみせるくせに、目が全く笑っていない。ストラップレスのビスチェをしげしげと眺め、酒を吸ってぐっしょり重くなったカップを無造作にぐいと押し下げる。アルコールでコーティングされた、丸く張りのある乳房が、若々しく弾みながらまろび出た。

「酒まみれで美味そうだ」

いつもの優しい手つきではない。痛かろうと引き攣れようとお構いなしに鷲摑みにして柔肉を捏ね、先端の敏感な尖りを無遠慮にいじくって手荒に刺激し、寒さと怯えでぷつりと硬くなっているのを「もう感じているのか」と野次《やじ》る。違う、と頭を振って否定すれば、耳を舐め尽くした舌にちゅるりと搦め捕られ、先端に歯を立てられながら容赦なく責められる。

シルクサテンのカップの上から乳輪ごとがぶりと噛まれ、下着から滲みだしたモルトとシャンパンの混合物をズズと音を立てて啜られて、たまらずぶるっと身体が震えた。

それを見逃す貴臣ではない。卑猥に動く指先がもう片方の肉粒をとらえ、淫らに硬く凝った乳首をひねり潰しながらぐいと強く引っ張った。

「た、たか、おみ、さ…っん、あの、ご、ごめ……ぁぁあっ、いや……！」

この下着が気に入らないらしい貴臣に殊勝に謝ってみせようとしたのに、あまりに鋭い感覚に反射的に身体が逃げる。同時に胎内がぞわぞわと急激に疼いて、熱いものが滲み出してくるのを自覚した。

「謝るのか逃げるのか、どちらかにしなさい、結花」

「う……、や…ッ、やです、逃げない……っ！」

逃げたりしない。私は、貴臣さんのものなんだから。何をされたって、絶対に逃げたりなんかしない。

本能が危険を察知して身体を逃げるように動かしたのに、結花は意志でそれを無理やり抑え込んだ。本能よりも、貴臣に従うことを選んだ。それを察した貴臣がほんの少し溜飲を下げたが、逆に欲望のパラメータが上昇してしまう。

「――逃げないと、何をされるかわからないよ」

「んっ、する、なんでも、する……！　ど、すれば、い、の……？」

「じゃあ、この口で、私を咥えてみようか」

唇に手荒く指を突っ込みながら試しに言ってみれば、すぐさまがくがくと頷き、抵抗する素振りなどかけらも見せずに男の腰へ手を伸ばしてくる。教えたことはまだないが、その行為を知ってはいるようだ。無意識ににたりと笑って、口紅の剝げた唇を指先でなぞる。

「したことないだろう。結花にできる？」

「ってき、る、します……！」

昏い欲望にとっくに張りつめていたものを目の前に差し出してやると、こくりと息をのんだ結花が真っ赤に充血した目でそれを凝視する。催促するように揺らしてみせれば、震える両手の指先でそっと触れてきて。そのままの状態でためらって硬直してしまったのを赦さず、先端を半開きの唇に押し付けた。

「ほら。舌を出して、舐めてごらん」

「……は、い。……っん、――っ」

言われた通りに従順に、ほんの僅かな疑念も抵抗も示さずに、結花は飼い主の欲望に奉仕し始めた。ぐっと舌を前に伸ばし、先端のつるりとした部分をぎこちない動きでひと舐める。

いずれそのうちにとは思っていたが、結花にオーラルセックスを教え込むことそれ自体が酷く貴臣を興奮させた。は……と思わず零れた酒臭い吐息が、燃えるように熱い。

懸命に舌を蠢かしている結花の頭上で再び気まぐれに酒瓶を傾け、顎の先端や立ち上がった乳首からぽたぽたと雫が滴るのを発情しきった目で見つめる。試しに己の昂ぶりにもたらりと垂らしてみれば、更に大きく口を開いた結花が幹から根元まで舌を這わせて舐め取っていく。唇にこびりついた酒を舌で舐め取ったり、溢れかけた唾液と混ぜ合わせて飲み込んだりしているのを眺めていると、ぞくぞくと身体の奥から不穏な気配が込み上げてきた。

「……なかなか上手だ。どこかで勉強でもしてきたのか」

「つぇう、ん、んんん、ひ……ひない……！」

「結花は私のものだ。ほかの男に……こんなことをしては、いけないよ」

しない、絶対しない、と喋るのもままならぬまま、見上げた瞳を潤ませて訴える。そうしながらも懸命に、男に言われた通りに舌を伸ばして唾液を擦りつけ、猛りきったものを必死に唇で宥めている。想像していたよりも遥かに、貴臣の劣情を強烈に煽り立てる光景だった。

「――少し、口を開けて。先端を口に含んで、かるく吸ってごらん」

何を指示しても逆らわない。どんな淫らなことでも、今の結花なら諾々と従うだろう。

「ぁ、あ……あ、い、ん……、っ、こう…?」

「歯を当てないように。……当たったら、回数を数えて、同じ数だけ結花のあれを噛んであげるよ」

あれを噛む、と言われた瞬間、へにゃりと結花の膝と腰が砕けた。酷く卑猥な下着姿のまま、湯気とともにアルコールが立ち上る湯船にへたり込み、閉じることのできない唇の端からたらたらと唾液を垂れ流しながら、はぁはぁと息を継ぐ。

下肢の鋭敏な肉芽を舌で愛撫されてよがり狂っている最中に、突然カリっと歯を立てられた弾みで上り詰めるあの感触。思い出しただけで、濃い蜜が秘裂から溢れ出して下着の中にどろりと広がった気がした。それを見下ろす貴臣の眼差しは、淫蕩な上にひどく酷薄で、口の端を引き上げた笑い顔は心底結花をぞっとさせる。

——間違いなく恐怖しているのに、その恐怖すら、貴臣に与えられれば別の意味を持つのだろうか。酔ってとろりと濁った目をした結花は再び膝立ちになり、先ほどよりも大きく口を開いて一生懸命舌を伸ばすと、飼い主の凶器に奉仕を再開した。

「ん、っんぷ、ふぅ……ッ、ぁ、む、っ…!」

……私のウサギは、本当に淫らでいやらしい。跪いて懸命に自分の欲望に奉仕している結花を見下ろし、貴臣は胸の内で身勝手な欲望が心地よく満たされていくのを感じて思わず微笑んだ。

　こんな酷い目に遭わされているのに、それでも人でなしの飼い主に淫らな身体を擦りつけていやらしく甘えて。何でもするからどうか捨てないでと、必死に懸命に訴えている。捨てたりするはずがないのに。

「——もう少し、頑張れる？」

　囁くようにして問いかければ、何を頑張るのかもわからないくせにきっぱりと頷く。口の周りを酒と唾液でべたべたにしながら。

「ぎりぎりまで口を開いて、一番奥までのみ込んでごらん。……そう、上手だよ結花。苦しいだろうな、可哀想に。もう少しだ」

　初めてで根元までのみ込ませるのは無理に決まっているが、限界まで押し込んでみる。半分も入っていないあたりで結花が反射的に抵抗したが、赦さない。きつく眉を寄せ、涙が再びぶわりと溢れてきて、ぎゅっと閉じた瞼の端に盛り上がる。

　たまらない。自分を満足させるために、こんな苦しみに懸命に耐えている結花が、心底たまらない。苦悶する表情を眺めているだけでも射精できそうだ。

　苦しそうにしながらも、結花がそろそろと頭を動かし始めた。口いっぱいに含まされた肉塊をどう愛撫すればいいのか、知識としては知っているらしい。時折奥歯が先端をかすめるが、懸命に吐精を促そうとしているのは見てわかる。

「いい子だ。……すごく、いいよ」

上手い下手など関係ない。眺めているだけでぞくぞくと昂ぶってしまう貴臣が、褒めながら手を伸ばしてするりと細い喉を撫でた。そんなつもりではなかったのに、結花はそこまでのみ込もうとますます必死になって、先端を喉に差し込ませたまま小刻みに嘔吐く。結花の苦痛とは裏腹に心地よい振動が響いて、ますます欲望が膨れ上がる。

「……結花。あまりそうしていると、口の中に出してしまうよ」

やめてもいいよと言葉をかけたつもりなのに、聞いた結花は更に熱心に頭を動かしながらぎこちなく舌を蠢かせた。どうやらそれすら、飼い主の好きにさせるつもりらしい。そうとわかれば貴臣も遠慮はしない。

──なんにせよ、これはお仕置きだ。それらしくていいじゃないか。

「……結花、出すよ。吸って。──、ぅ、…くっ……！」

「うっ、んふ、ぅ──…ッんんんんッ」

物凄く色っぽい呻き声がしたな、と、酔った頭で呆然と思う。同時に、限界まで開かされた顎を軋ませながら、唇に包み込んだ硬い肉が更に膨張して弾けるのを感じた。

今まで一度も、そのものに触れるどころか、直視したことすらなかったものが、喉の奥に重く叩きつけられる。びくんびくんと震えながら、何度も。──ああ、イってるときの自分と同じだ。あそこがビクビク痙攣して……貴臣さんも、あれくらい気持ちいいのかな。

こんな、口に入れただけで？

ずるりと引き抜かれた瞬間、閉じることもできずに痺れている顎を無理やり動かしながら、何も考えずにこくりと喉を上下させた。

嚥下《えんげ》する瞬間を見た貴臣が、再び激しく昂ぶってくる。

己の吐き出した精を自ら飲み込んだ結花を、ざばりと湯から引き上げた。アルコール含有率の高い湯に浸ったままだった下半身が真っ赤になって、おそらくのぼせる寸前だ。

「飲んでしまったね。――美味かったか」

訊かれて小さく首を傾げる。味がどんなだったか、あまり思い出せない。思い出そうとすると、あの消毒臭い酒の味になってしまう。それよりそもそも、頭がふわふわして何もまともに考えられない。それに、答えようにも、舌も唇も顎も全部麻痺して、一言も喋れない。

その様子をじっと見下ろす貴臣の双眸には、凶暴なまでの欲望が渦巻いていた――結花はこれっぽっちも気づいていなかったが。

「初めてのくせに……」

頑張ってくれたから、お仕置きはこれくらいにしてやろうと思っていた。つい数秒前までは。

だがだめだ。やっぱりだめだ。もっと虐めて泣かせてやらないと、気が済まない。もっと見たい。

「あんなことをさせられても濡れるのか、結花は。いやらしい子だ」

黒い布きれの端から無造作に指を押し込めば、秘裂はとろとろと熱くぬかるんで、引き下ろしてやった下着をべったりと濡らして細く糸を引いている。

少し指でかき回してやっただけで切なげに縋りついてくる結花を肩に担ぎ上げると、手荒く寝室のベッドの上に転がして、自分の衣服を脱ぎながら宣告した。

「結花の弱いところをたくさん齧ってあげるから、脚を開きなさい」

逆らう気などはなからない上、度数の高いアルコールに思考を蝕まれて自意識などないも同然の結花が、おずおずと膝を左右に開いていく。ギシリとベッドに上がった貴臣が、足首を摑んで裂くように一気に左右に開かせた。

「もうこんなに勃たせて。そんなに噛んでほしいのか」

否定することもできず、目を逸らすこともできない結花によく見えるよう、腰を高く上げさせてから両手で花弁をぐっと押し開く。とろとろと蜜を滴らせ、色濃く腫れあがった粘膜に、ぷくりと膨れて存在を主張している肉芽。

優しすぎるほど丁寧に丁重に、ゆっくりと舌を動かしながら柔らかく唇に挟み、ひっきりなしに甘く喘ぐのをしばし堪能してから。

ガリ、と強めに歯を立ててやった瞬間、酔って正気をなくしているらしい結花が一気に弾けて上り詰めた。だが、それで赦してやるつもりもなかった。

自分がいない間、何でも好きなようにしておいでとは言ったが、まさかほかの男と歌劇場へ出かけるとは。

歌劇場は、貴臣にとっても一種の聖域であった。

結花を手に入れた場所。結花が自分だけのものになる場所。誰にも文句を言わせず、結花を自分のものとして誇示できる場所。ベッドの上と同じくらい、結花が美しくなる場所。

その大切な場所で、結花をエスコートするのは、自分だけでいい。そう思っていたのに、まさかこんなことが起こるとは。考えるだけで忌々しい。

着飾った結花がほかの男に付き添われている姿を思い出しただけで、胃の底からどす黒い衝動が噴き上がるのを感じ、再び小さな真紅の尖りに嚙みつく。ガクガクと腰が跳ね、反射的に膝を閉じようとするのを押さえ付けながら、ぬかるむ花弁の中心から湧き続けるとろとろの蜜をじゅるりと音を立てて吸い上げた。

「……今夜は、赦してやれないよ、結花」

結花がもはやまともに理解できる状態ではないのを承知で、一方的に断罪する。

「中まで全部、まるごと、私のものになりなさい」

身体をひっくり返してうつ伏せにさせ、ビスチェの背中のホックをプツプツと外していく。酒に濡れた下着にずっと覆われていた肌は、そこだけひんやりと冷えきっていた。

ドレスと宝石で飾って社交界に連れ出すのも、いつにしようかと悩むのがあんなに楽しかったのに。一番美味しいところを、あんな男に持っていかれて。

足首の金鎖だけを残して裸に剥いてしまうと、ぐったり伏臥している結花の背後からのしかかって両手で小さな尻を割り広げ、猛りきった剛直の切っ先をぐっと押し付ける。

一度味わってしまったら、もう戻れないかもしれないな。案外冷静にそう考えたが、それでも引く気はなかった。迷わず先端をぐちゅりと埋め込み、蕩けきっている結花の蜜壺をぐぶぶぶ……と貫いていく。

——ティッシュペーパー一枚の厚さにも満たない薄膜が省かれただけで、ありえないほど受容感覚が鋭くなり、肉と粘膜が直接擦れ合って快感が一気に倍増した。結花の熱い胎内のうねりがダイレクトに腰に響いて、貴臣がぎりっと奥歯を噛み締める。まずい、だめだよすぎる。

「っく、あ、あ……ッ⁉　あ、ん、や、やぁっ……っ！　き、もち、いぃ……ッ」

いつもと何かが違うと酔った結花にもわかるのか、入れただけで上り詰める寸前まで昂ぶってきつく背を反らしながら「いい」と繰り返した。自分からぐっと男の方へ尻を持ち上げたかと思うと、すぐに腰が揺れ始める。よほどいいらしい。貴臣もまた、呂律の回らぬ甘い叫び声を堪能しながら、遠慮なく腰を打ちつけて濡れ肉を抉りたてる。

冷えきっていた胸の膨らみに後ろから手を伸ばして揉みしだいてやると、更に艶っぽい喘ぎ声がとめどなく唇から溢れ出した。どろどろに爛れた熱い粘膜が生身の肉をぎゅうと締め付けてきて、腰が抜けるのではないかというほどの悦楽を貴臣にももたらす。想像していたよりも遙かによすぎて、こらえることもできない。

私の、ものだ。いっそこのまま孕んでしまえ。

暴力的でいながら妙に冷静な衝動とともに、結花の胎内に初めて放ったその瞬間の充足感は、生涯忘れられないに違いない。蕩けるように甘く叫んで同時に達した結花の意識がないも同然なのが、良かったのか悪かったのか。

そこから先は、貴臣自身も記憶が薄い。

私のものだ。誰にも渡さない。結花の全ては私のもの。

呪いでもかけるかのように幾度もそう唱えながら、ただひたすらに、滾《たぎ》りきった欲望で何度も何度も貫いて子宮口まで突き上げて、最奥の更に奥へと熱いものを注ぎ続ける。そうして、夜空に淡く光が滲み始めるまで、飽くことなく延々と揺さぶり続けて。

がくんと完全に意識を手放した結花から己の肉を引き抜いた瞬間、濁った液体がこぷりと溢れて蜜口からとろっと流れ出した卑猥な情景が、己も酒に酔っている貴臣の脳裏にくっきりと焼きつく。

初めて、「避妊しろ」という父親の命令に背いた。勿論、酒に酔ったせいなどではない、確信犯だ。

暴挙と言われても、どんな結果がもたらされても後悔などしない。絶対にしない。が。

涙の跡が色濃く残る憔悴しきった寝顔に、ずきりと胸が痛んだ気が、した。

◆

目覚めは最悪だった。

結花は二日酔いをしたことがない。アルコール《アセトアルデヒド》に対する耐性を決めるのは遺伝子だというが、そういえば確かに、両親が酒に酔っているところを見た記憶がない。コンビニやスーパーで買う缶チューハイは大人用のジュースだと思っているし、飲み会やコンパで出てくる甘ったるい安酒など何杯飲んでもまるで変わらない。単にトイレが近くなるだけ。

貴臣と知り合って初めて、本物の純粋な酒の味を知ったが、熱くなったりふらついたりしていい気分にはなっても、悪酔いしたり記憶を飛ばしたりすることはなかった。いっそ忘れてしまいたいと思うことも、きっちり覚えている自分が悲しい、とさえ。

ところがだ。

どうしようもなくだるくて仕方ない身体を動かして、まずは枕から頭を持ち上げようとしたのだが、ほんの少し首を振っただけで、うわんうわんと空間がうねった。ような気がした。それくらい物凄い、ありえないほどの眩暈に視界が回る。直後に込み上げてきたのは強烈な吐き気。

うわ、だめだ吐く……！　と慌ててトイレか洗面台にダッシュしようとベッドから脚を下ろして、立とうとした身体が思い切り前につんのめる。顔面を打ちつけずに済んだのは幸いだった。

気づけば絨毯の上にへたり込んでいて、膝も足首も関節にまるで力が入らない。……え？　と首を傾げながらベッドにしがみついて必死に立とうとするのだが、何度やってもくにゃ、へにゃ、と崩れるばかりで、どうやっても立ち上がれない。

そうこうしている間にも胃から込み上げてきてうっぷと口を押さえ、焦って仕方なく這ったままで必死にバスルームを目指したものの、どこにあるかがわからなくて呆然とする。

——見知らぬ部屋。そうだ、ここはベルリンじゃない。ロンドンだ。でも、ロンドンのどこなのかがまるでわからない。

吐き気と戦いながら、必死の形相で四方の壁を見渡す。彼方のドアまで辿り着くのがあまりにも難儀で、広すぎる部屋がいっそ恨めしい。ゴージャスなリビングルームは無視し、やっと見つけたバスルームへのドアのレバーを引くと、今度は硬い大理石の床に泣きたくなる。手と膝が痛い。

それでもどうにか這っていって、トイレの蓋を開けると同時にオレンジ色の胃液を吐き出した。吐き気は物凄いのに、ほんのちょっぴりしか出ない。胃に吐くものが何もないのだ。それでも口の中が一気に苦くなって、顔をしかめながら水を流し、綺麗な部屋を汚さずに済んだ安堵感にふぅ……と息を吐いて振り返る。

見覚えのない、真っ白なバスルーム。

見覚えはないのに、思い出した——このバスルームで、何があったのか。そうか、そうだ、足腰立たないわけだ。あのあと一体、何度抱かれたんだろう。

昨夜の痕跡はあちこちに残されていた。換気扇がフル稼働してもまだ消えない、微かなアルコールの匂い。床にへたり込んだまま見上げた洗面台の上には、酒の空き瓶が妙に几帳面に揃って並んでいる。ダブルシンクの片方には、もこもこした茶色の毛皮がすっぽり収まったまま。床の隅に転がっている厚底ヒールのパンプスに、ぐっしょり濡れそぼってぼろきれのように丸まった下着。

ドレスが見当たらないが、もしかして貴臣がどこかへ片づけたか——あるいは処分してしまったか。

大体は、憶えている。あんな酒をあれだけ飲まされれば、さすがの自分でも二日酔いくらいなるだろう。ああ、二日酔いってこういうものだったんだ。最悪。こんなに酷い気分は久しぶり……いつぶりだろう？

うう、気持ち悪い。だるい。動きたくない、動けない。うっぷ。

そのうちに胃液すら出てこなくなったが、それでも何度か込み上げるままに吐き出したら少し胃がすっとした。水を流してよろよろと這い、バスタブのへりにしがみつきながらどうにか立ち上がろうと再び足に力を入れた瞬間、どろりと股から生温かい何かが漏れ出して腿を伝う感触。

げげっ、まさか月イチがきちゃったのか！　と驚愕し、慌ててトイレへ戻って血を拭こうとしたが、赤くはなかった。

とにかく脚の間を拭き、どうにか立ち上がることに成功すると、洗面台に美しくセットされたアメニティの中から歯ブラシを掴み取る。磨いてゆすいでもう一度磨いてガラガラゆすいで、やっと口の中がすっきりした。

目の前の鏡に映った自分を見て、深い溜め息をつく。我ながら、なんて酷い顔。顔中パンパンにむくんで目は真っ赤、普段真面目に手入れしていない肌がますますざらりと不快な手触りになっている。あれだけ泣いて、あれだけ飲まされて、あのがっつりフルメイクをきちんと落とさずに寝たら、こうなるのも当たり前。

だが、憶えのないナイトシャツを着ているし、一部結い上げて固めてあったはずの髪が全てほどいて下ろされている。何より、あれだけ酒をかぶったら肌も髪もベタベタになっていそうなものだが、どちらも一応さらさらだ。

もしかして、貴臣が洗ってくれたのだろうか。ついに一緒にお風呂に入られてしまったということか。ひどい。恥ずかしいからイヤだってあんなに言ったのに！

……酷いと思うべきところがかなりずれているのだが、今ここでそれを結花に指摘できる人間はいない。

よろけながらもどうにか歩いて寝室へ戻ると、ベッド脇のチェストの上にコップと水差しが置かれているのを見つけ、立て続けに二杯飲んでやっと落ち着いた。

だめだ。動くとまた吐く。じっとしていよう。だるいし。

もぞもぞと再びキングサイズのベッドに潜り込み、端の方に小さく丸くなってぎゅっと目を閉じる。……自分の身体から、いつもの、桃の香りがしない。それが酷く落ち着かない。

とにかく頭が痛くて胸がムカムカして、ほかには何も考えられない。考えなければいけないことが、色々あったような気がするのだが。

頭痛い、気持ち悪い、頭痛い……と延々唱えているうちに、いつの間にか再び眠り込んでいた。


——リンゴーンと、クラシックな音が部屋のどこかで鳴って、結花の意識を呼び覚ます。

まだ頭痛の治まらない頭を押さえて呻いていると、再びリンゴーンと、電子音より心地よい呼び出し音。どうやら入り口の来客チャイムが鳴っているらしい。

こんな格好で出ていっていいのだろうかとためらっていると、三度目のリンゴーン。

なんでもいいから出てこいと言われた気がして仕方なく、裸体にナイトシャツ一枚という姿でドアを開く。

昨夜この部屋まで案内してきたあの年配の男性ホテルマンが、「Good Afternoon, Madame」と呼びかけてきた。うわ、時計見てなかったけど、もうAfternoonなのか。

「レディ・ロージアンがお見えです。こちらに着替えて、下においでになるようにと」

誰ですかそれ、とすぐさま言い返しそうになったが、すんでのところで口を押さえる。

チアキ・ロージアン、と名乗っていたあの女性。貴臣の、姉。

「あ、あの」

——一言喋ろうとして、自分の声が随分嗄《か》れているのに初めて気づいてぎょっとした。

慌てて咳払いしながら首を傾げる。

「ええと、私に御用ですか……？」

「さようでございます」

失礼します、と断って別のベルボーイが室内に入り、リビングルームのテーブルの上に四角い箱を積み上げた。

「扉の外でお待ちしております。どうぞごゆっくりお支度ください」

すっと頭を下げて静かに扉を閉められたが、待たれているとわかっていてのんびりできる人間はそうはいない。

ただでさえ頭痛で頭が働かない結花は、考え込んだり思い悩んだりするのをとりあえず放棄し、とにかく急いで箱を開き始めた。

千煌が持ってきてくれた服は、柔らかくて着心地のいい、ニット素材の生成り色のワンピース。襟はタートルネックで長袖、膝下丈のプリーツスカートに厚手の暖かそうなタイツ。靴もまた、柔らかな布素材で履き心地のいい、踵の低いオペラパンプス。全てお揃いの真っ白な下着類もごくシンプルなデザインで、思わずほっとする。これなら貴臣も絶対に文句を言わない、完璧なセレクト。昨日の衣装とは大違いだ。

手早く着替えて鏡を見てチェックする。勿論太ももの内側の紅い徴は見えていない。あとはこのむくむくの酷い顔をどうにかしないと失礼な気もするが、化粧品など何もないのですっぴんで出ていくしかない。失礼だとか思われなければいいのだけれど……。

それにしても、一体何を言いにきたんだろう。

お待たせしてすみません、と急いでドアを開け、エレベーターの方へと案内されながら溜め息をつく。

ただでさえ二日酔いで気分は最悪のところへ、この展開。きっと色々思われているに違いない、もしかすると詰問されるのかもしれない。どうして自分みたいなのが彼と一緒にいるのかとか、そういうことを。

想像すると一気に気分が落ち込んで、憂鬱というより泣きたくなった。

わかってる。自分はそういう意味では全然貴臣さんにふさわしくない。そういうのじゃない、ただの愛玩動物。この状況でそう説明して、納得してくれるだろうか。

気が進まないけど仕方ない。逆らうべき相手じゃないし、今更隠れようもない。地上《グラウンド》階《フロア》でエレベーターを降り、外の通りに面して湾曲したどこまでも優雅な空間に連れ出され、あまりにも場違いで更に気が滅入る。どうして自分はこんなところにいるんだろう。やっぱりベルリンで待っていればよかった……。

「こんにちは、仔ウサギちゃん」

——ああ、本当に美人だ。憂鬱な気分すら一瞬忘れる、目に心地いい美しさ。

ウエストを細く絞ったジャケットと丈の長いスカートのクラシカルなスーツに身を包み、ゆったりとソファに腰かけて微笑んでいる姿は、映画のワンシーンのように優雅だった。しかも主演女優クラス。この人、本当に一〇〇%日本人なんだろうか。

「Good Afternoon, Lady Lothian」

櫻院でもさすがにイギリス式の膝を折るお辞儀の仕方までは習っていないので、一応日本式のお辞儀を丁寧にしてみる。が、頭を下に向けた刹那、再びぐわんと視界が揺れて、折り曲げた腰の辺りから吐き気が込み上げてきた。ぐえ、と呻きたくなったのを必死にこらえていると、ふわっと華やかな花の香りがすぐ間近で漂う。

「いやだわ。仔ウサギちゃんたら、やめて。ね、私の名前、憶えてるかしら？」

にっこりとそれは美しく嫣然と微笑んだ千煌が、立ち上がってそっと結花の頭を両手で挟み、至近距離から顔を覗き込んできた。

「千煌よ。こっちの人間は、発音しにくいってなかなか呼んでくれないの。仔ウサギちゃんは、ちゃんと名前で呼んでくれるわね？　ほら、呼んでみて？」

「——、はい。……千煌さん」

あれこれ思い悩むのも面倒で、少々投げやりな気分で呼んでみたのだが、目の前の主演女優は実に嬉しそうに、大輪の薔薇が花開くような笑みを浮かべた。

真っ白な肌と長く艶やかな黒髪、こっくりと深い色合いの唇の対比が美しすぎて眩しい。間近で正視していると、目がチカチカしそうだ。真正面に座らされた結花は、この姉にしてあの弟……と妙に感心してしまう。

「あの、服を、どうもありがとうございました。すみません、きちんとご挨拶もしないで。……ナルミ・ユカと、いいます」

「似合ってよかったわ。挨拶どころか、逢わせてもくれなかったのは貴臣だもの。隠して独り占めなんてして、子供みたい。ユカ、ね。名前で呼んでもいいかしら？」

「……はい」

「そんなに身構えないで。別に何か不満や苦情を述べにきたわけじゃないわ。ちょっと心配で、様子を見にきてみただけなの。ね？」

結花が内心怯えているのを目敏く見抜き、殊更にこやかに優しく語りかける千煌が、ふと表情を曇らせる。

「朝から何も食べ物を部屋に運んでいないと聞いたから、少し早いけどアフタヌーンティーを注文しておいたの。でも、それよりなんだか具合が悪そうね。声も酷いけれど、顔もそんなにむくんじゃって。どうしたの？　……まさか、貴臣に泣くほど虐められたの？」

ずばり訊かれてどう答えていいかわからずに口ごもった結花をまじまじと見、決まり悪げにそらされた目が真っ赤に充血しているのに更に気づく。

「ねえユカ、まさか――」

「いえ、あの……すみません。頭が痛くて、食欲がなくて……。お茶だけ頂きます」

まだ吐き気が完全には治まっていない結花は、食べ物のことを考えただけで胃から何かが込み上げてきそうな気分だった。だが、美味しいお茶なら心底ありがたい。ここはロンドンで、明らかに最高級《ハイエンド》クラスのホテル。本場の名に恥じぬ、素晴らしい紅茶を飲ませてくれるに違いない。それを思うとほんの少し気分が浮上する。

「まあ、大丈夫なの？　昨日は寒かったし、まさか風邪かしら。熱は？」

「いえ。えっとその……多分、二日酔いだと……」

「二日酔いって、昨夜のあの後？　そんなに飲んだの？」

「飲んだっていうか……」

ためらうだけでなくうっすら赤く染まった頬を見て、緩く微笑んだ千煌は小声で言い添えた。

「……大丈夫。あの弟が何をしたと聞かされても、もう驚いたりしないわ」

結婚はおろか恋人の影も形も見せなかったあの弟が、女連れでベルリンに長期滞在を決め込んでいると聞いただけでも、一体何の冗談かと思った。詳しい話を聞かせてもらおうと思った矢先、昨夜のあの騒動。

嫉妬と独占欲を剝き出しにしたあの態度には、心底驚いた。何しろあの貴臣がだ。おまけに相手がこんな可愛らしい女の子と知り、もはや開いた口が塞がらない。もうこれ以上の驚きはない、そう思っていた千煌だったが。

じゃあ……と結花が重そうに口を開く。ちらちらと辺りを窺って誰も近くにいないことを確認してから、目を逸らして顔に血の気を上らせて。

「アルコール消毒、だそうです」

「――え？」

今の今まできちんと思い出さずにいた記憶を、頭の中で探る。

あの凄まじい刺激臭、喉を焼く強烈なアルコール。揮発しながら素肌を流れていく、冷たくて熱い感触。

「バスタブの中で、頭から消毒臭いお酒をかけられて、それからシャンパンで洗われて、その後もう一回スプリングバンクで」

千煌は絶句した。

目の前の少女（ノーメイクの結花は千煌には少女にしか見えない）の姿でその光景を想像し、あまりのことに驚愕すると同時に呆れ果てた。

……モルトとシャンパンぶちまけてアルコール消毒ですって？　一体どういうプレイなのそれ？

「口移しで結構飲まされたので、この頭痛はきっと二日酔いだろうなと……顔がむくんでるのも、多分そのせいで……」

「……勿論その後はベッドで散々、喉が潰れるほど泣かされたってことよね」

「あ。え、その、あの、」

「——バカな真似して……」

しばし呆然としてから深い深い溜め息をつき、白く細く完璧に美しい指先でそっと額を押さえる。

良すぎるくらいに出来がいいと思っていたあの弟が、まさかそこまでバカだったたなんて。急性アルコール中毒にでもなっていたら、どうするのだ。それ以前に、よくもこんないたいけな女の子にそんな非道な真似を。

あまりの衝撃に眩暈すら感じている千煌が、目線を流すだけで給仕を呼び寄せる。

「ユカ。食欲ないでしょうけれど、できれば少しお腹に何か入れた方がいいわ。後でポタージュでも持ってこさせましょうね。でも、まずはお茶で胃をすっきりさせましょうか。話していて辛かったら、遠慮なく言って頂戴ね」

「いえ……なんだか、話している方が、気が紛れて、いいみたいです」

吐き気も随分治まりました、と聞いてようやくほっとした千煌がメニューから選んで運ばせたのは、なんと玉露。酔い覚ましにとってもいいのよ、と言い添えて。

急須に湯飲みではなく、白磁のティーポットに花模様のカップで出てきたが、一口飲むと緑茶の味と熱が心身に染み渡って涙が出そうになった。

ああ、お茶漬け食べたい。食欲はないけれど、あれなら食べられるかもしれない。冷やご飯に永谷園《ながたにえん》、お湯じゃなくて熱いお茶……。

「……昨日の顚末は、ローレンスに聞いたわ」

お茶漬けで頭がいっぱいの結花をよそに自分にはヌワラエリアを運ばせ、内心まだショックから立ち直りきれていない千煌が小さく息を吐く。

「ローレンス？　あ、ラリーのことですか？」

「ええ。あの後、パートナーに逃げられた者同士、親交を深めてみたのよ。ユカ、あなた彼にエスコートもさせてあげなかったんですって？　シャンパンすらご馳走させてもらえなかったって、ちょっぴり落ち込んでたわよ」

「……え？　それでどうして落ち込むんですか？　だって、そもそもラリーは、単に付き添いで来てくれただけだし……」

小首を傾げて不思議そうに目を丸くする結花の様子に、ああそうかと思い出す。そういえばこの子は、社交界には縁遠い日本の女子大生だった。

「浮気したとかならともかく、見事に指一本触らせもしなかったのにね。これっぽっちもユカに非はないのに、貴臣ったらなんてことを……！」

どうやら貴臣に腹を立てているらしい千煌の様子を見て、結花はきょとんとして首を振った。別に、そんな大袈裟な話じゃない。それに第一。

「……いえ。私が、大人しく、ベルリンで待っていればよかったんです」

「何言ってるの、そんなことないわ！　あなたもっと怒っていいのよ！　ローレンスと何があったわけでもないのに、馬鹿な嫉妬して――」

嫉妬、と言われて結花は首を傾げた。――嫉妬？

違う。と即座に無言で断定した。根拠はない。だが違うのだ、そんなんじゃない。

「べつに、嫉妬したとかじゃないと思います」

じゃあ何かというと、なんだろう、そう、独占欲？　そんな感じだ。自分の所有物を勝手に他人がいじくったから、それで怒っていただけ。……怒ってたよね、やっぱり。

結花は気づいていない。その満たされない独占欲が、嫉妬を生むのだと。

「何言ってるの。あれを嫉妬と呼ばなかったら、一体なんて呼ぶの？」

「違います。単に、自分の所有物を他人に勝手にいじくられたのが、気に入らなかっただけです。きっと」

——はぁ、と千煌は溜め息をつく。だめだ。あの弟もだけれど、この子も全然わかってない。

間違いない、あれは嫉妬に我を失いかけた男の目だ。これまで何度、何人の男にあんな目を向けられてきたことか。自慢ではないがこれまでの人生、十や二十ではきかない回数、嫉妬で逆上した男に迫られたり追いかけ回されたりしてきたのだ。

あの目を向けられる恐怖は、身をもって知っている。だからこそ心配になって、こうしてわざわざ様子を見にきたのだから。女の嫉妬は程度によっては可愛らしいが、男のそれは大抵ひどく厄介だ。しかも、これまで誰か特定の女に執着したことなどない、あの貴臣が。

「……わからないならいいわ。無事ならそれで。でも、二日酔いくらいで済んで、本当によかった」

溜め息交じりにごめんなさいと謝られても、結花にはどう反応していいかわからない。

昨夜のことはあくまで自分と貴臣の問題で、本来千煌には関係のない話だ。なぜこんなに丁寧に詫びてくるのか理解できずにただただ当惑して、文字通りお茶を濁している結花だったが。

「……まさかあの貴臣が、恋人にそんなことするなんて――」

「恋人？　違います。そんなんじゃありません」

千煌の口から出た単語を、これまた即座にきっぱりと否定する。一瞬きょとんとした千煌は、パチパチと両目を瞬いて結花を見つめた。

「――じゃ、なんなの？」

「ペットのウサギです」

「……え？」

「貴臣さんに飼われている、愛玩動物です。恋人なんかじゃありません」

冗談めかした気配は微塵もなく、真面目な顔で言い切った結花を数秒まじまじ凝視し、再び言葉を失った自分を、しばらく経ってから自覚した。

◆

――大体、朝からおかしいなとは思っていたのだ。

深々と露骨な溜め息をつき、河合は横目でちくりと貴臣を睨む。

ようやく夜が明けた頃に上司からメールが入り、迎えにこなくていいので直接出社しろと言われた。よくよく聞いてみれば、ロンドンにいる間いつも滞在しているベルグレイヴィアの姉の邸宅ではなく、メイフェアのホテルにいるという。

——昨日、結花が後からこっち《ロンドン》に来た。

それだけ言われたが、それにしては機嫌がよくない。たった三日の離れ離れが解消されて、願ったり叶ったりのはずなのだが。

何かよほど気にくわないことでもあったのか、朝一番の会議から、上司の仕事ぶりは苛烈を極めた。

若手スタッフの出来の悪いプレゼンも、いつもならその場の大半の人間にはわからない程度の嫌みで許してやるのに、英国紳士も真っ青になるようなブラックジョークを次々投げつけ、下っ端から役員まで漏れなく全員毒舌の餌食にして。

血も凍るような冷笑まで振りまいて会議室を恐怖のどん底に陥れ、「こんなもののためにわざわざベルリンから呼ばれたのか」と静かに言い放たれた日本人の女性スタッフが一人、無言で部屋を飛び出した。特に優秀だと東京の上司に太鼓判を押されてロンドン駐在に選ばれた彼女だったが、貴臣の容赦ない追及と失望の溜め息の連射に堪えかね逃げ出してしまったのだ。

せっかくの優秀な人材が、下手をすると自信喪失のあまり使い物にならなくなってしまう。なまじ貴臣の指摘が的確だから、ますます手に負えない。

イギリス人の上司が慌ててフォローに走り、会議に同席していたCUSEヨーロッパ社長の久世靖臣が会議の延期を提案した。各々もう一度資料を見直して、プレゼン内容をブラッシュアップした方がいいだろう、と。

何をそんなに虫の居所が悪いんだと、むしろ貴臣の機嫌が露骨に悪いのを面白がって、靖臣は従弟をランチに誘ったのだが、仕事が立て込んでますので、と個室に閉じこもられてしまう。

「……貴臣様、先ほどのは言いすぎです。まだしもギリギリ許容範囲内だったと思いますが」

「河合」

「はい」

「二日酔いで頭が痛い。薬をくれ」

——二日酔い!!

これこそまさに青天の霹靂《へきれき》というやつである。

決して短くはない付き合いだが、この上司の口からそんな言葉が出るのは、河合の知る限りでは初めてだった。しかも、明らかに良い酔い方をしていない。

ベルリンにいるはずの上司の恋人が、なぜかロンドンにいる。

昨日の昼間、上司はずっとそれを知らずにいた。

一夜明けて、明らかな深酒の後。頭痛に不機嫌。

何があったのかなど、河合でも怖くて訊けない。聞きたくない。

後々まで尾を引くような面倒事になったのでなければよいが。と再び溜め息をつき、日本から持ってきた貴臣専用処方の頭痛薬のパッケージを取り出す。机の上で冷めきっていたコーヒーでそれを流し込んだ貴臣が、深い縦皺の寄った眉間を指先で揉んでいる。よほどきついらしい。

明らかに機嫌の悪い上司を今日一日どうまともに働かせるか、思い悩むあまり自分も頭痛がしてきた河合であった。


——朝から物凄く機嫌悪いらしいぞ。今日は駄目だ、出直そう。

昼で打ち切られた会議の顛末は、すぐさま社内中に知れ渡った。社内とはいっても、シティ中心部の一角にある賃料の馬鹿高いビルの二フロアと、もう少し賃料が安くてもう少し外れたエリアにあるCUSE御用達ビルの数フロアという狭い範囲だが。

いつもなら「十分でいいから時間を下さい」とアポを求めて殺到してくるメールも電話もなく、いちかばちかとアポなしで突撃してくる命知らずも一人もいない。ぱったり静かなものである。なにしろ、社長も重役も声をかけるのに尻込みするほどだ。触らぬ神に祟りなし。

誰も邪魔しにこないのをいいことに、二日酔いの貴臣は昼食も取らず、無言で画面を睨みながら延々キイボードを叩いている。叩いて叩いて叩きまくっている。デスクワークがはかどるのはまことに良いことだが、そのうちエンターキーが基板にめり込みそうだ。

異様な集中力を発揮している顔は、一見いつもの——徹夜明けなりの、いつもの無表情なのだが、うっすら目が血走っているのは隠しようがない。

そもそもなぜ徹夜明けなのかと河合が不審がっているのは無視し、余計なことを考えないで済むよう、ひたすらに集中して溜まったメールを捌き、猛スピードで処理していく。

……そうでもしていないと、ほんの少しでも思考を中断させた途端、すぐさま頭が別のことを考え始めてしまうのだ。

——ぐったりとして、死んだように眠っていた。

抱きかかえて風呂に浸けながら、ちゃんと呼吸をしているのは何度も確認した。それでも不安になるような、憔悴しきった寝顔。昨日の朝ベルリンで見た寝顔は、あんなに無垢で安らかだったのに。

結花をそこまで困憊《こんぱい》させたのは紛れもなく自分だと、わかっているから余計に苛立つ。

そんなつもりではなかったというベタな言い訳や、あんな扱いを受けても仕方なかったという開き直りや、ああまでする必要はなかったという悔恨。様々な感情がせめぎあって、貴臣の理性を容赦なく逆撫でする。

何しろ、そんな感情を持つこと自体、これまでなかった貴臣だ。どう発散すればいいのかがまるでわからない。

誰か来ても、一切通すな。ホテルにはそう言いつけておいたが、案の定、朝一番でカレンが訪ねてきたという。そんな客はいないとしらを切って追い返させたが、相手は同業者だ。裏からいくらでも確認できるだろうから、単に逢わせるつもりがないだけだとすぐにわかっただろう。

カレンとは別に、あの男……カレンの兄もやってきたと報告が来たときには、エントランスに塩でも撒けと言ってやりたい気分だった。妹のようにフロントで食い下がったりわめいたりせず、言いたいことだけ言ってさっさと引き上げる如才のなさが、余計に腹立たしい。

あなたの代理で虫除け役を務めた報酬は、そのうち請求させていただきますと、結花ではなく自分に伝言を残していったのだ。

一瞬あの顔めがけて小切手帳でも投げつけてやりたくなったが、それはさすがにみっともないと自覚している。「自分のしたことはあくまでその程度ですよ」と自己申告されたのだから、黙って鷹揚に頷いてやるよりほかない。

時計を見ればもうすぐ十五時だ。結花は起きただろうか。――ちゃんと起き上がれただろうか。

……起き上がったはいいが、逃げ出したりしていないだろうか。

それ以上考えると、どんどん不穏な想像が膨らみかねない。溜め息を一つ吐いてから意識して思考回路を切り替え、再び目の前の英文の書類に目を通し始める。頭痛が邪魔をしてなかなか内容が頭に入ってこない。それが更に苛立ちを倍加させる。

最初は「珍しいこともあるものだ」と面白がっていた河合ですら、貴臣が発散している重苦しいイライラにだんだん嫌気が差してきた。彼女がベルリンに来てからというもの、毎日浮かれているというくらい上機嫌だった上司。その反動が、一気に来た感じだ。

臨時に借り受けている狭い個室に息苦しさを感じ、コーヒーでも入れる振りをして逃げ出そうかと河合がドアの方を窺ったときだった。

上司のスマホが微かに震え、小さく舌打ちしながら画面を確かめた貴臣の物騒な気配が僅かに緩む。

「――はい」

『私よ。帰りに着替えを取りにいらっしゃい』

「……すみませんが、誰かに届けさせてもらえませんか」

姉の千煌の一方的な言葉に、小さく溜め息をついて目頭を揉みながら言葉を返した貴臣だったが。

『いいから来なさい。でないと仔ウサギちゃんは私が連れて帰るわよ』

やけに攻撃的な口調で言い放たれ、動きが止まる。

「……千煌さん、一体どういう」

『お説教してあげるから、さっさとおいでなさい』

言いたいことだけ言って一方的にぶちんと通話を切られ、心なしか呆然としている上司の姿を盗み見た河合が内心驚く。たった一晩で、随分と表情豊かになったものだ。

……誰も通すなと言っておいたはずだが、姉は例外のようだった。そういえば、そもそもあの部屋は姉の名前で取った部屋だった。

まさかこの歳になって姉に説教されるとは……と暗澹な気分になりつつ、説教される口実に事欠かない自分の言動を苦々しく顧みる。どうせあの姉は、さも優しげに微笑んで結花の警戒心をほどかせ、茶菓子で巧みに懐柔して何もかもを聞き出したのだろう。

長く重苦しい溜め息が漏れた。

「……河合。他に急ぎの件は」

「大丈夫です。明日の午前に処理する予定だった分まで片付きました」

むしろ、先ほどのペースでこれ以上進められてしまうと、自分の方の下準備とフォローが追い付かない。機嫌が良くても悪くても結局仕事ができてしまう上司のサポートというのは、なかなかの激務なのだ。東京にいれば三人の秘書で分担できるが、海外では河合一人。できることには限りがある。

「打ち合わせに出てから直帰する」

はい、と素知らぬ顔で頷きながらむしろほっとして、車を準備しに部屋を出る。さっさと送って即戻り、数日分の下準備を進めておこう。——どうせ、予定よりもロンドン滞在が長引くに決まっている。

彼女がこちらにいるからには、急いでベルリンに戻る必要はない。


「舌を噛まないようにね」

言い捨てた直後に弟の横っ面を容赦なく張り、痛みよりも驚きに言葉を失っている間抜け面を白い目で睨みつけながら、千煌がフンと尊大に鼻を鳴らす。

……全く。男の見た目にも財産にもまるで興味がないくせに、どうしてこんな男がいいのかしら、あの仔ウサギちゃんは。この弟からその二つを取ったら、一体何が残るっていうの。

——一般的な価値観から言えば色々とたくさん残るはずだが、実の姉にとってはどれもこれもおまけのおまけ程度でしかないようだった。

「仔ウサギちゃんは優しい上に甘すぎて、絶対にこんなことしないでしょうから。代わりに私が殴ってあげたわ」

そう、あの仔ウサギはどういうわけかこの弟にやたらと甘いのだ。何でも許してしまう。何でも言いなりになってしまう。この子少し頭《おつむ》が弱いんじゃ、と一瞬心配になったくらい。

平手一発で赦してやるのだから、十分寛大な措置よ。そう言って女主人が突然弟に手を上げたのを目の当たりにしても、眉一つ動かさない老練な執事に、紅茶を申し付ける。弟には一番安い茶葉の出がらしで十分よ、と言い添えて。

「殴られる理由に心当たりはあるわね？」

「……ないと言ったら、あと何発殴られるんでしょうね」

「そんな無駄なことしないわよ。私の手が痛いもの。……ねえ貴臣。私も、あの仔ウサギちゃんが気に入ったわ」

唐突に話がすり替わったように聞こえ、張られた頬を撫でさすりながら貴臣がうっすら困惑顔で眉根を歪ませる。さして痛くはないが、女性の手で頬を張られるという生まれて初めての出来事に、決して小さくはない衝撃を受けていた。

「……そうですか」

「あなたが今度あの子にあんな酷い真似をしたら、私が仔ウサギちゃんを保護して、立派なお婿さんを見つけてあげることにするわ」

困惑顔が凍り付く。

「――は？」

本当に、人間変われば変わるものだ。蠟人形なみに表情筋が硬直していた弟の顔に、こんなにはっきりと感情の色が見えるなんて。これほど人間臭い表情を見るのは、千煌も初めてだった。

だが、それとこれとは話が別だ。

「あの子、ご両親とはもうほぼ絶縁状態だそうね。だから、私があの子の保護者になるわ。それとも、後見人かしら」

「……だからそれは私が」

「何言ってるの。あなたね、保護するどころか、あれじゃ虐待したも同然よ」

さらりと言った姉の言葉に、今度こそ舌を噛みそうな勢いでぐっと押し黙る。執事からティーカップを受け取りながら、千煌が貴臣を見下すように女王然と笑った。

「……言い返せないわねえ。ぐうの音も出ないわねえ。急性中毒にでもなったら、どうするつもりだったの？　人はお酒で死ねるのよ？」

「千煌さん……」

「死なないまでも、あんなことして嫌われると思わなかったの？　あなた、そんなにあの子に好かれてる自信があるの？　何をしても許されるって？　ほんとにそうかしら、ただの自惚れじゃなくて？　今頃さすがにうんざりして、自分の人生について考え直してるかもしれないわよ」

かもしれない、という仮定の話だというのに、途端に顔を強張らせて微かに身を乗り出してくる。能面のようだったあの無表情はどこへやら、彼にしては酷く露骨に焦っている。思わず腹を抱えて笑い出したくなるくらいだ。

「――まさか、結花とそんな話をしてきたんですか」

「だったらどうなの。……全く、ほんとに馬鹿ね。あなたどうせ、今までの人生、嫉妬なんてしたことなかったんでしょう。……ああもう、四十男の初恋なんて面倒なことばかりだわ！」

紅茶に口をつける気にもなれない貴臣が、深く憂鬱な溜め息をつく。姉はずばずばと容赦なく、貴臣自身にも見えていなかった真実を抉り出してさらけ出して陳列していく。己のしでかしたこととはいえ、目も当てられないとはこのことだ。

「……すみませんね」

「否定しないのね。まあできないものね。いい大人のくせに。男の嫉妬は見苦しいわよ、私ならすぐさま冷めるわ」

あんなことをしでかしたというのに、馬鹿な弟を見限る様子などこれっぽっちもない結花。見限るどころか、悪いのは弟ではなく自分だと言い切って、しょんぼりと反省している結花。とどめに「自分はただの所有物《ペット》だから」と断言し、恋愛感情の存在を頭から完全否定する結花。あの頑なな自己暗示はどうしたことか。

「嫌われて逃げられないよう、せいぜい仔ウサギちゃんのご機嫌を取りなさいな」

「そもそも逃がすつもりなどありませんが」

「何言ってるの、私がちゃぁんと逃がしてあげるわよ。馬鹿な男。——次は絶対に許さないわよ」

「……善処します」

「全く。……どうせあの子、久世の家にももう目をつけられてるんでしょう。あの子が望もうが望むまいが、あなたの結婚相手の最有力候補に目論まれるのは目に見えてるわ。そのとき気持ちが冷めてたら、最悪よ」

あまり想像したくない脅し文句ばかりを次々言い放つ姉から目を逸らし、貴臣は黙って紅茶のカップにだらだらと蜂蜜を垂らした。苦々しいのは己の無様な行為だけで十分だ。

……禁を破って結花の胎に直接吐精したことは、黙っておこう。逆上して我を忘れたわけではなく、生じ得る結果の全てを受け入れる覚悟での冷静な判断——だったつもりだが、姉が知ったら今すぐ結花を連れ去ってどこかに隠しかねない。この姉の世界的コネクションは、自分でも追いきれない。本気で隠されるのは非常に困る。

お荷物の準備が整いました、と、この家に置きっぱなしにしている着替えを運ぶ準備を指示していた執事が声をかけてくる。家が複数あるというのは、こういうときに面倒だ。必要なものがあちこちに分散していて、棲家を移動するたびに抱えて歩かなければいけない。

そこではたと千煌が手を叩く。

「そうそう。明日も逢いに行くって言ったら、仔ウサギちゃんに一つだけ、お遣いを頼まれたのよ。あなた買って帰ってあげなさいな」

——明日も行くと言われてげんなりした貴臣だが、苦情を述べる権利はない。

「結花が買い物を頼んだんですか？　珍しい」

「かなり遠慮しいしいだけれど。ジョーマローンのネクタリンの香水を買ってきてほしいって」

姉の言葉に、あの桃の香りを思い出す。……そうだ、あの香りがないから、昨夜は余計に苛立ったのだ。微かにあったはずの残り香を、アルコール臭と泥炭《ピート》香で塗り潰したのは自分だが。

「つけていないと落ち着かなくて、不安なんですって。どうせあなたが押し付けたんでしょう？　ほんとに可愛い子ね」

「……フルライン買って帰ります」

「店ならすぐそこのスローン街よ。貴臣、あなたほんとに馬鹿な弟だけど、香水の趣味は悪くないわ。あの香りは、仔ウサギちゃんにはお似合いね」

消耗してるんだからくれぐれも無理はさせず、今夜はゆっくり寝かせてあげなさい。絶対に手なんか出すんじゃないわよ。

言い返す言葉も資格もない貴臣は姉の言いつけに渋々頷いて、数日分の着替えを詰めたトランクを積んだ車に乗り込む。

姉がいるというのも悪くないものだ、と。

ようやくそう思えたのは、スローン街の店で必要なものを購入し、包装されるのを待っている間だった。

情けない話だが、あの姉があぁしてずけずけ口を出してくれなかったら、自分は今夜結花をどうしていたか、少々自信がなかった。

あれほど酒の匂いがこもっていた部屋は、何もなかったかのように綺麗に整えられて、静まりかえっていた。

ドアを開けてみると、どの部屋も真っ暗で照明もついていない。窓から差し込む街燈の光が窓辺を淡く照らしてはいるものの、綺麗に整いすぎた部屋は寒々としていた。まるでその冷ややかな空気までもが、貴臣を無言で非難しているようだ。

——着替えもスマホもクレジットカードも、一切何も残さずに一日放置した。どこにも出られないはずだが、まさか、逃げてどこかへ行ってしまったのでは。突如焼け付くような焦燥に駆られ、コートも脱がぬまま勢いよく寝室のドアを開いて灯りをつけた。

キングサイズのベッドの上で、細長い盛り上がりがもぞりと動く。

「……あ、貴臣さん、……おかえりなさい……」

眠たげな顔をちらりと覗かせた結花が、舌足らずに言った。その声を聴き、いつもと何ら変わらぬ表情を一目見ただけで、緊張に強張っていた全身から力が抜けて小さな吐息が漏れる。

結花が自分を待っていてくれて、自分に「おかえりなさい」と言ってくれたことに、心の底から安堵して。

「……寝ていたのか?」

「寝てたっていうか……頭痛くて、ちょっと、気持ち悪い……」

歩み寄ってそっと枕元に腰かけた貴臣に、眉間に皺を寄せた渋面を見せながら、身を起こした結花がゆっくりとデュベをはねのける。

今夜はそっとして休ませてやれと言われたのに、思わずそんな気遣いも吹き飛んでしまいそうな姿で、ベッドの上にぺたりと横座りした。昨日の黒い下着とは正反対の、ひらひらした真っ白な可愛らしいベビードール姿で。——手を出すなと言っておいて、こんなものを着せておくとは。姉の悪意に試されているような気分で、貴臣は思わず目を逸らそうとした。が。

首元や襟足、ほっそりしたデコルテから胸の膨らみにまで、いくつもの赤黒い鬱血が散らばっている。目立つ場所にはつけないようういつもなら加減しているのに、逆上した己の所業を目の当たりにした貴臣は束の間いたたまれなさを感じて、今度こそ目を逸らしてしまった。

「貴臣さん……？」

帰ってきたのにどうして撫でてくれないのかと、ウサギが不思議そうに首を傾げて彼を見つめる。ベルリンにいる頃と、全く変わらない様子で。内心胸を撫で下ろし、ごく淡く微笑んだ貴臣はゆっくり手を伸ばして髪を撫でながら、そっと頬に口づけた。挨拶のキスくらいは許されるだろう。

「ただいま、結花。いい子にしていたか？」

「……ん、千煌さんが、心配して様子を見にきてくれました」

「ああ。本人に聞いた」

「あの、でも、ラウンジでお茶をご一緒しただけで。ほかには誰とも会ってないし、外には出てません。ほんとです……！」

結花がなぜそんなに必死に言い募っているのか一瞬首を傾げてから、ああ、と理解する。

勝手にロンドンへやって来て、勝手にほかの男と外出したと、怒られると思って怯えているのだ。むしろ、結花の方が怒ってもいいのに。悪いことは何もしていないのに、あんな扱いをされて。辛かっただろうに。

「……わかっているよ。結花がいい子にしていたことは」

微笑みを深くして、さらりと黒髪を梳き撫でる。ん、と小さく頷いて、じっと見上げてくるウサギ。

この愛らしくか弱い生き物に、昨夜自分は何をした？

「――結花」

「はい、貴臣さん。」

「……昨夜は、……悪かった」

仕事以外で誰かに謝罪するなど、何年ぶりだろう。跪いて許しを乞うべきなのだろうが、歯切れの悪い言葉しか出てこない自分がいっそ情けない。

なのに結花は、じっと貴臣を見上げていた顔をふいと俯かせ、ふるふる頭を振って否定した。

「ううん。私が、勝手にこっちに来ちゃったから。大人しく、ベルリンで貴臣さんを待っていればよかったのに……」

結花本人は、ずっとそれを後悔していたのだ。そもそも自分がベルリンから出てきたのが、誤りのもとだった。『トゥーランドット』だって、そこまでどうしても観たかったわけじゃなかった。百歩譲ってそれはいいとしても、ドレスも付き添いも断固として断ればよかったのだ。自分がもっと強く拒否していれば。

そうすれば、あんな店に連れていかれて、——貴臣の膝の上に、自分以外の誰かが乗っているところなど、見ないで済んだのに。

相手が貴臣の実の姉とわかった今でも、あの光景が脳裏にくっきりと焼きついている。

……自分でも、あんなにショックを受けるとは思わなかった。

「ロンドンになんて、来なければよかった……」

ごめんなさい、とうっすら涙声で逆に謝られた貴臣が、かえってますます罪悪感に苛まれる。ずきりと心臓が痛んだ気がした。

「頭痛に吐き気は、二日酔いだろう。……私が言えた義理じゃないが、その程度で済んでよかった。……辛かっただろう、昨夜も今日も」

痛ましげな呟きに微かに頷いた結花だが、貴臣に責められたのが辛かったわけではない。あの光景を目にしたのが辛かった——けれど、それを貴臣に告げる気はない。告げる資格などない、だって私は彼のものだけれど彼は私のものじゃない。彼が膝の上に誰を乗せようと、文句を言える立場ではない。

だから、初めての二日酔いが辛かったことにしておく。

「二日酔いって初めてだけど、こんなに酷いと思わなかった……。貴臣さんは、なんともないの？」

「勿論薬を飲んだよ。……すまなかった」

自分が悪いのだ、と言う代わりにもう一度謝罪の言葉を口にする。そうしながら、持ち帰ってきたクリーム色の紙袋をベッドの上で逆さにし、中からバラバラと転がり落ちたいくつもの小箱を片端から開いていった。

「千煌さんに、結花を殺す気かと、説教されてきた」

「え。それはちょっと大袈裟です……」

「いや、そうなる可能性があったのは事実だ。――考えるとぞっとする」

見慣れた細い透明なガラス瓶を手に取り、横座りしている結花の脚をほんの少し開かせて一吹きする。膝を擦り合わせて香水を伸ばす仕草が、もじもじしているようで実に愛らしく艶めかしい。

ボディクリームの丸い容器の蓋を開け、中身を指先にすくい取り、そっと摑み上げた手の甲を撫でるように塗り込んだ。それが終わると、今度はボディローションと書かれた容器をワンプッシュし、同じ香りのとろりとした乳液を手のひらに広げて剝き出しの脚に滑らせる。

「……ん……、やっぱり、落ち着く……」

自分の手を口元へ持っていってスンと鼻を鳴らした途端、肩から力を抜いた結花がふにゃりと笑った。見ている貴臣の方まで癒やされるような、リラックスした表情。

ちょっとつけすぎかも……と身体のあちこちに鼻を近づけてフンフン言っている姿が、まるで本物のウサギのようだ。自分でも無自覚なまま頰を緩めている貴臣の目の前で、結花が剝き出しの肩を震わせてくしゃみをした。急いでコートを脱いで結花を抱き寄せ、滑らかなカシミアですっぽり包み込みながら、濃厚に漂う桃と蜂蜜の甘い香りを堪能する。

抱き締められた結花が自分でも抱きつきたくて、ぎゅってしてもいい……？　と、ごくごく小さな声で問いかける。コートにくるんだままそっと抱き上げた貴臣は、窓際のソファに移動すると膝の上にいつものように横向きに乗せた。

結花が今度こそ遠慮なく、伸ばした両腕で首元にしがみついてくる。……貴臣さんの、匂いがする……と、顎の関節の辺りに鼻先を擦りつけながら瞳を閉じ、全身で感じている飼い主の気配に酔う。

「……悪いことしたから、捨てられちゃうのかもって」

溜め息交じりの小さな呟きに、顔に押し付けられた二の腕の内側の柔らかく滑らかな感触を楽しんでいた貴臣がうっすら瞠目する。

「私が？　結花を？　まさか」

「でも。昨夜は貴臣さん、あんなに、……怒ってたし」

怒ってた、と言われても否定などできない。確かに自分は激怒していた。見た瞬間一気に頭に血が上った感触を、はっきりと覚えている。だがそれは、結花にとっては到底理不尽な感情だったはずなのに。

「……結花。一つだけ、結花に頼みがある」

不意に、顔から表情を消し去った貴臣が、目だけに強く力を込めて結花を見つめた。

「貴臣さん……？」

「私がいない間、なんでも好きなようにしておいでと言っておいて、腹を立てたのは悪かった。――好きにしていていいが、他の男と二人きりで出かけるのだけは、不可だ」

頼みがあると言いながら、頼まずに命令している自分を貴臣は自覚していた。頼んで、いやだと言われたら困るから。本当に困る。絶対に不可だ。だから命じる。自分の命令には、結花が滅多に逆らわないのを知っているから。――珍しく逆らわれて逆上したのは、つい昨夜のことだったが。

予想に違わず、結花はすぐさま「はい」とこっくり頷いて、まっすぐに貴臣の目を見つめ返した。

「はい。行きません」

「他の男と歌劇場も不可だが、アルコールはもってのほかだ。結花が決して弱くはないのは知っているが――」

無意識に貴臣は、横抱きにした結花の腹の辺りを薄い布地越しに片手で撫で回していた。ここに何度注ぎ込んだだろう。今頃この奥で、何かが起こっているかもしれない。小さな何かが細胞分裂を繰り返して成長を始めたかもしれない。可能性としては、なくもない。あってくれても一向に構わない。

心なしか、いつもに増してぺったりと凹んで――というかいっそ抉れているような結花の腹部を、透けるほど薄い布地越しにじっと見下ろすと、押し当てた手の下で、ぐうぅぅ、と派手に音が鳴る。更にきゅるるる……と、腹の中に何を飼っているのかと問い質したくなるような異音が長く続いた。

うぎゃ！　と妙な声で叫んだ結花が一瞬で真っ赤になり、慌てて貴臣の手から逃れようともがき始めて。

「……もしかして、今日一日、何も食べていないのか」

言ってから、そういえば自分も何も食べていなかったことを思い出す。思い出した途端、急激に空腹を感じ始めた。

「その、実は……昨日のお昼に食べたきりだったりして……」

「なんだって？　丸一日半か。千煌さんとアフタヌーンティーは？」

「昼間は、その、気持ち悪くて、食欲なくて……ポタージュだけ……」

サンドイッチよりスコーンより、インスタントのお茶漬けが食べたくて仕方なかった。なんてことを話したら、貴臣はどんな反応をするだろう？　いや、そもそもそんなものを食べたことなどないに違いない。

「今なら食べられそうか？」

「お腹が空いて眠れないくらいですっ」

眠れないのはお腹が空いただけではなく、貴臣に捨てられてしまうのではないかという不安の方が大きかったからだが、とりあえず今のところは杞憂とわかったので黙っておいた。

「そうか。――可哀想に、すまなかったね。ちょうどいい、ベルリンよりもロンドンの方が店は多い。和食を食べにいこうか。胃に優しいものの方がいいだろう、蟹鍋に雑炊なんかいいかもしれないな」

「ああああああ……っ！　そ、それ以上はやめて！　ますますお腹が鳴っちゃう……！」

「千煌さんは、着替えも持ってきたのか？」

「ん。下着と靴と、ワンピースを置いていってくれました」

「上着はなしか。……よし、じゃあとにかくそれに着替えておいで」

河合に電話し、目当ての店に個室を取らせる。電話を受けた第一秘書は、上司の機嫌がすっかり良くなっているのをすぐさま察知し、ほっと胸を撫で下ろした。この分なら明日は、今日のように誰彼構わず八つ当たりすることなく、通常通り業務をこなせるだろう。

だが、いいのだろうか。いくら個室とはいえ、日本料理屋だ。しかもここはロンドン。知り合いに出くわす可能性の高さは、ベルリンの比ではない。

……まあいいか、と思い悩むのを放棄した。そんなことは、上司本人がとっくに考えているに違いない。その上で決めたのだろう。誰かに見られても構わないから、彼女と蟹が食べたい、と。

ならば自分は、どうぞお好きに、と見送るのみだ。好きなだけいちゃついてご機嫌斜めを解消して、明日からはバリバリ仕事をこなしてください。河合は心の中でそう呟き、くれぐれもよろしくお願いしますと結花の面影に両手を合わせておいた。

◆

——眠りの海をゆらゆらと漂っていた意識が、不意にぷかりと浮上するのを感じて結花は微かに身じろいだ。

……、あれ……？　……なんだか、いつもと……違う——

なぜか不思議な感じがした。なんだろう。不思議なんだけど、心地いい。あったかい。

……くふぅ、と、目を閉じたままあくびを一つ。んー……と枕に顔を擦りつけようとして、枕がやけに固いのに気づいた。枕、というか。

ナイトシャツにくるまれた、貴臣の腕だった。……あれ、腕？

両腕の中に囲い込まれるようにして、向き合って眠っていたらしい。ぎくりとして思わず身を固くした。

ほんの少しだけ頭を動かしながら寝ぼけ眼を見開いて、僅かに上を向いてみる。

——初めて目にする、貴臣の端正な寝顔がそこにあった。驚くあまり、反射的に息が止まる。

初めてだ。いつもは一緒にベッドに寝ていたとしても、必ず貴臣が先に起きていて、自分は起こされる方専門だったから。

だから物凄く驚いたのだが、考えてみれば当然だった。

おそらく貴臣も、前の晩は殆ど寝ていないはずで、その後二日酔いの状態で一日の仕事をこなしてきている。昨夜は蟹刺し・蟹しゃぶ・蟹雑炊を堪能した後、ホテルへ戻ってきてすぐにバスルームを使うと、二人ともそのまま眠気をこらえきれずにさっさとベッドにもぐってしまった。昼間休んでいた分、結花の方が早く回復したのだろう。

衝撃が多少落ち着いてくると、今度はうっとりとした溜め息を漏らしながら、間近でじっくりと寝姿を堪能する。

……なんて、なんて綺麗な寝顔だろう。冗談抜きで感動できる寝顔だ。

さらりと前髪が降りかかった額も、絶妙なラインを描く眉からすらりとした鼻梁のラインも、影の濃い眼窩で閉じられた瞼も睫毛も、それぞれが個として極上のパーツが全て、黄金比かというくらい完璧なバランスで配置されている。このまま写真を一枚撮れば、それだけで寝具の宣伝ポスターのできあがりだ。

こんなにまじまじと、至近距離から一方的に貴臣の顔を鑑賞するのは、そういえば初めてだった。ちらっと見ただけでも十分に美しいし、膝の上で見つめ合うとドキドキしてきて恥ずかしくて、それをごまかそうとつい抱きついて目を逸らしてしまうから。

なんて綺麗なひとなんだろう。呼吸も忘れてじっとしたまま、飽くことなく見つめ続ける。綺麗な肌。ほんの少し伸びている髭も、海外のファッションモデルみたい。シャープだけど細すぎない顎のラインに、うっすら開かれた唇。

――この綺麗な唇で、彼が自分にキスするのだと思い出した瞬間、それだけで心臓が壊れそうな勢いでどくどくし始めた。しかも。

キスするだけじゃない。自分の身体のあちこちをくすぐるように滑って、突起部を挟み込んだり吸い付いたり。そうして舌で舐めしゃぶられて――

は……、と無意識に切ないような息を吐いた結花の、熱心な眼差しが不意にとろんと潤む。

あの唇に、触ってみたい。ほんのちょっとでいいから。

触ったら、起きてしまうだろうか。せっかく、初めて貴臣より先に目を覚ましたのだから、もっとゆっくりじっくり鑑賞したい。ああでも、触ってみたい。いつもは彼から触れられるばかりだけど、自分で手を伸ばして感触を確かめてみたい。

美しい、綺麗な貴臣が、本当にそこに――手を伸ばせば届くほど近くにいて、そして自分は、その美しい彼に触れることを、許されているのだと、確かめたい。ちょっとでいいから、触らせてほしい。

そうっとそうっと手を動かし、人差し指を伸ばして近づける。起きないで、まだそのままでいて。ほんの少し触ってみるだけ……そう心で呟きながら、人差し指の腹で、ふにっと下唇に触れてみる。

柔らかい。さらさら。なのに色っぽい。美男子は何をしても、寝ているだけでも色っぽい。結花の心臓が更に激しく鼓動してオーバーヒート気味になっているが、男を見つめるのに夢中になっていて本人はあまり意識していない。

指の腹でごくゆっくりと下唇をなぞり、中指も伸ばしてみようかな……などと考えた刹那、突然開いた歯列に指先をかぷりと噛まれて。

「……おかしいな……結花が、先に――……起きてる、なんて……」

優美な睫毛に縁どられた瞼をうっすら持ち上げながら、口の中に指を入れたままで器用に喋る。

「……おはよう、結花。いたずらは、もうおしまいか……？」

まだ眠そうな声で、だがゆったりと微笑みながら、貴臣は結花の腰に回した腕に力を込め、更に自分に密着させた。

こんな声で喋る貴臣も、初めて見る姿だ。なんとなく、目を開けた次の瞬間には完全覚醒していそうなタイプかと思っていたけれど、起きた直後の気だるげな様子はごく普通だ。

——凄まじい色気を垂れ流してはいるけれど。

「ごめんなさい。起こしちゃった……？」

「……いや。どうせなら……指じゃなく、キスで起こして、ほしかったな」

「そう？　じゃあ、はい。……ん」

ベッドに肘をつきながらくっと首を伸ばし、ちょんと軽く唇を触れさせる。そんなキスじゃ目は覚めないよ、と囁く貴臣に、お手本を見せようか？　と流し目で微笑まれて。

吸い寄せられたようにふわりと唇が重なって、直ぐにどちらからともなく舌先が触れ合った。性急さはなく、ゆったりとした動きで、けれどじっくり味わうようにして何度も唇を啄まれ、舌を食まれる。……ああ、あの綺麗な唇で、こんなキスをされている——そう思うと、なぜか朝だというのに異様なほど昂ぶってきてしまい、いたたまれなくなった結花がきつく目を閉じた。

まだ枕に頭をつけたままの貴臣にそっとのしかかるようにして、自分の方から懸命に口づけてくる結花の様子に、すっかり覚醒した貴臣がナイトシャツ越しに背中から腰へと手を滑らせつつ、うっすらほくそ笑む。朝からこんな濡れた顔をして……。

「……っ、ん、んぅ、……ふ、ぁ……っ」

「蕩けた顔をして……どうした、結花。ん……?」

寝顔を見ていて欲情しましたなんて、結花にはとても言えない。声を嚙み殺して押し黙ろうとしたのに、色気が倍増している囁き声を聴いているだけで更に昂ぶってきてしまう。唇の端から生ぬるい唾液がとろりと零れ落ち、貴臣の舌にすくい上げられてからもう一度口の中へ戻されて、必死になって喉を鳴らした。

そんなことをしていたら、朝でなくても身体に火がつくのは当たり前だ。貴臣の手がデュベの下で結花のナイトシャツの裾をたくし上げ、細腰からまろい尻のラインを撫で下ろしながら堪能し始めたとき。

枕の下に押し込んであった貴臣のスマホが、ささやかな音を立てながら震え始めた。ビクンとして両目を瞬きながら硬直する結花、鋭く舌打ちする貴臣。

『おはようございます。徹夜明けでいらっしゃるので、念のためと思いまして。――お邪魔でしたか』

「……邪魔だったな」

貴臣が低く呟いたときにはもう、真っ赤な顔を背けた結花がばさばさっと上掛けをはねのけてベッドから飛び下り、バスルームへ逃げ込んでしまっていた。電話の向こうに聞こえないよう、こっそり溜め息をつく。それに気づいているのかいないのか、河合は平然といつもと何ら変わらぬ事務的な口調で続けた。

『念のため申し上げますが、本日はニューカッスルで新工場の起工式です。地元選出の下院議員のほか、英国政府《ホワイトホール》からも現職の閣僚が二名ご臨席くださいます。当然のことながら、いかなる理由があろうとも遅参は許されません』

女を抱いていて遅刻したと言い訳したら、どうなるだろう。ふと、そんな馬鹿なことを言ってみたくなる。鼻白まれるか、冗談と受け流されるか。

「……わかっている」

『閣僚のうちお一人は女性ですので、その点ご考慮ください。蛇足ながら申し上げますが、本日は靖臣様がご一緒です。移り香にはお気をつけを。では、一時間後にお迎えに上がりますので』

毎度毎度、優秀すぎて御し難い秘書である。そればかりか、堂々と「女に愛想を振りまけ」とまで言ってくる。相手は自分の母親のような年齢だというのにだ。

たまに本気で煮て食ってやりたくなる秘書だ。煮ても焼いても食えないだろうが。

朝のいちゃいちゃを台無しにされ、貴臣は生まれて初めて「会社をサボりたい」と本気で思った。

新工場の起工式から政治家や取引先を招いてのレセプションをこなし、貴臣がホテルの部屋に戻る頃には、二十時近くになっていた。

他の役員と同乗して社用機でニューカッスルからロンドンに戻ったまではよかったのだが、ファンボロー空港から市内までの道のりで渋滞にはまってしまい、恐ろしく時間がかかってしまった。

部屋に戻ると結花はまたしてもベッドに横になっていて、むしろ前日よりも顔色が良くない。具合でも悪いのかと訊けば、お腹痛いだけだから大丈夫……とうーうー唸りながら答える。とにかく医者を呼ぼうと考えた彼に、結花が小声でぼそぼそと囁く。

「貴臣さん、あの、一週間は、えっと、だめです、よ」

なるほどそういうことかと思い至り――その瞬間、安堵したのか残念に思ったのか、自分でもよくわからない。少なくとも、父親が危惧するような事態にはならなかった。そういうことだ。

夕食は何皿か適当に部屋に運ばせることにして、待っている間ベッドに腰かけ、滑らかな黒髪を指で梳き撫でながら「今日は何をしていた?」と問いかける。

「千煌さんとお昼をご一緒しました。明日も来てくれるって」

——あの姉はよほど暇なのかと、憂鬱な溜め息が漏れる。またしても結花が厄介な有閑族に目を付けられてしまったのは、もはや間違いない。一見害はないのだが……。

「……鬱陶しかったら、もう来るなと言っておくよ？」

「全然そんなことない！　凄く楽しいっていうか、嬉しい。あんなお姉さんがいたらよかったのになぁって。私、一人っ子だったから……」

大丈夫、ちゃんとそうなる予定だ、と貴臣は心の中で呟いた。千煌本人だって、喜んで義姉になるだろう。

「時間があるならって、エステ？　スパ？　に連れて行かれました。ああいうの初めてだったから、色んなことがもうびっくりで……」

「スパか。ああ、確かに違う香りがするな」

「クラリセージにイランイランだったかな？　よくわからないから、千煌さんに選んでもらいました。貴臣さん、こういう匂いは好きじゃない？」

「別にそんなことはないよ、いつもの桃の香りの方が好きだが。それで？　全身磨かれてきたのか」

「ん、まだちょっとオイルでぺたぺたするかも。浸透させた方がいいからって言われて、シャワー浴びてない」

「ふうん？　……ちょっと触ってみても？」

そっとデュベの端を持ち上げて手を忍び込ませると、ぬくぬくと暖まった寝具の奥に結花の身体が隠れていた。どうやら今日も、悩ましい薄物の下着姿らしい。腰を冷やさないようもっと暖かい格好をした方が……と思いつつも、手のひらに感じる暖まった肌と薄いシルクの感触がたまらなく心地いい。

「冷たい？」

「……ん、平気」

腹をかばうように丸くなっている身体の、折り曲げられた膝から脛を撫で下ろして、思わず唇を舐める。

元々さらさらすべすべだった結花の若々しい肌が、今はしっとりと手に吸い付くような感触に変わっている。——実に美味しそうだ。

「んー……それ以上は、だめです」

その気になっちゃったら困る、と赤い顔をした結花がデュベの下でもぞりと身じろいだ。けれどもう少し、と囁いて更に奥まで手を差し込み、文字通り手探りで素肌を撫で回す。

膝から上へと指先で辿ると、ただでさえふっくらと柔らかな内腿がしっとりとして、触れた手にぴたりと吸い付いてきた。最高の感触。ああ、この先まで指を伸ばしたい。

「んん、だめですったら。……貴臣さん、手つきがやらしい……」

「仕方ないだろう。こんな美味しそうなものを目の前にして、お預けだぞ?」

「お預けなんだから、触っちゃだめですったら。っや……っ」

ばふ、と頭まで引き上げたデュベを、蓑虫のように身体に巻きつける。こうでもしないと、どこまでもエスカレートするのは間違いない。

仕方ない、と手を引き出しながら嘆息して、ほんの数日耐えるだけだと貴臣も納得しようとした。無防備に手の中に全身預けられておきながら、決して手が出せないというのは、かなりの拷問だが。

「週末までこっち《ロンドン》にいることにした」

夕食を取りながら、貴臣が言った。本来の予定なら、今日ニューカッスルから直接ベルリンに戻るはずだったのだが。

階下のビストロから運ばせたホテル特製フィッシュ&チップスを指で摘まみ上げながら、結花が微かに首を傾げる。んー、美味しいけど上品すぎる気がする。もっと雑でいいよね、こういう料理って。

「ん、でも、土曜日の夜はベルリン・フィルの『マタイ受難曲』ですよ?」

「ああ。だから、土曜の昼間にベルリンへ戻ろう。……明日、どうしても外せない会議が入ってしまってね」

もとはと言えば、自分の八つ当たりのせいで延期された会議だ。出ないわけにはいかない。出席者の予定を再度調整するだけでも、役員秘書達に詫びの言葉とともに差し入れを渡さねばならないくらいだ。

だが理由はそれだけではない。

「明日の夜は、コヴェント・ガーデンへ行こう」

前の晩、蟹を食べながら「『トゥーランドット』はどうだった？」と尋ねた貴臣に、できれば一緒に観にいきたかった、と真っ先に結花が言った。顔だけかと思っていたソプラノは歌も結構良かったし、テノールのアリアはかなり良かったし、二人で行けたらすっごく良かったんですけど……と。

だったら行くと決めた時点で連絡してくれればいいものをと一瞬思ったが、ただの責任転嫁だなと自覚して言葉をのみ込んだ貴臣である。自分の仕事中、結花が絶対に連絡してこないのは今に始まったことではない。

「『トゥーランドット』は終わってしまったが、バレエが始まる。結花はバレエも観るんだろう？」

「はい！　うわ、やった……！　演目なに？」

今にもその場で立ち上がって踊り出しそうな表情で、結花が高揚した笑みを顔いっぱいに浮かべた。全く、どうしてこうこの子は何をしてやっても可愛いのかと、表情筋の動きに乏しい貴臣の美しい顔で眼差しだけが糖蜜のように甘く蕩ける。

「『眠れる森の美女』だ。チャイコは見飽きたか?」

「ううん、『美女』はそんなことない! 生で観るのは二回目だけど、一回目はまだ小さいときで……バレエやってた頃、すっごく憧れてた。踊るなら、オデット姫よりオーロラ姫がいいなって!」

結花にだって、女の子らしく可愛らしい華やかなチュチュに憧れていた頃があったのだ。勉強に生活を塗り潰されて、すっかり忘れてしまっていたけれど。

「去年ロイヤルで観た『ラ・シルフィード』も、さすが! って感じだった。バレエはそれ以来だし、どうしよう、すっごく楽しみ……!」

せいぜい仔ウサギちゃんの機嫌を取りなさい、と貴臣は姉に言われたのを思い出し、昼間手配しておいたのだった。彼本人はバレエは踊りではなく音楽にしか興味がないが、目的は結花のご機嫌を取り結ぶことと——盛装させた結花がバレエを観て喜ぶ姿をじっくり眺めることにある。

「ん、でも、大丈夫……? ロンドンは、日本人たくさんいるし……」

思い出して気遣わしげに眼差しを揺らめかせる結花に、バレエなら大丈夫だろうと頷いて見せる。今現在ロンドンに滞在中の音楽好きの財界人で、バレエまで観にいくような人間は、多分いない——それに、平土間席で捕まったら厄介だが、ボックスなら逃げ込んで閉じこもってしまえばいい。

「千煌さんが支度を手伝いにくるから、先に出かける準備をしておいてくれ。私も早めに戻る努力はするが」

戻れるかどうかは煮ても焼いても食えない秘書次第だが、とても楽観視できない。

デザートの林檎のトライフルを口に入れつつ、はい！　と大きく頷いた結花の笑顔に癒やされ、客よりシビアな秘書とのやり取りでささくれた精神が、束の間大いに安らいだ。

そして翌日の午後。

千煌が結花を迎えに来て、そのままベルグレイヴィアの自邸へ連れ去った。

「一切合切運ぶのも大変だし、仔ウサギちゃんをこっちへ連れてきた方が手っ取り早いもの。大丈夫、貴臣にはもう連絡してあるわ」

結花は自分がおかれた現実に未だ頭がついていけず、ひたすらぽかんとして、個人の邸宅とはとても思えない空間を見回している。

――す、すごい。こういうところに住んでる人が、世の中ほんとにいるんだ……。それくらい、建物の中は美術品のような年代物の調度で溢れかえっている。かと思えば、モダンでシンプルな、ただし一つ一つが物凄く雰囲気のいい家具が配置された部屋もある。

漫画に出てくるような制服は着ていないが、実質メイドとおぼしき通いの家政婦が数人。もはや呆然とするしかない。奥様《マイレイディ》、と千煌に呼びかける黒スーツのおじさまは、どうやら本物の執事のようだ。あ、ありえない。世界が違いすぎる。

呆然としたまま、東京の結花の住まい全体よりも更に広い千煌の衣装部屋へ連れていかれ、じゃあこれとこれと……と並べられていくあれこれを見て更にぎょっとする。ま、まさかまたああいう格好……!?

「——自分以外の誰かの手でユカが綺麗になったのが、悔しくて悔しくて許せないのよ、あの男。面倒でしょうけれど、付き合ってあげてくれないかしら?」

含み笑いでの千煌の言葉に、うっすら眉をひそめながらも一応頷いた。それが貴臣の意向ならば、とりあえず自分に否やはない。

「身体を冷やさせるなって言われたから、暖かい素材のドレスにしておいたわ。もしかしたら、中ではかえって暑いかもしれないけど」

肌触りのいい繊細な光沢の毛織り生地のドレスは、白に近いごく淡い水色。首元も詰まっているし膨らんだ袖も肘までちゃんとあるし、布地のたっぷりしたスカートは膝下丈で、何より先日のあのドレスよりもよほど暖かかった。……二日目なので過剰に気遣われているに違いないと思うと、少々気恥ずかしいが。

キラキラしたガラスがたくさん縫いつけられた靴はやっぱり厚底のハイヒールだが、今夜は貴臣に支えてもらえると思うと気が楽になる。着替えが済むと、今度は呼ばれてやってきた専門のスタッフの手で髪とメイク。……ベルリンでオペラを観にいくときはわざわざこんなことしないのに、ロンドンだとどうしてこう面倒な身支度が必要なのか、どうもいまいちよくわからない。激しく首をひねりながらも、なすがままにされるほかないのだが。

「夜だけど、ダイヤでぎらぎら光らせるのもちょっと下品よね。控えめで可愛らしいものなんて、ここにあったかしら……」

いやいやいやめてお願いダイヤとか無理無理怖い。黙ってふるふると首を振るが、結花を着せ替え人形にして遊ぶことにすっかり夢中の千煌は、ころころ笑うばかりでまるで取り合わない。……どうもノリがカレンと同じ気がする。

「あ、あの！　耳には、何も付けないでください……！」

一揃いになっているとおぼしきネックレスとイヤリングを見せられたが、これだけはきっぱりと首を振る。

「あら、せっかく髪を上げたのに。好きじゃない？　そう。じゃあ、手だけにしましょうか」

好き嫌いという問題ではないのだが、曖昧に笑ってごまかしておいた。小粒の真珠を三連に連ねてダイヤモンドで留めたブレスレットをはめられながら。うわー……怖い怖すぎる。どこかに引っかけて糸が切れたりしたらどうしよう。雪の結晶を模した真冬らしいブローチはまあ、勝手に外れて落としてなくすってことはないだろうけど、でもこのキラキラがチカチカして下を向くと眩しい。

どうにか支度が済み、紅茶でもてなされながらフィンガーフードを摘まんでいると、飼い主が仕事から戻ってきた。

ほんの少し目を離しただけでどんどん積み上がっていく書類仕事を、手強い秘書に無言で急かされながら黙々と片付けてきた貴臣である。可愛い恋人と甘い週末を過ごしたいなら、これだけは今日中に片付けて行ってくださいよと、質・量・時間の全てにおいて限界のラインを正確に見計らってくる。一瞬たりとも手を抜かずに集中して捌けば、きちんと定時までに終わるよう配分されているのが、できすぎていていっそ小憎らしい。

身支度するにもギリギリの時間しか残されていないのだが、姉の邸宅でドレスアップして自分を待っていた可愛い恋人——これをウサギと呼んだら姉にまた殴られるに違いない——を見た途端、外出するのはやめにして部屋に閉じこもってじっくり眺めて楽しみたくなってしまった。

「お帰りなさい、貴臣さん。あ、あの、これ、あの、変じゃないですか……!?」

高いヒールによろけつつ立ち上がって自分に駆け寄る結花が、慣れないドレスや宝石をしきりに気にしてそわそわしている表情を見ていると、これを外に出して他人に見せることと自体が嫌になってくる。やはりまずは自分がじっくり楽しんでから——

「にやけてないで、さっさと身支度してきたらどうなの？」

呆れたように声をかけてきた姉も、なぜか見栄えのする身体のあちこちを宝石で光らせて立派に着飾っていた。結花は瞬時に目を見開いて両手を叩いたが、貴臣の緩みかけた顔からは甘い気配がかき消えて渋い色が浮かぶ。

「……まさか、一緒に行くつもりですか」

「うわぁ！　千煌さん、綺麗……！　すごい、すごいですカンヌ映画祭って感じです！」

「仔ウサギちゃん、カンヌに行きたいならいくらでも連れていってあげるわよ。……で？　私が行ったらまずいのかしら。誰がボックスを手配したと思ってるの？　いいからあなたはさっさと支度してきて頂戴」

誰にも邪魔されない密室で舞台と恋人の両方を楽しむ歌劇場デートのつもりでいた貴臣は、内心少々というかかなり落胆したが、渋々諦める。ロイヤルバレエの初日の桟敷ボックス席を社交界の取り巻きからせしめてきたのは、自分ではなくあの姉だ。

シャワーを浴びながら、そういえば姉は連れ《パートナー》をどうするつもりなのだろうと思っていると。

「お迎えに上がりました、御婦人方」

万人受けする柔和な笑みを浮かべながらストレッチリムジンで乗り付けてきたのは、ラリーだった。しかも、ブラックタイで完璧に正装している。とはいえ彼の場合、ブラックタイなど仕事着の一つでしかなかったが。

「お忙しいのにごめんなさいね、ローレンス」

「とんでもない。貴女のためでしたら時間はいくらでもひねり出しますよ、レディ・ロージアン」

嫣然と微笑んで出迎えた千煌にラリーがこなれた仕草で挨拶するのを見ながら、結花は思わず顔を引き攣らせて後ずさった。こ、これが本場の社交界ってやつですか。櫻院の普通科のお嬢様達も、もしかしてこういうことしてるんですか。いやでも私、勉強しかとりえのない特クラだし……っ。

「ユカさんも、こんばんは。そういう可愛らしいドレスも、とてもよくお似合いですね」

きちんと挨拶しながら愛想良く微笑まれただけなのに、思わずぎくりとしてしまう。

自分も身支度を終えて階段を下りてきた貴臣がラリーの存在に気づき、結花を背後から引き寄せつつうっすら眉根を寄せた。それを見た千煌は呆れたように肩を竦めている。

「貴臣は仔ウサギちゃん専用になっちゃったから、ローレンスに頼んだのよ。何か文句ある？」

「若い男を連れ歩いてと、また陰口を叩かれるんじゃないですか」

「何をしても何かしら言われるのよ。好きに言わせておけばいいの。さ、これで全員揃ったわね。行きましょ！」

す、と千煌が差しだした手を絶妙なタイミングでラリーが取る。流れるように美しい動きだった。

それをぽかーんと眺めながら、結花は知らず首を傾げていた。どうしてこんな、映画の中の世界が目の前に現実として繰り広げられているのか、さっぱりわからない。そこに自分が溶け込んでいるとはとても思えず、じわじわと身の置き場がない息苦しさを感じ始める。

格好だけはそれらしく飾り立ててもらっても、所詮彼らとは中身が違う、生きてきた世界が違う。まざまざとそう感じて、足が竦む。

「おいで、結花」

呼ばれるからおずおずとついて行くけど、自分を手招きする貴臣の正装した姿もまた、あまりに完璧で素敵すぎてますます気後れする。いつものスーツ姿ですら、人前で一緒にいるのは正直気が引けるのに。

こんな人の横に、自分なんかが立っていていいのだろうか？　いいはずがない。彼にふさわしいのは、もっと美人で、もっと優雅で、もっと大人の——

「結花。何かどうでもいいことを悩み始めたね？」

……すぐにバレた。どうしてわかるのだろう。一瞬息を止めた結花が、目線を合わせないまま微かに溜め息をついたのを貴臣は見逃さなかった。

「着ているものが多少大袈裟なだけで、観劇に行くという意味では、ベルリンでしていることと全く変わらないよ」

「それは……わかってる、けど……」

ちょっと余所行《よそゆ》きのワンピースを着て、ちょっと真面目にお化粧して。その程度なら、何もこんなに緊張はしない。でもここまでされてしまうと、自分があまりに場違いな気がして不安で、完璧な貴臣に不釣り合いすぎて心細い。

「何を考えたか、想像がつかないでもないが。——聞いてくれ。社交界に出るには、基本的に男女一組のペアになっていなければならない」

「……ん。それは……知ってます」

綺麗に化粧を施された顔で、結花が小さく頷く。貴臣は静かに一歩引くと、結花の全身を上から下までじっくり眺め、何の飾りもつけていない耳朶に指先を伸ばして満足げに口角を引き上げた。

そこへそっと触れた瞬間、可愛い恋人がびくりと震えて顔を背けようとするのを、頬を包み込んだ手でやんわり押さえて。

「面倒だが、多少は社交界で顔を売っておいた方が、私の仕事はやりやすい」

「なんとなく……想像は、つきます」

「その場その場でパートナーをでっち上げるのが煩わしくなって、互いに互いを付き合わせていたのが、私と千煌さんだ」

「ん、千煌さんに聞きました」

「だがもう、千煌さんの社交に付き合うことはできなくなった。──私には、結花がいるから。たとえ間に合わせでも、他の女は要らない」

静かな声で断言され、え、でも、と反論しようとするが、淡いピンクに塗った唇を指先で塞がれてしまう。

「だから結花には、こっちにいる間は、たまに私に付き合ってもらうことになる。今から少しずつ、慣れていこう。……わかったね?」

「……あの、でも、そんなの私なんかじゃ……」

「私なんかと思うなら、早くもっと大人になっておくれ。——私のために」

本当は、もう少し後になってからのつもりだった。と、貴臣がうっすら笑う。

「だが結花は、私が思っていたほど子供ではなかった。子供どころか。──若く美しいパートナーを連れ歩いて見せびらかすのは、男にとって最高の楽しみの一つだよ」

彼の目の前に立っているのは、世間知らずで素直で可愛らしい女子大生ではない。きちんとした衣装に身を包み、髪形も化粧もきちんと手をかけ、ふさわしい宝石で飾られた、若々しく美しい女性だ。委縮せずにまっすぐ立てば、元々美しい姿勢が慣れないはずの盛装をそれらしく引き立てるだろう。

若く美しいって、誰のこと。結花はひたすら耳を疑っている。まさか私じゃないよね。

若いという点だけなら、まあちょっとは自信があるけど……

「何人もの男に、羨望の眼差しを向けられるだろうね。結花もじろじろ見られて、涎を垂らされるかもしれないが――」

すい、と手を差し出される。何も考えずに真珠で飾られた手を持ち上げ、ぽんと載せた。お手、と言われた気分で。

「社交界には様々な人間がいる。信用できるかどうかは、見た目では全く判断できない。危ないから、決して私の手を離してはいけないよ、結花」

「――はい。貴臣さん」

お手をしたつもりが、摑まれた指先をくっと引き寄せられて、そっと唇で触れられる。あまりに美しい男のあまりに美しい仕草に、くらりと眩暈がした。

そうしていつものように腰に手を回され、ぴたりと身体を寄せて並んで歩きながらようやくぎこちなく微笑んだ表情を見て、なるほど、とラリーが微かに頷く。彼にはちゃんと、ああしてエスコートさせるのか。彼にだけは。横で千煌が訳知り顔でうっすら笑う。弟そっくりな笑い方で。

あの子にとって「男」は彼一人、なのかもしれないな。それもまた随分と――一途なことだ。

ラリーは内心こっそりと感心し、そんな相手がいること自体を少々羨ましく思った。歌劇場に着くなりひっきりなしに知人から声をかけられ、当たり障りのない笑みと千煌の存在を盾に身をかわしながら、先にさっさとボックスに引きこもった御曹司を追う。どうしても彼に、質問してみたいことがあるのだ。

一体どうやってその歳まで、結婚の二文字から逃れてきたんですかと。そして、もしかしてもう逃げるのはやめにしたんですか、と。

◆

王立歌劇場《ロイヤル・オペラ・ハウス》の桟敷のボックス席は、想像していたのと違って、驚くほど舞台が観にくい席でした。

前列に座っても身を乗り出すはめになるのですが、一番舞台に近いボックスなんて、ほんとに舞台の端しか見えないんじゃないかと思います。でも、先に座った人に「ごめんなさい、すみません」と謝りながら席を探したりしないでいいのは、ちょっといいかも。

ロイヤル・バレエの『美女』は、有名ダンサー揃い踏みのキャストも、派手なセットもふんだんにお金がかかった衣装も、どれもこれも見応えたっぷりでした。『トゥーランドット』のときも思いましたが、期待を裏切らない絢爛さでした。

踊り出したくてたまらなくなるような、浮かれたいい気分でしたが、何しろ二日目です。

勿論、飼い主の手で触れさせるわけにはいきません。気分的には抱き合ってじゃれつきたいのですが、まだまだお預けです。

土曜日、お昼にホテルをチェックアウトして、ロンドン郊外の小さな空港に連れていかれました。駐機場にスタンバイしている小型の飛行機の尾翼には、日本人なら誰もが知っているCUSEのロゴが塗装されています。

貴臣さんの長身がつっかえそうな小さな飛行機ですが、中は大企業の重役室っていう感じのいかにもな雰囲気で、キティで埋め尽くされたカレンの飛行機よりよほどリッチに見えます。ただ、CAはいませんでした。代わりに河合さんが、私にまでお茶を出してくれたりして、物凄く恐縮しちゃいました。

ベルリンに戻ると、先にロンドンから帰ってきていたカレンが半泣きで飛びついてきました。実は毎日ロンドンのホテルに来てくれていたそうですが、貴臣さんの指示で門前払いを食らっていたそうです。そもそもカレンはただ親切で私の希望を叶えてくれただけだったのに、なんだか申し訳なくなっちゃいました。

貴臣さんがラリーを危険人物リストから外したおかげで、面会謝絶が解除されたとのことです。昨夜ボックス席の中で、貴臣さんとラリーは何やら小声であれこれ話をしていました――フランス語で。いつもいつも、私をのけものにするときは決まってフランス語です。物凄く悔しいので、今年の履修登録はフランス語の授業をたくさん入れようと心に誓いました。

夜はフィルハーモニーで『マタイ受難曲』です。まさかまたドレスに宝石……とビクビクしてしまいましたが、どうやらああいうのはロンドン限定のようです。確かに、ベルリンであんな派手な格好をしていたら、逆に痛々しく浮きまくること間違いなしです。ベルリンの歌劇場では、肩の出たドレスの女性にブラックタイの男性なんて、見たことありません。一番いい席の観客でも、かなり地味というか普通の格好です。

ロンドンて、ほんとにリッチなセレブが多い街なんですね。そしてそれと比べると、ベルリンはほんとに、貧しい（?）街なんですね……。

日曜日、なんと野元さんがベルリンにやって来ました。初めての海外出張だそうです。

……初めての海外出張が、私の新しい携帯端末の機種変更及び設定作業なんて、もうなんて言っていいかわからないくらい申し訳ない気持ちでいっぱいです。

最新型のCUSE製スマホには、互いの位置がGPSでリアルタイムにわかる特別なアプリが入っていて、いつでもどこでも貴臣さんの現在位置がわかるそうです。タブレットの方は、なんと貴臣さんのスケジュールまで見られるようになっていました。しかも、私のスケジュールを記入する欄が追加されています。これなら、いつ連絡を取っても大丈夫かが一日瞭然です。

ただ、貴臣さんのスケジュールや現在位置は機密情報の一種なので、普通よりも厳重なセキュリティ措置を施す必要があって、自前の市販品ではだめだったとか。色も今までのシャーベットピンクと違い、もう少しオレンジがかった、それこそネクタリンみたいなアプリコットピンクの筐体になりました。……こんな色、発売されてたっけ。

月曜日、貴臣さんはベルリンのオフィスへ出勤し、私はシュヴァイク教授《フラウ・シュヴァイク》の御宅に伺いました。ロンドンへ行っていたという話をドイツ語で話していると、会話の個人レッスンそのものです。手土産に持参したロンドン土産の紅茶の缶くらいじゃ、授業料には全然足らないと思うのですが……。

火曜日、七日目です。

なにが七日目って、ええとその、月イチが終わったのです。

◆

……これは、ウサギを虐めた報いなのだろうか。

柄にもなくそんなことを本気で考えた貴臣は、馬鹿馬鹿しいと思いつつも頭の片隅で「そうかもしれないな」と納得し、溜め息をついている。

今日で七日目だ。すぐ目の前にいる結花を抱けぬまま、七日が経過した。

生理中まで手を出すほど飢えてはいない。欲しいからといって無理強いするような真似はせず、ちゃんと待ってやれる。

待った。きっかり一週間、同じベッドで寝ても抱き締めるだけ、キスをしても唇を触れ合わせるだけ、バスルームは一人で好きなだけ使わせて。

——あの夜以来、そういえば二人で飲んでいない。今夜は少し凝ったものでも食べながら、何かいいボトルを開けようか。ホテルのレストランに、確かクロ・デ・リュショットがあったはずだ。アルマン・ルソーのボトルは最近開けていない。何年ものだったか、飲み頃になっていればいいが。

表面上は無表情を保ったままそんなことを愉快に考えながらの午前の執務を終え、久しぶりに隣室のライナーを誘って昼食に出ようかと思ったところで、電話が鳴った。英語で対応した河合が日本語で喋り始めるのを、嫌な予感とともに見守る。

予感は的中した。靖臣様です、と電話を回された瞬間、一人でこっそりうきうきしていた気分がどん底まで落ちた。

『貴臣、ちょっとニューヨークへ行ってきてくれないか。あっちでトラブった』

眉間にうっすら皺を寄せた貴臣を見て、ほんとに表情豊かになってきたなと河合がこっそり感心する。

『ほぼ決まりかけた話に、よそからちょっかいかけられてる。あとは契約書にサインさせるだけだったんだが』

「またいつものダンピング攻勢ですか」

『よほど納入実績が欲しいらしい。お前は馬鹿かと言いたくなる数字を出してきたそうだ。馬鹿だが作戦は功を奏して、客先はぐらついてる』

「暁仁叔父は」

『別件でハマってワシントンだ。そっちはそっちで額が大きい上、今が正念場だ。離れるわけにはいかないらしい』

「……他に誰かいないんですか」

今日はやけに渋るな、と不審に思った靖臣は、試しに新たに摑んだ情報を使ってみることにした。

『貴臣。お前、ロンドンから誰を社用機に乗せた？』

声を低くしての詰問に、電話越しに冷気が漂ってきそうな沈黙が返ってくる。

『先週やたら機嫌が悪かったのは、その彼女と関係あるのか』

たまたまぽっかり時間が空いたついでになんとなく眺めた、社用機の運行記録《フライトレポート》。

ベルリンから秘書と二人で飛んできたはずの従弟は、帰りはなぜか三人でロンドンから飛び立っていた。しかも、新たな乗客は、なんと女性。

写真はないのか！　とすぐにパイロットに確認したが、記念撮影はされませんでしたねとあっさり言われてしまった。ただ、かなり若い、美人というか可愛いお嬢さんだったと。

『おかしいと思っていたよ。在欧するにしても、ベルリンはないだろう。それこそロンドンにでもいた方が、よほど仕事はやりやすいだろうに。わざわざ日本人が一番少ない場所を選んだな、お前』

「――それだけが理由ではありませんがね」

断定する口調で言われた貴臣は、こっそりと小さな溜め息を漏らした。どうやら存在自体は露見してしまったようなので、もはや全てを隠し通すのは不可能。見つかるのは時間の問題だろうと思っていたが、せめて顔を合わせないようにするのがせいぜいだ。

『今すぐそっちへ確かめに行きたいが、私もそこまで暇じゃない。追及は後回しにしてやるから、とにかくニューヨークへ行ってきてくれ。彼女を一人にさせておくのが不安なら、うちで預かるぞ』

「……それくらいなら千煌さんに預けますよ。来ても無駄です」

『おいおい、千煌さんには見せたのか!?　隠されると、余計に見たくなるんだがな』

「知ったことじゃありませんね。余計な手出しは無用です。――それで？　どの件なんですか」

今夜の計画も全て台無し。戻り予定は自分の口八丁次第。どう考えても一日やそこらでは片がつきそうにない。

……使えるコネは全て使って、あらゆる筋から圧力をかけてでも、一両日中にサインさせてやる。静かに決意し、電話を切った貴臣は渋々河合に社用機の準備を指示する。

フライト中に資料を読み込んで、混雑するJ・F・ケネディ空港を避けてマンハッタン最寄りのニューアークに着陸し、着くなり電話をかけまくって使えそうな知人を片端から捕まえ、多方面へのロビー活動を即日展開。CUSEアメリカのオフィスに乗り込むと、社長である叔父の部屋を間借りして相手先のスケジュールを無理やり押さえさせて。

週末を結花と離れて過ごすつもりはない。時差を考え、木曜のうちにはニューヨークを出たい。木曜といわず、相手さえ捕まれば今すぐに乗り込んでいって、今日中に決着をつけてやるのだが、あちらも役員会の召集には多少の時間がかかるはずだ。

結花とアルマン・ルソーをじっくり楽しむのは後回しにして、まずは味音痴のアメリカ人にシャトー・マルゴーの大盤振る舞いでもしてやるほかなかった。派手好みならムートンでもいい。接待で飲ませる酒は、ブルゴーニュではなくボルドーと決めている。ブルゴーニュは無駄にできるほどの量がそもそもない、貴重な酒なのだ。味のわからない連中に飲ませるよりは、結花に味を覚えさせた方がよほど有意義だ……。

「……結花？」

結局、ベルリンに戻ってこられたのは金曜の深夜。日付が変わるギリギリ五分前に着陸して、空港の係員に遠回しな文句を言われた。聞く耳など持たないが。

深夜なので道は空いていて、二十分ほどでウンター・デン・リンデンまで戻ってきた。馴染みのドアマンに挨拶されながら一直線にエレベーターを目指し、下の階のプライベートスペースから部屋に入って真っ先に寝室を覗いてみたが、ベッドは空。

急いで螺旋階段を上がってみると、小さな火が燃える暖炉の前のシングルソファで、すっぽり毛布にくるまった結花が丸くなっていた。

なぜこんなところで眠り込んでいるのか。決まってる。自分を待っていたのだ。

いっそ寝込みを襲ってしまいたい衝動をこらえ、可愛いウサギを抱き上げて下のベッドへ運ぼうとしたが、結花を横抱きにしたままあの螺旋階段を下りるのは無理だ。どうしたものかと思いながらじっと寝顔を見つめていると、睫毛が震えて瞼が僅かに持ち上がった。

「……あれ。……貴臣、さん……？　ん……、おかえり、なさい……？」

「ただいま、結花。こんなところで寝ていたら、風邪を引くよ」

「んー……で、も、」

「下で横になりなさい。その体勢じゃ疲れるだろう？」

「ううん……へい、き……貴臣さん、……ぎゅってして、いぃ……？」

可愛らしくむにゃむにゃ言っているのを眺めているだけで、じんわり心が癒やされると同時に、欲情して激しく波打つ。腕を回して毛布ごと胸にさらい込むと、いつもの甘くかぐわしい桃の香りがふわりと漂った。

「──んー……貴臣、さんの…匂いが、する……」

すりすりすり、と首元にしがみついた結花に、はむ、といきなり耳朶を食まれる。いつも自分がしていることを逆にされ、貴臣は新鮮な驚きとともに湧き上がる欲望を感じてそっと息をのんだ。

「匂いじゃなくて味だろう、それじゃ。……結花、あまりそういうことをしていると、我慢できないよ」

「ん、……貴臣さん、おなか……すいてない、の？」

「おなか？」

「……夜食、ほしく、ない……？」

ぎゅ、と抱きつく腕に力がこもる。首に押し付けられた結花の顔が熱い。

知らず口元を緩めた貴臣は、抱き上げた身体を膝の上に乗せながら答えた。

「……十日間も絶食していたんだ。夜食じゃ足りない。フルコースご馳走してくれ」

「ん、だめ」

欲しくないかと自分で訊いたくせに首を振った結花がゆっくり身体を引き離し、思いがけない答えに微かに戸惑った貴臣を見つめてほのかな笑みを浮かべた。笑おうとしているのだが、笑いきれていない感じだった。――欲情した吐息が熱すぎて、表情を溶かしてしまっている。

「私が、食べるの。……全部、食べちゃうの」

暖炉の小さな炎が、潤んだ眼差しの中心で揺れている。は……と悩ましい吐息を吐きながら毛布を身体から剝ぎ取った結花は、ロンドンで指を咥えて眺めているしかなかった薄物の下着姿で。

随分と卑猥なことをしてくれるものだ、と感心しながら黙ってネクタイを緩めようとすると、「だめ」と制止される。

「私が、するの。貴臣さんは、動いちゃ、だめ」

結花が何をしようとしているのかを察して、思わず目を見開く。――十日間絶食した自分を、目の前に餌をぶら下げた状態で、更に焦らすつもりかと。

「……いつの間に、そんないやらしいことを覚えた？」

「ん……千煌さんが」

またあの姉か。と、深々溜め息をつく。だがその溜め息が燃えるように熱い。

「好き勝手されてばかりいないで、たまには好き勝手してやりなさいって。だからちょっと、やってみようかなって」

「……してもいいが、別の日にしないか」

「いや。今がいいの。やるなら今夜が一番いいって言われたし……」

姉の高笑いが耳の奥にこだました気がした。仔ウサギちゃんを虐めた罰よ、なんてニヤニヤ笑って言うに違いない。

「動いちゃ、だめですよ……？」

頷いてやりながら、くすりと笑う。拘束されたわけではない、いつでも手出しできる。餓えた自分を焦らして遊んだ報いは、後でたっぷり受けてもらおう。

淫らに発情した目で瞬きもせずに自分を見つめ、頂きます、と呟きながらそっとのしかかってくるウサギに、一言だけ答える。

「――召し上がれ《ボナペティ》」

言ったからには、ちゃんと全部食べてもらおう。綺麗に食べ尽くすまで、赦してやらない。

唇が重なっても、自分からは何もしてやらない。もっと深いキスをちゃんと自分でねだってくるまで、表面の皮膚を触れ合わせるだけにして。

やはり、甘い週末を過ごすなら、ベルリンに限る。楽しい週末はまだ始まったばかり。

十日分、貪り尽くしてやろう。

はぐ、と結花の小さな歯で唇を挟まれ、可愛い恋人の身体に触れようと無意識に蠢く両手をそっと握り締めた。

第十話　それが何だ？　私は彼女が欲しいのだ！

"Qu'importe? Je le veux!"
de *"Faust"* par Charles Gounod

「お帰りなさい、貴臣さん！　あの、寒くない？　今日、外、すっごく寒かったですよね？」

　レジデンスへ戻ってただいまのキスをするより先に、結花が早口に囀った。こうしていると、ウサギというより小鳥と呼ぶべきかとしばしば思う。

「……ただいま、結花。まあ、寒いな。この雪も、夜通し降り続くらしい。今夜は予定を入れていなくてよかった」

　季節は真冬。二月のベルリンの最高気温は五度にも届かず、最低気温は平均して氷点下一～二度、寒い日にはマイナス五度付近まで下がる。今年は例年より寒さが厳しく、雨よりも雪の日の方が多い。

　とはいえ、運転手つきの車で移動するのが常の貴臣には、暑い寒いも雨でも雪でも大した問題にはならないのだが。

「あのね。あったかいもの、飲みませんか？」

「何かあるのか？」

「ん。下へきて」

どうも何か飲ませようとしているらしい。コートを脱ぎながら螺旋階段へ足を向けると、半ばほど下りた辺りから甘い匂いが漂い始める。匂いはどんどん濃厚になり、階下のキッチンには噎せかえるような甘ったるい香りが充満していた。

「はい、座って」

何やら妙にうきうきした様子の結花に促され、プライベートエリアのシンプルなダイニングテーブルに座って待つこと十数秒。

出てきたのは、どうやらホットチョコレートのようだった。大きなマグカップになみなみと注がれ、わざわざ上にはホイップした生クリームを浮かべてある。

「あのね、貴臣さん、今日ね。二月十四日なの」

ちょっぴり頬を赤らめて、結花が言った。

——貴臣はビシリとその場で硬直し、無表情の裏側で愕然としていた。バレンタインか！

「この近くに老舗のチョコレート屋さんがあるの、貴臣さん知ってる？　ほんとは普通に、チョコレートを何粒か買おうと思って行ってみたんだけど、そこのカフェのホットチョコ《ハイセ・ショ》レート《コラーデ》が、すっごく美味しくて！」

よほど美味しかったのだろう、顔を盛大ににこにこさせて愛らしく微笑む結花。しかし、貴臣は半分も聞いていない。

——生まれてこの方、バレンタインなど気にしたことがなかった。勿論幼い頃からあらゆる異性にモテた彼は、色々な相手から様々な方法でチョコレートを押し付けられてきたが、成長するにつれて誰からも受け取らなくなった。一人から受け取れば他の全員から押し付けられると、理解したからだ。

アメリカにいた学生時代は、周囲が騒いでいるのを毎年無関心に眺めているだけだった。日本に戻ってからは、社内から取引先まであらゆる関係各所で押し付けられるチョコレートを、辟易しながら秘書室に下げ渡すばかり。

けれど。

「温めた牛乳で溶かすだけのホットチョコレートの素を売ってたから、買ってきてみたの」

なんて澄まして言っているが、まともな一杯を作るために牛乳を一・五リットルほど（……つまり一パックまるまる）無駄にしてしまった結花である。わざわざ雪の中を隣駅のスーパーまで歩いて買いにいったのに。念のため二パック買っておいて、ほんとによかった。

最初はレンジでチンしようとして失敗し、激しく泡立ってラップが破裂した結果、レンジ内が酷い有様になった。一度でレンジは諦めて鍋で温めようとしたが、ちょっと目を離した隙にまた泡立って溢れさせ、鍋肌を激しく焦がし、分厚い膜が張り、ここに至ってやっとネットで「牛乳　温め方」と検索してみることにして。少々情けないけれど、それでようやくちゃんとした綺麗なホットミルクを作ることができた。あとは買ってきたチョコレートのタブレットを投入して、静かにひたすら混ぜるだけ。

……ここまでの騒動の証拠隠滅をどうしようと悩みまくった末に、結局ルームメイドを呼ぶこととなった。そもそもこの部屋には、清掃用具など置かれていないのだ。

「でね、寒いから、ブランデーを入れてみたりして」

貴臣は無言でマグカップを睨んでいる。

バレンタインだ。男は愛する女のためにレストランを予約し、真っ赤な薔薇をわんさか買い、歓心を買うための贈り物を用意し、最高にロマンチックな一夜を演出しなければならない日。それがバレンタイン。——ただしアメリカ式の。

自分でやったためしがないので、すっかり失念していた。それを自覚して、貴臣は自分でもびっくりするくらい大きなショックを受けていた。微動だにしない表情筋の裏側で、間抜けな自分に思い切り舌打ちする。

結花のためなら、ベルリン中の花屋の薔薇を買い占めてやったのに。いや、いっそケニアかエチオピア辺りからコンテナ一本分薔薇を空輸させたのに！

「ブランデー、適量がどれくらいかよくわからなくて、ミニチュアボトル一本全部入れちゃったけど……貴臣さんなら、きっと大丈夫かなって」

去年までの二月十四日は、寒い季節のある一日でしかなかった。

今年はそうじゃない。どうして失念していたんだ。というか、周りのドイツ人はどうして騒がないんだ⁉

……会社で個室に閉じこもらず、移動も車を使わずに外を歩けば、なんだか妙に花を抱えた男性が多いことに気づいたかもしれない。要は貴臣の視界に入っても、脳がそれを重要な情報と見做さなかっただけで。

「改まってチョコレートあげるのも、なんだかちょっと恥ずかしいかなって……。あの、貴臣さん、もしかして、あんまり好きじゃ、なかった……？」

貴臣がずっと黙り込んでいるので、不安になった結花である。前にコース料理で出てきたチョコレート系のデザートも普通に食べていたから、大丈夫と思い込んでいたけれど……。

「結花」

「は、はい！」

「来年リベンジさせてくれ」

「……リベンジ？」

結花が頭を傾けて疑問符を浮かべるのを見つめながら、マグカップに手を伸ばす。甘い匂いと同じくらい強烈な、アルコールの匂い。

「私の中では、バレンタインは、男性が女性に尽くす日だ。日本では逆だが」

「あ、そういえば聞いたことある。バレンタインに女性がお金を払うのは、日本だけだって」

「来年はアメリカ式にする」

「別にそんな、気にしなくても」

気にするとも。貴臣の頭の中に、ニューヨークやワシントンで過ごした学生時代の記憶が走馬灯のように駆け巡る。

金にだけは困っていないビジネススクールの悪友どもが、この日にどんな馬鹿げた求愛行動を堂々とやらかしていたか、結花にもぜひ教えてやりたい。

「……で、あの、貴臣さん。えっとその、冷めちゃいます、よ？」

結花としては、散々苦労して作ったこの一杯のホットチョコレートの出来の方が気になって仕方ない。いつまでたっても貴臣が口をつけようとしないので、つい催促してしまうくらい。

どちらにせよ、来年の二月は就職活動真っただ中だ。こんな風にして、春休み中ずっと一緒にはいられないだろう。そのときになったら考えようっと。

「ああ、すまない。頂くよ」

「どうせ温かい飲み物なら、貴臣さんにはやっぱり紅茶の方がいいかもしれないけど」

「そんなことはない、結花が出してくれるならなんでも大歓迎だ。頂きます」

カップの縁に口をつけ、ほんの少し流し込む。無駄に考え込んでいた時間がかえって功を奏し、火傷必至の熱が多少冷めてちょうどいい温度になっていた。

――美味しい。が、ブランデーを垂らしたホットチョコレートというより、ブランデーのホットチョコレート割りになっている。

「あの、だ、大丈夫？　変な味じゃない？」

「ミニチュアボトルを全部入れたと言ったか」

「え、うん。……多すぎた……？」

「味見はしなかった？」

これで失敗したらもう一度買い出しに外に出なければならなかったから必死だった、とは言わずに黙っていた結花である。

「私は大丈夫だが、結花には強いかもしれないな。ちょっと飲んでみる？」

「んー、じゃあ、一口」

差し出されたマグカップを両手で持ってほんの少し傾けるが、クリームに阻まれてなかなか液体が口の中に入ってこない。ぐ、と傾けると、今度は一気に流れ込んだ。

ごっくん、と飲み下した次の瞬間にはもう、胃からかぁっと熱が込み上げてきて頬が熱くなってくる。けふ、と思わず小さく咳き込んで。

「……ちょっと、入れすぎちゃったかも……」

「まあ、風味づけという感じではないな。私にはむしろ美味しいよ」

「そ、そう？　ほんとに？　……なら、いいんですけど」

結花が自分のために作ってくれたものなら、何だって美味しい。結花が不安そうにしているので、余裕の笑みを浮かべながら目の前で飲みきって見せる。貴臣にとっては、この程度のアルコールはまるで抵抗がない。

「ごちそうさま。ありがとう、結花。わざわざ温めて待っていてくれたのか」

「えと、お粗末さまでした。んー、だって今日、寒いし。あったまった？」

「十分温まったとも。——ところで結花」

唇に残ったチョコレートを舐めて拭う舌の動きが、なんだか物凄くいやらしいと思ったのは、気のせいではなかった。

「チョコレートがそもそもどんな目的で飲まれるようになったか、知っているね？」

……やっぱりそう来るか、と結花はこっそり立ち上がってじりっとキッチンの方へ後退する。

「……王様のための薬剤、でしょう?」

「まあ、薬剤の一種ではある。正確には、興奮剤というか——性欲増強剤だな」

ことん、とマグカップを置いた手が、そのまま結花の方へと伸ばされる。

「おまけにアルコール入りだ。これで興奮しなかったら枯れ果てているな。——さあ結花、こっちへおいで。私をこうまで興奮させた責任を、取ってくれるね?」

こんなことを言われるだろうことは、最初から予想していた。予想していたくせに、まあいっかとか、別にイヤじゃないし、とか考えながら赤い顔で鍋を睨んでいた結花だ。恥じらいはするものの、逆らう気などない。

引き寄せられると同時に唇を重ねられ、舌をするりと口腔に差し込まれた。擦れ合った舌先で、甘いカカオと濃厚なアルコールが香る。こっちへ来てもっと味わえと誘われるままにそろりと差し出した舌が、カカオの残滓《ざんし》に覆われた粘膜に包み込まれてちゅっと吸い上げられた。夢中になって貪り合いながら鼻で呼吸をすれば、酸素とともに酒精が肺に染み込んで、ふわふわと酩酊してしまう。

「……っん、おい、ひ……」

ついそんな言葉が漏れてしまい、くすりと貴臣が小さく笑う吐息を頬に感じた。仕方がない。彼との口づけそれ自体が甘くて蕩けるようなのに、更に味覚として甘いのだ。

「やぁ…っ、もっと……」

いつまでも味わっていたいのにふっと顔を離され、蕩け切った表情を正面からまじまじと見つめられる。

「さっきの一口で、もうそんなに酔っているのか」

「んー？　んーん、酔って、ない」

そう言いつつも酔った口調で答えた結花の様子にくすりと微笑んで、唇ではなく頬の辺りに口づけながら、貴臣が小声で囁いた。

「これから素面じゃとてもできないことをするから、素直に酔っていた方がいいよ」

「――え」

一気に酔いが醒めかけた結花を、そのまま抱き上げて寝室に運び込む。

「あの、た、貴臣さん、夕食は……っ？」

「夜食を先にするよ」

「あ、じゃあほら、お風呂で、温まるとか……っ」

「これ以上温まったら熱暴走してしまうよ。それでもいいのか？」

「あの、わ、私がお風呂に入りたい……！」

「だめだ」

結花の必死の訴えをにべもなく退け、ベッドに下ろした身体にそのままのしかかった。

思わず身を捩った結花の項の辺りに顔を近づけ、黒髪に口づけながら思い切り香りを吸い込む。

結花の全身から、甘ったるい香りがする。いつもの桃の香りとはまるで違う種類の、芳醇で蠱惑的な甘さだ。ずっとチョコレートをいじり回していたのか、体中に香りが染みついているらしい。

「結花の方が、美味しそうだ。どこを齧っても甘い匂いで」

「……ッん！」

いきなりべろりと耳殻に舌を這わされ、タイツの内側できゅっと爪先を丸めて竦み上がる。ぞくぞくぞくっと、悪寒と紙一重の重たい快感がゆっくり全身を浸食していく。

「この匂いを洗い流すなんて、勿体ない。堪能し尽してから、私が綺麗に洗ってあげるよ」

「お、お風呂は、一人で、入ります……！」

「だったらなおのこと、今ここで堪能しておかないと」

にたりとほくそ笑む男に次々衣服を剝がれながら、身体中の匂いを確かめられる。結花は最初は控えめに、最後は半狂乱になって嫌がった。やだやだだめですそんなところ、やめてかがないで、と。

匂いがだめなら味を確かめてみようか、と舌を伸ばされてぞろりと舐め上げられ、二の腕の内側のふにふにと柔らかい肉を食まれながら更に啼きわめいて。

「……私をこんなに興奮させた結花が悪い。さあ、責任取って、鎮めてくれ。もっと脚を開いて……自分で広げて、私によく見せてごらん」

チョコレートのせいかどうかはわからないが、普段にまして上機嫌な貴臣は、卑猥な台詞を吐きながら巧みな愛撫を与えつつ、結花が痴態を晒すよう煽りまくった。

「っや、だ、ぁぁ……っ！　っ、ん、く、……そ、んなに、みない、で……っ」

ベッドに転がされて裸に剝かれた結花は、両膝を立てて広げた淫らな格好を強制され、おまけに自分の両手を脚の間に伸ばして、そこを開いて見せるよう命じられていた。広げるだけで赦してあげるよ、と、意味不明な譲歩をされて。

「もっと指で広げてみて、ほら。――すごいな。とろとろが溢れて、ぐっしょり濡れてる。ここもこんなに真っ赤に腫れて……」

ちょん、と指先で軽く突かれ、ううぅと唸りながら背けていた顔をますます強く枕に押し付ける。その様子に無言でほくそ笑んだ男が、何の前触れもなく蜜口に指を差し込んだ。途端にぐっと腰が反って顎が上を向いてしまい、無意識に両手が強張った結果、ますます目の前の卑猥な男に秘所を見せつける羽目になり。

「困った子だ。どこまで私を興奮させれば気が済む？　……中もこんなに熱い。チョコレートを入れたらすぐに溶けそうだ。今度入れてみようか」

「やっ、だめ、いやッ！」

「中に酒が入ったボンボンなんか美味しそうだ。何個入るかな？　溶けたらちゃんとこうやって掻き出して、全部舐めて綺麗にしてあげるよ。ほら、……このとろとろと混ざったら、ますます甘くて美味しそうだ」

充血した花弁ごと、溢れる蜜を唇でじゅぅっと吸い上げられ、ぐちゅぐちゅと音を立てて胎内の指を大きく動かされて、たまらず歯を食いしばったがびくんと大きく腰が跳ねた。

「だ、め、だめ、そんな、……ッ、なか、かき…まわさない、で…ッ！　っく、ん、んぅぅう……っ！」

「――かき回すのがだめなら、出したり入れたりしてみようか。……結花、そんなに物欲しげに締め付けないで。指じゃ足らないだろう？」

溢れ続ける蜜を掻き出すように曲げた指先で中を掻かれ、同時に敏感すぎる花芽を歯と舌で挟まれた。それだけで視界に火花が散るような強烈な快楽が押し寄せ、濡れた肉襞が強烈にうねる。

身体中を内から外から卑猥に突つき回されて、いやらしい言葉でこれでもかと煽られながら達することを許されず、我慢できずに彼の肉を自分でねだったことは憶えている。忘れたいけど、憶えている。

けれどその後何回絶頂させられて、一体いつ眠りに落ちたのか、全く記憶がない。

貴臣は全部覚えていた。

尻を後ろへ高く突き出し、自分の手で秘裂を割り広げた結花が、大きな目を涙で潤ませながら懇願した。おねがい、ほしい、ここにいれて、と。その卑猥なおねだりを強要したのは貴臣だったが、既に何度も絶頂を躾され続けた結花には、拒むだけの理性も羞恥も残っていなかった。

膨れ上がった雄に貫かれて激しく抽挿され、細い身体を艶めかしくくねらせながら、いい、すごい、もっと、と何度も何度も甘く叫ぶ声も。快楽の激しさに怯えながら舌足らずに貴臣の名を呼ぶ、切羽詰まった声も。最奥を容赦なく抉られて悦楽を極める瞬間の、甘美な震えを帯びた愛らしい悲鳴も全て。全部貴臣の耳に残っている。

──女性が愛を捧げてくれるバレンタインも悪くないな、と思ってほくそ笑みながら、疲れ果てて眠り込んでしまった結花の身体を清めていく。今夜もまた夕食も食べずに睦み合ってしまったが、ここで起こすのも可哀想だ。

決して自発的に捧げられたわけではない。祭壇に捧げられた供物ではなく巫女の方を生贄として貪った貴臣は、ぐったりと横たわっている裸体を見下ろして満足げに微笑んだ。

来年は薔薇の褥《しとね》に薔薇のバスタブでも用意してみようか。赤い花びらに埋もれた結花の姿を想像すると、それだけでまた下半身が滾りそうな気がした。実際、何百本だか薔薇を買い、千切った花びらでバスタブを埋めた友人は、その中であらゆる体位で一晩中愛し合ったと得意げに自慢していた。

馬鹿かこいつは。と、当時は心底気がしれないと思ったものだが。

真紅の褥で白い裸体をくねらせ、紅い花弁に溺れながら淫らに喘ぐ結花。いいかもしれない。いっそ今すぐやってみたい。バレンタインでないとまずいだろうか？……いや、やはり来年の楽しみにとっておこう。しかし。

これをどうすればいい？　と、貴臣は完全にその気になってしまった自分の肉体と、清めたばかりの結花の裸体を見比べて、一瞬考え込んでから――く、と口の端を吊り上げた。

可愛いウサギの寝込みを襲うなど、初めてではない。

新しいゴムのパッケージに手を伸ばしながら、このままこれなしでウサギの肉を味わいたいと主張する本能を抑え込む。窮屈な薄膜の感触に眉を寄せながらそろりと結花の両膝に手をかけて押し開き、そっと指先で中心を探る。激しい絶頂を立て続けに味わって滴るほどの蜜を溢れさせていたそこは、まだ潤いをとどめていた。……ああ、だめだ、我慢できない。

ぐぷ……と身勝手に入り込んだ男の肉を、けれど結花の身体は意識のないまま素直に迎え入れ、根元までのみ込んだ剛直を熱い襞で愛おしげに抱き締めた。ほどけた唇から、鼻にかかった甘い啼き声を漏らしながら。

ホワイトデーは、最低でも倍返しですよ、と河合に教えられ、貴臣は首を傾げた。

「……そういうものだったか？」

「いえ、こちらも流通業界の陰謀です。が、ここ数年で、既に言葉として定着してしまいましたね。女性の方から、堂々と要求するようですよ。義理チョコで三倍返しは当たり前、本命なら十倍返しとか」

「妙な国だな、日本というのは」

翌朝、うっすら微笑みつつの鼻歌交じりという最高の上機嫌で一人降りてきた上司を見て、一目でなんとなく事情を察した河合である。

昨夜は、日本式のバレンタインだったのだろう。二月十四日のカレンダーを見ても上司はまるで気づいていないようだったので、欧米式に男性が女性にというバレンタインではなかったはずだ。薔薇やレストランを手配しておくべきか、少々悩んでいたのだが。

日本式に、チョコレートと一緒に彼女も頂いたに違いない。一晩中貪って上司はご機嫌、彼女はぐったりなのだろう。可哀想に。

「十倍が十万倍でも問題はないな」

「……まあ、もらう方としてみれば、特に問題はないかと」

ンを押した。

河合の答えなどろくに聞かぬまま、貴臣はスマホを取り出して電話帳を開き、発信ボタンを押した。

ワンコールで電話に出たスイス人に、「首輪の仕上がりはいつになる」と問い合わせ、まだしばらくかかるという答えにきっぱりと言い返していた。

『三月十三日までしか待たない。それまでには絶対に仕上げさせろ』

石を持ち込んでの特注の宝飾品は、注文してから何ヶ月も待つのが当たり前。しかし貴臣はそれをよしとしなかった。

自分からは何一つねだってくれない慎ましやかな恋人に、首輪の名目でダイヤのネックレスを押し付けるには、悪くない口実になるだろう。

「楽しそうですね」

「楽しいな」

明らかに嫌みを含んだ口調にも、間髪入れずに上機嫌な声が返ってくる。いやはや、これがあの〝女嫌い〟の久世貴臣氏の姿とは！

去年の今頃の彼とは別人のようだと、河合は生ぬるく嘆息した。今夜のレポートに書いておこう。

◆

そして一ヶ月後の三月十四日。

スイス人の二人組は、昼前にオフィスへとやって来た。受け取った包みの中を確かめて頷いた貴臣は中身だけ受け取って箱は返却し、差し出された書類にサインを入れ、世間話ついでに資産管理についてのあれこれを打ち合わせしながらゆっくりと昼食を楽しんだ。

そうしてオフィスに戻るなりテレビ会議に呼び出され、いらいらと時計を睨み続けることはや二時間。

——今夜は国立歌劇場《シュターツオーパー》でヴェルディの『椿姫《ラ・トラヴィアータ》』だ。

さすがに開演の十九時には間に合うだろうが、戻って着替える暇はないな……。にわかに紛糾し始めた会議の参加者達の表情を見やり、溜め息を押し殺してウエストコートのチェンジポケットに指先を滑り込ませる。

ずっとそこに入れていたので、冷たいはずの金の鎖も体温で温められている。更に爪先で探れば、ひんやりとした石の感触。

これをつけてやって、周りに見せびらかしながらエスコートするつもりだったのに。この有様では、迎えにいくことすら不可能そうだ。何しろ、いつもならもう会社を出て帰宅しているはずの役員連中も、誰一人として席を立とうとしない。平行線を辿るばかりで一向に進まない論議をいったんクールダウンさせるべく休憩を申し出て、その間に結花に連絡する。

「……すまない、会議が少々長引いている。一度戻る暇はなさそうだから、直接向こうで待ち合わせでも大丈夫か？」

『ん、大丈夫ですよ。先に席に座ってますね』

「ああ結花、今日はあのワンピースを着ておいで。日本から持ってきた、夜紺色《ミッドナイトブルー》の」

『……？　ん、はい。わかりました』

「外を歩くには少し寒いだろうから、分厚いコートを着て出なさい」

会議の他の参加者達にとっては、三月十四日はただの平日。だが貴臣には、大切なデートの日だ。

いくつもある中からそれなりに悩んで選び出した、一粒のダイヤモンド。さほど大きくはないが輝きは申し分なく、可愛い恋人のドレスアップした姿に美しい煌めきを添えるだろう。と同時に、他人の目には、この女性にはそんなものを贈る男がいるという事実を如実に示してくれるはずだ。

ロンドンと違い、ベルリンでは社交の場でもそう派手な格好をする必要はない。それでも、たまには美しく着飾った恋人の姿が見たい。——ついでに連れ歩いて見せびらかして自慢したい。逆に、男の目線に疎いあのウサギを、一人にしておくのは非常に気が進まない。

『そろそろ始めましょうか』

進行役のCUSE欧州総代表ライナー・クラウスの声で、会議が再開される。

『――こちらの結論は変わらない。現時点でこの数字では、うちでリスクを被ってまで出資はできない。せめて半期の決算内容を見ないと』

『だから、それでは明らかに遅過ぎると言ってるだろう。放っておけばすぐにどこかのヒモがつくぞ！』

『なんならそのときは、他の有力な同業他社を探せばいいんじゃないかね』

『ここまでの調査や面談をチャラにしろっていうのか？　馬鹿言うな、それなりに時間も経費もかけてるんだぞ！』

再開直後からすぐさま険悪なムードに陥る会議の様子に、再び溜め息を噛み潰した。いつまでこんな無駄なやり取りに付き合えばいいのか。さっきから何度も堂々巡りじゃないか。

うんざりしながら椅子に背を凭れさせ、無意識の動きでチェンジポケットに指先を突っ込んで金の鎖をかき回しながら、再び腕時計に目をやる。――あと、一時間弱。それで結論が出なければ、見放そう。そう決めた。元々、自分が絶対に関わらなくてはならないという話でもない。

マウスに手をやってクリックし、キイボードをカタカタと叩く。テレビ会議と言いながらすぐ隣の部屋にいるライナーに、短いメッセージを送った。

『今夜は国立歌劇場でデートだ。結論が出ようと出まいと六時半にはここを出る』

『それは大変だ。ユカを待たせるのは忍びない。なんならすぐに帰りたまえ、置き土産に何か妙案を出していってくれないか』

『そんなものがあればとっくに出している。そもそも私はこの案件にそれほど詳しくない。背景がわからないのでは選択肢《オプション》の出しようがない』

『明日の朝までに全ての資料を机に置いておくようにするよ』

『明日の朝まで会議に付き合えと言うのか』

　今度は噛み殺したりせず、オンラインで繋がった全員に聞こえるよう、マイクに口を近づけて深々と溜め息をついてやった。

『……失礼。私はあまり関わっていないので、詳細な点についての論評は不可能だが、一つはっきりさせたい。ロンドンはそもそもこの買収に反対なのか？』

『──頭ごなしに反対しているわけじゃない。ただ、今すぐそこまで目の色変えて飛びつくほどのものなのか、疑念が払拭できない』

『ニューヨークはどういう根拠でこの金額と今というタイミングを選んだのか、すまないが私にもう一度簡単に説明してもらえないだろうか』

『……いいですとも、タカオミサン。ではまず彼らの業績見通しを──』

既に何度か見ている資料を眺める振りをしながら、貴臣は頭の中で全く違うことを考えていた。

白いダイヤは、結花の肌の上できっと眩しく輝くだろう。足首の鎖よりも頑丈に、結花を自分に縛り付けるだろう。

自分の腰を跨いで貪りながら背中を反らして絶頂する瞬間、美しく煌めくに違いない。早くこの目で確かめたい。

鍛えぬいた無表情の裏側でそんなめくるめく妄想を繰り広げながら、貴臣は黙って退屈な説明を聞き流した。

有力企業の買収計画や新規投資の規模の大小なんかより、来年のバレンタインの計画を策定する方が、彼にとってはよほど喫緊《きっきん》で重要な課題であった。

第十一話　この時を以て終わり。

"Mit dieser Stund' vorbei."
aus *"Der Rosenkavalier"* von Richard Strauss

この春休み中、一体何回オペラを観ただろう。


「——やっぱりあのソプラノ、いいですよね。気品というよりお色気系でしたけど……」

「そうだね。元帥夫人《マルシャリン》はまだ少し早いんじゃないかと思ったが、歌は思ったよりよかった」

春休み最後のオペラは、ドレスデンのゼンパー歌劇場《オーパー》でのリヒャルト・シュトラウス『ばらの騎士《ローゼンカヴァリエ》』だった。

演奏時間だけで正味三時間半、二度の幕間を含めると公演時間は四時間以上に及ぶ長大な作品だが、ドイツオペラの中ではメジャーなタイトルの一つに数えられる。その簡潔かつロマンティックなタイトルが記憶に残りやすいためか、日本でもかなり親しまれている作品だ。

この作品の少々特異な点の一つに、主役が一体誰なのかはっきりしないという点がある。オペラの主役は概してソプラノが担うことが多いが、この作品には二人のソプラノが登場する。

開幕直後から第一幕を通して出ずっぱりの「元帥夫人《マルシャリン》」こと、陸軍元帥ヴュルテンベルク侯爵夫人マリー・テレーズ。

第二幕から登場し、最後にハッピーエンドを迎える当事者の片方である新興成金の令嬢ゾフィー。

役としての存在感の大きさで言うならば、間違いなく元帥夫人に軍配が上がる。

物語が始まるのは、夫のいない隙に若い愛人と戯れる彼女の寝室。物語の核心部分で重要な役割を果たすのも彼女。出演時間が長く歌も多いのみならず、侯爵夫人としての気品や複雑な心理描写を表現できる演技力と歌唱力を求められる難役で、ソプラノ歌手が目指す究極の役の一つとさえ言われている。

ところが、物語の最後でハッピーエンドを迎えるのは彼女ではなく、一見したところ単に若く愛らしい娘でしかない令嬢ゾフィー。いわゆる『物語のヒロイン』的な役どころは、完全に彼女が手中に握っている。

しかしながらゾフィー役には、聴かせどころとなるような独唱曲《アリア》もなければ、ストーリー的にドラマティックな見せ場もあまりない。なんだかぼやけたヒロインなのだ。

とりあえずオペラファンにとっては、『ばらの騎士』の配役で重要なのは、一にも二にも「元帥夫人を誰が歌うか」というその一点に尽き、この夜の公演は正にそのために二人にとって重要な公演であった。

「普通、夜の女王でデビューしても、元帥夫人《マルシャリン》に辿り着くまでには相当段階を踏んで、結構な時間をかけるものなんだが」

この夜の「元帥夫人」は、二人がベルリンで初めて出逢った夜に、『魔笛』の夜の女王役で出演していたソプラノ歌手だった。あの夜、「彼女の歌《アリア》はどうだった？」から会話が始まり、あっという間に打ち解けてしまったのだ。

そんな思い入れのある歌手で、なおかつ出来も悪くなかったというのに、話が弾まない。むしろ小さな溜め息まで漏れてしまう。

……二人で暮らした春休みも、残り数日。

三月最後の土曜の夜にこのドレスデンで最後のオペラを観た後、日曜にベルリンへ戻り、月曜火曜と二人で過ごした後の水曜の午前のフライトで、結花はテーゲルからウィーン経由で帰国する。貴臣はまたしても仕事が立て込んでしまい、更に半月程度ベルリンに留まることとなった。

白と金で彩られたネオクラシック様式の荘厳かつ華麗な歌劇場で、上質な総合芸術に全身で酔いしれたのもほんの束の間。

舞台の幕が下りた途端、「終わってしまった」という思いで頭がいっぱいになってしまい、どんどん憂鬱になってくる。

歌劇場からほど近い五つ星ホテルまで、腕を組んで歩いて戻りながら、深い溜め息をついたのは二人同時。

「……終わっちゃった」

「終わった、な」

「終わっちゃう……」

「──これが最後じゃないよ」

あと一時間ほどで、日付が変わる。三月が終わり、四月になる。

毎晩結花を抱いて眠り、毎朝結花の寝顔を眺めて目覚める生活も、あと数日で終わりを告げる。憂鬱なのは結花だけではない、貴臣もまた。

「それとも結花は、これで最後にするつもりなのか?」

「しない!　……したく、ない」

「させないとも。……夏休みまで、四ヶ月の辛抱だ」

自分でそう言いつつ、貴臣もまた憂鬱に思う。……四ヶ月は、あまりにも長い。

「二ヶ月など、あっという間だったな」

「……ん」

「四ヶ月もそうだといいんだが、――きっと、うんざりするほど、長いんだろうな」

低く呟けば、吐息が微かに白くなってしゅわっと空気に溶け込んでいく。間もなく四月を迎えるが、東欧の深夜はまだまだ冷え込む。

ぎゅ、と結花も貴臣のコートにしがみついた。歩くのは僅かな距離とはいえ、冷たい外気が身に染みる。身に染みるのは、寒さだけではなかったが。

本当にあっという間だった。出発前からトラブルに見舞われて大変な思いをしてベルリンに辿り着いて、すぐにカレンと知り合って、フラウ・シュヴァイクと偶然会ってご主人とも親しくなって。

ハンブルクへ行き、ロンドンでラリーや千煌に出会い、駆け足でウィーンを堪能して、ライプツィヒではバッハにどっぷり浸って。最後がこのドレスデンで、二人の好きなソプラノ歌手の追っかけだ。

そうやって毎週末のようにあちこち飛び回っていると、一週間はあっという間で、気づけば二月はとっくに過ぎ去り、今また三月も終わろうとしている。

昼間は観光客向けの馬車が暢気に走る大通りは、路面電車の本数もぐっと減ってだいぶ静かになってきていた。歌劇場から出てきた人々が、徒歩やタクシーでほうぼうへ散っていく。二人が滞在するホテルまではほんの数分の距離だが、足取りが重い。

「……東京に、戻りたく、なくなっちゃう、ね」

「そうだな。……月末には、私も東京へ戻る。今年はGWも休むつもりだ。……それまでちゃんと、いい子にして待っておいで」

「……はい、貴臣さん」

回転ドアをくぐり、同じように歌劇場から戻ってきた他の宿泊客がまばらに散るロビーを、ぴったり密着したまま堂々と通り抜ける。

やっぱりあのソプラノにはまだちょっと早かったんじゃないかしら、としたり顔で声高に批評していた中年の女性客が、前から歩いてきた貴臣に見惚れて一瞬声を失った。

――『ばらの騎士』のヒロインは、おそらく二人。元帥夫人もゾフィーも、どちらもヒロインなのだ。どちらかだけではヒロインとは呼べない。

ではヒーローは？

ヒーローもまた、いささか――というか、決定的に力強さに欠ける、中途半端なヒーローなのだ。何しろ演じるのは、テノールではなくメゾソプラノの男装役。これほど軟弱なヒーローも、そうはいない。

開幕と同時に元帥夫人の愛人として登場し、幕が下りるときには令嬢ゾフィーと手に手を取って去っていく、青年貴族オクタヴィアン。女装して小間使いに化けたところを、元帥夫人の従兄にしてゾフィーの婚約者である男爵オックスに口説かれてしまう、紅顔の美少年オクタヴィアン。

ヒロインの片方とベッドの上でいちゃつきながら現れたくせに、自分はいつまでもあなたと一緒にいるのだと情熱的に語っておきながら、他人の婚約者として相対したゾフィーに心を奪われて。どっちつかずに揺れているところを、元帥夫人に背中を押されてようやくゾフィーに求愛し、幸福感に酔いしれながら元帥夫人を残して去っていく。

なんとおめでたく、そして残酷な子供だろう。

——所詮、その程度の感情だったのだ。どちらも。

自分ならば、結花《オクタヴィアン》に心変わりなどさせない。結花《オクタヴィアン》に他の相手《ゾフィー》など見せない。邪魔者《ゾフィー》は他の相手との婚約を全力で後押ししてとっとと片付け、可愛い恋人《オクタヴィアン》は元通り自分の手の中に大事に囲い込む。そうして絶対に逃がさない。

そもそも、愛人になどしない。

「結花。——結花は、誰のもの？」

「貴臣さんのものです」

「四ヶ月後まで、それを忘れないでいられるね？」

「……四ヶ月放置されてたら、忘れちゃう、かも」

だから、たまにでいいから、ほんの少しの時間でもいいから、その手で撫でて。ぎゅってして。

貴臣さんの、好きなようにしていいから。だから、キスして。いやらしいことたくさんして、いっぱい気持ちよくして。

……依存しすぎてはいけない、とちゃんと考えているのに、心がどんどんこの飼い主に依存していくのを止められない。四ヶ月どころか、四日間でも放置されたら寂しくて死んでしまいそうだ。

エレベーターの中で、切なく呟きながらぎゅうとしがみつく。……外国《ここ》でなら、自分なんかが彼にこんな真似をしても、きっと誰からも咎められないで済む。

「むしろ私が、結花に放置されそうな気がするよ。せっかく互いの予定が見られるようになったんだから、たまには結花も私を構ってくれ」

結花に求められたい。自分が結花を求めるのと同じくらい。でないと安心できない。離れている間に、いつ結花の視界に他の誰かが入り込むかと思うと。

胸元にしがみついている結花の黒髪に、唇を触れさせた。お気に入りの桃の果実の香りはもうだいぶ弱くなっているが、ほんのり甘みと深みが増して、どことなく蠱惑的な香りに変化している。

何もかも、自分の好みに合わせて変貌していく結花。この二ヶ月でどれほど変わったか、本人はまるで自覚していないに違いない。出張で二、三日留守にして戻ってきても、そのたびにほんの少しずつ変化しているというのに。

桃の香りはすっかり全身に馴染んで、髪の毛一本にまでまとわりつくようになった。あちこち少々細すぎた身体も、抱き心地がほんのりと柔らかくなった。人前で自分の横に立っても、さほど緊張しなくなった。自分が腕を差し出せば、はにかみながら素直に身を任せてくるようになった。

——顎を撫でれば瞳を閉じて唇を差し出し、喉を撫でればたどたどしい舌使いで懸命に奉仕し、腿を撫でればおずおずとだが逆らわずに脚を開いて男を誘う。

自分でねだるよう唆《そそのか》せば、真っ赤になりながら男を欲する言葉を卑猥に紡ぐ。自分で動けと要求してもためらうくせに、少し責めればすぐに夢中になって自ら快楽を貪る。

まだだめだよと囁けば、言われた通りに必死に我慢し、泣きながら懸命に耐えて、こらえきれずに愉悦を極める瞬間の悲痛な喘ぎはやけに淫らで。頑張ったご褒美にたくさん感じさせてやると、素直に「きもちいい」と告白して「もっと」とねだり、艶めかしく身をくねらせながら再び極まる。

そんな姿を毎晩でも堪能できた日々が、間もなく終わる。

「……四ヶ月なんて、待てない、な」

「ん……」

——第三幕。一目で恋に落ちてしまったゾフィーと彼女にふさわしからぬ男との婚約を何とか破談にさせようと、策略を巡らすオクタヴィアン。大スキャンダルを演出して首尾よく婚約を破棄させたのも束の間、突然現れた元帥夫人の姿に狼狽してしまう。ゾフィーもまた、恋した男と元帥夫人との関係に気づき、当惑してしまう。

思いを捧げ続けてきた元帥夫人か、一目惚れの令嬢か。ここでも優柔不断に迷う愛人を、元帥夫人が後押しする。若い二人の想いが高まり重なるのを見届けて、そっと身を引き無言で立ち去る元帥夫人。

——冗談ではない。

他の相手に譲ってやるくらいなら、さっさと見切りをつけておけばよかったのだ。気高く美しき賢女、元帥夫人。諦めのいい女。抵抗せず、足掻きもせず、自分一人が取り残される結末を黙って甘受する——真っ平ごめんだ。

誰にも譲らない。ほんの少しの間、待ってやるだけだ。大人げなくても構わない。もし万が一、結花の目に他の誰かが映し出される日が来たら、そのときには潔く——

——結花を全てから切り離して、完全に手元に囲い込む。

「……夏休みも、冬休みも、来年の春休みも。ちゃんと全部、私のために取っておくんだよ」

　部屋に戻ったその足で、上着も脱がぬまま膝の上に乗せられて。甘えかかりながら、結花がこくりと頷いた。

「はい、貴臣さん。……バイト頑張ろうっと」

「そんなことはしないでいい」

「だめです。せめて、往復の飛行機代くらい自分で」

「ついこの前クアラルンプールでどんな目にあったか、もう忘れたのか？　ちゃんと私が安全確実な直行便を取ってあげるから、心配しないでいいよ」

「いやです。大丈夫、次は日程に余裕を持って――」

「だめだ。あまり言うと、ビジネスジェットを迎えに飛ばすよ」

　それに比べたら、ファーストクラスで往復させるくらい安いものだ。そう言われ、結花は本気で焦って首をぶんぶん振った。飼い主が手配してくれているはずの、数日後の東京行きのフライトがどんな席なのか、想像するのが少々怖い。

「――春休みは、これでおしまいだが」

　結花の上着の襟元に貴臣が手を差し込み、そっと開く。

　彼がつけてやった首輪の金の鎖が、しっかりと結花の首を繋いでいる。結花が僅かに身じろぐたび、白い石が七色に燦然と煌めいて。

「夏もまた、一緒にいよう。ベルリンで」

はい。と、もう一度こっくり頷いた結花をゆるりと抱き締め、目を閉じる。

春休みは終わろうとしているが、結花と二人で過ごす日々が完全に終わるわけではない。むしろ、この先何年も重ねていく予定の、長い月日はまだ始まったばかり。

「夏休みも、冬休みも、来年の春休みも。一緒に、ベルリンへ帰ろう」

……はい、貴臣さん。結花はそう返事をしながら、きゅっと心臓が竦み上がるような切なさを感じて、ますます強く貴臣にしがみついた。

彼がいつまで、自分に飽きずにいてくれるかは、わからないけれど。

夏休みも、冬休みも、来年の春休みも、傍にいられたらいいな、と思う。いさせてほしい。ベルリンがいいけど――ベルリンじゃなくても、構わない。彼の傍に、いさせてもらえるなら。


夏休みもまた、彼と一緒にいられますように。

四ヶ月の間に、彼が自分に飽きてしまったり、しませんように。

……すき。と、声に出さずにこっそり呟く。貴臣さんが、すき。

でも、大丈夫。そんな感情を押し付けたりしない。表に出して、彼を困らせるようなことは、絶対しない。たまにこうして、頭の中でちょっと想うだけ。

彼を癒やす、ペットのウサギ。それでいい。彼が必要としてくれるだけで、十分。私の身体なんか、どうとでも好きにしてくれればいい。……恥ずかしいけど、頑張る。

だから、神様。

ずっとじゃなくて、いいから。

春休みが終わっても。彼が飽きてしまうまでは。

「……私は、貴臣さんの、ものだから。ベルリンでも、どこでも。貴臣さんの、傍に、います」

どうか神様。

もうしばらく、このひとのそばに、いさせてください。

幕間　二　使用人の本分

久世興産代表取締役社長という肩書きを持つ嶋田は、だがしかしそれが単なる名誉職にすぎないことを熟知していたし、かような現状に十分満足していた。

社長の肩書きが入った名刺も所持してはいるが、一度として他人に出したことがない。一応、社長秘書という名目の雑用係をつけてもらっているのが、唯一社長らしいことだった。社長印すら、この秘書兼雑用係に使用も保管も任せきり。だがそれで誰も文句は言わない。

なぜなら、社長業なら代わりの人間はいくらでもいるが、久世家の使用人頭である嶋田の代わりはまずいないから。

久世興産は株式会社ではあるが、株主は久世の本家及び各分家に限られ、従業員の組合組織もなければ株主総会もなく、設立当初よりゼロ円配当を継続中。だがしかし、財務諸表の数字だけ見れば、事業規模は市中の中小企業を軽く凌駕する。

取り引き相手は、久世一族の衣食住にまつわる細々した品々あるいはサービスを購入するための、いわゆる出入り業者のほかは、八割方が久世家の資産管理のために設立された財団法人となる。

一族の各邸宅で雇用する使用人の人件費や不動産の管理・維持費などは、全て久世興産名義で支払った後にこの財団へ請求することとなる。邸内で直接一族に仕える使用人達のみならず、運転手や護衛、庭師や料理人やスタイリストのほか、主の前には出ることのない事務処理専門のスタッフも雇用されている。

ほかにも、一族の方々が使用する車などは、グループ各社で用意する社用車以外は、全てこの財団の名義となっている。国内に所有する不動産なども、財団名義となっているものが多い。財団の名目上の理事会には、久世一族の奥様方が名を連ねている。

名ばかり社長ではあっても、嶋田は時間があれば極力取り引き状況や決算資料などに目を通すよう、常に心がけてきた。数字の変化を眺めているだけでも、直接会うことの少ない各分家のご様子などが読めてくるものなのである。

そんな久世一族の近況において昨今最大の変化と言えば、本家の次男である貴臣の個人勘定での取り引きが、年末辺りから突如としてグラフの欄外へ飛び出す勢いで増えたことである。

無論、金額的に見れば、財団引いては久世家の財政に影響を及ぼすようなものでは全くない。久世家の男性が女性を構いつける金額にしては、実に可愛らしいものである。何しろまだ、不動産も自動車も宝石さえも購入されていない。領収書の枚数だけは嵩《かさ》んでいる衣類にしても、フランスやイタリアから請求書が回ってくるでなし、市中で普通に手に入る範囲の品物なのでたかが知れている。奥様の着物の帯一本の価格と比較しても、実にささやかなものだ。

無論嶋田は使用人なので、主達《あるじ》の消費動向を把握はしても、金の使い方や使い道などには一切意見しない。意見できる立場にない。意見しなければならないほど困窮していないばかりか、財団名義の資産はこのご時世でも着々と増大していっている。個人名義の資産も、増え方に差はあれど減りはしていないのだろう。一族の中でそういった方面に最も明るいのが当の貴臣だが、その貴臣の個人資産がどこにどれほどあるのか、嶋田にはまるで想像がつかない。

目的もないのに帳簿上で増える一方だったそれを、社会に還元して経済活動の礎とする立派な使い道ができたことは、様々な意味で実に喜ばしいことである。

ここ十年ほど、一族の間で最大の懸念事項といえば、独身を貫く貴臣の件であった。政略結婚などという時代遅れな風習はとっくに廃《はい》した久世家であるが、今後の一族の繁栄と安寧のためには、やはり久世の名を継ぐ子供が一人でも多く欲しい。一族の中で抜きんでて優秀な、あの貴臣の血を引く子ならばなおのこと。

密かにそう思っている当主の命を受け、貴臣が一度でも関係を持った（と思わしき）女性のことは、関係を絶たれた後でも一定期間は密かに監視をつけるのが常であった。貴臣に限って、避妊せずに女性と関係を持つなどということは万に一つもないのだけれど。

貴臣が成人したその日から、本人が日本にいようがアメリカにいようがお構いなしに、ありとあらゆる筋から数知れぬ縁談が持ち込まれ続けてきた。だがその全てを本人にまで話を通すことすらせず、退け続けた当主夫妻である。

政略結婚などに頼らなければならないほど、久世家は脆弱ではない。恋愛の相手は、本人が自分で好きに探せばいいだけ。縁談などに頼る必要はない。それでなくとも選り取り見取りなのだから。

そんな久世家だからこそ、なんとあの貴臣が誰か女性を構い始めたと知れたとき、相手が誰でどんな女性かを気にするより先に、ひとまず快哉《かいさい》を叫んだのである。

相手が十八歳年下の大学生とわかっても、そんなことは何のマイナス要因にもならなかった。これが高校生というならさすがに多少は気を揉むところだが、成人女性である以上は何の問題もない。つまり結花は、貴臣の心を摑んだというただその一点で、既に久世家からは完全に認められていることになる。

かような状況下においては、嶋田にとってもまた、鳴海結花という一人の女子大生が、主一族の一員同然あるいはそれ以上に重要な存在となってくる。

久世の一族のお世話をするものとして、主達の形なきご要望まで無言で察知し、相手が想定する以上のパフォーマンスを見せてこそプロ。

そのためには、常に、ご家族についてのありとあらゆる最新の情報を把握しておく必要があった。


「いかがでしたか」

最初に呼ばれて嶋田の執務室にやってきたのは、和装専門のスタイリスト。

当主夫人・絢子のお気に入りの話し相手でもある彼女は、おそらくこうして嶋田に呼ばれる前に、同じ話を当主夫妻の前でしてきたのだろう。ゆったりとした口調ではあるが、言葉に迷うことなくすらすらとなめらかに質問に答えた。

「……決してお育ちは悪くないお嬢様です。いわゆる名家のお生まれではいらっしゃらないようですが、それなりの教育は受けておいでなのでしょう。身のこなしもさほど雑でなく、所作も落ち着いておられましたし、何より綺麗な日本語を話されます。はい、とお返事ができるだけでも、今時のお嬢様にしては上出来です。まあ、あの貴臣様に選ばれるような方ですから、嶋田さんにもある程度は予想がつくでしょうけれど」

「特進クラスですが、櫻院女学館のご卒業だそうです」

「ああ、そうでしたか、櫻院の。道理で。むしろ和佳子様が気さくに振る舞われすぎて、お相手しにくそうでしたからね」

もっときちんとお身のこなしを学ばれれば、どれほど違ってくるでしょうね。貴臣の姪にあたる久世家のご令嬢に対してすらいつも点の辛い彼女が、見込みではあるが及第点をつけたことは重要だった。嶋田は彼女の女性を見る目を買っているのである。

「今はまだ、お美しいというよりお可愛らしくていらっしゃいますが、磨く価値は十分ありますかと。――貴臣様もそのおつもりでしょうしね。あれほどのご寵愛ですもの。今回は絢子様のお祖母様の大振袖をお召しいただきましたが、とてもよくお似合いでしたよ。綺麗な黒髪をお持ちですから、できればあのまままっすぐに伸ばしていただけるとよろしいのですが。……適切な教育を施しつつ、あと五年も経てば、公の場で貴臣様の横に立たれてもさして遜色なくなるのではないでしょうか。どうかそれまで、嶋田さんも気にかけて差し上げてくださいな」

どんな女性も骨抜きにしてしまうほどの男ぶりでいらっしゃるのに、ご自分に関心を寄せる女性のことなどその日の株価ほどにも気にしない貴臣様。

その貴臣様にそれほどまでに寵愛されているというのだから、いやはや大したものだ。

嶋田は内心感心しきりであった。

相手がまだほんの大学生で、どうやら知り合ったのは出張に出た先のベルリンで、というあたりは野元からも報告を受けていた。一通りの身辺調査結果も受け取っているし、もう少し自分の目を憚ってほしいくらいの溺愛っぷりだ、という愚痴交じりの言葉も聞いた。

年齢差も出会いの経緯もまあ嶋田にはどうでもいい部類の話だが、貴臣がどの程度のめり込んでいるのか、どこまで本気なのか、本気にさせておいても大丈夫なのかどうかは、今後の彼の職務にも大きく関わってくる。

実地検分ヒアリングの二人目は、洋装のスタイリスト兼シューフィッター。いつもは主に、和佳子及び佳奈子《かなこ》親子の担当として久世本邸に呼ばれてくる。ところが最近、奇妙で愉快な仕事が増えた。本人には決して直にお目にかかれないのだが、頭のてっぺんから爪先まで丸ごと揃えろと命じられる。画像からサイズを探るのに本当に苦労したが、それ以上に心底楽しめる仕事だった。

何しろ本人の意思も好みも聞かなくていい、予算もまるで制限がない。純粋に自分が相手に似合うと思うもの、着せたいと思うものを、何であれ公然と押し付けてよいのだから。おまけに相手は正に今、人生で一番輝いている年代の若い女性。これぞスタイリスト冥利に尽きるというものである。ああ、腕が鳴る。

「採寸はもう完っ璧です。これでもう、画像を睨みながらサイズの合う合わないを悩みまくる必要もなくなりました。全身３Ｄモデル作れそうなくらい、あっちもこっちも採寸してきましたから。今なら振袖は勿論、ソワレでもティアラでもウェディングドレスでも何だって作れますよ！　彼女のトルソー作っておきましょうか。要りますよね？　いずれ必要になりますよね？　あの、できればちょっとヨーロッパへアンティークのレースでも探しにいこうかと思うんですが。ええ、ヴェールの縁取りとかドレスの裾とか袖口なんかに使うかもしれませんでしょ。ミラノの工場に絹生地を発注しておくのも考えたんですが、どの程度の白がいいでしょうね？　厚みとか質感とか……貴臣様のお好み、御存じありません？　ああでも、もしかして向こうのクチュリエに特注されますかねぇ……」

いかがでしたか、と嶋田が尋ねる前からこの調子である。

画像のみだった相手と初めて直に接してよほど思うところがあったのか、出された紅茶に手も付けずに興奮した口調で喋り続ける。

「写真で見るより、物憂げで陰のある感じが印象的でした。いえ、暗いとかじゃないんですよ。暗いんじゃなく陰があるって、わかります？　笑ってると普通に年相応に可愛いんだけど、ふっと素が出た瞬間に差す陰が、むしろこう綺麗で色っぽいっていうか、庇護欲をそそるっていうか。あー、あれに貴臣様もやられちゃったのかも」

「お写真で見た限り、そうした印象は受けませんでしたが」

「あれは直にお会いしないとダメですね。単純に可愛いとか綺麗とかそういう感じじゃないんです、もっと複雑ですよあの子。あの歳でミステリアス……ある意味最強ですね。うん、ちょっと次からセレクトするブランド変えます。あれならもう少し上の服でも着こなせそう――あの、まだご用意させていただく機会ありますよね？」

「実は貴臣様から、お嬢様の次のお支度を準備するよう申し付かっております。――真冬の二ヶ月分、と」

「……、一気に二ヶ月分⁉」

「二月三月と長期出張でドイツへ行かれるご予定なのですが、どうもお嬢様を同伴されるおつもりのようです。準備して現地に送っておくようにと」

「同伴されるおつもりって……」

呆気に取られて一瞬絶句したスタイリストが、一拍おいて、ああそうか、大学生は春休みか……と呟く。

ようやく冷めきった紅茶を一口飲んでから、はあぁぁと溜め息を吐き出した。

「まるで新婚旅行じゃないですかそれ？　というかいっそ新婚生活？　もうさっさと籍入れちゃえばいいんじゃないです？　まだ学生だからって遠慮してるんですかね？　あの貴臣様が遠慮？　誰に？　和佳子様も絢子様もあのご様子じゃ、どなたも今更反対なさらないですよね？」

「されないでしょうね」

「じゃあいいじゃないですか。うわぁ、ついにあの貴臣様を落とす女が出たかぁ。しかもあんな……」

「そのあんながどんな方なのかをお聞きしたいのです」

ここまで喋らせてやっと、本題に入れた嶋田である。彼女のテンションが高すぎて方向転換できずにいたが、ようやく口を差し挟むことに成功した。

貴臣とほぼ同年代のスタイリストは、うーんと唸りながら両腕を組み、束の間視線を宙にさまよわせて記憶を手繰る。綺麗にジェルネイルを塗った指先で、顎をさすりながら。

「どんなって、だから、可愛いけど陰のあるお嬢さん。んー、美少女とまでは言いません。お顔立ちはある意味普通です。普通に可愛いですけどね。でもあれ、手のかけ方でいくらでも磨き立てられるでしょうね。なんたってまだ若くてピチピチだし、お肌もとっても綺麗だったし」

「見た目のお話ではなくですね」

「中身はもっと可愛らしいですよ。あんな子に『はい、貴臣さん』なんて言われて懐かれたら、さすがの貴臣様でもそりゃもうめろめろですよ。むしろ貴臣様の方が、彼女に夢中なんじゃないかって気がしますね。……いえ、あの子も十分、貴臣様にめろめろですよ。けどなんていうか、まだどこか一線引いてる感じですね。無理もないですけど。立場が違いすぎますもんねえ、庶民育ちの女子大生と生粋セレブのエリート様じゃ」

「……線を引かれていることは、貴臣様はお気づきで？」

「勿論ですとも。だから私達みたいなのを、できるだけ近寄らせないようにしてるんだと思いますよ。消しゴムで消したくて仕方ない一線が、どんどん太く濃くなるだけだから。貴臣様も、久世家が普通じゃないってことは十分ご存じですしね。和佳子様なんか、あれ以上怒らせたらって本気で怯えてらっしゃいましたもの」

「怒らせる?」

「久世家の久世家たる所以とか、世間の常識とかけ離れたセレブっぷりとかを、なるべく見せたくないみたいです。——まあ貴臣様のなさりようだって、十二分に一般常識を超越してはいると思いますけれど。あの子に『もうついていけない、自分には無理です』って言われるのを、ものすごーく警戒なさってるんでしょうね。少しずつ彼女の常識を騙して慣らして久世家寄りに底上げしていこうと、どうも色々画策して、じゃなかった。お考えのようですよ」

「……なるほど」

和佳子が彼を怒らせたというならば、そのそもそもの原因は自分である。嶋田は内心重苦しい溜め息をついた。

実際、このヒアリングの後、連休最終日の帰宅予定を更に一日延長し、週明けの火曜日は日比谷から直接出社した貴臣が深夜に帰宅した際。私室に呼び出された嶋田は、久々に貴臣の凍り付くような目線と嫌みの嵐を味わったものである。

このときは、そうなるだろうことを予想してただひたすら覚悟を決めるよりほかなかった嶋田に、冷えた紅茶を飲み干したスタイリストが再び目を爛々と輝かせて喋り始めた。

「でですね、嶋田さん。お嬢様には、できれば下着だけは、普段からちゃんとしたものを着けていただきたいんですよ。そりゃもう明日からでもですよ。次からはもうぴったりジャストサイズのものをお渡しできますし、先々を考えるとやっぱり若いうちから身体の手入れをしていただいた方が……。ほら、お顔は化粧でいつでもいっくらでも作れちゃいますけど、美しいプロポーションは一日じゃ作れませんから。欲を言えばエステにだって通っていただきたいんですが、まあ大学生じゃねえ。とりあえず品物は揃えるだけ揃えておこうと思うのですが、いきなり彼女のご自宅に送りつけたらまずいでしょうかね？」

「……貴臣様に、申し上げておきます。揃えておいてくださって問題はないかと」

「やった！　お任せください！　あ、嶋田さん、彼女の住所ご存じですよね？」

基本的に直接貴臣と接しない立場の彼女は、言いたい放題で気楽なものである。

楽しい仕事がまた増えて上機嫌のスタイリストは、頭の中に東京中のショップのラインナップを思い浮かべつつ、飛び跳ねるような足取りで意気揚々と嶋田の部屋を出ていった。

三人目は、和佳子・佳奈子付きの女中、美沙。

嶋田としては、最も話を聞きたいような聞きたくないような、複雑な相手であった。理由は彼女の、主一家の前では決して表に出さない、明け透けというより開けっ広げな物言いにある。

「もうね、凄かったですよ！　背中側、あっちにもこっちにもキスマーク。下手に衣紋を抜くと見えちゃうし、ファンデーション厚塗りしたくらいじゃごまかせないしで、すっごい着付けに苦労されてましたもん。私もう笑いをこらえるのに必死でしたよ！　いっそ嶋田さんにもお見せしたかった！」

冗談ではない。そんなものを見てしまった日には、確実に貴臣に命を狙われる。

想像して一瞬ぞっとした嶋田に、なおも美沙は言いつのった。

「しかも、ご本人に見えるところには一つもついてないんですよ。全く意識してないみたいだったし、彼女きっと気づいてないんでしょうね。私達にまであんなもの見られちゃって、ちょっと可哀想」

そう思うなら、この場で喋ったりしなければよいものを。

のっけからこんな話で始まってしまい、嶋田はそっと視線を逸らして無言《ノーコメント》を貫くよりほかない。

「でも、あそこまでされて気づいてないなんて、もしかしてあの子、貴臣様が初めてだったのかしら……？　ありえなくもないですね。すっごく初々しくて、幼いくらいですし。

いやもうほんと、なんていうか可愛い子でした。素直っていうか従順っていうか」

憐れむべきは、こんな話を聞かされた我が身か、それともこんな話を他人に暴露されているお嬢様か。嶋田は彼にしては珍しいほど露骨に嘆息する。

あはは、すいません。忘れてください今の話。やっと自覚した美沙が肩を竦めて軽く頭を下げ、一応の反省を見せた。

「……でも、やっぱり、高校生の佳奈子様と比べると、全然大人なんですよね。貴臣様のあれだけのご寵愛にも、有頂天になるどころか！　私達にちやほやされるのだって、嫌だと言いたいのをこらえてる感じ。ほんとは嫌だけど、貴臣様のご意向には逆らいません、て具合に。それでもって、全てを一歩下がったところから醒めた目で見てる感じがするんですよね。夢見てない」

夢見てない。うん、今のいい表現だった。自画自賛した美沙は、真面目な顔で考え込んだ。結花の様子を思い出しながら。

「だって、相手はあの貴臣様ですよ？　あれほどのリアル王子様を相手に、ハッピーエンドを夢見るどころか、いつか終わりがくるのを諦めて待ってるような。ただの夢だって、いつも自分に言い聞かせてる感じって言ったらいいのかな。……聞き分けがよくて控えめで、今時珍しい理想的な愛人になるでしょうね。――愛人にされるおつもりはないんでしょうけれど」

「……それで、貴臣様は？」

嶋田の問いかけに、美沙は瞬時に両目をかまぼこ型にしてにんまりと笑い、ぷくと両手で口元を覆った。

「うわ、それ訊いちゃいますか。言ってもいいですか？　言っちゃいますよ？　もうね、まるで新婚夫婦みたいでした。毎週末あれってなら、もうまんま週末婚ですよ。貴臣様ってば、片時も傍から離したくない、他人に触らせたくないって感じで。またあの『はい、貴臣さん』て返事する声が！　幼妻っぽくて、聞いてるこっちが身悶えしちゃいます！あんなにラブがだだ漏れな貴臣様、不気味で見てられませんよほんと」

「……でも、お嬢様の方は、そうでもない？」

実に的確な嶋田の追及に、美沙は再び一瞬で笑いを引っ込めて思案顔を作る。

「んー……そこが難しいというか、判断に困るところなんですけれど。相思相愛なのは間違いないんです。ただ、感情の方向は同じなんですけれど、目指している場所がなんだかずれてるっていうか……多分あの子、貴臣様がそこまで思っているとは、これっぽっちも考えてないと思うんですよね。和佳子様がどうしてあんなにちょっかいかけたがるのかも、あまり真剣に考えないようにしてるみたいで。貴臣様が連れていこうとしている場所を、あの子はまだ知らないし想像すらしてない感じ」

「……まあ、貴臣様も、今の段階ではそこまで具体的なお話はなさらないでしょう」

「いっそ話しちゃった方が、早めに覚悟がついて自覚も出ていいんじゃないかなー？　って気もするんですけどねー」

今回直に顔を合わせることができた中で、年齢的に一番結花に近いのが、この美沙である。その美沙の感覚は無視するわけにはいかないなと、嶋田は彼女の意見を報告書にさりげなく記載することとした。

「それは貴臣様が判断されることです。まあ、なんとなくわかりました。ちなみに、今のお話は唯臣様には」

「勿論しましたよ。まあ、内容はちょっと違いますけど。にしてもあんな貴臣様、佳奈子様がご覧になったらさぞかしご立腹でしょうね。和佳子様だって、この家にお嫁に来て以来、あんな顔した貴臣様は初めて見たっておっしゃってましたし。あー楽しみー。さっさと結婚しちゃえばよろしいのに」

――これをどうまとめて旦那様に報告すべきか、頭の痛い嶋田であった。

自分の報告書のほかに、和佳子が夫である唯臣に直接報告もしているだろうから、そちらからも当主に話が上がるだろう。

とにかく、あの貴臣がずぶずぶにのめり込んでいることだけは、誰の目にも明らかだった。

そして、優秀なる使用人である嶋田には、既にわかっていた。

問題は、久世家にあるのではない。久世家は貴臣と結花の関係を、全く否定的にとらえていない。むしろ大歓迎であることは、絢子や和佳子の構い方からもいやというほどよくわかる。あとは時間の問題だけだが、なんならそれすら無視して今すぐことを動かしても全然構わない。どうぞいつでも結婚してしまってくれと。

問題は、結花の方にあるのだ。結花が、それをいつ自覚するのか。貴臣が自分に何を求めているのかを、一体いつ聞かされるのか。

自分に何を期待されているのか知ったとき、それに対してイエスと答えられるのか。

だがそれこそ、使用人としていかに優秀でも、嶋田にはどうすることもできないレベルの問題なのであった。

結花が己の心にどのような鍵をかけているのか気づきもせぬまま、久世家の側だけが浮かれて舞い上がっている事実を、

貴臣すらまだ、知らない。

あとがき

親愛なる読者の皆様。

初めて御目文字《おめもじ》いたします、シヲニエッタと申します。

WEBでお馴染みの紳士淑女に乙女の皆様、御機嫌よう。

毎々ご愛読ありがとうございます。


この度は、本書『オペラ座の恋人①』をお手に取ってくださり、どうもありがとうございます。

皆様、歌劇《オペラ》ってお好きですか。

多分、殆どの皆様は、よく知らないし興味もないジャンルの音楽だと思います。

全然大丈夫です。この本のメインテーマはオペラをだしにした男女のあれそれなので、オペラに全く知識も興味もなくても全然問題ありません。若干（?）厚くて重たい本ですが、お手元で可愛がってやっていただけますと光栄です。

この本は、作者にとって生まれて初めての文庫でございまして、つまりこのあとがきというやつも（本のために書くのは）初めてということで、一体何を書いていいのやらと大変緊張しております。

とはいえ最初ですのでやはりまず、この場で皆様にお目にかかることとなった経緯をさらっとご説明させてください。

本作『オペラ座の恋人』はもともと、オンライン小説投稿サイト『小説家になろう』様のグループサイトの一つで、R18女性向けサイトである『ムーンライトノベルズ』様にて連載させていただいた作品となります。

もともとは読み手の一人だった作者が、色々な作品を貪り読むうちにムラムラと何か書きたくなって、自分自身の夢と希望と妄想をめいっぱい詰め込んで書き散らかした作品でした。書いている自分が楽しむことを第一に、個人的な趣味嗜好に突っ走って好き放題書かせていただいたのですが。

幸運なことに多くの読者様に恵まれ、皆様のいいぞもっとやれ的な叱咤激励のおかげをもちまして、五年と一日かけて完結まで書き切りました。のみならず、オパール文庫様から文庫化というありがたいお話まで頂戴しまして、この度こうして無事発売まで漕ぎ着けた次第でございます。

遅ればせながら、オパール文庫創刊五周年、おめでとうございます。

新参者がこのような晴れがましい場にお邪魔しまして大変恐縮ではございますが、この場をお借りして御祝いと御礼を申し上げます。

オパール文庫様には、今作の前にアンソロジー集『オパール文庫極甘アンソロジー②シンデレラハネムーン！』にお誘いいただき、色々と勉強させていただきましたが。

今回、この大長編を全六巻に編集し直すという果てしない苦行のみならず、ド素人が考え無しにああだこうだと振り回すのに散々お付き合いいただいた編集部の皆様には、華麗なるジャンピングからのスライディング土下座をかましたい気持ちでいっぱいです。

殊に担当H様。いつもいつもいーつーもご面倒とご厄介ばかりおかけして本当にすみません……謎のこだわりに付き合わされて、さぞかし骨が折れたことかと思います……というか絶賛真っ最中ですが！　でもまだあと五冊ありますんで、今後もどうかよろしくお願いします……！


てなわけで、とうとう始まりました文庫版『オペラ座の恋人』全六巻。

以前からの読者の皆様には、ＷＥＢとは若干異なる部分もございますので、違和感を覚える点もあるかもしれません。ただでさえ作者が推敲魔で、読み返す度に直しを入れたくなるという厄介な性分の上、あちこち切ったり繋いだりしてます。むしろ、担当様ともどもそこに一番手間暇かけて、あれこれ思い悩みつつ頑張りました！

今回が初読の読者様に、違和感なくスムーズに通して読んでいただけるのが理想ですが、既読の皆様にも改めてお楽しみいただけるよう祈っております。

それより何より、こうして本になると、美麗な装画をつけていただけるのです！　篁《たかむら》ふみ先生の作品には、『オパール文庫極甘アンソロジー②シンデレラハネムーーン！』で扉絵を描いていただいた際にも床の上でのたうち回って悶えましたが、今回は更に表紙です。カラーです！　完成版を最初に拝見したときの、あの感動はどうやっても言葉になりません。「ふおおぉぉぉ……！」としか声が出ません。その後改めてタイトルの入った書影を見せていただき、デザイナー様にも土下座するしかない……！　と感動に打ち震えました。ありがとうございます本当にありがとうございます文庫化万歳!!　しかもこれがあと五冊分見られるんですよ。もう生きててよかったレベルで人生最大の椿事です。

初の文庫本にしてまさかのこの厚み、この冊数ではございますが、皆様にお気に召していただけますよう、最後までお付き合いいただけますよう、この先も頑張ります。

二巻でまた、こうしてお目にかかれますことを心より祈って。

かしこ

平成最後の二月某日

シヲニエッタ　拝

Illustration Gallery

カバーイラスト／篁 ふみ

Opal

オペラ座《ざ》の恋《こい》人《びと》①

オパール文庫をお買い上げいただき、ありがとうございます。
この作品を読んでのご意見·ご感想をお待ちしております。

ファンレターの宛先
〒102-0072　東京都千代田区飯田橋3-3-1
プランタン出版　オパール文庫編集部気付
シヲニエッタ先生係／篁 ふみ先生係

オパール文庫&ティアラ文庫Webサイト『L'ecrin《レクラン》』
http://www.l-ecrin.jp/

著　者——**シヲニエッタ**
挿　絵——**篁 ふみ**(たかむら ふみ)
発　行——**プランタン出版**
発　売——**フランス書院**
〒102-0072　東京都千代田区飯田橋3-3-1
電話(営業)03-5226-5744
　　(編集)03-5226-5742
印　刷——誠宏印刷
製　本——若林製本工場

ISBN978-4-8296-8370-5 C0193

Opal Label オパール文庫

Op8342

好評発売中!